Heinz G. Konsalik

Der verkaufte Tod

Heinz G. Konsalik

Der verkaufte Tod

Roman

Umwelthinweis:
Dieses Buch und sein Schutzumschlag wurden auf chlorfrei gebleichtem Papier gedruckt. Die vor Verschmutzung schützende Einschrumpffolie ist aus umweltschonender und recyclingfähiger PE-Folie.

Made in Germany

Primo ist ein Unternehmen des Goldmann Verlags, München
Umschlagentwurf: S/L-Kommunikation
Umschlagfoto: Mauritius-Age
Verlagsnummer: 55135

ISBN 3-442-55135-8

I

Er stand als fünfter in der Reihe der Wartenden vor dem lehmgelb gestrichenen Haus in der Bartala Street, blickte ab und zu auf das Holzschild hinauf, das an der Hauswand hing und auf dem »Laboratory« stand, und hoffte, daß man ihn drinnen im Haus freundlich und mit Wohlwollen empfing und nicht nach einem kurzen Gespräch wieder wegschickte. Das hatte er in der vergangenen Stunde viermal bei anderen Bittstellern erlebt; da waren drei Männer und eine Frau aus dem Haus gekommen, mit gesenkten Köpfen und Tränen in den vor Hunger geweiteten Augen, und einer hatte laut über die Wartenden hinweggeschrien: »Jetzt kann ich mich erhängen oder in den Fluß stürzen. Man will mich nicht. Es war meine letzte Hoffnung. Ich habe eine Frau und zwei Kinder – jetzt bringe ich sie alle um! Sie sollen nicht auf der Straße verhungern.«

Niemand antwortete ihm; man sah ihn nicht einmal an. Was er sagte, kannten sie ja alle, war ihr tägliches Leben, war ihr Zuhause von der Geburt bis zum Tod. Wer in den Slums von Kalkutta vegetiert, in Hütten aus Holzabfällen, Pappe, Plastikbahnen, flachgeklopften Benzinfässern und aneinandergenähten Lumpen, der hört nicht mehr hin, wenn von Hunger und Sterben die Rede ist. Das Elend ist überall in dieser Riesenstadt, die einmal – und da dachte man schon weit voraus – für eine Million Einwohner angelegt worden war, die dann explodierte und in der jetzt zehn Millionen leben, davon über dreieinhalb Millionen in Elendsquartieren.

Mich werden sie nehmen, dachte Tawan Alipur. Er warf aus den Augenwinkeln einen Blick auf den abgewiesenen, schreienden Mann, der das löcherige Hemd über seiner mageren Brust aufgerissen hatte, als wolle er sagen: »Wer hat den Mut? Wer sticht mich nieder? Wer erlöst mich von dieser stinkenden Welt?« Ich bin gesund, dachte Tawan, ich bin noch jung, ich bin kein mit ausgetrockneter Haut überzogenes Gerippe. Mein Körper ist voll Kraft; ich habe ab und zu Arbeit am Mimtala Ghat oder am Jagannath Ghat, wo die Frachtschiffe beladen werden oder die Fähren über den Hugli-Fluß hin und her fahren. Manchmal ist auch ein Europäer oder ein Amerikaner auf dem Boot, und wenn man Glück hat, darf man die Gepäckstücke tragen. Am besten ist es, wenn man gegen einen solchen Weißen, der voller Ahnungslosigkeit ist, stolpert und sich mit vielen Worten und tiefen Verbeugungen entschuldigt, so daß er gar nicht merkt, wie man ihm dabei das Portemonnaie oder die Brieftasche aus der Tasche zieht. Ein immer gutes Geschäft, denn schon fünf Dollar sind ein Hauch von Reichtum.

Schon vor sechs Jahren hatte Tawan Alipur die großen Slums verlassen und sich ein gehobenes Zuhause gesucht, das die Polizei zwar verboten hatte, aber dennoch stillschweigend duldete. Es war das uralte Lied von der offenen Hand, denn auch ein Polizeibeamter in Kalkutta gehört nicht zu den Zufriedenen.

So war eines Tages Tawan auf dem zuständigen Polizeirevier erschienen, drang nach langen Debatten bis zum Revierchef vor und verbeugte sich voller Demut vor ihm. »Sahib«, sagte er, »ich habe eine Idee.«

Der Offizier im Rang eines Lieutenant musterte den Elenden, der trotz seiner zerrissenen Kleidung einen sauberen Eindruck machte, denn – mein Gott! – was kam hier alles herein, dreckig und stinkend, daß selbst die Klimaanlage Mühe mit dem Geruch hatte, und so fragte der Lieutenant etwas milder gestimmt als sonst: »Eine Idee? Und damit kommst du zur Polizei? Hat es etwas mit der öffentlichen Ordnung zu tun? Da helfen keine Ideen mehr, die haben schon die Politiker gehabt – da hilft nur eines: das Niederbrennen der Slums mit allem, was in ihnen lebt! Man darf es nur nicht aussprechen.«

»Und deshalb bin ich da, Sahib.« Tawan verbeugte sich wieder. »Ich habe die Möglichkeit, die Slums zu verlassen.«

»Was geht das mich an?«

»Ich habe einen Platz gefunden, wo ich ein Holzdach anbringen und mit einer Plane einen kleinen Wohnraum schaffen kann. Ich brauche nur Ihre Genehmigung.«

»Wo?«

»An der Hauswand der Punjab National Bank.«

»Abgelehnt!«

»Sahib, bitte folgen Sie meinen Gedanken. Die Brabourne Road ist eine sehr belebte Straße –«

»Und soll jetzt durch dich verunreinigt werden? Nein!«

»Viele Leute besuchen die Bank, sie haben Geld, tragen es in die Bank oder holen es ab, und wenn ich da unter meinem Holzdach sitze und bettele, könnte es ein Geschäft werden.«

»Abgelehnt!«

»Sahib«, Tawan trat näher und legte vor dem verblüfften Lieutenant einen Zehn-Dollar-Schein auf den Schreibtisch, »Sie kennen sich da besser aus als ich. Ist der Schein echt?«

Der Lieutenant starrte auf den Geldschein und zog die Augenbrauen zusammen. Zehn amerikanische Dollar, die findet man nicht in der Gosse der Slums. »Woher, du Halunke?« fragte er streng.

Ja, woher? Tawan sah wieder den ungeheuren Glücksfall, mit dem ihn vor zwei Tagen die Götter gesegnet hatten. Es war am Hugli-Fluß gewesen, eine Fähre war gelandet, und ein dikker, schwitzender Amerikaner war erfreut, als Tawan sich auf ihn stürzte und rief: »Sir, darf ich Ihr Gepäck tragen?«

Er schleppte die Koffer bis zu den wartenden Taxis und wollte dann sagen: »One dollar, Sir«, aber der Amerikaner hatte bereits seine Geldbörse aus der Hosentasche geholt, prall gefüllt mit Dollarscheinen, und sicherlich war's die schwüle Hitze, die ihm zusetzte, denn er mußte sich plötzlich an das Auto lehnen, begann tief zu atmen und zu zittern, die Geldbörse fiel ihm aus der Hand, Tawan direkt vor die Füße.

Schnelles Handeln gehört zum Überleben in den Slums. Blitzschnell bückte sich Tawan, griff nach dem Geld, zog einen Zehn-Dollar-Schein und vier zu einem Dollar aus dem Portemonnaie und gab es dann dem Amerikaner zurück. Für diese gute Tat erhielt er zwei Dollar. Ächzend ließ sich der Amerikaner in den Wagen fallen, aber bevor der Taxifahrer sich hinter das Steuer setzte, machte er drei Schritte auf Tawan zu und hielt wortlos die Hand auf. Es war sinnlos, sich zu streiten – Tawan gab dem Taxifahrer zwei Dollar, und als das Auto abfuhr, fühlte sich Tawan glücklich wie seit Jahren nicht. Seit Monaten war er durch Kalkutta gegangen, um einen anderen Platz zum Überleben zu finden, und als er die Hauswand der Punjab National Bank entdeckte, wußte er, daß sein ferneres Leben von dieser Hauswand abhing.

»Ich habe mitgeholfen, ein Frachtschiff zu entladen«, antwortete er auf die Frage des Lieutenant. »Ein guter Job.«

»Und dafür bekommst du zehn Dollar?«

»Ich habe mich auch gewundert, und deshalb frage ich, Sahib, ob er auch echt ist.«

»Wie soll ich das feststellen?«

»Sehen Sie sich die zehn Dollar genau an.« In Tawans Augen trat ein listiges Blinzeln. »Wenn er unecht ist, behalten Sie ihn, Sahib, und werfen ihn weg. Ich komme morgen wieder.«

Der Lieutenant verstand sofort, lehnte sich in seinen Stuhl zurück und rührte die Dollarnote nicht an.

Tawan wartete, aber dann brach er das belastende Schweigen. »Man könnte darüber nachdenken«, sagte er, »daß zehn Prozent meines Einkommens an der Hauswand der Punjab National Bank überflüssig sind. Ich sagte ja schon: Es ist ein guter Platz für Geschäfte.«

»Hinaus!« schrie der Lieutenant und hieb mit der Faust auf den Zehn-Dollar-Schein. »Du hast mir das Zimmer genug vollgestunken!«

Zufrieden verließ Tawan das Polizeirevier. Natürlich kam er am nächsten Tag nicht wieder, um sich nach den Dollars zu erkundigen, er kaufte sich vielmehr einige schöne, sogar gehobelte Bretter, Nägel, Schrauben, Stahlklammern und eine große Kunststoffplane und hämmerte sein neues Zuhause an die Wand der Bank.

Es gab sofort Ärger. Drei Angestellte der Bank stürzten sich auf das Holzdach und wollten es abreißen, aber Tawan war ein kräftiger Bursche, seine Muskeln waren durch die Hafenarbeit gut ausgebildet, aber er brauchte sie gar nicht zur Verteidigung seiner neuen Wohnung, und so sagte er höflich: »Brüder, nehmt die Hand von meinem Dach!« Als die Drei nicht darauf hörten, löste er das Problem auf einfache Weise: Er trat dreimal zu, jedesmal gezielt in den Unterleib, was auch den härtesten Mann zu Boden zwingt.

Die Punjab National Bank versuchte die letzte Möglichkeit, Tawan loszuwerden, auch wenn man wußte, daß es keinen Sinn hatte: Sie erstattete Anzeige bei der Polizei. Wie erwartet, erschien kein Polizist, und wenn mal einer an der Bank vorbeischlenderte, dann blickte er auf die andere Straßenseite. Bei zehn Millionen Einwohnern hat die Polizei von Kalkutta anderes zu tun, als Holzdächer einzureißen – jeden Tag gibt es eine Menge Morde und Einbrüche, die übrigens nie aufgeklärt werden.

Seit dem Tod der Eltern hatte Tawan zusammen mit seiner Schwester Baksa die dreckige Hütte in den Slums bewohnt, aber er hatte sie nur zum Schlafen benutzt. Die Alipurs gehörten zu jenen Slumbewohnern, über die man sich wundert, daß sie überhaupt lebten. Der alte Alipur holte sich das tägliche Essen aus Mülltonnen und von den Abfallhalden am Rande der Stadt. Dort krochen Tausende von Hungernden durch die Müllberge, wühlten sich in die Haufen, die riesige Speziallastwagen tonnenweise auskippten, und schleppten in Flechttaschen oder alten Säcken alles weg, was eßbar war.

Eines Tages kam der alte Alipur von einem Bettelgang ins Innere der Stadt nicht mehr zurück. Ihn zu suchen war völlig sinnlos; wenn er, vom Hunger entkräftet, irgendwo in Kalkutta zusammengebrochen und auf der Straße gestorben war, hatte man ihn längst, wie hundert andere, auf einen Lastwagen geworfen, eben wie Müll, und fortgekarrt, und niemand fragte, wo man ihn abgeladen hatte.

Tawan, Baksa und ihre alte Mutter sprachen vorsorglich ein Totengebet und teilten die Nahrungssuche neu ein. Sumba, die Mutter, durchwühlte jetzt die Müllhalden, Tawan, ein erstaunlich kräftiger Junge trotz des ständigen Hungers, suchte Arbeit am Fluß bei den Ghats, und Baksa, nun vierzehn Jahre alt, beschenkt mit einem schönen, schlanken Körper und kleinen, festen, runden Brüsten, machte ihre Schönheit zum Kapital und wurde Hure. Mit Beginn der Abenddämmerung strich sie an den großen Hotels vorbei oder am Rande der Parks von Eden Garden oder der Polo Grounds, und es gab immer einen Mann, den der junge, mädchenhafte Körper reizte und der ihm ein paar Rupien wert war.

So lebten die Alipurs gar nicht so schlecht in ihrer Slumhütte, bis auch Sumba, die Mutter, nicht mehr von den Müllkippen zurückkam. Sie suchte gerade nach Essensresten, als über ihr ein Müllwagen seine Tonnen Abfall ablud und über ihr ausschüttete. Irgendein harter Gegenstand traf sie, durchschlug ihre Hirnschale und löschte ihr Leben sekundenschnell aus. Nachfolgende Müllwagen schütteten sie zu; man brauchte sich keine Gedanken mehr zu machen, wohin mit der Leiche.

Eines Tages – sie saßen am Ufer des Hugli-Flusses und hatten wie fast jeden Abend gebadet und sich vom Tagesschweiß befreit – sagte Baksa zu Tawan: »Bruder, es wird sich einiges ändern.«

»Und was soll das sein?« fragte Tawan zurück.

»Ich bekomme ein Kind.«

Tawan starrte seine Schwester an, holte tief Luft und umklammerte dann seine Knie. »Wer ist der Vater?«

Baksa zuckte mit den Schultern und warf sich in den dreckigen Ufersand zurück. Sie sah wunderbar aus unter den letzten Sonnenstrahlen, die ihre Haut kupfern schimmern ließen. Ihre

Nacktheit erregte Tawan, und obgleich er ihr Bruder war, hatte er oft den heimlichen Wunsch gehabt, Baksa unter sich zu ziehen und das zu genießen, für das andere Männer gute Rupien zahlten. »Wer?« fragte er noch einmal mit belegter Stimme.

»Wie kann ich das wissen?« Baksa dehnte sich wie eine sich räkelnde Katze. »Von vielen kenne ich nicht einmal ihre Namen. Sie haben bezahlt, allein das war wichtig. Es kann ein Inder sein, ein Weißer, ein Japaner – wir werden es sehen, wenn das Kind da ist.«

»Du willst es dir nicht wegmachen lassen?«

»Nein. Tawan, Bruder, überlege: Ein Kind ist ein Kapital. Wenn ich mit einem Kind bettele, finde ich mehr offene Herzen. Und wenn es ein schönes Kind wird – vielleicht brauche ich dann nicht mehr eine Hure zu sein. Ich ekele mich vor jedem Mann, nur vor dir nicht, Bruder.«

Sie streichelte ihm dabei über die Hüften, es war wie ein warmer, sanfter Windhauch, und Tawan seufzte, schloß die Augen und gab sich dem Gefühl hin, Baksa gleite über ihn und nähme ihn in sich auf. »Wir werden auch das Kind durchs Leben bringen«, sagte er mit schwerem Atem. »Du brauchst dich nicht mehr fremden Männern hinzugeben für ein paar Rupien – ich werde für uns alle doppelt so viel arbeiten.«

Es war ein Versprechen, das schwer zu erfüllen war. In jenen Jahren wucherte Kalkutta wie ein Schimmelpilz in die Breite, und je mehr Menschen in die Stadt strömten, um so unfaßbarer wurde das Elend der Armen. An den Schiffsanlegestellen schlugen sich die Arbeitssuchenden gegenseitig fast tot, um für ein paar Stunden Säcke, Fässer oder Kisten an Land zu schleppen, wenn die neuen riesigen Ladekräne überhaupt noch einen Job übrigließen.

Tawan schaffte es immer wieder, ein paar Rupien nach Hause zu bringen und von den Schiffen, die Lebensmittel aller Art für die Feinkostläden der reichen Stadtviertel heranbrachten, ab und zu einen Karton zu stehlen. Damit ging Tawan dann in den Großmarkt und begann zu tauschen: eine Dose

Gänseleberpastete gegen ein gutes Stück Lammfleisch, ein großes Glas mit Garnelen gegen ein Säckchen Reis, und für eingedoste Blutwurst mit Speck bekam er Bananen, Apfelsinen, eine Ananas und saftige Feigen.

An einem dieser Abende, wo man sich satt gegessen hatte und Tawan sich wie ein Radscha fühlte, seinen vollen Bauch genoß und etwas müde war vom Hinunterschlingen der Speisen, geschah die Verwirklichung seines geheimen Traumes. Baksa kroch an seine Seite, er spürte, daß sie nackt war, und als sie an seinem Hals flüsterte: »Nur so kann ich dir danken für alles, Bruder!«, gab er sich ganz einer Leidenschaft hin, von der er wußte, daß sie schändlich war.

Von diesem Abend an war Baksa, seine Schwester, seine Geliebte. Sie war das zärtlichste Wesen, das er sich denken konnte, und sie brachte ihm alle Arten der Liebe bei, die sie als Hure gelernt hatte.

An einem Maitag, morgens um fünf Uhr, kam Baksas Kind zur Welt. Zwei Frauen aus der Nachbarschaft halfen bei der Geburt, und Tawan lief aus der Hütte hinunter zum Hugli-Fluß, denn das Stöhnen und helle Schreien Baksas bei der Geburt zerrissen sein Herz. Als er nach Stunden zurückkam, lag Baksa mit einem seligen Lächeln unter ihrer so oft geflickten Decke, und zwischen ihren Brüsten schlief das Kind.

»Ein Mädchen«, sagte sie leise, als Tawan nähertrat. »Und es sieht wie von einem indischen Vater aus. Ein hübsches Kind, Bruder. Ich will es Vinja nennen. Komm, leg dich neben mich und wärme mich. Mir ist kalt – ich habe viel Blut verloren, sagen die Frauen.«

Tawan nickte, zog sich aus und drückte sich an Baksa. So lagen sie eine Weile stumm nebeneinander, bis Vinja erwachte und schmatzende Laute von sich gab.

»Sie hat Hunger«, sagte Baksa leise. »Sie muß jetzt trinken.« Sie schob den kleinen Kopf mit dem winzigen Mund an ihre linke Brust und drückte die Brustwarze gegen die suchenden Lippen.

»Hast du denn Milch?« fragte Tawan.

»Jede Mutter hat Milch«, antwortete Baksa. »Nur, ob ich sie satt bekomme, das weiß ich noch nicht. Ich weiß nur eines: Vinja wird nicht an Hunger sterben. Ich kämpfe um ihr Leben – es gibt so viele Arten von Kampf.«

Das war nun schon über sechs Jahre her, aber die Erinnerung war so greifbar, als läge alles nur ein paar Wochen hinter ihm.

Tawan erwachte wie aus einem Traum, weil der Hintermann ihn in den Rücken stieß – es ging weiter. Tawan war jetzt der Dritte in der Reihe der Wartenden. Der Mann, der nun aus dem gelben Haus kam, brachte ein strahlendes Gesicht mit: Man hatte ihn genommen, und viele sahen ihn neidisch an und beteten im Stillen, daß sie auch so viel Glück hätten.

Was ist Glück? dachte Tawan. Das, was mich da hinter der Tür erwartet? Eigentlich ist es nur ein Tausch: Ich bringe eine Ware, man will sie kaufen und bezahlt dafür. Ein Geschäft, aber ein gutes, ein einmaliges, ein außergewöhnliches Geschäft, und wenn es gelingt, ist es also doch eine Art von Glück.

Mein Leben ist, genau betrachtet, eigentlich glücklich gewesen, dachte er weiter. Ich wohne an der Hauswand der Punjab National Bank, liefere ehrlich jede Woche zehn Prozent beim Lieutenant der Polizei ab, kein Polizist belästigt mich, die Bank hat sich an meinen Anblick gewöhnt, und obwohl die Arbeit auf den Ghats am Hugli-Fluß immer seltener wurde, habe ich weniger Hunger gelitten als die Millionen in den Slums.

Ja, und Vinja war da, wohnte mit ihm unter dem Holzdach. Vinja, das Kind von Baksa, seiner geliebten Schwester. Sie war nun bald sieben Jahre alt, ein hübsches Mädchen, und da Tawan ein ehrlicher Bursche war, leugnete er auch nicht, daß er einen großen Teil seines Verdienstes Vinja verdankte.

Ihr Götter, was war in den letzten Jahren nicht alles geschehen! Es war wie in einem Boot gewesen, mal oben auf den Wellenkämmen, mal unten im Wellental, und der Sturm des Elends hatte sie herumgeschleudert.

Wie nahe das noch alles ist, dachte Tawan. Man möchte danach greifen, als sei es heute, eben gerade geschehen.

Er starrte gegen die gelbe Hauswand und auf das Schild »Laboratory«, hinter dem ein neues Leben beginnen konnte.

Noch zwei Mann, dachte Tawan, dann öffnet sich für mich die Tür. Dann habe ich die Hölle vor mir oder das Paradies.

Vinja war ein Jahr alt geworden, lief nackt durch die von faulendem Abfall stinkenden Gassen der Slums, spielte in brackigen Pfützen, die nach jedem Regen die Wege fast unbegehbar machten, und bekam den kugeligen Bauch aller Kinder, die hungern mußten, bis sie dann unaufhaltbar schnell zu elenden Gerippen wurden.

Tag und Nacht war Tawan unterwegs, um Rupien zu verdienen oder irgend etwas zu stehlen, das man wieder verkaufen konnte. Auf den Ghats war das fast unmöglich geworden; die Hafenpolizei war verstärkt worden, private Wachmänner lagen die ganze Nacht über auf der Lauer und schossen sofort auf alles, was sich in der Nähe der Schiffe und der Lagerhäuser bewegte.

Das wäre auch ein Beruf für mich, hatte Tawan damals gedacht. Bewachen und gleichzeitig stehlen, eine geradezu ideale Zusammenstellung. Er hatte sich bei der Gesellschaft beworben, war sogar bis zu dem Personalchef, einem bullenhaften Mann, vorgelassen worden und hatte sich demütig verbeugt.

Der Mann musterte ihn stumm und fragte dann im Befehlston: »Wie alt?«

»Zwanzig, Sir, wenn die Angaben meiner Eltern stimmen.«

»Beruf?«

»Alles, wovon man leben kann.«

»Kannst du schießen?«

»Ich werde es schnell lernen, Sir. Ich bin nicht dumm.«

»Schulbildung?«

»Ich mußte mich immer ums Überleben kümmern.«

»Wohnung?«

»In der Nähe des Flusses, Sir.«

»Also ein typischer Slumstinker! Eine Gossenratte!« Der bullige Mensch zog den Kopf tiefer in die breiten Schultern. »Und du bewirbst dich bei uns, um Gauner wie dich zu fangen? So viel Frechheit ist mir noch nicht vorgekommen!«

An diesem Nachmittag bezog Tawan die schlimmsten Prügel seines Lebens. Zwei Tage lag er in der Hütte, als habe man ihm alle Knochen zerbrochen, und Baksa pflegte ihn, rieb seinen Körper mit einem braunen Pflanzenbrei ein, drückte ihm Vinja an die Seite und verkaufte sich wieder an dicke, geile, meist weiße Herren, die sie in ihre märchenhaften Hotelzimmer mitnahmen.

Leben! Leben! Nicht verhungern! Man gibt einen Körper hin, der nichts fühlt und den man nachher im Fluß badet und reinigt; den Ekel spült man mit den Wellen weg. Auch in jenen elenden Tagen liebten sich Bruder und Schwester, denn Tawan wußte, daß sie ein sauberes Mädchen war, und Baksa spürte das Gefühl von Glück und Liebe nur, wenn sie in Tawans Armen lag. Jeder andere Mann war ein seelenloses Geschäft.

An einem heißen Junitag gelang es Tawan, als Schlepper auf einem alten, hölzernen Frachtkahn anzuheuern. Er mußte vier Tage an Bord bleiben, weil der Kahn hinunter zum Flußdelta fuhr, dort Juteballen lud und dann zurück nach Kalkutta stampfte.

»Geh nur, Bruder«, sagte Baksa und erfreute Tawan zum Abschied noch einmal mit ihrem kupfern schimmernden, sich wie eine Schlange bewegenden Körper. »Ich kann die vier Tage ohne dich leben.«

Sie winkte ihm nach, als er fortging, kehrte dann in ihre Hütte zurück, setzte sich auf die auf dem Boden liegende, mit Gras gefüllte Matratze, zog Vinja auf ihren Schoß und streichelte die schwarzen Haare des Kindes. »Nun ist es soweit«, sagte sie, streichelte Vinja und küßte sie voll Zärtlichkeit. »Es muß getan werden, mein Liebling, es geht um deine Zukunft. Du wirst mir später dankbar sein.«

An diesem Abend ließ sie Vinja allein in der Hütte, wanderte zum Hotel Majestic und verkaufte sich an einen Japaner, die zu den höflichsten Liebhabern gehören. Von diesem Hurenlohn kaufte sie eine große Flasche starken Rums und ein Fläschchen Chloroform mit einem Paket Watte.

Der Apotheker musterte Baksa kritisch, zögerte zunächst und fragte dann: »Wozu willst du das Chloroform?«

»Mein Bruder hat ein dickes Geschwür«, antwortete sie ohne Zögern. »Auf der linken Hinterbacke. Ich will es ihm aufschneiden.«

»Dafür gibt es Ärzte.«

»Können Sie einen Arzt bezahlen? Sie ja, aber ich nicht. Wir müssen alles allein tun. Armut ist wie das Schlafen in einem Grab.«

Der Apotheker hatte ein gütiges Herz, außerdem kannte er die Verhältnisse in den Slums, und woher das schöne Mädchen die nötigen Rupien hatte, konnte er sich denken. Er gab ihr Chloroform und Watte und sagte sich: Was geht's mich an, was sie damit macht? Ich nehme an, ich habe eine gute Tat getan.

Einen Tag lang zögerte Baksa, ihren Entschluß auszuführen. Aber bevor die nächste Nacht anbrach, rückte sie die schwelende Petroleumlampe näher an die Matratze, breitete ein Handtuch darüber aus, zupfte eine Handvoll Watte aus dem Paket, schraubte die Rumflasche auf und ging hinüber zur Feuerstelle, über der ein Kessel mit kochendem Wasser hing. In dem Wasser schwamm ein Messer mit schmaler, spitzer Klinge, die Tawan auf einem Schleifstein immer wieder nachschliff.

Mit einem Holzlöffel fischte Baksa das Messer aus dem brodelnden Kessel und trug es hinüber zur Matratze. Die kleine Vinja schlief schon auf einem Haufen Lumpen, sie hatte, wie fast alle Kinder, den Daumen in den Mund gesteckt, und Baksa blieb eine Weile vor ihr hocken, streichelte über das hellbraune Gesichtchen, küßte die geschlossenen Lider und begann dann, lautlos zu weinen und die Hände zum Gebet aneinander zu legen.

»Unser Leben verlangt Opfer«, sagte sie nach dem Gebet und richtete sich auf. »Und des Lebens stärkste Quelle ist das Mitleid. Vinja, du wirst es bald lernen, das zu verstehen. Du sollst keine Hure werden wie deine Mutter.«

Baksa hob Vinja vorsichtig vom Lager, trug sie hinüber zur Matratze, legte sie auf das Handtuch und schraubte das Chloroform-Fläschchen auf. Dann zog sie das linke Beinchen heran, beugte sich über die kleinen Zehen und küßte sie. Den dicken Wattebausch tränkte sie mit dem Betäubungsmittel, drückte ihn auf Vinjas Gesicht, bis sie glaubte, daß kein Schmerz mehr sie aufweckte, nahm das Messer, drückte die Spitze in Vinjas Oberschenkel und sah, daß sie nichts mehr spürte.

Mit zuckendem Gesicht und zusammengebissenen Zähnen begann Baksa ihr grausames, Vinjas Schicksal bestimmendes Werk.

Zehe nach Zehe des linken Fußes schnitt sie ab, trennte sie ab bis zu den Gelenken, so daß am Ende nur noch ein zehenloser Fußstumpf übrig blieb. Sie wunderte sich, wie wenig es blutete, und hemmte die Blutungen, indem sie einen mit Rum getränkten Lappen gegen die Stümpfe drückte. Ein paarmal zuckte Vinjas kleiner Körper, aber sie wachte nicht auf und schrie. Mit Lappen, die sie aus Tawans einzigem weißen Hemd gerissen hatte, umwickelte Baksa den verstümmelten Fuß, drückte noch einmal die Chloroformwatte auf Vinjas Gesicht und warf dann alles in eine Wachstuchtasche, das Chloroform, die Watte, die blutigen Lumpen und die abgetrennten kleinen Zehen. Das Messer reinigte sie in dem kochenden Wasser, schleppte dann den Kessel vor die Tür und goß ihn aus. Es gab keine Spuren mehr, nur das blutbefleckte Handtuch – sie ließ es unter Vinja liegen als Beweis, daß etwas Schreckliches, Unglaubliches geschehen war, während sie in der Nacht ihren Körper vor den Hotels verkaufte.

Sie verließ die Hütte, ging zum Hugli-Fluß hinunter, schüttete den Inhalt der Tasche in den Strom und sah mit versteinertem Gesicht zu, wie das Chloroform-Fläschchen, das Wattepaket, die blutgetränkten Lumpen und die winzigen Zehen von der Strömung mitgerissen wurden. Die Zehen würden nicht lange im Wasser schwimmen – es gab genug Raubfische, die nach ihnen schnappten.

In der Morgendämmerung, als sie in die Slums zurückkehrte, ballte sich eine Menschenmasse vor ihrer Hütte, deren Stimmengewirr sofort verstummte, als man Baksa sah. So hörte sie jetzt auch aus dem Inneren der Hütte Vinjas Schreie, und ihr Herz krampfte sich zusammen, sie klammerte sich an dem nächsten Menschen fest, um nicht in den stinkenden Unrat des Weges zu fallen. »Warum steht ihr hier?« stammelte sie. »Was ist mit Vinja? Warum schreit sie? Warum schreit sie so fürchterlich?«

»Geh erst mal hinein«, sagte eine Frau zu ihr. »Dein Kind lebt, du hörst es ja. Geh hinein und halte dein Herz fest.«

Zwei andere Frauen stützten Baksa und führten sie in die Hütte.

Auf der Matratze lag Vinja und schrie vor Schmerzen. Ein Fakir, von dem es in den Slums hieß, er könne Wunder vollbringen und mit seinen Händen heilen, kniete vor ihr und strich immer wieder über Vinjas zuckenden Körper. Bei ihr schienen seine Wunderkräfte zu versagen – die Schmerzen ließen sich nicht wegstreicheln.

»Was... was ist geschehen?« schrie Baksa an der Tür.

Vinja erkannte ihre Stimme, hob das Köpfchen, streckte beide Arme nach ihr aus, und ihr Schreien brach plötzlich ab.

Der Fakir beugte seinen Rumpf und drückte seine Stirn gegen den Boden.

»Was ist, mein Liebling?« rief Baksa. »Warum schreist du? Was tut dir weh?«

Die beiden Frauen hielten sie noch immer fest, und eine sagte mit stockender Stimme: »Während du weg warst, hat jemand – Baksa, es ist so schrecklich... Jemand hat Vinja verstümmelt. Man hat ihr alle Zehen des linken Fußes abgeschnitten. Es... es muß sehr schnell gegangen sein. Als wir Vinjas Schreien hörten, war der Täter schon verschwunden. Niemand hat ihn gesehen, aber bevor er flüchtete, hat er die Stümpfe noch verbunden. Ein merkwürdiger Kinderschänder.«

»Die Zehen... Man hat meiner Vinja die Zehen –« Baksa sprach nicht weiter; sie sank in sich zusammen, und die Frauen trugen sie auf die Matratze, legten ein mit kaltem Wasser getränktes Tuch über ihren Kopf und begannen laut zu weinen, als seien Vinja und Baksa bereits gestorben.

»Wir müssen einen Arzt rufen«, sagte eine der Frauen, als Baksa wieder bei Besinnung war. »Man muß die Wunden zunähen.«

»Kannst du einen Arzt bezahlen?« fragte Baksa. »Und wer kommt schon zu uns? Ich habe eine andere Idee. Wir bringen Vinja zum Krankenhaus der ›Missionarinnen der Nächstenliebe‹. Wir bringen sie zu Mutter Teresa.«

»Ein guter Gedanke, Baksa.« Die Frau, die ihr das nasse Tuch über die Stirn gelegt hatte, wandte sich den in die Hütte Drängenden zu. »Eine Handkarre!« rief sie laut. »Besorgt sofort eine Handkarre! Und zwei kräftige Kerle müssen her – es ist ein weiter Weg zu Mutter Teresa.«

Eine Handkarre war schnell gefunden. Baksa legte die leise wimmernde Vinja, eingewickelt in das blutbespritzte Handtuch und eine alte Decke, in das Wägelchen, und zwei Nachbarn, mit Haut überzogene Gerippe, umhängt mit zerfetzter Kleidung, spannten sich vor den Karren und zogen ihn über die glitschigen, stinkenden Wege.

Über drei Stunden brauchten sie, bis sie die Krankenstation von Mutter Teresa und ihren Schwestern erreichten. Sie kamen in ein Gewühl von Menschen, die vor den langgestreckten Gebäuden auf der Erde lagerten. Ein Heer von Elenden, Kranken und Sterbenden.

Die Kongregation der »Missionarinnen der Nächstenliebe« unter Leitung von Schwester Teresa ist eines jener Wunder der Menschlichkeit, die den Glauben an die Barmherzigkeit Gottes nicht verlöschen lassen. So wie das afrikanische Urwaldhospital von Albert Schweitzer in Lambarene zum Inbegriff der Nächstenliebe und des tätigen Christentums wurde, so blickt die Welt jetzt auf die Mission von Schwester Teresa in Indien. Den ärmsten, erschreckendsten und erbarmungslosesten Ort hatte sie sich ausgesucht, das Zehn-Millionen-Ungeheuer Kalkutta, die Stadt, in der die Verhungernden neben den heiligen Kühen auf der Straße sterben, wo weggeworfene Säuglinge herumliegen und Greise öffentlich verfaulen.

Hier baute Schwester Teresa ihren Orden der Barmherzigkeit auf, hier sammelte sie die Elendesten der Armen, gab ihnen zu essen, versorgte ihre Wunden und hielt ihre Hände, wenn sie diese feindliche Welt verließen. Die »Mutter der Sterbenden« nannte man sie bald in Kalkutta; ihre Stimme hörten alle Menschen, denn ihr ganzes Wirken lebte nur von den freiwilligen Spenden. Sie war eine Bettlerin für die Menschlichkeit. Auch als sie den Friedens-Nobel-Preis verliehen bekam, eine kleine, zusammengeschrumpfte Frau mit einem von der Sonne Indiens verrunzelten Gesicht, der der schwedische König ergriffen die dürren Hände drückte, war es für sie selbstverständlich, das große Geld dieses Preises in ihre Mission zu stecken und sie weiter auszubauen. Wenn es auf dieser Erde eine »lebende Heilige« gibt, dann ist es Mutter Teresa, die den Menschen Gottes Güte gibt.

Baksa hatte Glück – Mutter Teresa war auf der Station. Mit lautem Geschrei schoben die zwei Männer den Handkarren durch die Menge, gefolgt von zwanzig Frauen, die kreischten und klagten. Baksa stützte sich auf den Rand des Karrens und warf immer wieder schreiend die Arme in die heiße, stickige Luft. Einige Schwestern des Ordens versuchten zu erfahren, was geschehen sei, aber sie wurden von den Frauen niedergebrüllt, die wie im Sprechchor riefen: »Mutter Teresa! Mutter Teresa! Hilf uns! Hilf uns!«

Es gelang ihnen, bis zu Schwester Teresa vorzudringen. Sie kam aus dem Krankenhaus, sofort umringt von anderen Kranken, und sie war in der Masse der Menschen so winzig, daß Baksa sie erst erkannte, als sie neben dem Karren stand.

Sofort fiel sie auf die Knie, streckte flehend die Arme aus, und obwohl sie eine Hindu und keine Christin war, rief sie voll erschütternder Verzweiflung: »O heilige Mutter, sieh dir das an! Von der Arbeit komme ich zurück und finde Vinja, meine kleine, arme Vinja, in ihrem Blut liegend vor. Die Zehen hat man ihr abgehackt. Alle Zehen des linken Fußes! Wer kann so etwas tun? Sind das noch Menschen? Wird meine Vinja jetzt sterben? Hilf uns, o gnädige Mutter.«

Mutter Teresa schob die Decke und das blutige Handtuch weg und beugte sich über das Kind in dem Handkarren. Sie sprach kein Wort, hob das linke Beinchen hoch und betrachtete die schreckliche Verstümmelung. Ihr runzeliges Gesicht blieb unbeweglich. Wer so viel Elend gesehen, miterlebt und miterlitten hat, den erschüttert der Anblick eines verstümmelten Kinderfußes kaum noch. In den Slums von Kalkutta erstickt jegliche Menschlichkeit in Hunger, Dreck und Sterben. So kann es auch möglich sein, daß jemand einem unbewachten Kind die Zehen abschneidet, um daraus eine Suppe zu kochen und selbst zu überleben.

Mutter Teresa winkte einem indischen Helfer. Er nahm die kleine Vinja aus der Handkarre und trug sie in die Krankenstation.

Die Frauen, die Baksa begleitet hatten, brachen wieder in lautes Weinen und Wehklagen aus, und Baksa rannte dem Pfleger hinterher und schrie: »Wo bringt ihr sie hin? Was tut ihr mit ihr? Wird Vinja leben?«

»Sie wird leben«, sagte Mutter Teresa gütig. »Vertraue auf Gott und die Ärzte. Sie werden die Wunden säubern, vernähen, und der Fuß wird heilen.«

»Ich bekomme mein Kind wieder?«

»Du kannst es in acht Tagen wieder abholen. Aber der Fuß wird verstümmelt bleiben.«

Baksa atmete auf. Dieser Fuß wird einmal bares Geld bringen, und Vinja wird später ihren Körper nie verkaufen müssen. Ich habe das Richtige getan. Sie kniete nieder, ergriff die Hand von Schwester Teresa, und als diese sie abwehrte, rief sie: »Dank, o heilige Mutter, Dank! Du hast wieder ein Leben gerettet!«

Zufrieden kehrte sie in ihre Hütte in den Slums zurück. Die Nachbarn, selbst dem Verhungern nahe, hatten für die arme, vom Schicksal geschlagene Baksa gesammelt: Reis, Kohlblätter, Hundefleisch, angeschimmelte Kartoffeln – es wurde ein Festmahl für Baksa. Nur die Blutspritzer auf der Matratze ließen ihre Seele schwer werden, aber wer sein eigenes Kind verstümmelt, damit es einmal eine bessere Zukunft hat, muß den Anblick von Blut ertragen können.

Tawan kam am Abend von seiner viertägigen Schiffsreise zum Flußdelta zurück; er war vom Lastenschleppen ausgepumpt, er spürte seine Knochen nicht mehr, die Müdigkeit lag wie ein Sack voll Eisen auf seinem Kopf, aber er hatte gut verdient, brachte zweihundert Rupien nach Hause und eine ganze englische Dauerwurst. Mit fast geschlossenen Augen stolperte er in die Hütte, warf sich sofort auf die Matratze und blieb so eine Weile regungslos und stumm liegen. Erst dann hob er ein wenig den Kopf und sah Baksa neben der Petroleumlampe sitzen. Sie wirkte wie eine kleine, braune, geschnitzte Holzfigur.

»Hast du schon gegessen?« fragte er.

»Nein«, antwortete Baksa.

»Und Vinja?«

»Das weiß ich nicht. Aber bei Mutter Teresa muß niemand hungern.«

»Mutter Teresa?« Tawan schnellte trotz seiner Müdigkeit hoch. »Du... du hast Vinja... du hast dein eigenes Kind weggegeben? Du hast es wie ein Stück Dreck weggegeben?«

»Nein, Tawan, Bruder.« Sie hob flehend beide Hände. »Das kann doch eine Mutter nicht.«

»Warum ist Vinja bei Mutter Teresa?« schrie Tawan. Alle

Erschöpfung war plötzlich von ihm genommen, er spürte sein Blut in den Schläfen hämmern und eine Verkrampfung seiner Muskeln.

»Jemand hat sie, als ich Geld verdiente, überfallen.«

»Überfallen?« Tawan stemmte sich von der Matratze und atmete so schwer, als schleppe er eine riesige Kiste vom Schiff an Land. »Was heißt überfallen?«

»Jemand hat ihr vom linken Fuß alle Zehen abgeschnitten!«

Tawan schloß die Augen und senkte den Kopf. Dann straffte er sich wieder, schlug die Fäuste gegeneinander und trat vor die Hütte. Am Himmel leuchtete ein fast runder Mond, der Gestank der Abwässerkanäle, die parallel zum Weg liefen, drang bei jedem Atemzug ätzend in den Mund, in nur wenigen Hütten brannte trübes Licht. Tawan holte tief Atem, als er Baksa hinter sich aus der Hütte treten hörte, und er zuckte zusammen, als sie ihn von hinten umarmte und ihre Arme um seine Hüften schlang.

»Wir können Vinja in drei Tagen abholen«, sagte sie leise und küßte seinen Rücken.

Ein Schauer durchlief ihn, aber er war zu müde, um jetzt mit ihr zur Matratze zurückzukehren und die Verdammung zur Geschwisterliebe fortzusetzen. »Sie wird auch mit einem gesunden Fuß ein hübsches Mädchen werden.«

»Und keiner hat etwas gesehen und gehört?«

»Als es geschehen war, ja. Da hat man Vinjas Schreien gehört. Als ich aus der Stadt zurückkam, war die Hütte voll Menschen. Aber den Täter hat niemand gesehen.«

»Wer tut so etwas?« sagte Tawan leise und wischte sich mit beiden Händen über das Gesicht. »Wer kann einem kleinen Kind die Zehen abschneiden? Hier«, er machte eine weite Handbewegung über die Slums, »hier gibt es kein Gewissen mehr, nur die Angst vor dem nächsten Tag. Ich muß raus, Baksa, ich kann hier nicht mehr leben.«

»Und wo willst du hin?« fragte sie.

»In die Stadt. Mitten in die Stadt.«

»Und schläfst neben den heiligen Kühen in der Gosse? Willst du uns alle umbringen, Tawan? Hier habe ich noch ein Stück Erde, das mir gehört, mit einem Dach darüber, das auch der stärkste Regen nicht durchstößt. Ich gehe nicht weg von hier, und mich verkaufen kann ich überall.«

Tawans Müdigkeit war zu groß, als daß er jetzt noch einen Streit hätte anfangen können. Er ging in die Hütte zurück, legte sich hin und schlief sofort ein. Er spürte nicht mehr, daß Baksa ihren schmalen, schönen, nackten Körper an ihn schmiegte und in die Beuge seines Halses flüsterte: »Tawan, mein Bruder, ich liebe dich. Geh nicht weg, bitte, geh nicht weg – Baksa und Vinja brauchen dich.«

Vier Tage später holten Baksa und Tawan die kleine Vinja bei Mutter Teresa ab. Sie wurden in einen fast kahlen, weiß getünchten Raum geführt, wo nur ein Tisch und vier Stühle standen und sich an der Decke der Propeller des Ventilators mit leisem Knirschen drehte. Man schien sie erwartet zu haben: Ein Polizist saß auf einem der Stühle und sah Tawan und Baksa forschend und mit strengem Blick an.

Ein wartender Polizist ist immer eine gefährliche Begegnung, vor allem wenn man in den Slums wohnt und kaum ein Tag vergeht, an dem man nicht irgendein Gesetz gebrochen hat. Diebstahl ist dabei die geringste Tat, und Prostitution ist überhaupt kein Thema. Was also wollte der Polizist bei Mutter Teresa? Tawan rollte schnell die letzten Wochen seines Lebens auf und fand nichts, was ihn verunsichern konnte. Hinter ihnen, in der Tür, wie ein Wachposten, stand eine der Missionsschwestern.

»Du bist Tawan Alipur?« fragte der Polizist und streckte den Zeigefinger wie eine Messerklinge nach ihm aus.

»Ja.«

»Und du bist Baksa, seine Schwester?«

»Ja.«

»Die Mutter von Vinja?«

»Ja.« Baksa preßte die Hände flach gegen die Schläfen. Ihre Augen wurden starr. »Warum fragst du? Ist... ist etwas mit Vinja geschehen? Lebt sie nicht mehr?«

»Sie lebt, aber ihr linker Fuß –«

»Wir wissen es. Gott strafe diese Bestie Mensch.«

»Du warst also – arbeiten, als jemand dem Kind den Fuß verstümmelte?«

»Ja.«

»Du bist also eine Hure?«

»Ich habe Hunger.«

»Du bist nach Hause gekommen, und das Kind lag ohne Zehen auf dem Bett?«

»So war es.«

»Wie kommt es dann, daß die Stümpfe verbunden waren? Mit Fetzen aus einem Hemd, das Tawan gehört?«

»Ja, das stimmt. Es war mein Hemd, mein bestes.« Tawan nickte. Er hatte nichts zu verbergen oder zu leugnen. »Den ganzen Rücken hat man in kleinen Stücken herausgerissen.«

»Hast du ein noch intaktes Hirn?« fragte der Polizist und stieß wieder mit dem Zeigefinger nach Tawan.

»Ich glaube doch.«

»Dann denk einmal nach. Da ist einer, der schneidet einem kleinen Kind die Zehen ab, warum, das weiß nur er, und dann nimmt er sich die Zeit und verbindet jeden Stumpf mit einem Fetzen von einem zerrissenen Hemd! Und das Kind schreit nicht dabei, es bleibt völlig stumm, denn sonst hätten es die Nachbarn sofort gehört. Ist das nicht merkwürdig?«

»Das ist es, aber es war so.« Tawan hob die Schultern. »Wir werden es nie erfahren.«

»Mutter Teresa hat lange darüber nachgedacht. Sie meint, nicht ein Mann habe Vinja die Zehen abgeschnitten, denn ein Mann hätte kein Mitleid gehabt – es muß eine Frau gewesen sein, die nach der Tat den Fuß verbunden hat, um das Kind nicht verbluten zu lassen.«

»Warum eine Frau?« schrie Baksa plötzlich auf. »Eine Frau

kann so etwas nicht. Eine Frau kann nie ein Kind verstümmeln! Warum all diese Fragen? Ich will meine Tochter sehen, ich will sie mitnehmen – wer der Täter ist, erkennt man ihn an Fragen? Ein verkrüppeltes Kind habe ich jetzt – wachsen die Zehen nach, wenn man fragt und fragt und fragt?«

»Ein verstümmeltes Mädchen erzeugt Mitleid«, sagte der Polizist und sah dabei Baksa durchdringend an. »Und Mitleid bringt Geld.«

Baksa erkannte die Gefahr, die jetzt auf sie zukam. Sie rettete sich, indem sie sich zu der an der Tür stehenden Schwester herumwarf und beide Arme ausstreckte. Dabei schrie sie mit schriller Stimme: »Ich will mein Kind! Warum gibt man mir nicht mein Kind? Vinja, wo bist du? Wo ist mein Kind?«

Der Polizist erhob sich von seinem Stuhl, zuckte resignierend die Schultern und verließ den Raum. Genau, wie ich es Mutter Teresa vorausgesagt habe, dachte er. Außer Geschrei kommt nichts dabei heraus. Wie kann sie glauben, daß es in den Slums ein Gewissen gibt?

Er nickte der Schwester an der Tür zu, was hieß: »Ihr könnt das Kind freigeben«, setzte sich vor dem Krankenhaus in seinen Jeep und fuhr in einer Staubwolke davon. Polizist in Kalkutta ist ein Scheißjob, dachte er und drehte Blinklicht und Sirene an, um alles vor sich zu verjagen.

Ein paar Wochen nach Vinjas Rückkehr in die Hütte fand Tawan den Platz, auf dem er fortan leben wollte: die Hauswand der Punjab National Bank an der Brabourne Road. Nach Einigung mit dem Revierchef der Polizei erlebte Tawan eine der schwersten Stunden seines Lebens.

Er wartete ab, bis Baksa, wie jeden Morgen, in einem Zinkeimer Vinja gebadet hatte und nun den Eisenkessel mit Wasser über das Feuer hängte, um Tee zu kochen. Heute gab es ein luxuriöses Frühstück – ein fetter Amerikaner hatte Baksa für ihren Dienst zehn Dollar gegeben. Sie hatte damit auf dem Frühmarkt eingekauft und war glücklich, ihren Bruder zu überraschen. Sie hatte ihn mit leidenschaftlichen Küssen geweckt, aber Tawan hatte sie weggestoßen und nur gebrummt: »Laß mich in Ruh! Du riechst nach Weißen.«

Nun saß er neben der frisch gebadeten, fröhlichen Vinja und sah Baksa zu, wie sie am Herd hantierte, ein buntes Baumwolltuch um die Hüften und sonst nur eingehüllt in ihre offenen, langen schwarzen Haare. Sie war von wunderbarer Schönheit, und Tawan dachte, daß die Natur ein höhnisches Wesen sein mußte, denn die lockendsten Blumen ließ sie auf den Sümpfen blühen. Es kostete ihn Mühe, seine triebhafte Liebe zu seiner Schwester zu unterdrücken und mit nüchterner Stimme zu sagen: »Heute ziehe ich um, Baksa.«

»Was sagst du da?« Sie drehte sich zu ihm um. Ihre fast schwarzen Augen waren weit und voller Ratlosigkeit.

»Ich habe den Platz gefunden, den ich gesucht habe.«

»In der Stadt?«

»Ja, in einer der besten Gegenden. Mit der Polizei habe ich mich schon verständigt. Ich habe auch schon die Bretter für das Dach gekauft.«

»Du willst Vinja und mich verlassen?« Baksas Stimme wurde klein wie bei einem Kind. »Wir gehören doch zusammen, wir lieben uns.«

»Du bist meine Schwester.«

»Wir wollten nie daran denken, Tawan. Du bist ein Mensch, und ich bin ein Mensch, hast du einmal gesagt. Und diese beiden Menschen lieben sich – nur das ist wichtig, alles andere nicht! Warum willst du gehen?«

»Ich ersticke in diesem Sumpf aus Dreck, Urin und Scheiße. Ich muß weg, ich muß einfach weg!«

»Dann... dann sehen wir uns nie wieder? Du willst Vinja nicht wiedersehen?«

»Ich komme euch besuchen, oder ihr besucht mich. Vielleicht verdiene ich eines Tages so viel, daß ich euch nachholen kann. Aber dann darfst du keine Hure mehr sein.«

»Es ist doch nur ein Geschäft, das weißt du doch.«

Er antwortete darauf nicht, zog Vinja an sich und küßte sie auf die Augen. Dann stand er auf und ging zur Tür.

Baksa hielt ihn am Ärmel seines durchlöcherten Hemdes fest. »Du willst schon gehen? Ohne Frühstück? Ich habe ein Frühstück wie ein Baumwollhändler kaufen können.«

»Mach es uns nicht so schwer, Baksa.« Er schüttelte ihre Hand ab, blickte auf ihre kleinen, festen Brüste und seufzte. »Laß mich los – ich muß flüchten vor dir!«

Er stieß die Tür auf, rannte aus der Hütte, hetzte über den schwammigen Weg, denn es hatte in der Nacht wieder geregnet, die Slums schwammen wie auf einem Sumpf, und er rannte, als ginge es um sein Leben, bis er die befestigte Straße erreichte. Ein Bus fuhr gerade an – Tawan erreichte ihn noch mit langen Sprüngen und klammerte sich an der Tür fest.

Jetzt beginnt ein neues Leben, dachte er, als der Bus durch die Innenstadt von Kalkutta fuhr. Ich bin aus dem Sumpf heraus, und schlechter kann es nicht werden. Und ich bin ein junger, kräftiger Mann, den man gebrauchen kann, kein Schatten von einem Menschen wie die anderen aus den Slums. Ich habe eine Zukunft. Verdammt, ich *habe* eine Zukunft! Ich brauche sie nur zu suchen, und ich werde sie finden.

Ein ganzes Jahr wohnte Tawan schon unter seinem Bretterdach mit dem Plastikvorhang an der Hauswand der Punjab National Bank, als ein Nachbar von Baksa bei ihm erschien und sagte: »Du sollst zu deiner Schwester kommen. Es geht ihr nicht gut. Sie hat eine Krankheit, die keiner kennt und heilen kann.«

»Hat sie einen Arzt gefragt?« antwortete Tawan.

»Ja. Aber er hat nur mit dem Kopf geschüttelt und sie in ein großes Hospital geschickt. Dort hat man ihr gesagt, es gebe kein Bett für sie. Da hat sie wieder den Fakir und Wunderheiler kommen lassen. Er beschmierte sie mit Salben und stinkenden Ölen, grub ihren Körper im Flußschlamm ein, aber nichts half.«

»Warum ist sie nicht zu Mutter Teresa gegangen?« fragte Tawan.

»Das haben wir Baksa auch gesagt – aber sie weigert sich.«

Tawan schlug ein Tuch um seinen Kopf und verließ seine Schlafstelle. Er hatte Baksa und Vinja im vergangenen Jahr öfter besucht, auch an dem Platz, an dem sie jetzt arbeitete. Sie verkaufte nicht mehr ihren zierlichen Körper an weiße Touristen oder reiche indische Händler, sondern hatte sich eine Strohmatte gekauft, saß auf ihr auf dem Bürgersteig vor dem noblen Grand-Hotel, und alle, die das Hotel betraten, mußten an der kleinen Vinja vorbei und sahen auf die schrecklichen Zehenstümpfe. Mit wunderschönen, dunkelbraunen, großen Augen lächelte Vinja die Gäste des Grand-Hotels an. Natürlich waren sie nicht allein – um sie herum kauerten oder lagen Bettler, Amputierte, Leprakranke, zerlumpte Mütter mit Säuglingen an der Brust, Fakire, die sich dicke Nadeln durch die Bakken stießen oder sich scharfe Haken in die Brust trieben, an die sie Eisengewichte hängten, ohne daß ein Tropfen Blut aus dem gepeinigten, ausgemergelten Körper trat. Eine große, harte Konkurrenz – trotzdem war Vinja der Star der Nehru Road. Ihr kleiner verstümmelter Fuß ließ vor allem die europäischen Touristen nicht teilnahmslos, jeden Tag klimperten so viel Münzen in den Blechteller, daß Baksa und Vinja immer satt wurden und Baksa sogar ein paar Rupien sparen konnte.

Die Zeit, mit ihrem Körper Geld zu verdienen, war vorbei.

Wer hätte sie jetzt auch mit auf ein prunkvolles Hotelzimmer genommen?

Irgendwie mußte es mit dem Fluß zusammenhängen. Baksa kannte es von Kind an nicht anders: Jeden Abend wurde der Schmutz des Tages im Fluß abgewaschen, badete man sich und fühlte sich wie ein neuer Mensch, wenn man aus dem Wasser stieg. Aber irgendwie mußte sich der Fluß verändert haben: An einem Abend hatte Baksa wieder gebadet, hatte ein paar Wäschestücke in der Strömung gewaschen, so wie sie es tausendmal getan hatte und es Tausende von Slumbewohnern auch taten. An diesem Abend spürte sie ein Kribbeln und Brennen auf der Haut; drei Tage später überzog ein roter Ausschlag den ganzen schönen Körper, die Pusteln brachen auf und eiterten, es war, als würde sie von innen heraus verfaulen. Plötzlich verschwanden die kleinen Geschwüre, aber eine unendliche Müdigkeit überfiel Baksa, eine Schwäche in allen Muskeln und Sehnen, die Tag für Tag stärker wurde. Wenn sie morgens von ihrer Matratze kroch, hatte sie Mühe, sich aufzurichten und gerade zu stehen, jeder Schritt war wie mit Zentnergewichten behangen, sie schaffte nicht mehr den Weg zum Grand-Hotel und kam gerade noch bis zum Hugli-Fluß, wo sie sich ans Ufer setzte oder auf die Seite fiel und in das schmutzige Wasser starrte.

Diese Müdigkeit, diese Schlappheit! Schlafen, schlafen, nichts als schlafen. Den ganzen Tag und die ganze Nacht nur schlafen... Aber sie schlief nicht, sie war hellwach, nur ihr Körper versagte, löste sich auf in Müdigkeit. An einigen Stellen auf der Haut erschienen nach und nach einige dunkle, fast kreisrunde Flecken; sie taten nicht weh, verunzierten nur den Körper.

An dem Tag, an dem Baksa nach ihrem Bruder rief, lag sie schon zwei Tage fast regungslos auf der Matratze mit den eingetrockneten Blutspritzern aus Vinjas Fuß. Als Tawan in die Hütte kam, saß Vinja auf ihrem Lumpenhaufen und krähte vor Freude, als sie ihren Onkel sah. Er hatte ihr Bananen mitgebracht und ein Kleidchen aus weiß-rot gepunkteter Baumwolle. Schon an der Tür erschrak Tawan – Baksas schöner Körper war knochig geworden, sie mußte jetzt ganz leicht sein, die Wangen waren eingefallen, und aus diesem eingesunkenen Gesicht leuchteten ihm weite, starre Augen entgegen, als habe sich ihre letzte Kraft in diesen Blick zurückgezogen.

»O Gott!« sagte Tawan, und seine Stimme war rauh vor Entsetzen. »Warum hast du mich nicht früher gerufen? Du mußt sofort zu einem Arzt!«

»Kannst du einen bezahlen?«

»Ja. Im Augenblick ja.«

»Leg das Geld zur Seite, für Besseres als einen Arzt. Sie kennen die Krankheit nicht. Ich schrumpfe zusammen, und keiner kann es aufhalten.«

»Ich bringe dich zu Mutter Teresa.«

»Nein!« Es war wie ein Aufschrei. Nie zu ihr, nie mehr zu ihr – sie weiß, wie Vinjas Fuß verstümmelt wurde. Sie hat es nicht gesagt, aber ich habe es gespürt.

»Sie hat so vielen geholfen, denen keiner mehr helfen konnte«, sagte Tawan. »Vielleicht weiß sie mehr als die Ärzte?«

»Nicht zu Mutter Teresa! Ich will nicht.«

Es hatte keinen Zweck, mit Baksa weiter darüber zu reden. Tawan verließ sie und versprach ihr, in drei oder vier Tagen wiederzukommen. Er hatte vier Tage Arbeit in einem Lagerhaus am Shibpur Ghat bekommen und mußte Kisten, Säcke und Ballen hin und her schleppen und Lastwagen damit beladen.

Zwei Tage nach Tawans Besuch, an einem warmen Abend, wo man gern im Fluß badete, fanden Nachbarn Baksa – sie lag im Dreck des Ufers, war auf die Seite gefallen und ganz still gestorben. Man vergrub sie sofort an einer sumpfigen Stelle am Fluß. Ein Nachbar, dem Baksa vertraut hatte, nahm Vinja unter den Arm und lief durch die Riesenstadt zur Punjab National Bank.

Stumm hing Vinja in seinem Arm, und mit ihren großen braunen Augen betrachtete sie die laute, von Menschen, Tieren und Fahrzeugen wimmelnde Welt und winkte den heiligen Kühen zu, die träge auf den Straßen lagen und die niemand vertreiben durfte. Nur einmal fragte sie: »Wohin gehen wir?«

Und der Nachbar antwortete: »Laß dich überraschen, Vinja. Du wirst länger leben als deine Mutter.«

Tawan kam müde und mit wundem Rücken vom Kistenschleppen zu seiner Behausung zurück und blieb verwundert stehen, als er durch die Plastikplane Licht schimmern sah. Es war nichts

Neues, daß während der Abwesenheit des Bewohners seine Behausung einfach von anderen besetzt wurde mit der Begründung, sie habe ja leer gestanden. Es gab dann immer einen gnadenlosen Kampf um dieses Fleckchen Erde, mit Messern, Dolchen, Zaunlatten oder Eisenstangen.

Tawan straffte sich, griff in seinen Hosengürtel und holte ein Klappmesser heraus. Du wirst nicht mehr lange Freude unter meinem Dach haben, dachte er voll Grimm. Ich bin mit dem Messer schneller als das Vorzucken einer Kobra. Er riß die Plane des Eingangs auf, die Messerklinge zum Stechen vorgestreckt, aber dann stand er starr im trüben Licht und ließ das Messer sinken.

Auf seinem Lager saß Vinja und winkte ihm fröhlich zu, und Baksas Nachbar saß daneben und trank Tee aus der hohen Blechtasse von Tawan. »Ich bringe dir Vinja«, sagte er. »Es war Baksas letzter Wunsch.«

»Sie ist tot?«

»Ja. Am Fluß ist sie vor Schwäche umgefallen und ist nicht mehr aufgestanden. Sie wußte, daß es zu Ende war.« Der Nachbar hielt Tawan ein Kuvert hin. »Und auch das soll ich dir von ihr geben.«

Tawan riß das Kuvert auf. Rupienscheine lagen darin, er zählte nach, und Tränen traten in seine Augen. »Dreihundert Rupien«, sagte er stockend. »Das hat sie für Vinja gespart. Und du bringst sie mir – du bist ein ehrlicher Mensch.«

Der Nachbar schwieg und trank einen Schluck Tee. Es waren vierhundert Rupien gewesen, die Baksa hinterlassen hatte, aber wenn man bedenkt, daß er Vinja stundenlang durch die Stadt bis zur Punjab National Bank getragen hatte und sie unterwegs eine Wassermelone gekauft hatten, war es eigentlich ein gerechter Lohn. Es war unnötig, darüber zu sprechen. »Was wirst du jetzt tun?« fragte er. »Im Hafen kannst du nicht mehr arbeiten. Du kannst Vinja nicht den ganzen Tag allein lassen. Hol dir Baksas Platz am Grand-Hotel zurück – dort hat Vinja jeden Tag so viel verdient, daß sie leben konnten.«

»Auch die Bank hier ist ein guter Platz.« Tawan setzte sich auf seine Liege, zog Vinja auf seinen Schoß und überlegte, ob es noch andere Möglichkeiten gebe, als zu betteln. Vinja allein zu lassen, das sah er ein, war unmöglich. Sie mit zu den Ghats zu nehmen und irgendwo hinzusetzen, während er die Schiffe entlud oder an der Fähre die Koffer der Ausländer trug und sie dabei bestahl, war auch kein guter Gedanke. Wie sah die Zukunft überhaupt aus? Nun hatte er ein Kind, ein zweijähriges, verkrüppeltes Mädchen, das mit seinen großen glänzenden Augen jeden anlockte. Gewiß, was Baksa ihm da hinterlassen hatte, war ein Kapital, aber Tawan war nicht ein Mensch, der vom Betteln leben wollte. Er fühlte sich als Hafenarbeiter und unter seinem Holzdach wohl. Was also tun?

Zunächst kaufte Tawan, als der Nachbar gegangen war, bei einem Küchenstand eine Schale Reissuppe und eine Schale gebratenes Fleisch mit ein paar Gemüsewürfeln. »Jetzt essen wir erst mal«, sagte er zu Vinja.

Sie klatschte in die Händchen – seit Wochen hatte sie kein Fleisch mehr gesehen. Wie eine kleine hungrige Katze fiel sie über die Schüssel her und schlang das Fleisch allein hinunter, und Tawan sah ihr glücklich zu und verzichtete auf seinen Anteil.

Das alles geschah vor fünf Jahren. Aus der kleinen Vinja war nun ein auffallend hübsches Mädchen geworden mit langen, glatten schwarzen Haaren, ein Abbild ihrer schönen Mutter. Ihre Haut war glatt und hellbraun, und wenn es regnete und das Kleidchen naß an ihrem Körper klebte, sah man schon die kleinen Knospen wachsender Brüste.

Die vergangenen fünf Jahre waren schwer für Tawan geworden. Er arbeitete weiter an den Ghats und nahm Vinja jeden Tag zum Fluß mit, baute mit gestohlenen Zaunlatten bei einem Sandhaufen einen großen Laufstall, in dem Vinja spielen konnte und wo sie kaum jemand bemerkte. Tawans Kollegen schenkten ihr ab und zu eine Scheibe Hammelwurst und ein Stück Ziegenkäse – es war für Vinja eine glückliche Zeit.

Nur einmal gab es – abgesehen von den nie endenden Kämpfen gegen die Bankdirektoren, die einmal sogar sein Dach anzünden ließen, als er im Hafen arbeitete, aber der Polizeiposten selbst war es, der den Brand schnell löschte – bösen Ärger mit einem Bankkunden.

Ein Europäer, ein feister Deutscher, wie sich später herausstellte, war vor Vinja stehengeblieben, musterte sie wie ein Metzger ein schlachtreifes Lamm und sagte dann auf englisch: »Ich schenke dir hundert Rupien, wenn du mit mir auf mein Zimmer kommst. Dein Fuß stört mich nicht, wenn du anderswo nicht verkrüppelt bist.«

Bei aller Duldsamkeit, die ein Armer haben muß, das war Tawan zu viel. Er sprang unter seiner Plastikplane hervor, packte den Weißen an der Gurgel und schlug auf ihn ein.

Der Deutsche, so feig wie er dick war, begann sofort laut zu schreien. »Überfall!« schrie er. »Überfall! Hilfe! Hilfe!«

Es dauerte nur zwei Minuten, da rannten zwei Polizisten heran, schlugen mit ihren Schlagstöcken auf Tawan ein und schleppten ihn und den jammernden Deutschen zu einem um die Ecke parkenden Streifenwagen.

Auf dem Polizeirevier wurde Tawan zunächst in einen fensterlosen Raum gesperrt, hockte sich an der Wand auf den Betonboden und wartete in der Finsternis auf sein Verhör. Der Polizei-Lieutenant war sein heimlicher Freund und Geschäftspartner; er würde diesen Vorfall bestimmt gerecht behandeln.

Im Dienstzimmer hatte der Deutsche vor dem Lieutenant Platz genommen, hockte auf einem Stuhl, schwitzte, als habe er hundert kleine Quellen in der Haut, und brüllte den Polizeioffizier mit hochrotem Kopf an: »Überfallen hat er mich! Überfallen! Ich werde es meiner Botschaft melden, wie gefährdet ein Tourist in Ihrem Land ist! Und so einem Miststaat geben wir auch noch Entwicklungshilfe!«

Das Gesicht des Lieutenant versteinerte sich. Aber er blieb höflich – ein fremder Gast muß vorsichtiger als andere behandelt werden. »Wie hat es angefangen?« fragte er.

»Was heißt hier angefangen? Was soll die dämliche Frage? Er packte mich an der Gurgel und wollte mich erwürgen!«

»Warum?«

»Warum!« Die Stimme des Deutschen wurde jetzt schrill. »Was hat denn dieses Gesindel, dieser Abschaum, denn anderes im Sinn, als zu rauben und zu morden?«

»Auf einer Straße wie der Brabourne Road wird niemand am hellen Tag überfallen.« Der Lieutenant sah den tobenden Weißen kühl an. »Außerdem sind Bankeingänge der sicherste Platz – sie werden bewacht.« Er beugte sich etwas vor und starrte den schweißüberzogenen Deutschen mit seinen schwarzen Augen an. »Was war vorher?«

»Vorher? Ich wollte in die Bank und Geld wechseln.«

»Und da fällt der Mann Sie einfach an?«

»So war es.«

»Wir werden nachher auch Tawan Alipur – so heißt er – verhören, und wenn er etwas anderes aussagt –«

»Wem glauben Sie mehr: einem dreckigen Halunken oder einem Deutschen, der Ihr Land bereist, um es kennenzulernen? Was ich bisher gesehen habe, reicht mir! Ich werde es in Deutschland der Presse berichten.«

»Wie hat es angefangen?« fragte der Lieutenant stur. Er hatte eine britische Polizeiakademie besucht und dort gelernt, höflich, aber unnachgiebig zu sein.

»Angefangen?« Der Deutsche wischte sich über das Gesicht. »Das hat mit dem Überfall nichts zu tun. Das ist ein anderer Hut. Da saß auf der Straße, auf einer Decke, ein hübsches junges Mädchen und lachte mich an. Na ja, wenn das so ist, habe ich gedacht, wenn das dein Geschäft ist, warum nicht? Hundert Rupien habe ich ihr geboten, und dabei hatte sie auch noch einen verkrüppelten Fuß. Und plötzlich ist dieser Kerl da und würgt mich!«

»Wir werden das überprüfen«, sagte der Lieutenant kalt. »Lassen Sie Ihre Hoteladresse hier – Sie bekommen Nachricht.«

»Ich verlange, daß der verhinderte Mörder hart bestraft wird!«

»Das Strafmaß bestimmt, wie in Ihrem Land, das Gericht. Aber ich nehme an, bis zum Urteil sind Sie längst wieder in Deutschland.«

Wütend und mit dem deutlichen Gemurmel: »Alles die gleiche Saubande!« verließ der dicke Deutsche die Polizeistation.

Draußen vor der Tür, auf der Straße, saß Vinja und wartete auf ihren Onkel. Um den Fußstumpf hatte sie ein Handtuch gewickelt.

Der Deutsche warf einen Blick auf sie, schob die Unterlippe vor und sagte laut: »Hurenpack!« Dann winkte er ein Taxi heran und fuhr zu seinem Hotel.

Als Tawan zum Verhör in das Zimmer des Lieutenant geführt wurde, hatte er ein böses Gefühl im Magen. Die Polizisten sahen ihn so merkwürdig an, und auch sein heimlicher Freund, der Offizier, saß mit bösem Gesicht auf seinem Stuhl hinter dem Schreibtisch.

»Du Idiot!« sagte er hart zu Tawan. »Schlägst auf einen Touristen ein, nur weil er mit Vinja redete.«

»Er hat sie beleidigt. Er wollte sie mit auf sein Zimmer nehmen!«

»Na und? Bei hundert Rupien?«

»Meine Vinja ist keine Kinderhure und wird nie eine sein!«

»Wie stolz! Wie stolz!« Der Lieutenant verzog spöttisch die Lippen. »Würgt einen ausländischen Gast, nur weil Vinja ihm gefällt! Zehn Prozent von hundert Rupien sind zehn Rupien! Daran hast du nicht gedacht, stimmt's? Sind wir nicht Geschäftspartner, Tawan, du Idiot? Darüber solltest du nachdenken.«

Das Nachdenken bestand darin, daß zwei Polizisten ihn auf den Hinterhof des Reviers führten und ihn mit ihren Schlagstöcken so lange verprügelten, bis er die Besinnung verlor. Sie schleiften ihn aus dem Haus und warfen ihn wie Abfall auf die Straße.

Vinja war von ihrer Decke aufgesprungen und starrte den ohnmächtigen Onkel und seinen zerschlagenen Körper stumm an. Sie humpelte zu ihm, setzte sich neben ihn und legte seinen blutigen Kopf in ihren Schoß.

Als er mühsam die Augen öffnete und ihr kleines hübsches Gesicht über sich sah, seufzte er tief und griff nach ihrer streichelnden Hand. »Nein! Du nicht!« sagte er kaum hörbar durch die aufgesprungenen Lippen. »Du nicht – solange ich lebe!«

An all das dachte Tawan, während sich die Warteschlange weiter in das gelbe Haus mit dem Schild »Laboratory« schob. Endlich war auch er in einem Vorraum, stand vor einer Art Theke, hinter der ein Mädchen saß, einen kurzen Blick auf Tawan warf und dann nach einem vorgedruckten Formular griff.

»Name?« fragte sie.

Tawan sah sie freudig an. Wenn sie meinen Namen will, ist das schon etwas wert, dachte er.

»Tawan Alipur«, antwortete er. »Und du?«

Das Mädchen starrte ihn ungläubig an. »Wann... wann geboren?« schrie sie ihn plötzlich an.

Tawan zuckte zusammen. Was war falsch gewesen? Er wollte doch nur höflich sein. Er nannte sein Geburtsdatum, so wie es ihm seine Mutter gesagt hatte. Ob es stimmte, hatte bisher noch niemand nachgeprüft – es wäre auch unmöglich gewesen.

»Krankheiten?«

»Ich war immer ein gesunder Mensch. Dreck ist wie eine zweite, schützende Haut. Deshalb bin ich ja gekommen.«

»Warten.« Das Mädchen nahm einen Telefonhörer ab, sprach ein paar Worte in einem südindischen Dialekt, den Tawan nicht verstand, und zeigte dann auf eine Tür links von ihm. »Hineingehen!«

Tawan nickte, drückte die Klinke nieder und betrat ein größeres Zimmer. Es war zwar spärlich möbliert, aber Tawan kam es vor, als betrete er einen Palast.

Hinter einem Schreibtisch saß ein dicker Mann mit stechendem Blick und musterte ihn eine Weile wortlos. Dann sagte er mit einer heiseren Stimme, die gar nicht zu seinem massigen Körper paßte: »Ich bin Chandra Kashi. Wer hat dir von mir erzählt?«

»Ein ehemaliger Freund, Sahib.« Tawan verengte die Augen zu Schlitzen, um sich konzentrierter zu erinnern. »Er wohnte zwei Straßen weiter von mir, unter einem Dach an der Wand einer Zigarrenfabrik. Und plötzlich war er weg, einfach verschwunden, und eine Familie mit drei Kindern zog unter das Dach. Ein Jahr später hält vor meiner Wohnung ein Auto, und wer sitzt drin? Mein Freund! In einem eigenen Auto. In einem richtigen Anzug. Mit Hemd und Krawatte und blauen Schuhen. ›Wen hast du ausgeraubt?‹ habe ich sofort gefragt. Und er hat geantwortet: ›Ich mich selbst! Weißt du, was du wert bist? Die wenigsten Menschen wissen es. Hungern dahin, sterben in der Gosse, leben, um langsam zu sterben. Dabei könnten sie reich sein, alle könnten es – wir sind aus lauter Rupien zusammengesetzt. Du auch, Tawan! Man muß das nur wissen und ausnutzen. Ich verrate dir etwas, mein Freund, und in zwei Monaten kannst du im Peiping-Restaurant sitzen und Hummer essen. Paß mal auf!‹« Tawan sah den dicken Chandra Kashi mit glänzenden Augen an. »Und nun bin ich hier, Sahib. Sie können mich doch gebrauchen, nicht wahr?«

»Das wird sich bei der Untersuchung herausstellen.« Chandra Kashi ließ seine Blicke wieder über Tawan gleiten, hinauf und hinab.

Ein wohlwollender Blick, dachte Tawan glücklich.

»Du willst also reich werden?«

»So wie mein Freund, Sahib.«

»Was hast du anzubieten?«

»Das, was mein Freund auch verkauft hat.«

»Und was war das?«

»Eine Niere, Sahib. Eine ganz gesunde Niere. Sehen Sie mich an! Ich bin stark und kräftig wie ein Büffel.«

»Auch ein Büffel kann Würmer haben.« Chandra Kashi winkte ab. »Man wird dich gleich untersuchen, Blut abnehmen und den Urin analysieren. Du kannst doch pinkeln?«

»Ich habe draußen lange gewartet, es geht bestimmt, Sahib.« Tawan sah sich um. Von dem Raum gingen drei Türen in andere Räume. »Wo muß ich hin?«

»Wir müssen uns erst über den Preis einigen.« Chandra Kashi klopfte mit dem Zeigefinger auf die Tischplatte. »Ich zahle einen festen Tarif. Ein Handeln ist zwecklos. Eine Niere bringt dir dreißigtausend Rupien.«

Tawan antwortete nicht. Ihm wurde plötzlich schwindelig. Einen Augenblick wurde es dunkel um ihn, als sei die Sonne ins Meer gefallen, aber dann wurde es wieder so hell, daß er die Augen schließen mußte. Dreißigtausend Rupien! Kann man sich das vorstellen, so viel Geld in der Hand zu haben? Für eine Niere plötzlich ein reicher Mann – Chandra hatte einen Witz gemacht, nur so war das zu erklären. Was verdiente der Vorarbeiter im Hafen, der immer so herumschrie und den alle fürchteten und vor dem sie sich duckten, nur um zwei Stunden Säcke oder Kisten schleppen zu können? Dreihundert Rupien, hatte man gesagt. Im Monat. Dreihundert, und alle beneideten ihn. Wie soll ich dann für eine Niere dreißigtausend – Chandra, verspotten Sie nicht einen so armen Menschen wie mich. »Dreißigtausend«, sagte Tawan gedehnt. »Sahib –«

»Kein Handeln! Hier ist kein Bazar, sondern eine medizinische Institution. Ja oder nein?«

»Ja, Sahib.« Tawan atmete tief durch. Es war wahr – er würde sich eine Wohnung leisten können, Vinja brauchte nicht mehr vor der Bank zu sitzen und ihren verstümmelten Fuß auszustellen, er könnte ihr sogar Spezialschuhe machen lassen, in denen man die Stümpfe verstecken und sie wie eine Gesunde laufen konnte. Und es gab keinen Hunger mehr, kein Durchwühlen der Abfallsäcke und Mülleimer, kein Lastentragen, bis das Rückgrat krachte – wie ein richtiger vornehmer Herr konnte er auf der Terrasse eines Cafés sitzen und dem Leben auf der Straße zuschauen. Was heißt »wie«? Er *war* ein vornehmer Herr, mit dreißigtausend Rupien in der Tasche. Nein, nicht in der Tasche, auf einem Konto der Punjab National Bank, an deren Hauswand er neun Jahre lang unter einem schrägen, niedrigen Holzdach und einer Plane gelebt hatte. Ein Bankkunde. Und den Direktor würde er anschnauzen, der seit neun Jahren versuchte, ihn von der Hauswand zu vertreiben. Sogar an das Dach hatte er einmal Feuer legen lassen, als Tawan am Fluß Arbeit suchte.

»Die rechte Tür«, sagte Chandra Kashi. »Wenn die Untersuchung gut ausfällt, machen wir einen Vertrag. Einverstanden?«

»Einverstanden, Sahib.«

»Hast du eine Frau, Kinder?«

»Nein, nur eine Nichte, aber sie ist für mich wie mein Kind.«

»Du kannst sie zu einer reichen Frau machen. Ich kaufe dir deinen ganzen Körper ab. Wir können alles gebrauchen: Augen, Ohren, Lunge, Herz, Leber, Milz, Darm – soll das nach deinem Tod alles in der Erde verfaulen, wenn du damit Menschenleben retten kannst? Wie jetzt mit deiner Niere? Überleg es dir.« Chandra Kashi zeigte mit dem Daumen zur rechten Tür. »Und jetzt zur Untersuchung.«

Tawan war es, als schwebe er über den Fußboden. Kein Mensch weiß, wieviel er wert ist – du hattest recht, mein Freund. Aber ich weiß es jetzt. Dreißigtausend Rupien für eine Niere, und das ist erst der Anfang. Was kann man im Körper noch entbehren und doch weiterleben? Ein Arzt muß das wissen, also fragen wir einen Arzt.

Nach einer halben Stunde stand Tawan wieder auf der Straße und ging stolz an der Menschenschlange entlang.

Einer der Wartenden winkte Tawan zu. »Was haben sie da drin mit dir gemacht?« rief er.

»Blut abgenommen, mit so einem komischen Gerät – sie nennen es Ultraschall – in den Körper geblickt, in ein Glas mußt du pinkeln, und dann sehen sie, ob du gesund bist.«

»In der Pisse sehen sie das?«

»Ja.«

»Hau ab, du Idiot!« Das Gesicht des Mannes wurde dunkel vor Zorn. »Macht sich lustig über uns! Freunde, wir sollten ihn verprügeln!«

Tawan machte, daß er schnell wegkam von den Wartenden, schaute beim Rückweg zu seinem Schutzdach in die Fenster einiger Anzuggeschäfte und suchte sich im Geiste schon zwei schöne Anzüge aus. Den Vertrag hatte er unterschrieben, seine Niere war verkauft, der Termin war Donnerstag nächster Woche, an dem man sie ihm herausschneiden wollte, ein Dr. Ratja Banda würde ihn operieren, in einer eigenen Klinik in der Belvedere Road, gegenüber dem Park von Alipur. Tawan sah das als ein gutes Zeichen an – er hieß ja wie der Park, Tawan Alipur, es konnte nichts schief gehen.

Am Abend saßen Tawan und die kleine Vinja unter dem Holzdach, eine Petroleumlampe stank und verbreitete ein dumpfes Licht, sie aßen aus Blechschüsseln eine Bohnensuppe, denn Tawan konnte sich jetzt eine Konservendose leisten: Chandra Kashi hatte ihm eine Anzahlung von hundert Rupien mitgegeben.

»Bald wirst du in einem richtigen Bett liegen, Vinja«, sagte er. »In einem richtigen Zimmer, mit Mauern drumherum und einem Fenster, das man auf- und zumachen kann. Und wir werden von Porzellantellern essen und jeden Tag Fleisch und Gemüse haben.«

Vinja hörte still zu, aber dann sagte sie plötzlich: »Erzählst du ein neues Märchen, Onkel Tawan?«

»Ja, es ist fast wie ein Märchen.« Er legte den Arm um die schmalen Schultern des Kindes. »Wir werden nie mehr arm sein, wenn ich klug mit meinem Körper bin.«

Es war ein Satz, den Vinja nicht verstand.

Die Privatklinik von Dr. Ratja Banda war ein prunkvoller, mit Eingangssäulen verzierter, weiß gestrichener Bau im Kolonialstil der Jahrhundertwende, als die Engländer das Mündungsgebiet des Ganges zum zweitgrößten Hafen Indiens ausgebaut hatten und Kalkutta eine blühende Stadt war.

In Medizinerkreisen besaß Dr. Banda den besten Ruf, galt als ein blendender Chirurg, war Mitglied des exklusiven East Bengal Golf Club und Ehrenmitglied des Poloclubs, seine Partys waren berühmt wegen der geradezu unverschämten Vielfalt schöner Frauen und der phantasievollen Buffets. Er kannte alle wichtigen Leute der Stadt, vom obersten Staatsanwalt und Richter bis zum Bürgermeister und den Stadtdeputierten, vor allem aber die reichen Fabrikanten und Handelsherren, deren Einfluß bis nach Delhi reichte und die mehr Macht besaßen und auch ausübten als alle Behörden von Kalkutta.

In der Klinik Dr. Bandas ein Bett zu bekommen war schon eine besondere Auszeichnung; von ihm selbst operiert zu werden war wie ein Ritterschlag. Eine Operationsnarbe von Dr. Bandas Hand war einem Kunstwerk ähnlich, und da er alles operierte, vom simplen Blinddarm bis zur Totalexstirpation des Uterus mit den Ovarien, hatten zwei Drittel der hohen Gesellschaft schon auf seinem OP-Tisch gelegen.

Sogar aus dem Ausland reiste man in Kalkutta an, vor allem aus den USA, wo der Name Ratja Banda als Geheimtip gehandelt wurde. Vor allem die chronisch Nierenkranken, die nur überleben können, wenn sie alle zwei Tage an ein Dialysegerät angeschlossen werden, das ihr Blut entgiftet, hoffen auf eine Nierentransplantation, auf eine Spenderniere, die ihr Leben rettet und wieder lebenswert macht.

Bei diesen Kranken auf der langen Warteliste ist die Klinik Dr. Bandas ein Paradies der Wiedergeburt, vorausgesetzt, man kann es sich leisten, nach Kalkutta zu fliegen und Dr. Banda zu bezahlen.

Edward Burten saß in seinem Büro und blätterte in dem Wochenbericht seiner Firmen. Der große Raum lag im obersten Stockwerk seines imposanten, fast futuristisch gebauten Hochhauses in Manhattan und glich einer gläsernen Kanzel. Sie war wie ein in der Sonne glitzernder, leuchtender Hut, der das schlanke Gehäuse aus Beton, Glas und Marmor beschützte.

In diesen Teil des Hauses gelangte man nur mit einem Speziallift, der im 26. Stockwerk begann und zu dem nur ein paar Vertraute einen Schlüssel besaßen. Burten war ein vorsichtiger, ja fast ängstlicher Mensch, nachdem zwei Freunde von einer Gangsterbande entführt worden waren – den einen konnte man gegen Zahlung von fünf Millionen Dollar Lösegeld befreien, der andere wurde ermordet, bevor man den geforderten Betrag beschafft hatte. Seitdem lebte Burten in seiner gläsernen Burg, zu der nur der Lift führte. Und selbst wenn es gelingen sollte, den Liftschlüssel an sich zu bringen, endete die Fahrt nach oben in einer Schleuse, die von zwei Fernsehkameras überwacht wurde. Bei einem Eindringen würden sofort stählerne Platten an den Wänden herunterkrachen – es gab keine Chance, aus dieser Stahlkammer herauszukommen.

Burten war ein Mensch, der seinen Reichtum nicht geerbt und ausgebaut hatte. Er hatte mit achtzehn Jahren als Verkäufer in einem Gemüseladen begonnen. Es war das Jahr 1938, alles starrte gebannt auf Europa und vor allem auf Deutschland, wo ein gewisser Adolf Hitler ein »Großdeutsches Reich« zusammenraffte und seine Gegner in Straflager, die man KZs nannte, einsperrte. Burten interessierte das wenig – was da im alten Europa geschah, war so weit weg. Für ihn war wichtiger, daß er einen eigenen Laden mieten konnte, daß ihm eine Bank einen Kredit gab und daß er damit sein erstes eigenes Lebensmittelgeschäft eröffnen konnte.

Heute, 1980, mit zweiundsechzig Jahren, gehörte ihm eine Supermarktkette, besaß er alaskische Ölaktien, kontrollierte zweihundertachtunddreißig Tankstellen und war mit fünfzig Prozent an zwei Hotels mit Spielsälen in Las Vegas beteiligt. Er hatte es aufgegeben, den automatischen Zuwachs seines Kapitals auszurechnen; es wurde fast langweilig, allein den Zinsbetrag anzusehen.

Im Alter von sechzig Jahren, also 1978, erkrankte Burten an einer Nierenentzündung. Sein Arzt, Dr. René Salomon, behandelte ihn mit Antibiotika, und nach kurzer Zeit war die Krankheit vergessen. Aber irgendwie fühlte sich Burten nicht mehr so tatkräftig wie vor seiner Erkrankung. Er ermüdete schnell, litt plötzlich unter Kopfschmerzen, die er bisher nie gekannt hatte, lag nachts stundenlang wach und konnte nicht einschlafen, sogar seine Haut verfärbte sich und bekam ein schmutziggelbes Aussehen. Ab und zu wurde ihm plötzlich übel, er mußte grundlos erbrechen, und dann stellte sich eine Appetitlosigkeit ein, die ihn am meisten ärgerte. Burten galt als ein Genießer am Tisch, er kannte jedes Feinschmeckerlokal, und wenn er in den Weinkarten blätterte, war sein Gesicht wie das eines Kindes, das ein Märchen liest.

»Das gibt sich alles«, sagte Dr. Salomon, bei dem Burten mindestens einmal in der Woche erschien. »Dein Körper muß erst die Antibiotika-Bomben verarbeiten. Du bist einer der wenigen, die Medikamente nur langsam abbauen.«

Aufgeschreckt wurde Dr. Salomon, als sich bei einer Routineuntersuchung des Blutes eine deutliche Erhöhung der Serumkonzentration harnpflichtiger Substanzen herausstellte.

»Du lieber Himmel!« sagte Dr. Salomon und sah Burten fast entsetzt an. »Du hast eine Azotämie! Ed, du mußt sofort in eine urologische Klinik.«

»Was ist eine Azotämie?« fragte Burten verwirrt.

»Der Beginn eines totalen Zusammenbruchs der exkretorischen und endokrinen Nierenfunktion.«

»Drück dich vernünftig aus, René«, knurrte Burten. Er sah Dr. Salomon bittend an, Erschrecken lag in seinen Augen. »Hau mir nicht lateinische Brocken um die Ohren. Was habe ich?«

»Wenn sich bei der klinischen Untersuchung die Symptome bestätigen, hast du eine Niereninsuffizienz. Drittes Stadium nach der Charakterisierungsliste von Sarre. Eine beginnende Präurämie.«

»Leck mich am Arsch!« brüllte Burten plötzlich. Er sprang auf und hieb mit der Faust auf den Schreibtisch Dr. Salomons. »Sag es deutlich!«

»Deine Nieren versagen, Ed.« Dr. Salomon hob beruhigend beide Hände, als sich Burten an die Tischkante klammerte. »Keine Panik – das kriegen wir hin. Das ist noch konservativ behandelbar.«

Burten ließ sich durch diese beschwörenden Worte nicht beruhigen. Er fiel auf den Lederstuhl vor Salomons Schreibtisch zurück und starrte seinen Arzt mit Entsetzen an. Dabei atmete er so schwer, als sei er zu Fuß sein Hochhaus hinaufgeklettert. »Ich ... ich habe davon gelesen«, sagte er stockend. Der forsche Ton in seiner Stimme war wie erloschen. »Nierenversagen – da kommt man an so ein Ding, das man künstliche Niere nennt. In dem wird das Blut entgiftet und gewaschen.«

»Ich hoffe, daß es bei dir noch nicht nötig ist.« Dr. Salomon blickte noch einmal auf die Laborwerte – sie waren erschrekkend. »An die Dialyse kommen nur Kranke, die ohne Blutwäsche nicht mehr leben können. Ohne Dialyse tritt der Tod im Coma uraemicum ein.«

»Eine beruhigende Darlegung«, sagte Burten bitter.

»Noch hängst du nicht an der Dialyse. Die klinischen Untersuchungen werden dir sagen: Alter Junge, du hast noch mal Glück gehabt. Aber das eine muß ich dir jetzt schon sagen: Du wirst dein Leben umstellen müssen. Nicht mehr schwere Burgunderweine zur Fasanenbrust! Kein Whiskey mehr so zwischendurch. Die Insuffizienz ist da, und mit ihr mußt du als ständiger Begleiterin leben.«

»Ich mache alles, was ihr Quacksalber sagt – nur nicht an diese Nierenmaschine.«

»Wenn sie dein Leben rettet, Ed –«, sagte Dr. Salomon vorsichtig.

»Wie oft müßte ich an die Dialyse?«

»Jeden zweiten oder dritten Tag, je nach individueller Lage.«

»Und wie lange?«

»Je Behandlung rund fünf Stunden.«

»Und das nennst du Leben?« Burten schloß die Augen. »Mein Gott, da hat man sein Leben lang geschuftet und existiert nur noch durch eine Maschine!«

»Du bist nicht der erste und einzige, Ed. Tausende leben durch die Dialyse und sind glücklich, daß es sie gibt. – Warte ab, was in der Klinik festgestellt wird.«

Die Entscheidung über sein ferneres Leben überließ Burten nicht einem unbekannten Urologen. Er flog am nächsten Tag nach Rochester, stiftete zehntausend Dollar für den Sozialfonds der berühmten Mayo-Klinik und erhielt einen Untersuchungstermin schon am übernächsten Tag. Der Arzt, der ihn als Patient übernahm, hieß Dr. James Henderson; er las den Bericht von Dr. Salomon, sah dann Burten kurz, aber sehr kritisch an und sagte kumpelhaft: »Na, dann wollen wir mal! In Milch gewässerte Nierchen, mit Speck gebraten, war eine Spezialität meiner Großmutter.«

»Ihr Ärzte seid eine verdammt makabre Bande!« antwortete Burten. Ihm war nicht nach Scherzen zumute. Über Nacht hatte er auch noch Herz- und Atembeschwerden bekommen. Bisher war er immer stolz gewesen auf seine »Pumpe«, wie er sein Herz nannte, er joggte sogar in seinem Alter noch durch den Central Park oder spielte in New Jersey Golf über achtzehn Löcher, ohne hinterher schnaufen zu müssen. Und jetzt, plötzlich, in der vergangenen Nacht, schrak er im Bett hoch, bekam keine Luft mehr und hatte das Gefühl, eine Stahlzange presse sein Herz zusammen. »Was geschieht jetzt mit mir?«

»Sie müssen sich das so vorstellen, Mr. Burten«, sagte Dr. Henderson unbeeindruckt jovial, »das hier ist eine Wäscherei: Sie kommen als schmutziges Hemd rein und gewaschen und gebügelt wieder heraus.«

»Oder in einer schmalen Eichenkiste.«

»Dann waren die Flecken nicht mehr herauszukriegen.«

»Sie haben wirklich eine individuelle Art, Trost zu spenden.«

»Nicht Trost – Mut!«

»Den habe ich zeit meines Lebens gehabt.«

Die erste Untersuchung ließ Dr. Henderson sehr ernst werden. Die Laborwerte waren katastrophal. »Jetzt sollen Sie mal sehen, was wir alles können!« sagte er und überspielte damit die grausame Wahrheit. »Wir werden jeden Millimeter Ihrer Nieren unter die Lupe nehmen.«

Edward Burten nickte – für ihn klang das beruhigend. Er wurde von Zimmer zu Zimmer gebracht, lag unter dem Röntgengerät, erlebte eine Nierenszintigraphie und eine Radioisotopennephrographie und zum Schluß ein Nierenangiogramm.

Dr. Henderson, der Burten nicht von der Seite wich, sagte nach all den Untersuchungen nur: »Na ja...« und telefonierte mit der Dialyse-Station der Klinik.

Burten blickte den Arzt fragend und ungeduldig zugleich an. »Was heißt ›na ja‹?«

»Sie sind im richtigen Augenblick gekommen.« Dr. Henderson legte den Hörer wieder auf. »Oder besser: Sie sind ein paar Monate zu spät gekommen. Sie haben eine chronische interstitielle sklerosierende Nephritis, eine sogenannte Phenacetin-Niere. Das reicht.«

»Mir auch!« Burten lief rot an. »Wenn Sie mir dieses Medizin-Chinesisch übersetzen könnten –«

»Sie haben eine Urämie und sind dialysepflichtig.«

»Ich soll an die Maschine?«

»Sie *müssen*! Und zwar sofort! In zehn Minuten hängen Sie dran!«

»Ich weigere mich!« schrie Burten. Für ihn brach in diesem Augenblick seine gesamte, selbstaufgebaute Welt zusammen. Von Dr. Salomon wußte er ja, was Dialyse bedeutet: Jeden zweiten Tag fünf Stunden lang Blutwäsche. Und das bis zum Lebensende. Keine Reisen mehr nach Hawaii oder zu den Bahamas, kein Trip mehr nach Japan oder Europa, nicht einmal mehr ein verlängertes Wochenende in Las Vegas oder auf den Keys – nur noch dreimal in der Woche neben einer Waschmaschine fürs Blut liegen. »Ich weigere mich!« wiederholte er. »Es muß doch noch andere Möglichkeiten geben! Konservative Methoden, wie Dr. Salomon sagte.«

»Zu spät, Mr. Burten.« Dr. Henderson hatte jetzt die Hemmschwelle zur absoluten Wahrheit überwunden. Auch für einen erfahrenen Arzt ist es immer noch schwer, seinen Patienten mit dem Tod zu konfrontieren.

»Zu spät... Dann habe ich das also Dr. Salomon zu verdanken?«

»Aber nein. Eine Niereninsuffizienz hat oft eine eigenwillige Entwicklung. Ehe man sie richtig entdeckt, ist die Bombe meistens schon sprengbereit.«

»Ihre Ausdrucksweise schlägt mir auf den Magen!« Burten setzte sich mit einem tiefen Seufzer in einen der herumstehenden Sessel. »Ich kann mir also einen Sarg bestellen?«

»Wenn Sie sich weigern, an die Dialyse angeschlossen zu werden, müssen Sie sich beeilen. Ich habe Ihnen ja schon gesagt: Sie sind im letzten Augenblick gekommen.«

»Das ist also mein Todesurteil«, sagte Burten dumpf.

»Ich kann Sie nicht zwingen, sich an das Gerät anschließen zu lassen.«

»Es gibt doch noch eine andere Möglichkeit.«

In Burtens Augen erkannte Dr. Henderson ein verzweifeltes Flehen.

»Man kann doch jetzt auch Nieren verpflanzen. Von Toten und sogar von Lebenden, die eine Niere verkaufen. Ich habe davon gelesen, Doc.«

»Ja, man kann Nieren transplantieren. Das ist zum ersten Mal 1954 in Boston gelungen. Abgesehen von den Risiken der Abstoßung durch Immunreaktionen – der Eingriff 1954 geschah bei eineiigen Zwillingen, die die gleiche Eiweißzusammensetzung hatten – gibt es da zwei Hindernisse: Erstens ist ein Nierenkauf von einem Lebenden strafbar, und zweitens ist die Verwendung einer frischen, intakten Leichenniere aus vielerlei moralischen und juristischen Gründen problematisch. Man kann ja nicht stillschweigend einen Gestorbenen ausschlachten und als Ersatzteillager benutzen, so wie man Autoteile ausbaut.« Dr. Henderson schüttelte den Kopf. »Den Gedanken an eine Transplantation lassen Sie bitte fallen, Mr. Burten.«

»Und wenn sich doch eine Niere für mich finden läßt?«

»Fast aussichtslos. Erstens haben Sie eine seltene Blutgruppe und damit auch einen seltenen Spender, und zweitens haben alle Klinken auf der ganzen Welt so viele Nierenkranke auf der Warteliste, daß Sie in absehbarer Zeit keine Chance haben. Und Ihre Zeit ist ohne Dialyse nicht mehr absehbar! Verzeihen Sie, aber ich muß Ihnen das so grob sagen.«

»Ich bin auch dafür dankbar, Doc.« Burten senkte den Kopf, als blicke er in sich hinein. »Wann komme ich an das Gerät?«

»Ich warte jeden Augenblick auf den Anruf von der Station. Es wird alles vorbereitet. Als Notfall kommen Sie außer der Reihe dran. Auch die Kapazität unserer Dialysen ist begrenzt. Sie glauben nicht, wieviel Nierenkranke es gibt.«

Burten nickte wieder, mehrmals, als müsse er die grausame Erkenntnis in sich hineinhämmern. Aber ein Gedanke blieb in ihm haften, ein wahnsinniger Gedanke, an den er sich jetzt klammerte wie ein Ertrinkender an ein Brett: eine neue Niere. Ich muß eine neue Niere bekommen. Ich werde mir eine neue Niere kaufen. Und wenn sie eine Million Dollar kostet, mein Leben ist mehr wert als eine lumpige Million. Es wird doch jemanden auf dieser Welt geben, der eine Niere für eine Million Dollar abgeben kann. Ich werde in allen Zeitungen der Staaten eine Annonce aufgeben – zum Teufel mit den Juristen, die das verbieten wollen! Was würden sie selbst tun, wenn ihre Nieren versagten?

Das Telefon klingelte und schreckte Burten auf.

Dr. Henderson hob ab und sagte: »Okay!«

Burten erhob sich von seinem Sessel. »Es ist soweit?« fragte er.

»Ja.« Dr. Henderson schien in bester Laune zu sein. »Jetzt werden wir den ganzen giftigen Dreck aus Ihrem Blut wegwaschen. Schwester Lauren wird Sie betreuen. Sie hat einen fabelhaften Hintern – kneifen Sie nicht hinein, das hat sie nicht so gern.«

»Ihr Ärzte habt das Gemüt eines Nilpferdes«, sagte Burten, aber er war trotzdem irgendwie erleichtert. »Ihr kriegt es fertig und eßt bei einer Sektion einen Hamburger.«

»Wenn uns der Hunger überfällt, warum nicht?« Dr. Henderson winkte zur Tür. »Auf zur Premiere! Haben Sie Lampenfieber?«

»Warum?«

»Sie sind jetzt der Star. Jeder Star hat Lampenfieber vor seinem ersten Auftritt. Da wären Sie eine seltene Ausnahme.«

»Sie sind ein halbwegs guter Psychologe, Doc. Sie umhängen die Angst mit Heiterkeit. Ich glaube, Sie bringen es fertig, einem Sterbenden zu sagen: ›Nur keine Ungeduld, gleich hören Sie die Engelchen singen.‹ Natürlich habe ich Angst.«

»Sie werden sich wundern, wie wohl Sie sich nach der Dialyse fühlen.« Dr. Henderson legte den Arm um Burtens Schulter und führte ihn aus dem Zimmer. »Essen Sie gern Eis oder Rosinenbrot?«

»Ja. Beides«, antwortete Burten verwirrt.

»Genau so werden Sie sich freuen, wenn es Ihnen jeden dritten Tag gut geht.«

»Ihre Sprüche sollten Sie als Taschenbuch herausgeben, Doc. Titel: Fröhliches Eingehen.«

»Keine schlechte Idee.« Dr. Henderson lachte jungenhaft. »Und da sind wir schon, Mister Burten. Schwester Lauren mit dem sagenhaften Hintern wartet.«

Sie war hübsch, ohne Zweifel. Unter dem grünen Kittel ahnte man ihre Formen, und ihr Gesicht war einer Barbie-Puppe ähnlich und lächelte unentwegt.

Burten mußte sich in einen bequemen Spezialsessel setzen, und Dr. Henderson selbst bereitete ihn auf die Blutwäsche vor. Mehr als Schwester Lauren interessierte Burten der Apparat, an den jetzt sein Blut angeschlossen wurde, damit alle Giftstoffe herausgewaschen würden, die von den Nieren nicht mehr ausgefiltert wurden. Das also ist eine künstliche Niere, dachte er. In diesem Apparat steckt jetzt mein Leben. Ohne ihn bin ich verloren, ein künstlich am Leben gehaltener Mensch. Er betrachtete die vielen Kontrollanzeiger, Monitore und Warnsysteme, die den arteriellen und venösen Druck überwachten, die Temperatur, die Beimischung von Luft im Blut, die Leitfähigkeit und einen eventuellen Übertritt von Blut in das Dialysat kontrollierten und den Dialysatdruck maßen.

»Schon etwas komplizierter als eine normale Waschmaschine«, sagte Dr. Henderson fröhlich. »Aber eine Niere ist ja auch kein Hemd – sie ist in Ihrem Falle schmutziger.«

Und dann war Burten zum ersten Mal an eine künstliche Niere angeschlossen. Er hörte ein leises Summen und wußte: Nun wird mein Blut durch die Maschine gepumpt und von allen Giften und Schlacken gereinigt. Im Rhythmus von zwei oder drei Tagen werde ich weiterleben – nur einmal ausgesetzt, und ich bin wieder vergiftet. Es ist ein Wunder, daß ich überhaupt noch lebe.

Dr. Henderson verabschiedete sich für fünf Stunden. Er klopfte Burten kameradschaftlich auf die Schulter. »Noch eins«, sagte er voll Heiterkeit, »wir waschen Sie nur, zum Bügeln müssen Sie auf Ihre Frau zurückgreifen, oder wer sonst dafür in Frage kommt.« Grinsend verließ er das Dialysezimmer.

Schwester Lauren überwachte die Monitoren und drehte mal hier, mal dort an einem Schalter. »Wie fühlen Sie sich, Mr. Burten?« fragte sie einmal.

»Beschissen. Ich bin so schlapp wie ein nasser Waschlappen.«

»Das wird sich alles regulieren. Sie sind sehr spät zu uns gekommen. Nach den Dialysen werden Sie wie ein normaler Mensch leben können.«

Normal! Burten schloß die Augen. Was wird wieder normal sein? Das Einsammeln von Geld aus seinen vielen Betrieben, das lief fast automatisch. Lange Reisen fielen aus. Alkohol, gestrichen. Golf, vielleicht noch möglich. Blieb nur noch Lora, und hier konnte es problematisch werden.

Lora Burten, geborene White, hatte er auf einer Pelzmodenschau kennengelernt. Er wollte sich einen neuen Fuchspelzmantel kaufen, denn im Winter verbrachte er immer einen Monat in den Bergen von Montana. Bei dieser Modenschau wurden – als längster Teil – auch Damenpelze vorgeführt, und eines der Mannequins, die über den gläsernen Laufsteg schwebten, eingehüllt in sündhaft teure Nerze, Chinchillas, Breitschwänze, Ozelots, Panther, Geparde und Kronenzobel, war Lora White. Eine große, schlanke, wohlgeformte Blondine mit einer körperlichen Ausstrahlung, die Burten geradezu raubtierhaft ansprang. Er war damals seit zwei Jahren Witwer, nachdem seine Frau in einem Anfall tiefster Depression dreißig Schlaftabletten geschluckt hatte, gegen die alle ärztliche Kunst vergeblich war. Und nun staunte er auf der Modenschau Lora White an und wußte, daß er sie kennenlernen mußte.

Das erste Abendessen mit Rosé-Champagner entwickelte sich zu einer Pleite. Lora war zugeknöpft wie ein Seemannsgummimantel, behandelte den mittelgroßen, etwas dicklichen Millionär höflich, aber herablassend und nahm eine Einladung zum Golfen nur widerstrebend an. Burten war enttäuscht.

Sein ärztlicher Berater und Freund Dr. Salomon hatte eine Erklärung bereit: »Kennst du einen Spiegel?« fragte er.

»Ich rasiere mich jeden Tag«, knurrte Burten. »Dämliche Frage!«

»Deine Bartstoppeln interessieren keinen. Hast du einen Spiegel, wo du dich im ganzen siehst?«

»Ja. Im Schlafzimmer.«

»Dann stell dich mal nackt davor und betrachte dich in aller Ruhe nur eine Viertelstunde lang. Dann wirst du verstehen, warum eine Lora White dir trotz deiner Millionen nicht gleich um den Hals fällt.«

Burten tat tatsächlich, was ihm Salomon empfohlen hatte: Er

stellte sich nackt vor den Spiegel und betrachtete sich schweigend. Am nächsten Tag erschien er wieder bei seinem Doc in der Praxis. »Es gibt drei Dinge, die ich tun muß«, sagte er verbissen. »Erstens zwanzig Pfund abnehmen, zweitens jeden Tag Massagen und drittens ein Potenzmittel.«

»Abnehmen ist kein Problem«, antwortete Dr. Salomon. »Massagen kriegst du vom besten Masseur New Yorks, und Potenzpillen sind Blödsinn, davon werden nur die Hersteller potent. Wenn du schlanker bist und durchtrainiert, ist nichts mehr auf Halbmast.«

Von Kind an war Burten ein ehrgeiziger Bursche gewesen, sonst hätte er es im Leben nicht so weit gebracht. Auch jetzt, immer Loras Blondschopf und Traumfigur im Auge, setzte er seinen Plan mit wahrer Verbissenheit durch. Nach drei Monaten startete er einen neuen Versuch. Er rief Lora an und hatte Glück, daß sie in New York und nicht auf Tournee war.

Natürlich sagte sie ab. Burten hatte es nicht anders erwartet. Er kündigte an, daß er demnächst wieder anrufen werde.

Lora antwortete: »Da müssen Sie aber Glück haben, wenn ich zu Hause bin!«

Burten sagte jungenhaft: »Das habe ich – ich bin ein Goldkind.«

Wortlos legte Lora auf.

Ich bin wirklich ein dämlicher Hund, dachte Burten, und aus der Übung seit Evelyns blödsinnigem Selbstmord vor zwei Jahren. Das war ein Schock gewesen, der tief saß. Aber jetzt habe ich Lora gesehen und fühle mich wie ein junger Bursch.

War es ein Zufall oder nicht? Zwei Tage nach dem Telefonat mit Lora und ihrer schroffen Absage kam es vor Burtens Bürohochhaus zu einem kleinen Unfall. Ein Auto, das sich in eine Parklücke schieben wollte, streifte einen schon geparkten Wagen. Der Fahrer war eine elegante Dame mit einem goldschimmernden Kopf und hieß Lora White. Und Zufall Nummer zwei: Das Knirschen von Blech auf Blech geschah gerade in dem Augenblick, als Burten sein Hochhaus verließ.

Lora war sichtlich schockiert von diesem Unfall und hatte nichts dagegen, mit Burten in die gläserne Kanzel des Hochhauses zu fahren. Dort sank sie wie zu Tode erschöpft in einen der tiefen Ledersessel, ließ sehr viel Bein sehen und sogar ein Stück Strapse und nahm dankbar ein Glas Champagner an. Zur Beruhigung der Nerven. »Das ist mein erster Unfall«, sagte sie, als stände sie vor einem Gericht, »glauben Sie mir. Die Parklücke war enger, als ich gedacht habe. Jetzt wird man wieder höhnisch sagen: ›Typisch! Frau am Steuer.‹ Dabei bin ich eine sichere Fahrerin.«

»Es ist doch nichts passiert, Lora.« Burten goß Champagner nach. »Ein kleiner Kratzer – darüber spricht man doch nicht.«

»Aber ich muß unbedingt den Besitzer des Wagens benachrichtigen.«

»Ist schon geschehen.«

»Ich begehe keine Fahrerflucht.«

»Haben Sie auch nicht, Lora. Der Besitzer des Wagens ist benachrichtigt.« Burten grinste breit. »Das Auto gehört zu meinem Fuhrpark.«

Zufall Nummer drei?

Lora White atmete tief auf, was ihre Bluse gefährlich spannte, lehnte sich, wie von einer großen Last befreit, im Sessel zurück und trank einen Schluck Champagner. »Können Sie mir verzeihen, Mr. Burten?« hauchte sie mitleiderregend.

»Ich heiße Edward ... Ed.« Burtens Herz quoll auf wie ein Hefekuchen. Die logische Frage, warum Lora White gerade vor seinem Hochhaus in eine Parklücke wollte, von der jeder sah, daß sie zu klein für ihren Pontiac war, stellte er sich nicht. Bis heute nicht. Er sah nur ihr Puppengesicht und ihre gottvolle Figur, ihre langen Beine in den schimmernden Nylons und das Stückchen Strapse. Beim Gedanken, was weiter höher war, schlug seine Phantasie Purzelbäume und rauschte das Blut in seinen Schläfen.

Das war vor sechs Jahren gewesen. Eine Schicksalsstunde, wie Burten sie nannte. Jetzt lebte Lora schon sechs Jahre mit ihm zusammen, hatte natürlich ihren Beruf als Mannequin aufgegeben, verfügte über Blankoschecks, fuhr einen Porsche, füllte einen eigenen Tresor mit dem Schmuck weltberühmter Juweliere, war Burten sogar treu, hatte keinen heimlichen jüngeren Lover, weder Tennis- noch Golflehrer wie ihre Freundinnen, deren Übungsstunden immer länger dauerten. Lora hatte alles, was eine Frau zutiefst zufrieden macht, nur eins war ihr bisher nicht gelungen: Frau Lora Burten zu werden. Heiraten war für Burten kein Thema.

Das verwunderte um so mehr, als er keine Erben hatte. Lora war klug genug, nicht auf eine Ehe zu drängen, und hoffte, daß Eds Testament sie sowieso zur Alleinerbin bestimmen werde. Daß sie Burten überleben würde, war bei dreißig Jahren Altersunterschied abzusehen, wenn man von möglichen äußeren Einwirkungen wie Unfällen absah. Auf gar keinen Fall hatte Lora die Absicht, wie Evelyn zu Schlaftabletten zu greifen. Warum die erste Frau das getan hatte, war auch Lora ein Rätsel – Ed war ein höflicher, großzügiger Mensch, und auch seine Mannbarkeit war mit fast dreiundsechzig Jahren noch zufriedenstellend.

Lora.

Burten seufzte, blickte auf seinen rechten, verbundenen Arm und die Pflaster, unter denen die Schläuche für Arterie und Vene zum Dialysator führten.

Schwester Lauren, die sein Seufzen gehört hatte, war sofort bei ihm und beugte sich über ihn. Ein Blick auf das Gerät zeigte ihr: Alles in Ordnung. Die Hämodialyse lief völlig normal. »Haben Sie Schmerzen?« fragte sie vorsorglich. »Spüren Sie etwas?«

»Nein. Warum?«

»Sie haben so tief geseufzt.«

»Das war ein ganz privater Seufzer, Schwester.« Burten lächelte etwas verlegen. »Man hat ab und zu solche Momente.« Er betrachtete Schwester Lauren jetzt genauer. Dr. Henderson hatte recht – sie verlockte jeden Mann, irgend etwas von ihr anzugreifen. Genau wie Lora. Auch sie strahlte die stumme Aufforderung aus: Tu etwas. Bisher war er sich sicher gewesen, die treueste Gefährtin zu haben. Was aber würde werden, wenn er nun als alter, unheilbarer Mann, der nur durch eine Maschine noch lebte, zurückkehrte und das bisher herrliche, freie Leben vorbei war? Machte Lora das mit? Sie war jetzt dreiunddreißig Jahre jung, ein Alter, in dem eine Frau voll erblüht war und Sehnsüchte sammelte und ihrer Leidenschaft zum Futter vorwarf. Mit dreiunddreißig Jahren auf viel Schönes zu verzichten und dafür einen vergreisenden Mann zu pflegen, der ihr nichts mehr zu bieten hatte, was ihr Körper an Sex forderte – konnte man das von einer Frau verlangen? »Haben Sie einen Freund?« fragte er Schwester Lauren.

»Ja.« Ihr Blick wurde lauernd. So fangen sie meistens an, und dann begrapschen sie einen. Burten schien also auch nicht anders zu sein. »Er ist in der Boxstaffel der Universität. Mittelgewichtsmeister.« Das war zwar eine Lüge, aber manche Männer schreckte das doch ab.

»Wieviel älter als Sie ist er?« fragte Burten weiter.

»Fünf Jahre.«

»Könnten Sie sich vorstellen, mit einem Mann zusammenzuleben, der dreißig Jahre älter ist als Sie?«

»Schwer.« Schwester Lauren sah Burten verblüfft an. Sollte das ein Antrag sein, nach einer Stunde Bekanntschaft? Sie mußte innerlich über diesen Unsinn lachen. »Ein Mann, älter als mein Vater – ich glaube nicht. Es müßte dann schon eine ganz große, wahnsinnige Liebe sein, wo Alter keine Rolle mehr spielt. Aber das gibt es so selten.«

»Man sieht oft ältere Männer mit attraktiven jungen Frauen, Lauren.«

»Ja, aber ob das Liebe ist?« Schwester Lauren schüttelte den Kopf. »Meistens lieben diese Frauen das Bankkonto oder die Berufschancen. Hollywood ist voll von solchen Mädchen. Sie tun alles, um Karriere zu machen oder sorglos im Reichtum zu leben. Ich mag solche Frauen nicht. Sie sind wie Parasiten.«

Parasiten – das Wort sprang Burten an wie ein Raubtier. Ist Lora auch nur ein Parasit? Lebt sie sechs Jahre mit mir zusammen, weil ich ihr alles bieten kann, was sie sich wünscht? Ist sie eine Schmarotzerpflanze, die sich um mich schlingt und mich langsam erwürgt? Ist ihre Liebe nur kalte Berechnung? Verkauft sie sich an mich um den Preis ihres Körpers und den Glamour, der sie umgibt?

»Warum fragen Sie, Mr. Burten?« riß Schwester Laurens helle Stimme ihn aus seinen quälenden Gedanken.

»Ich liebe eine Frau, die dreißig Jahre jünger ist als ich.«

»Dann müssen Sie ein glücklicher Mann sein.«

»Lora weiß noch nichts von meiner Krankheit. Sie denkt, es sei ein Virus. Wie wird sie reagieren, wenn sie erfährt, daß ich ohne künstliche Niere nicht mehr leben kann? Daß ich jeden zweiten oder dritten Tag an der Dialyse liegen muß? Daß sie einen todkranken Mann betreuen muß?«

»Sie sind nicht todkrank, Mr. Burten.« Schwester Lauren griff nach seiner Hand und hielt sie fest.

Wie bei einem Sterbenden, dachte Burten und fühlte sich unendlich elend. Der letzte Trost: Du bist nicht allein.

»Sie sind einer unter Hunderttausenden auf dieser Welt. Und alle leben sie mit der Dialyse ein – fast – normales Leben. Es ist eine reine Gewohnheitssache.«

»Es geht nicht um mich – ich komme mit mir zurecht. Es geht um Lora, ob sie mit mir zurecht kommt.«

»Wenn Lora Sie wirklich liebt –«

»Das eben ist die Frage. Plötzlich ist alles anders geworden.«

»Fragen Sie Lora, Mr. Burten. Sagen Sie ihr, was gerade mit Ihnen getan wird. Ich hole Ihnen ein Telefon.«

»Nein, Lauren, nein. Bitte.« Burten hob den freien Arm. Die Angst lag deutlich in seinen Augen. »Das will ich nicht am Telefon sagen, ich will ihr gegenüberstehen und in ihre Augen sehen. Was ihr Mund sagt, werde ich kaum hören – ihre Augen sprechen.«

»Wenn man so lange verheiratet ist wie Sie, Mr. Burten –«

»Ich bin nicht verheiratet. Ich war Witwer, als ich Lora kennenlernte. Jetzt leben wir sechs Jahre zusammen.«

Lauren rechnete schnell. »Da war sie, als sie zu Ihnen kam, siebenundzwanzig Jahre alt?«

»Ja. Wir lernten uns auf einer Pelzmodenschau kennen – sie war Mannequin. Verstecken Sie nicht Ihre Zweifel, Lauren. Ich weiß, was Sie jetzt denken, und es ist schrecklich, daß mir jetzt, nach sechs glücklichen Jahren, auch solche Gedanken kommen. Zum ersten Mal!«

»Ich kann Sie verstehen, Mr. Burten.« Schwester Lauren trat etwas von der Spezialliege zurück. »Aber es sind dumme Gedanken. Liebe kann alles in sich aufnehmen, auch eine künstliche Niere.«

Fünf Stunden erscheinen wie endlos, wenn man sie abwarten muß. Wenn man an Schläuchen hängt und die leisen rhythmischen Geräusche hört, mit denen die Maschine das Blut aus dem Körper saugt und wieder hineinpreßt. Wenn man die Zeit mit Gedanken ausfüllt, die Eiseskälte oder Sonnenglut durch den Körper jagen. Zeitweise hatte Burten die Augen geschlossen und vielleicht auch etwas geschlafen, dennoch zogen sich die Stunden hin, und der Minutenzeiger der großen runden Uhr, die ihm gegenüber an der Wand hing, schlich träger als eine Schnecke vorwärts. Wie lang kann eine Minute sein, wie lang zehn Minuten, wie endlos eine Stunde! Burten mußte an ein Interview im Fernsehen denken, das ein bekannter Boxer gegeben hatte. Er hatte gesagt: »Der einsamste Mann der Welt ist der Boxer im Ring. Und eine Runde von drei Minuten sind wie drei Minuten Ewigkeit.« Und das ist noch untertrieben, dachte Burten. Es sind drei Minuten Hölle, wenn du an dieser Maschine liegst.

Kurz vor Ende der fünf Stunden erschien Dr. Henderson wieder im Dialysezimmer, wie immer in bester Laune. »Gleich haben wir's geschafft!« sagte er. »Ihr Blut ist sauber wie ein frisch gewaschener Kinderpopo! Sie müssen sich fühlen wie ein junger Bursche vorm ersten Kuß!«

»Ich fühle mich scheißelend!« knurrte Burten. »Und das wissen Sie, Doc.«

»Ich gebe Ihnen einen genauen Bericht für Dr. Salomon mit.« Dr. Henderson sah zu, wie Schwester Lauren Burten von der Dialyse abkoppelte. »Der Kollege Salomon muß dafür sorgen, daß Ihnen sofort ein Dialyseplatz in New York zugewiesen wird.«

Nachdem Burten aufgestanden war und Schwester Lauren die Einstichstellen in seinem Arm verpflastert hatte, wartete er ungeduldig auf den Bericht von Dr. Henderson und hatte es dann sehr eilig, von Rochester zurück nach New York zu fliegen. Lora rief er nicht an, daß er unterwegs nach Hause war – er wollte sie überraschen. Das hatte er in den vergangenen sechs Jahren nie getan, aber jetzt trieben seine verzweifelten Gedanken ihn dazu an zu sehen, was Lora tat, wenn er unverhofft in der Tür stand.

Lora war eine brave Frau. Als Burten in sein schloßähnliches Haus schlich, saß sie vor dem Fernseher und schaute sich ein lustiges Quiz an. Kein junger Lover an ihrer Seite, sondern nur der Siam-Kater Kim, der sich im Nebensessel räkelte. Burten tat innerlich Abbitte für seinen Verdacht und räusperte sich an der Tür.

Mit einem hellen Schreckensschrei zuckte Lora aus dem Sessel hoch. »Du?« keuchte sie. »Mein Gott, hast du mich erschreckt! Warum hast du nicht vorher angerufen?«

»Ich wollte dich mal überraschen.«

»Das ist dir gelungen.«

Burten kam näher, küßte Lora auf den Mund und streichelte dabei ihren Rücken. Er fühlte sich nach der Dialyse wirklich besser, die Müdigkeit war wie weggezaubert, das gereinigte Blut gab ihm neue Kraft. »Jetzt trinken wir erst mal einen Whiskey zusammen«, sagte er fröhlich.

»Ist in den Supermärkten in Ohio alles in Ordnung?«

»Ich nehme es an.« Burten setzte sich in den Sessel und zog Lora auf seine Knie. »Ich war gar nicht in Ohio.«

»Du warst nicht –«, fragte sie ungläubig.

»Nein.«

»Wo bist du denn die zwei Tage geblieben?«

»In Rochester.«

»Rochester? Da hast du doch gar keine Filiale. Was wolltest du in Rochester?«

»Ich war in der Klinik. In der berühmten Mayo-Klinik. Ich wollte wissen, was wirklich mit meinem Körper los ist. Es war meine beste Idee.«

»Du hast in letzter Zeit wirklich schlecht ausgesehen, Ed. Ich habe mir Sorgen gemacht. Ich habe auch mit Dr. Salomon gesprochen, und der sagte: ›Lora, das bekommen wir schon hin.‹«

»Ja. Und darüber will ich jetzt mit dir sprechen, mein Liebling.« Burten küßte Lora auf den Hals. »Aber zuerst hol uns den Whiskey.«

Sie brachte die zwei Gläser, setzte sich wieder auf seinen Schoß, stieß mit ihm an und wartete dann, was er zu sagen hatte. Im Hintergrund ihrer Augen lauerte Angst. »Was haben die Ärzte in der Mayo-Klinik gesagt?« fragte sie, als Burten noch immer zögerte.

»Nichts Gutes.«

»O Gott! Ed, mein Schatz, was hast du?« Sie legte den Arm um seinen Hals und drückte sich an ihn. »Sag mir alles.«

»Es hat gar keinen Sinn, etwas zu verheimlichen, Lora.« Burten holte tief Luft. »Meine Nieren sind kaputt, sie arbeiten nicht mehr richtig, sie vergiften meinen Körper. Ich habe eine unheilbare Urämie.«

Lora war eine Zeitlang stumm vor Entsetzen, starrte Burten aus geweiteten Augen an, und er ließ ihr wortlos die Zeit, sich an diese grausame Wahrheit zu gewöhnen.

»Du … du mußt … Nein, Ed! Nein!« Es war ein Aufschrei, als zerrisse man ihren Körper. Das Wort »sterben« konnte sie nicht aussprechen. Das Whiskeyglas fiel aus ihrer Hand, sie umklammerte Burten und drückte sich so fest an ihn, als wolle sie sich in ihn hineinpressen. »Das ist doch nicht wahr! Das kann doch nicht sein! Sie können dich doch nicht wegschicken und einfach sagen: Geh und stirb!« Das Wort machte sie fast ohnmächtig; sie begann laut zu weinen, ihr Körper wurde hin- und hergeschüttelt, und Burten empfand so etwas wie ein Glücksgefühl: Sie liebt mich wirklich. So etwas kann man nicht spielen. Sie liebt mich und nicht meine Millionen.

»Ich werde nicht sterben«, sagte er, als sie sich soweit beruhigt hatte, daß er wieder mit ihr reden konnte. »Wir werden nur unser Leben umgestalten müssen, es wird ein ganz anderes Leben werden – keine zwei Wochen Miami mehr, kein Hawaii, keine Kreuzfahrten mehr durch die Karibik, kein Trip durch Japan.«

»Mein Gott, wie kannst du jetzt über so etwas Unwichtiges reden?«

»Bisher war das deine Welt – sie wird es nie mehr geben. Unsere Welt wird zusammenschrumpfen auf einen Rhythmus von zwei oder drei Tagen.«

»Was... was heißt das?« fragte sie kaum hörbar.

»Ich werde nur weiterleben können, wenn ich dreimal in der Woche an eine künstliche Niere angeschlossen werde. Sie muß die Giftstoffe herausfiltern, weil es meine Nieren nicht mehr können. Ich kann nur weiterleben durch eine Maschine.«

»Aber du wirst leben! Du wirst leben – das allein ist doch wichtig!«

»Weißt du, was das für dich bedeutet?«

»Wie kannst du so etwas fragen! Ich liebe dich doch, Ed.«

In dieser Nacht hätte Edward Burten alle Millionen hergegeben für das Glück, das er mit seinen Armen umschlang.

Dr. Salomon las den Brief des Kollegen Dr. Henderson und nickte dabei mehrmals.

Burten, der vor ihm saß, stieß den Kopf vor, als Dr. Salomon den Brief zurück auf den Tisch legte. »Du tust so, als hättest du alles vorher gewußt!« knurrte Burten.

»Das habe ich, Ed.«

»Und warum hast du mir nichts gesagt?«

»Wir kennen uns jetzt über dreißig Jahre, und ich kenne dich genauer als du dich selbst. Du hättest geantwortet: ›Du hast ja einen Stich! Ich pinkele wie bisher.‹« Dr. Salomon lehnte sich zurück. »Hast du dich nicht gewundert, daß du in Rochester sofort untersucht wurdest? Im allgemeinen geht das nicht ohne Terminabsprache und Wartezeiten.«

»Du siehst, es ging alles wie geölt.«

»Ja, weil ich in der Mayo-Klinik angerufen habe.«

»Du wußtest doch gar nicht, daß ich nach Rochester fliege.«

»Nein, aber deine Sekretärin.«

»Aha! Morgen fliegt Mabel fristlos raus! Du läßt mich durch meine Sekretärin überwachen?«

»Ja! Ich hätte dir ab sofort Privatausflüge nicht mehr erlaubt. Auch daß sie dich in der Mayo-Klinik sofort an die Hämodialyse angeschlossen haben – auch da gibt es lange Anwartschaften –, war nur möglich, weil ich den Chef der Urologie aus meiner Studienzeit kenne.«

»Erwartest du, daß ich jetzt vor dir auf die Knie falle und einen Psalm singe?«

»Das würde sich zum Fürchten anhören!« Dr. Salomon war plötzlich wieder sehr ernst. »Die Probleme gehen jetzt erst richtig los. Wo bekomme ich für dich eine künstliche Niere?«

»Wir haben in New York und Umgebung Krankenhäuser genug.«

»Alle ausgebucht. Es gibt noch nicht genug Dialysegeräte. Jeder, der jetzt dranhängt, ist in einem geheimen Losverfahren aus Tausenden von Nierenkranken ausgelost worden. In zehn Jahren wird es vielleicht genug Hämodialysatoren geben zur extrakorporalen Dialyse.«

»Hör mit deinem Scheißlatein auf!« rief Burten wütend. »In zehn Jahren! Ich muß übermorgen wieder an die Schläuche.«

»Das eben ist das Problem. Es gibt keine freien Kapazitäten, aber Schlangen von Wartenden.«

»Soll das heißen…?« Burten war fahl im Gesicht geworden. Seine Hände begannen zu zittern. »Man könnte mein Leben retten und kann es nicht?«

»So hart möchte ich das nicht ausdrücken, Ed. Wir werden eine künstliche Niere auftreiben.«

»Bis übermorgen?«

»Ja. Ich kenne eine Menge Ärzte – einer muß dich dazwischenschmuggeln. Wie er das schaffen soll, das weiß ich nicht. Das Auswahlverfahren –«

»Ich scheiße auf das Verfahren.«

»Das kannst du – du bekommst trotzdem keine künstliche Niere.«

Burten legte die Hände gegeneinander und sah über die Fingerspitzen Dr. Salomon an. »Was kostet so ein Dialysator? Hunderttausend Dollar? Dreihunderttausend? Fünfhunderttausend? Verdammt, ich kaufe mir mein eigenes Gerät und stelle es bei dir auf. Und wenn ich nicht dranhänge, kannst du andere Patienten durchspülen und klotzig dabei verdienen. Das ist die Idee! Ich kaufe mir meinen eigenen Dialysator.« Burten winkte mit beiden Händen. »Los, erkundige dich, wer die Dinger herstellt. Ist eins auf Lager, sofort herbringen. Ich zahle bar, auch schwarz! Ohne Rechnung.«

»Du bist ein cleverer Gauner und doch so naiv wie ein Gänseblümchen. Die Produktion der Herstellerfirmen ist auf Jahre ausverkauft.«

»Und immer gegen Rechnung! Ich bezahle in die offene Tasche. Verdammt, versuch es! Erkundige dich, wer die besten Geräte herstellt.«

Dr. Salomon telefonierte herum. Der urologische Chefarzt des Warner Hospital gab einen entscheidenden Tip: Die Firma Medicine Technics stellte die besten Geräte her, und die teuersten. Nur große Universitätskliniken konnten sich diese Dialysatoren leisten. Vielleicht gab es da eine Lieferlücke.

Die Medicine Technics hatte ihre Produktionsstätten in Cleveland am Erie-See. Es dauerte eine Weile, bis Dr. Salomon die Chefsekretärin überredet hatte, ihn mit dem Präsidenten der Gesellschaft zu verbinden, einem Mr. Charles Hynes. Er schien ein Manager der neuen Generation zu sein, denn seine Stimme klang jung und forsch.

»Was kann ich für Sie tun, Doc?« fragte er freundlich.

»Ohne lange Vorreden: Ich brauche Ihren besten Dialysator.«

Hynes lachte kurz auf und antwortete dann: »Wann wollen Sie ihn haben? 1986?«

»Wenn's geht, sofort.«

Hynes lachte wieder und rief dann ins Telefon: »Doc, sind Sie Psychiater und von Ihren Patienten bereits angekratzt? Was Sie da sagen, ist doch purer Unsinn.«

»Ich bezahle bar in die Hand, ohne Rechnung.«

»Ich will das nicht gehört haben«, sagte Hynes schneidend. »Die Produktion ist ausverkauft.«

»Gibt es bei Ihnen keine Ausfälle? So komplizierte Apparate können doch mal einen Fehler haben, und diesen Apparat nehmen Sie bei der Endkontrolle aus der Lieferung. Das ist doch glaubhaft, auch wenn's nicht stimmt.«

»Sind Sie Arzt oder ein Gangster?«

»Im Notfall muß ich beides sein, und hier handelt es sich um einen Notfall. Denken Sie von mir, was Sie wollen – ich brauche sofort einen Dialysator. Ich will gar nicht den Preis wissen, er ist für mich uninteressant.«

»Ich glaube, wir brechen das Gespräch ab«, sagte Hynes kühl. »Geben Sie mir Ihre Adresse, damit ich weiß, wer Sie überhaupt sind.«

Dr. Salomon nannte seine Anschrift und legte dann auf.

Burten starrte ihn mit zittrigem Kopf an. »Was... was ist?« fragte er.

»Er lehnte natürlich entrüstet ab.« Dr. Salomon grinste zufrieden. »Aber er wollte meine Adresse. Das heißt, er wird liefern.«

»Wann?«

»Abwarten. Mr. Hynes wird nicht zu lange zögern, einen Haufen Dollars in die Chefaktenmappe zu schaufeln.«

Burten atmete tief ein und aus. »Was hat er dich gefragt, als du geantwortet hast: ›Im Notfall muß ich beides sein‹?«

»Er hat gefragt, ob ich ein Arzt oder ein Gangster bin.«

»Dieser Hynes ist mir ausgesprochen sympathisch. Er hat dich erkannt.«

»Du vergißt, daß ich nur das Sprachrohr war.« Dr. Salomon grinste breit. »Der Vorschlag und das Geld kommen von dir. Wer, mein lieber Ed, ist nun der Gangster?«

An diesem Vormittag ließ Dr. Salomon seine Patienten von seinem jungen Assistenten untersuchen. Er selbst hing am Telefon und rief alle Krankenhäuser von New York und Umgebung an. Auch Kliniken in New Jersey, alles, was in einem Umkreis von hundert Kilometern erreichbar war.

Überall das Gleiche, wie es Salomon erwartet hatte: Keine freie künstliche Niere. Alle Termine belegt.

»Und für einen Notfall?« fragte Dr. Salomon immer wieder.

»Tut uns leid«, war die nüchterne Antwort, »auch ein Notfall hat keine Chance. Gerade er nicht. Wir können doch nicht einen anderen Patienten einfach deswegen abklemmen. Unmöglich.«

»Das gibt es doch nicht«, stammelte Burten, nun wieder bleich und verstört. »Man kann mich doch nicht sterben lassen! Mir ist es völlig gleichgültig, an welche künstliche Niere ich angeschlossen werde, ob in Boston, Dallas, Los Angeles oder Detroit. Ruf überall an – bis ich meinen eigenen Dialysator habe, fahre ich überall hin!«

Bei seinen letzten Gesprächen mit den Kliniken in New Jersey hatte Dr. Salomon eine neue Idee. In dem urologischen Privatkrankenhaus eines Dr. Joe Hippler, den Dr. Salomon persönlich kannte und den er zuletzt anrief, weil er wußte, daß Dr. Hippler nur zwei Geräte hatte, aber eine lange Liste von Anmeldungen, sagte er: »Joe, es geht um einen Platz an der Dialyse.«

»Ich schicke dir die Liste rüber. Du kannst Platz 74 haben.«

»Ich brauche sie übermorgen.«

»Ich habe schon einen besseren Witz gehört. Junge, du kennst doch die Situation. Wie kannst du noch fragen?«

»Wie lange arbeitet deine Dialyse-Station?«

»Bis zwanzig Uhr, dann ist Schluß.«

»Und in der Nacht?«

»Was heißt in der Nacht? Da arbeiten bei mir nur vier Krankenschwestern.«

»Kein Bereitschaftsarzt?«

»Doch. Das ist Vorschrift. Zwei Assistenten, jeweils im Wechsel.«

»Na also. Mein Patient ist bereit, auch in der Nacht zu kommen. Da wirst du doch ein Gerät frei haben!«

»Aber kein Fachpersonal.«

»Joe, hör mal zu. Mein Patient ist bereit, beiden Nachtdienstärzten das doppelte Gehalt zu zahlen, das du ihnen gibst. Das Gleiche gilt für die Dialyseschwestern, wenn eine von ihnen drei Nächte in der Woche sich um meinen Patienten kümmert. Über Geld zu reden ist verschenkte Zeit – er hat es! Sprich mit deinen Leuten. Zwei zusätzliche Monatsgehälter, steuerfrei, ins Händchen gedrückt – sie wären ja blöd, das abzulehnen.«

»Und was ist mit mir?«

»Du bekommst den zehnfachen Normalsatz einer Urämiebehandlung.«

»Ich werde mit meinen Ärzten und Schwestern sprechen«, sagte Dr. Hippler. Er hatte keine abweisende Stimme mehr. »Aber versprechen kann ich nichts.«

Dr. Salomon legte den Hörer auf.

Burten zitterte noch immer.

»Es wird klappen«, sagte Dr. Salomon. »Ed, reiß dich zusammen! Übermorgen liegst du an der Pumpe, das ist ein festes Wort von mir.«

Beruhigter, aber nicht ruhig, fuhr Burten nach Hause.

Lora rannte ihm entgegen und fiel ihm um den Hals. »Hast du einen freien Platz gefunden, Liebling?« rief sie. »Ich habe für dich gebetet – seit meiner Kindheit habe ich nicht mehr so gebetet.«

»Dann hat es was genutzt.« Burten küßte Lora über das ganze Gesicht. »Ich habe eine künstliche Niere in New Jersey, aber nur in der Nacht, und bald wird Dr. Salomon einen eigenen Dialysator haben, den besten, den es überhaupt gibt. Ich habe alle gekauft: Gerät und Menschen.«

»Und wenn du keine Millionen hättest?«

»Ein armes Schwein lassen sie krepieren. Die Auswahlverfahren für eine Dialyse sind heute noch teuflisch: Nur der kommt an die Maschine, dessen Leben für die Allgemeinheit noch nützlich ist. Vielleicht ist das in ein paar Jahren anders – heute, 1980, kann man sein Leben nur in einer medizinischen Lotterie gewinnen.«

»Und du hast gewonnen, Liebling.«

»Nein, ich habe bezahlt und die Getriebe geschmiert.« Burten ging auf die Terrasse hinaus und setzte sich in eine Hollywood-Schaukel. Er ließ sich ein paarmal hin und her schwingen, bremste dann mit beiden Füßen und sagte: »Und ich werde mir auch eine neue Niere kaufen. Eine menschliche Niere, die man in mich überpflanzt. Alle sagen: ›Es ist unmöglich. Sie können keine neue Niere bekommen!‹ Ich werde es ihnen beweisen: Edward Burten kauft eine gesunde Niere!«

Wie die Laborwerte von Harnstoff und Kreatinin zeigten, mußte Burten wirklich dreimal in der Woche zur Dialyse. Dafür verringerte sich die Blutwäsche von fünf auf drei Stunden, was ihm angenehmer war, als nur zweimal in der Woche, aber dann fünf Stunden an den Schläuchen zu hängen.

Lora begleitete ihn in diesen Nächten immer nach New Jersey, sie fuhr auch oft den Wagen, wenn Burten abgespannt aus seinem gläsernen Büro kam. Er ermüdete schneller als früher und nahm zehn Kilo Gewicht ab, aber er war glücklich, wenigstens in dieser Form weiterleben zu können. Von Hynes hörte er nichts mehr. Der Traum von der eigenen künstlichen Niere schien nicht in Erfüllung zu gehen.

»Abwarten!« sagte Dr. Salomon. »Nicht drängeln. Hynes muß erst aus der Produktion einen Apparat als schadhaft herausziehen, ohne einen Mitwisser einzuweihen. Das ist ein wahres Kunststück. Eher kannst du auf der Bühne einen Elefanten verschwinden lassen als so einen komplizierten und von vielen Fachaugen bewachten Dialysator. Aber du wirst sehen, plötzlich ist er vor der Tür.«

Mit Dr. Hippler verstand sich Burten prächtig. Dr. Hippler war ein schwerer, gedrungener Mann mit hellblauen Augen und einer tiefen, dröhnenden Stimme, als sei er einmal ein Opernbaß gewesen. Er flößte sofort Vertrauen ein; seine Privatpatienten begannen oberhalb der Fünfhundert-Millionen-Klasse und empfahlen seine Klinik quer durch die Staaten.

Burten verstand sich so gut mit Dr. Hippler, daß er eines Nachts zu ihm sagte: »Doc, eine Frage: Hat es Sinn, mir eine neue Niere zu implantieren?«

»Wenn Sie eine bekommen, selbstverständlich.«

»Ich werde eine Niere bekommen.«

»Das glaube ich nicht. Die gibt es nicht im Ersatzteilhandel.« Dr. Hippler schüttelte den Kopf. »Es gibt zu wenig Organspender. Es ist noch nicht in das Bewußtsein der Menschen eingedrungen, daß ein Toter mehrere Kranke retten kann und wertvolle Organe, die wir brauchen könnten, in der Erde verfaulen. Ob jemand mit oder ohne seine Nieren begraben wird, ist heute noch eine moralische und religiöse Frage – eine viel höhere Moral wäre es zu sagen: Er ist tot, aber er kann immer noch anderen Menschen helfen. Das wäre wahres Christentum. Und hier versagt die Kirche. Lieber eine vollkommene Leiche als gefährdetes Leben retten.«

»Ich finde einen Weg, Doc!« sagte Burten mit fester, überzeugender Stimme. »Auf unserer großen Welt wird es doch irgendwo eine neue Niere geben.«

Tawan Alipur wurde ungeduldig.

Zwar hatte ihm Chandra Kashi hundert Rupien Anzahlung gegeben – was sind für Chandra Kashi schon hundert Rupien? –, aber es schien so, als habe er das Geld geopfert und könne Tawans Niere doch nicht gebrauchen. Der Vorschuß war trotz aller Bescheidenheit verbraucht, Vinja saß wieder auf ihrer schmutzigen Decke vor der Bank und zeigte ihren zehenlosen linken Fuß, einen Blechteller vor sich, in den mitleidige Menschen ihre Münzen warfen; aber was sie täglich einnahm, reichte kaum dazu, satt zu werden.

Tawan überlegte, ob er wieder im Hafen arbeiten solle, aber immer, wenn er Vinja genauer ansah, überfiel ihn die Angst, sie könne in seiner Abwesenheit von einem Mann mißbraucht werden. Sie war für ihre sieben Jahre eine wirkliche Schönheit, eine noch geschlossene Lotosblüte, die, wenn sie sich einmal entfalten würde, ein Zauber der Natur werden konnte.

»Ich besuche für eine Stunde einen Freund«, sagte er zu Vinja, die jeden Vorbeigehenden mit ihren großen braunen Augen anbettelte. »Bleib hier sitzen und geh mit niemandem mit. Sag immer: ›Mein Onkel kommt gleich, der schneidet dir die Kehle durch.‹ Hörst du, Vinja? Laß dich nicht mitnehmen, auch wenn man dir hundert Dollar bietet.«

»Ich werde tun, was du sagst, Onkel Tawan«, antwortete Vinja. »Geh nur und habe keine Angst um mich.«

Tawan leistete sich eine Busfahrt und fuhr zu dem gelben Haus von Chandra Kashi. Wieder standen viele Menschen vor dem Schild »Laboratory«, voll Hoffnung, daß man einen Teil ihres Körpers abkaufte: Mädchen, junge Frauen, einige mit einem Säugling im Brusttuch, junge Männer und sogar zwei Alte. In aller Augen, in allen Gesichtern stand der Hunger, und ein fauliger Geruch umgab diese Menschenschlange, der Geruch der Slums.

Tawan stellte sich nicht hinten an, sondern ging an den Wartenden vorbei und betrat das Haus, als sei es seine Wohnung.

Im Vorraum saß wieder das Mädchen und stieß wie eine angreifende Kobra den Kopf vor, als Tawan so selbstverständlich eintrat. »Warten!« schrie sie. »Raus!«

»Aber meine liebe Schwester, wir kennen uns doch! Ich bin Tawan Alipur, von dem Chandra Kashi eine Niere gekauft hat.«

»Was willst du denn hier?« Die Kobra zeigte sich etwas weniger gereizt.

»Ich möchte Herrn Kashi sprechen.«

»Warum?«

»Ich will ihn nur fragen, ob er meine Niere vergessen hat.«

»Du Idiot! Bestimmt nicht.«

»Und warum ist sie noch drin?«

»Das mußt du Herrn Kashi fragen.«

»Genau das will ich ja. Darum bin ich gekommen. Aber du schreist mich an und nennst mich Idiot. Frage Herrn Kashi, ob ich ihn sprechen kann.«

Das Mädchen zögerte, griff dann zum Telefon und sprach ein paar Worte. Voller Staunen legte sie dann auf. »Du sollst tatsächlich zu ihm kommen«, sagte sie. »Er gibt noch ein Zeichen.«

Tawan nickte stolz, lehnte sich an die Wand und wartete. Es dauerte nur wenige Minuten, da leuchtete am Telefon ein rotes Lämpchen auf.

»Du kannst reingehen.« Das Mädchen deutete auf die rechte Tür. »Dort.«

»Ich weiß.« Tawan stieß sich von der Wand ab. »Ich merke mir, wo ich einmal gewesen bin.«

Chandra Kashi thronte dick und sichtbar zufrieden hinter seinem Schreibtisch. An seinen Händen blitzten Ringe mit großen Brillanten; sie zeigten jedem seinen Reichtum und seine Macht. »Tawan, du hast mir was zu sagen?« fragte er. Vor ihm auf dem Tisch lag Tawans Karteikarte mit allen Daten und Werten der Untersuchung des Labors.

»Ja, Sahib. Ich wollte fragen: Warum habe ich noch meine Niere?«

»Weil sich noch nicht der richtige Empfänger gemeldet hat.« Chandra Kashi überflog die Eintragungen und nickte dabei mehrmals. »Du hast eine seltene Blutgruppe, das ist es. Man kann nicht einfach eine Niere nehmen und woanders wieder einpflanzen – da sind viele Dinge, die zueinander passen müssen. Aber das kann ich dir nicht erklären, das verstehst du doch nicht. Du mußt warten.« Er sah zu Tawan hinauf und blickte in traurige Augen. »Brauchst du Geld?«

»Von hundert Rupien kann man nicht ewig leben. Und das Geld, das man auf der Straße verdient, macht nicht satt.«

»Kannst du dir keine andere Arbeit suchen?«

»Ich habe ein Kind bei mir. Das Kind meiner Schwester. Ich bin der einzige, der sich um Vinja kümmern kann, nachdem ihre Mutter gestorben ist. Ein verkrüppeltes Kind. Jemand hat ihr mit einem Jahr alle Zehen des linken Fußes abgeschnitten.«

Chandra Kashi beeindruckte das gar nicht. Es gab so viel Elend um ihn herum, daß er schon gar nicht mehr die Sterbenden sah, die auf der Straße lagen. Dennoch griff er in die Schublade seines Schreibtisches, wo neben einer durchgeladenen Pistole auch ein Haufen Geldscheine lag, und warf zweihundert Rupien auf die Tischplatte. »Gib sie langsam aus, Tawan«, sagte er dabei. »Es kann lange dauern, bis wir einen Nierenempfänger mit deiner Blutgruppe finden.«

»Ich danke Ihnen, Sahib«, sagte Tawan und verbeugte sich tief. »Ich danke Ihnen auch im Namen von Vinja.«

Chandra Kashi winkte ab, aber plötzlich krauste er die Stirn und sah Tawan mit freundlichen Augen an. »Ist deine Vinja außer dem Fuß gesund?« fragte er.

»Ganz gesund, Sahib.«

»Wir können auch Kindernieren gebrauchen und Kinderlebern.«

Tawan erschrak bis in die Knochen und schwieg betroffen. Vinja Stück für Stück verkaufen, ihren schönen Kinderkörper aufschneiden? Seine kleine Vinja? Chandra Kashis Stimme riß ihn aus den grauenhaften Gedanken.

»Wir zahlen für eine Kinderniere mehr als für eine Erwachsenenniere«, sagte Chandra Kashi lässig. »Kindernieren sind selten. Überleg es dir, Tawan.«

»Ich werde es mir überlegen, Sahib.«

Tawan raffte die zweihundert Rupien vom Tisch, steckte sie in seine Hosentasche und ging rückwärts zur Tür. Dabei verneigte er sich mehrmals. »Sie können mich immer an der Punjab National Bank erreichen, Sahib. Tag und Nacht. Und suchen Sie bald einen Empfänger«, sagte er.

»Den kann ich nicht suchen, der wird sich von selbst melden. Wenn du Blutgruppe A hättest, wärst du schon ein reicher Mann.«

Tawan kehrte zufrieden zur Brabourne Road zurück. Vorher kaufte er auf dem Zentralmarkt ein, für sich ein neues Hemd, für Vinja ein rotweiß gestricheltes Baumwollkleidchen und eine Ananas. Für Vinja war eine Ananas eine Frucht des Himmels, so liebte sie das süße gelbe Fleisch der Frucht. Nur zweimal in ihrem Leben hatte sie eine Ananas gegessen, einmal, als ihre Mutter Baksa von einem amerikanischen Freier fünfzig Dollar bekommen hatte, das zweite Mal, als Onkel Tawan von Chandra Kashi hundert Rupien mitbrachte.

Vinja saß auf ihrer Decke vor der Bank, den Blechteller mit einigen Münzen vor sich, als Tawan zurückkam. »Es hat kein Mann etwas von mir gewollt, Onkel«, sagte sie sofort und zeigte lachend auf den Teller. »Da war eine Gruppe von Weißen, und ihr Führer hat in unserer Sprache gesagt: ›Sie kommen aus der Schweiz.‹ Was ist Schweiz, Onkel?«

Tawan, der wie Millionen in den Slums keine Schule besucht hatte und weder schreiben noch lesen konnte, denn seine Eltern hatten gesagt: »In den Stunden für die Schule verdient man kein Geld«, schüttelte den Kopf. »Ich weiß es nicht, Vinja. Es muß ein Land der Weißen sein. Oder eine Stadt der Weißen.« Er nahm den Teller von der Straße und zählte das Geld. Neben den Rupien-Stücken lagen auch fünf Ein-Dollar-Noten auf dem Teller, und Tawan wunderte sich, daß herumstrolchende

Bettler ihr das Geld nicht geraubt hatten. »Heute ist ein Glückstag, Vinja. Heute haben die Götter einen Blick auf uns geworfen.« Er zeigte die Rupienscheine, die er übrigbehalten hatte, vor, faßte dann in die Tasche, die an seinem Arm hing, und holte das neue Kleidchen für Vinja heraus. Er hielt es hoch, schwenkte es in der Luft und warf es dann dem Kind in den Schoß. »Gefällt es dir, mein Töchterchen?«

»Bist... bist du plötzlich so reich, Onkel Tawan?« stammelte Vinja und drückte das Kleid an sich, so fest, als wolle man es ihr wieder entreißen. »Wie schön es ist, wie schön!«

»Das ist nur der Anfang, Vinja.« Tawan half ihr beim Aufstehen, sie gingen in ihre Behausung und ließen hinter sich die Eingangsplane fallen. Sofort zog sich Vinja aus und streifte das neue Kleid über. Mit glänzenden Augen sah Tawan ihr zu, sah ihren langsam erblühenden Körper mit den Knospenbrüsten und dachte: Sie wird noch schöner als ihre Mutter. Die Männer werden wie lüsterne Hunde um sie streichen, aber eine Hure wird sie nicht. Nicht, solange ich lebe!

»Wir gehen heute abend in den Tempel der Barmherzigkeit«, sagte Tawan glücklich. »Wir werden Lakschmi, der Glücksgöttin, danken.«

Vinja fiel Tawan um den Hals, küßte ihn, zog sich dann wieder um und setzte sich auf die Straße. Tawan zerteilte die Ananas und schnitt sie in Scheiben. Zwei Scheiben brachte er Vinja; sie stieß einen kleinen Freudenschrei aus und griff mit beiden Händen danach.

»Wir sind wirklich reich!« rief sie verzückt.

Tawan antwortete: »Ja, für ein paar Tage.«

Als am Abend nach dem Essen Vinja auf ihrem Lager lag und sagte: »Es ist so schön, satt zu sein«, erwiderte er: »Wir müssen Gott Manu bitten, den Menschen mit der richtigen Blutgruppe zu finden.«

Es war wieder ein Satz, den Vinja nicht verstand. Aber sie fragte nicht, sie war vom Essen zu müde und so satt wie eine kleine Katze neben dem Milchtopf.

Die Idee, eine neue gesunde Niere zu bekommen, ließ Edward Burten nicht los.

Dr. Salomon nannte ihn zwar einen totalen, aber verständlichen Spinner, doch er wurde richtig wütend, als Burten fragte: »Wer ist der beste Nierenchirurg in den Staaten? Wer kann Nieren verpflanzen?«

»Es ist doch sinnlos, nur ein Wort darüber zu verlieren! Ed, gib den Unsinn auf!«

Burten schüttelte den Kopf, streckte plötzlich Salomon die Hand entgegen und sagte siegessicher: »Wetten, du Pillenverschreiber? In drei Monaten habe ich eine neue Niere. Schlag ein!«

»Nein, Ed.« Dr. Salomon schob die hingestreckte Hand weg. »Ich wette nicht, wenn ich weiß, daß der Gegner die Wette verlieren wird.«

»Ich wette um hunderttausend Dollar – du brauchst nur eine Flasche Champagner zu geben.«

»Es wäre Betrug, wenn ich darauf einginge. Ed, weißt du, wie lang die Warteliste der Nierenempfänger ist?«

»Eine Liste!« Burten lachte. »Ein Edward Burten steht auf keiner Liste! Ich habe das letzte Mal als Soldat in einer Reihe gestanden, jetzt stehe ich *davor*!«

»Ich wiederhole, Ed: Du kannst keine neue Niere kaufen! Für all deine Millionen nicht. In keinem Land – nicht hier und erst recht nicht in Europa. Dort läuft alles über das in Leiden in Holland liegende Transplantationszentrum, an das alle verfügbaren Organe gemeldet werden. Die Auswahlliste der Empfänger enthält alle persönlichen Daten und die Einstufung in Dringlichkeitsstufen. Ed, du bist jetzt zweiundsechzig Jahre alt – schon wegen des Alters stehst du nicht auf den vorderen Plätzen. Dort warten die Kranken, die eine noch längere Lebenserwartung haben oder für die Allgemeinheit wichtig sind.«

»Ich bin noch kein Greis!« Burten schlug die Fäuste zusammen wie ein Boxer vor der ersten Runde. »Ich habe noch Saft im Körper, und der sprudelt. Und wichtig für die Allgemeinheit bin ich auch. Sind meine Supermärkte nicht eine Bereicherung für das Volk? Bei mir kauft man billiger ein, spart man Geld! Alles, was du sagst, ist dummes Geschwätz! Ich bekomme meine Niere.«

»Du kannst keine Wunder vollbringen, Ed.«

»Aber ich kann Anzeigen aufgeben.«

»Was willst du?«

»Anzeigen! In allen Zeitungen. Von Alaska bis New Mexico! Suche eine neue Niere. Preis spielt keine Rolle.«

»Du bist völlig übergeschnappt!«

»Ich wette nochmals: Es werden sich welche melden.«

»Und der Staatsanwalt! Was du da machst, ist gegen das Gesetz.«

»Das ist mir scheißegal! Ein Gesetz, das mich nicht überleben läßt, ist kein Gesetz! Soll der Staatsanwalt mich ruhig anklagen – es wird ein Jahrhundertprozeß werden und die ganze Welt aufrütteln! Ich bekomme meine Niere. Niemand kann mir befehlen, wann ich sterben muß!«

Dr. Salomon wischte sich über die Stirn; er schwitzte vor Erregung. »Angenommen«, sagte er heiser, »du bekommst deine Niere. Es melden sich Hunderte. Aber deine Blutgruppe ist nicht dabei, sie ist selten genug. Wenn du das unverschämte Glück hast, doch deine Blutgruppe zu finden, was tust du mit der Niere?«

»Sie wird transplantiert, was sonst?«

»Und wer soll das tun?«

»Der beste Nierenchirurg, den wir haben.«

»Und der wird dir was husten! Er wird sich weigern, vom lebenden Menschen zu transplantieren. Jeder Arzt wird sich weigern. Nicht nur aus ethischen Gründen, sondern auch aus strafrechtlichen. Niemand wird seinen Arztberuf riskieren, weil ein Edward Burten sich eine Niere gekauft hat.«

»Auch das ist eine Preisfrage. Man kann einen Killer kaufen, und er tötet – man kann auch einen Arzt kaufen, und der rettet das Leben.«

»Ich sage nichts mehr.« Dr. Salomon seufzte und winkte ab.

»Das ist auch besser so!« antwortete Burten giftig.

»Du rennst in dein Unglück.«

»Es zwingt dich keiner mitzurennen. Ich schaffe das allein.«

»Mit Sicherheit.« Dr. Salomon blickte auf die Krankenkarten, die vor ihm lagen. »Entschuldige, das Wartezimmer ist voll. Ich muß mich um andere Patienten kümmern.«

Den Kopf zwischen die Schultern gezogen, wie ein angriffslustiger Stier, verließ Burten Dr. Salomons Praxis.

Auf der Straße, am schwarzen Cadillac, riß der Fahrer die Tür auf. »Wohin, Sir?« fragte er.

»Zur ›New York Times‹.«

Was Burten tat, das machte er gründlich: Er fing mit der größten Zeitung an.

Burten lief gegen Wände der Ablehnung. Mit der »New York Times« fing es an und mit dem kleinen Lokalblättchen »Oklahoma News« hörte es auf: Seine Anzeige wurde nicht angenommen. Bei der »New York Times« sprach wenigstens der Ressortchef für Medizin und Wissenschaft mit ihm, den der Anzeigenleiter alarmiert hatte.

»Wir können einen Artikel über chronisch Nierenkranke, Dialyse und das Problem fehlender Nieren für Transplantationen bringen und dazu ein Interview mit Ihnen, aber eine Suchanzeige unmöglich! Da haben wir sofort die Staatsanwaltschaft am Hals«, sagte der Redakteur. »Das wäre ja ein Aufruf zur Selbstverstümmelung gegen Bezahlung!«

»Leben wir in einem freien Land?« rief Burten erregt.

»Natürlich, keiner ist freier als ein US-Bürger. Aber wenn es um die Verletzung der Moral geht –«

»Es geht um mein Leben, Mann! Oder glauben Sie, meine Nieren arbeiten wieder, wenn ich mir hinten ein Plakat anklebe: ›Ich bin ein moralischer Mensch‹?«

»Wir dürfen nicht Lebende zu strafbaren Taten anstiften! Transplantationen gibt es nur mit Leichennieren.«

»Und da stehe ich auf der Liste als Nummer 783.«

»Das wird nicht reichen. So etwas nennt man Schicksal. Mr. Burten, eine Anzeige ist unmöglich. Wir können – wie ich schon sagte – mit Ihnen ein Interview machen, stellvertretend für alle anderen chronisch Nierenkranken. Und wenn sich dann einige Verrückte bei Ihnen melden – kein Arzt wird Sie operieren.«

Genau das, was Dr. Salomon auch gesagt hatte.

Der Redakteur spielte ungeduldig mit einem Bleistift und kritzelte mit ihm auf einem Block herum. »Sie sind doch an einen Dialysator angeschlossen?« fragte er.

»Säße ich sonst hier?«

»Sehen Sie, schon das ist ein Glück, für das Sie dankbar sein sollten. Wie viele warten auf einen Dialyseplatz und sterben, bevor eine künstliche Niere frei wird. Sie leben doch, und hoffentlich noch lange.«

Burten verließ die Redaktion und ließ sich an diesem Tag von Zeitung zu Zeitung fahren. Überall das Gleiche: Ablehnung der Anzeige. Auch an den folgenden Tagen, in denen Burten per Fax Zeitungen in allen US-Staaten anschreiben ließ, erfolgte prompt die Antwort: »Nein. Wir bedauern…«

Ende des dritten Monats seiner Dialysebehandlung lag Burten in der Nacht wieder am Gerät, als an die zweite künstliche Niere ein anderer Gast angeschlossen wurde. Dr. Hippler führte ihn selbst ins Zimmer. Der neue Patient, ein dicker Mann, der bei seinem Eintritt einen Stetson auf dem Kopf trug und sich hinlegte, als sei er ein Dialyse-Profi, nickte Burten zu und blinzelte Schwester Wendy zu, die bisher nur – gegen dreifaches Gehalt – Burten betreut hatte.

»Damit Sie ein bißchen Abwechslung haben, Ed«, sagte Dr. Hippler fröhlich.

Burten war diese Nacht allein gekommen; in seinem Haus fand eine Party mit wichtigen Geschäftspartnern statt, und Lora war dadurch unabkömmlich.

»Jeff steckt voller Witze, den schlimmsten, die ich je gehört habe. Sie werden zusammen vergnügte Stunden haben«, fuhr Dr. Hippler fort.

Der neue Patient wurde an die künstliche Niere angeschlossen, streckte sich wohlig, als pumpe man Whiskey in ihn hinein, und sah zu Burten hinüber. »Ich heiße Leybourg, Jeff Leybourg.«

»Ed Burten.« Burten musterte ihn. Ein Bullenkerl, trotz seiner kaputten Nieren. Ein Musterbeispiel, wie gut sich's mit einem Dialysator leben ließ. »Wie kommen Sie an das Gerät?«

»Da hänge ich schon seit neun Jahren dran, Ed. Kennen Sie übrigens die Tante, die zu ihrem halbwüchsigen Neffen in der Badewanne sagt –«

»Ich habe Sie hier noch nie gesehen«, unterbrach ihn Burten.

»Natürlich nicht. Ich bin in New York zu Besuch. Verhandele mit einigen Großschlachthäusern. Ich komme aus Texas, aus Killeen, das liegt zwischen Dallas und Austin. Dort habe ich eine Rinderfarm. So zehntausend Hörner ständig lieferbar. Ich bin jetzt zwei Tage in New York und muß also wieder an die Pumpe. In Dallas erfuhr ich die Adresse von Dr. Hippler. Zufrieden mit der Biographie, Ed?«

»Wie hat's bei Ihnen angefangen, Jeff?«

»Ganz plötzlich. Ich pinkele Blut, denke mir, das ist doch nicht normal, gehe zum Doc, der schickt mich nach Dallas ins Krankenhaus – aus war's mit Cowgirls und Hippihippijeh! Ran an die Pumpe!«

»Und wie fühlen Sie sich jetzt nach neun Jahren?«

»Fabelhaft. Neulich sagte Betty im Bett: ›Bullchen, wenn ich nicht wüßte – das ist so, als spülten sie dir Härter rein.‹ Sie sind noch nicht lange am Dialysator?«

»Etwa drei Monate.«

»Da kriegt man noch jedesmal trübe Gedanken. Kopf hoch, Ed, auch Sie gewöhnen sich daran.«

Es wurde eine lustige Nacht. Jeff Leybourg erzählte Witze, die den ganzen Körper durchschüttelten.

Schwester Wendy, die alles mitanhören mußte, sagte nur ein

paarmal: »Ein Glück, daß nicht alle Männer solche Ferkel sind wie Sie.«

Und Leybourg brüllte lachend: »Aber sie hört tapfer zu, Ed! Sie ist hart im Nehmen, unsere Blutabsaugerin.«

Am Ende der Behandlung tauschten Burten und Leybourg ihre Visitenkarten aus und verabschiedeten sich wie die besten Freunde.

»Lassen Sie etwas von sich hören, Ed«, sagte Leybourg. »Ich würde mich freuen.«

»Und melden Sie sich auch, Jeff. Wenn Sie wieder in New York zu tun haben, lade ich Sie hiermit ein, und Sie wohnen bei mir. Gemeinsam gehen wir dann wieder an die Pumpe.«

Am nächsten Morgen, beim Frühstück auf der von Marmorsäulen getragenen überdeckten Terrasse, sagte Burten zu Lora: »Heute nacht habe ich einen fabelhaften Kerl kennengelernt. Einen Rinderfarmer aus Texas. Er hat mir verdammt viel Mut mitgegeben, hängt seit neun Jahren an der Dialyse und strotzt vor Leben.« Er trank einen Schluck Tee. »Du sollst sehen, Lora, ich schaffe es auch.«

»Bestimmt schaffst du es, Liebling.« Sie beugte sich vor und küßte ihn auf die Stirn. »Ed, *wir* schaffen es.«

Drei Monate später – in New York schneite es, und die Wettervorhersagen sprachen von einem kalten Winter – erinnerte sich Burten an Jeff Leybourg. Er kramte die Visitenkarte aus seinem Schreibtisch hervor und wählte die angegebene Nummer im fernen Killeen, Texas.

Eine sympathische Mädchenstimme meldete sich. »Leybourgs Farm, guten Morgen.«

»Einen besonders schönen Morgen, weil Sie's sind!« rief Burten fröhlich. »Ist der liebe Jeff zu sprechen?«

»Welcher Jeff, Sir?«

»Ihr Boss. Laufen bei Ihnen noch mehr Jeffs rum?«

»Wen darf ich Mr. Leybourg melden?« fragte die Stimme etwas kühler.

Burten zuckte mit den Augenbrauen. So rauh, wie man immer sagt, geht es in Texas doch nicht zu, dachte er. Selbst auf einer Rinderfarm pflegt man den Wallstreet-Ton.

»Sagen Sie, Ed möchte ihn sprechen, dann weiß er sofort Bescheid. Ed Burten.«

Es knackte ein paarmal in der Leitung, und dann hörte Burten die dröhnende Stimme von Leybourg.

»Ed!« rief er. »Das ist schön, daß Sie mich nicht vergessen haben. Ich habe in der vergangenen Zeit oft an Sie denken müssen.«

»Ich auch, Jeff. Sie haben mir damals viel Mut gemacht.«

»Und wie geht's Ihnen?«

»Beschissen, um ehrlich zu sein. Sie kennen das ja, dreimal pro Woche an diesem verdammten Apparat liegen. Aber Lora und ich machen das Beste daraus. Ich lebe, das allein zählt. Wie geht's bei Ihnen, Jeff?«

»Ich fühle mich pudelwohl.« Leybourg lachte laut. »Die Dialyse habe ich vergessen.«

»Wie bitte?« Burten starrte auf sein Telefon, als käme nur ein Zischen aus der Muschel. »Was sagen Sie da?«

»Ich brauche keine Dialyse mehr, Ed.«

»Das gibt es doch nicht, Jeff!«

»Ich bin gesund und kann's wieder wie ein Karnickelbock!« Leybourg brüllte wieder vor Lachen, Burten dagegen lief es eiskalt über den ganzen Körper. »Das hat mich ganze fünfzigtausend Dollar gekostet, einschließlich Flug.«

»Flug?« Burten atmete tief durch. »Sie sagen Flug? Wohin? Fünfzigtausend Dollar, das ist doch ein Klacks! Was hat man mit Ihnen gemacht? Ein neues, noch unbekanntes Medikament? Jeff, ich flehe Sie an: Sagen Sie was!«

»Ich komme zu Ihnen rüber, Ed. Sagen wir: nächsten Sonnabend. Am Telefon möchte ich nicht darüber sprechen. Ist's Ihnen recht am Sonnabend?«

»Jederzeit.« Burten spürte ein heißes Kribbeln auf der Kopfhaut. »Nur ein Hinweis, Jeff, eine kleine Andeutung!«

»Am Sonnabend, Ed. Und kein Wort zu anderen!«

»Das ist doch selbstverständlich. Auch zu Lora nicht?«

»Vorerst würde ich darauf verzichten.«

Burten ließ es sich nicht nehmen, Leybourg selbst am Flughafen abzuholen. Zu Lora hatte er lediglich gesagt: »Wir bekommen Besuch. Erinnerst du dich, der Rinderfarmer aus Texas, der mit mir an der Dialyse lag. Ich habe dir von ihm erzählt. Er hat mir Mut gemacht. Wir sollten ihn mit einem schönen Truthahn überraschen.«

Leybourg winkte schon von weitem, als er Burten sah. Er war noch kräftiger geworden und strahlte eine geradezu unverschämte Gesundheit aus. Er umarmte Burten, drückte ihn an sich und sagte: »Auf deine Lora bin ich gespannt. Ich kenne da ein gutes Sprichwort: Zeig mir, mit wem du ins Bett gehst, und ich sage dir, was für ein Mann du bist! Haha!«

»Ich habe andere Sorgen.« Burten lächelte säuerlich. »Jeff, sag mir –«

»Hier in der Ankunftshalle? Ed, das kann ich dir nicht nur sagen, das muß ich dir auch zeigen. – Ihr habt ja ein Sauwetter in New York. Warum sonnst du dich nicht auf den Bahamas?«

»Kann ich den Dialysator mitnehmen? Na also, das ist die Antwort. Aber du, du brauchst ihn nicht mehr?«

Automatisch waren sie ins Du gefallen, ohne es überhaupt zu merken; es war, als kennten sie sich schon seit Jahrzehnten. Leybourg war weder von dem Cadillac noch von dem livrierten Fahrer beeindruckt, warf sich auf den Hintersitz, schob seinen Stetson in den Nacken und erzählte pausenlos Witze, bis sie Burtens imposante Villa erreicht hatten. Ein Hausmädchen, hübsch anzusehen, mit einem Häubchen im rötlichen Haar, öffnete die schwere, geschnitzte Tür.

Leybourg kniff beide Augen zu. »Ed, du bist ein riesengroßer Heuchler«, sagte er in der Eingangshalle. »Wie machst du das? Fliegender Wechsel von Lora zu der roten Puppe? Leihst du die mir als Gastgeschenk?«

»Jeff, halt's Maul.«

»Bei den Eskimos ist es üblich, daß man dem Gast –«

»Bitte, laß diese Sprüche in Loras Gegenwart.«

»So puritanisch? Ed, ich glaube, ich muß dir mal Lebensunterricht geben. Wie alt bist du? Dreiundsechzig! Du kannst gut und gern noch zwanzig Jahre leben. Hau dabei auf die Pauke, Junge. Man lebt nur einmal.«

Lora empfing Leybourg in einem engen, jeden Mann umwerfenden scharlachroten Kleid.

Er benahm sich mustergültig; er küßte ihr die Hand, ließ seinen Handkoffer aufschnappen und holte eine Dreiliterflasche Champagner hervor. »Statt Blumen«, sagte er, sichtbar von Lora fasziniert. »Blumen verwelken, aber so ein Fläschchen kurbelt das Leben an. Gnädige Frau, Lora, Ed hat Sie gar nicht verdient.«

Er zeigte keinerlei Wirkung, als Burten ihn schnell gegen die Wade trat.

Lora lächelte und antwortete, die Riesenflasche im Arm: »Ich glaube doch, daß Ed mich verdient hat. Er ist ein fabelhafter Mann.«

»Und er wird noch fabelhafter werden, das verspreche ich Ihnen. Jetzt, wo ich Sie kenne, ist das für mich eine Herzensangelegenheit.«

Der Puter war vorzüglich, der Wein dazu ein sagenhafter Burgunder, die Eistorte zum Dessert ein Gedicht. Burtens Köchin war eine Zauberin; was sie auf den Tisch brachte, hätte jeder Restaurantführer mit drei Sternen bewertet.

Leybourg aß für drei, himmelte Lora stumm an und ließ sich dann von Burten in die Bibliothek führen. »Wir rauchen jetzt eine Havanna«, sagte dieser. »Leider verträgt Lora keinen Zigarrenrauch. Zum Kaffee setzen wir uns auf die Terrasse.«

»Bei dem Sauwetter?«

»Im Winter ist sie verglast und beheizt.«

Leybourg nickte und hob schnuppernd die Nase. »Ed, du stinkst«, sagte er tadelnd.

»Was tue ich?« Burten starrte Leybourg entgeistert an.

»Du stinkst vor Geld, stimmt's?«
»Dann müßtest du hundert Meter gegen den Wind stinken.«
Sie lachten beide. Burten holte die Klimatruhe mit den Zigarren und suchte lange, schmale Havannas heraus. Schon beim Anzünden verbreitete sich ein köstlicher, würziger Duft. Burten setzte sich, aber Leybourg blieb vor ihm stehen.
»Hast du Kalk in den Knien?« fragte Ed.
»Urteile nie über eine Frau, ehe du sie nackt siehst.«
»Was soll denn das nun wieder?«
»Ich will dir etwas demonstrieren.«
»Sag bloß, du bist ein Zwitter.« Burten bekam fast einen Lachkrampf. »Das würde mich aus dem Sessel hauen.«
»Du bist ein Arsch, Ed«, sagte Leybourg, ohne beleidigt zu sein. »Es geht um deine Nieren.«
Plötzlich war Burten ernüchtert, todernst. Er starrte Leybourg schweratmend an. »Jetzt... jetzt verrate mir dein Geheimnis, Jeff«, sagte er leise. »Ich habe die vergangenen Tage an nichts anderes denken können.«
Leybourg löste wortlos seinen Gürtel, ließ die Hose fallen, zog die Unterhose herunter, hob das Hemd und drehte Burten seine linke Seite zu.
Burten sah eine gut verheilte, bogenförmige Narbe, noch etwas gerötet, aber schmal wie ein Strich. Wenn Leybourg eine shortartige Badehose trug, würde man nichts sehen können.
Burten starrte auf die Narbe und schluckte mehrmals. »Jeff«, sagte er dann mit einer Stimme, als käme sie aus einem gewürgten Hals, »Jeff –«
»Du hast's erfaßt, Ed. Ich habe eine neue, verdammt gesunde Niere.«
»Mein Gott.«
»Nicht von Gott – von einem begnadeten Chirurgen.«
Durch Burtens Körper lief ein Zittern. Was er sah, war im Augenblick unfaßbar. »Ohne Warteliste?« fragte er mit belegter Stimme.
»Da hatte ich nie eine Chance.« Leybourg zog sich wieder

an, setzte sich, griff nach einer Zigarre und dem Whiskey-Glas. »Auf dem freien Markt.«

»Für lächerliche fünfzigtausend Dollar?«

»So ist's. Das heißt: Die Klinikkosten kommen noch hinzu, und zehntausend Dollar bekommt der Chirurg extra für die Operation. Zusammengerechnet hat mich mein neues Leben rund fünfundsechzigtausend Dollar gekostet.«

»Wo?« fragte Burten, heiser vor Erregung. »Jeff, wo?« Ihm wurde schwindelig, und er krallte die Finger in die lederne Sessellehne.

»In Indien. In Kalkutta.« Leybourg hielt ihm die Hand hin. »Ein Schwur, Ed: Du gibst die Information keinem weiter.«

»Hältst du mich für einen Idioten? Kalkutta. Indien. Jeff, wie heißt der Arzt?«

»Dr. Ratja Banda.« Leybourg paffte den Zigarrenrauch gegen die getäfelte Holzdecke der Bibliothek. »Er hat eine schöne Klinik, modernst eingerichtet, da fehlt nichts. Dagegen sind viele unserer Krankenhäuser wie Buschhospitäler.«

»Und dieser Dr. Banda besorgt Nieren?«

»Jede Menge. Für jede Blutgruppe und Eiweißzusammensetzung. Und das Wichtigste: Die Transplantation ist nicht von einer Leichenniere, sondern von einer lebenden! Von Mensch zu Mensch.«

»Und das alles für lumpige fünfundsechzigtausend Dollar?«

»In Rupien umgerechnet ist das ein fürstliches Vermögen.« Leybourg beugte sich zu Burten vor. »Ed, ich weiß, was du jetzt denkst. Ich lese es in deinen Augen. Ich bin gern bereit, dir die Brücke zu Dr. Banda zu bauen. Das ist doch selbstverständlich. Dr. Banda operiert nur auf Empfehlung. Mich hat ein Botschaftsrat unserer Botschaft in Delhi empfohlen. Sein Bruder ist ein Kunde von mir. Großschlachterei in Los Angeles.«

Burten begann stoßweise zu atmen. »Das heißt im Klartext: Die Transplantationen sind illegal.«

»Das ist hart ausgedrückt, aber wahr.« Leybourg lachte wieder. »Nennen wir es eine Tauschaktion. Dollar gegen Niere.«

»Und wenn es schief geht?«

»Bei jeder Operation ist ein Risiko im Ärmel. Ein Vetter von mir ist an einer harmlosen Mandeloperation gestorben.« Leybourg trank einen Schluck Whiskey und zog genußvoll an seiner Havanna. »Wann kannst du fliegen, Ed? Für wann soll ich dich bei Dr. Banda anmelden?«

»Ich habe eine sehr seltene Blutgruppe, Jeff. Ich müßte erst mit Dr. Banda sprechen.«

»Er hat eine Niere in deiner Blutgruppe, verlaß dich drauf. Wann kannst du?«

»In zehn Tagen vielleicht.« Burten blickte auf die jetzt verglaste Terrasse und den weiten Park mit seinen verschneiten Büschen und den alten, breitkronigen Bäumen hinaus. Allein dieses Grundstück war Millionen wert. Lora deckte gerade den Tisch zum Nachmittagskaffee. Ihr blondes Haar glitzerte in der Wintersonne. Ihr hautenges Kleid in leuchtendem Rot war weniger ein Kleidungsstück als eine Aufforderung, ihren schlanken Körper noch intensiver zu betrachten. Schon Loras wegen lohnt es sich, das Risiko einzugehen, dachte Burten. Und sieh dir nur Jeff an – das blühende Leben in Person! Mein Gott, wie hat er sich verändert seit damals, als er noch an der Dialyse hing. »Ja, in zehn Tagen«, wiederholte er. »Ich kann nicht so einfach aus dem Betrieb weg.«

»Hast du keine verläßlichen Direktoren?«

»O doch, Top-Leute! Aber da sind noch einige wichtige Termine.«

»Der wichtigste Termin ist dein Schritt in ein neues Leben, Ed.«

»Da hast du recht. Ich werde ihn nicht vergessen.«

Leybourg blieb drei Tage bei Burten, benahm sich erstaunlich anständig und saß geduldig neben Burten, als dieser in der Nacht in Dr. Hipplers Klinik an die künstliche Niere angeschlossen wurde. Er erzählte Dr. Hippler von seiner neuen Niere, und der Arzt war so diskret, nicht nach Näherem zu fragen.

Am Sonntag rief Leybourg in Kalkutta an und wartete, bis man Dr. Banda gefunden hatte. Er hatte gerade die Visite beendet und dadurch ein paar Minuten frei. »Mr. Leybourg!« rief er.

Burten, der an einem zweiten Apparat mithörte, nagte an seiner Unterlippe. Die Stimme des Wunderarztes.

»Sie wollen mich sprechen? Ist etwas nicht in Ordnung? Haben Sie Beschwerden? Schildern Sie mir, was Sie beobachtet haben. Haben Sie Fieber? Fühlen Sie sich müde?«

»Nichts von alledem, Doc! Mir geht es blendend«, brüllte Leybourg ins Telefon, als müsse er bis Indien schreien. »Ich bin hier bei einem Freund in New York, der wie ich damals am Dialysator hängt. Ich habe ihm von der Transplantation erzählt, und er möchte –«

»Sie haben mir versprochen, mit keinem darüber zu sprechen!« sagte Dr. Banda kühl. »Beherzigen Sie eins, Mr. Leybourg: Ich kenne Sie nicht. Ich habe Sie nie gesehen, geschweige denn operiert.«

»Mein Freund Ed Burten kann schweigen wie ein Grab, nur möchte er noch nicht so früh ins Grab. Sie sind seine einzige und letzte Hoffnung.« Leybourg nickte Burten zu. »Möchten Sie ihn selbst sprechen, Doc?«

Dr. Banda zögerte hörbar, doch dann sagte er: »Ja. Wenn Sie dafür bürgen, daß kein Wort –«

»Ich halte dafür meinen Kopf hin.« Leybourg gab Burten ein Zeichen, jetzt zu sprechen.

Mit zuckenden Mundwinkeln meldete sich Burten vom zweiten Apparat. »Hier ist Edward Burten.« Seine Stimme schwankte etwas. »Dr. Banda, Jeff Leybourg hat Ihnen kurz geschildert, wie's mir geht. Ich bin Geschäftsmann, ich habe über viertausend Arbeiter und Angestellte, für die ich verantwortlich bin – ich brauche eine neue Niere.«

»Lassen wir uns klarstellen«, antwortete Dr. Banda freundlich, aber zurückhaltend, »ich habe mit Ihnen nie gesprochen! Ich kenne Sie ebenso wenig wie Mr. Leybourg.«

»Natürlich. Unser Gespräch hat nie stattgefunden.«

»So ist es.« Dr. Bandas Stimme hörte sich jetzt freundlicher an. »Sie leiden also an einer Niereninsuffizienz im vierten Stadium. Sie sind dialysepflichtig. Wie ist Ihr Allgemeinzustand?«

»Nach jeder Blutwäsche zufriedenstellend.«

»Gut geht's ihm, Doc«, rief Leybourg dazwischen. »Er hat eine Pferdenatur wie ich.«

»Haben Sie eine Telexanlage?« fragte Burten. »Ich gebe Ihnen, wenn Sie wollen, die letzten Laborwerte und die Beurteilung meines Hausarztes Dr. Salomon durch.«

»Ich mache mir selbst ein Bild von meinen Patienten.« Das klang stolz, so, als wolle er sagen: Was die Kollegen festgestellt haben, ist für mich unwichtig. »Mr. Leybourg hat Sie über die Kosten unterrichtet?«

»Das ist kein Thema, Doc.« Burten schluckte, als habe er einen Kloß im Hals. »Aber da ist ein Problem: Ich habe eine extrem seltene Blutgruppe.«

»Das wird unsere Blutgruppenbestimmung zeigen. Ein Problem ist das nicht. Sie sind nicht der einzige auf der Welt mit einer seltenen Blutgruppe, also muß es auch einen passenden Spender geben. Wann können Sie nach Kalkutta kommen?«

»In zehn Tagen, wenn es Ihnen recht ist, Doc.«

»Ich hoffe, daß ich dann ein Bett frei habe. Rufen Sie mich bitte an, bevor Sie abfliegen.«

»Selbstverständlich. Ich komme doch nicht auf gut Glück?«

»In etwa doch. Glück müssen Sie haben. Eine Niere allein genügt nicht, das Schicksal muß mitspielen! Ich höre wieder von Ihnen?«

»Ja, Doc. Natürlich hören Sie von mir, so schnell wie möglich.«

Es knackte im Telefon, Dr. Banda hatte aufgelegt. Auch Burten legte den Hörer zurück.

Leybourg rieb sich die riesigen Hände. Es war eine ehrliche, herzliche Freude. »Es klappt, Ed!« schrie er. »Es klappt! Und ich wette um jeden Preis: Der Zauberdoc kommt an die passende Niere heran!« Er stürzte auf Burten zu, umarmte ihn, drückte ihn an sich und küßte ihn sogar auf die Stirn. »Und jetzt, Ed, knacken wir eine Flasche Champagner. Die Zeit der künstlichen Niere ist in drei Wochen vorbei!«

An diesem Tag wurden Burten und Leybourg wirkliche, unzertrennliche Freunde. Und Lora weinte vor Glück.

Kalkutta empfing Edward Burten mit einem Hitzestoß, als er die klimatisierte Boeing der Indian Airways verließ. Er kannte das von Miami oder Hawaii her, diesen Hammer von Sonnenglut oder Aircondition-Kälte, wenn man ein Hotel verließ oder zurückkehrte. Das Taxi, das er vor der Ankunftshalle bestieg, war ein alter Ford, bunt lackiert, mit einer Trottelgardine am Rückfenster und einem nackten Püppchen am inneren Rückspiegel.

Der Taxifahrer, ein dunkelhäutiger Inder mit bleckendweißem Gebiß, riß die Hintertür auf und rief: »Sir, Sie haben den besten Fahrer der Welt gewählt.«

Burten lachte, setzte sich in das mit heißer Luft gefüllte Auto und versank in einer durchgesessenen Polsterung. Der Fahrer hechtete hinter das Lenkrad, drehte den Zündschlüssel, der Motor sprang krachend und keuchend an, der Wagen schüttelte sich, an verschiedenen Stellen schepperte es und knirschte Blech auf Blech.

Burten beugte sich zu dem Taxifahrer vor. »Sind Sie sicher, daß wir nicht gleich auseinanderbrechen?« fragte er.

»Mein Auto ist das sicherste von ganz Indien, Sir. Zu welchem Hotel, bitte?«

»Kein Hotel, zur Belvedere Road. Klinik Dr. Banda.«

»O sorry, Sir! Sind Sie krank?«

»Ja.«

»Was haben Sie?«

»Ein zu kleines Arschloch!«

Der Fahrer verzichtete auf weitere Fragen, trat auf das Gas, der Wagen machte einen Satz nach vorn und schoß in den irrsinnigen Verkehr aus Autos, Pferdekarren, Handwagen, Fahrrädern, Motorrädern und dicht gedrängten Menschenmassen. Mit quietschenden Reifen umfuhr er einige auf der Straße liegende heilige Kühe. Burten hatte das Gefühl, in einem Kamikaze-Fahrzeug zu sitzen, mit dem man sich jauchzend in den Tod stürzte. Bei Kurven schloß er die Augen und war sich im klaren, daß am Steuer nur ein Wahnsinniger sitzen konnte. Gleich kracht es, dachte er, und ich brauche keine Niere mehr. Dafür brauchte ich nicht nach Kalkutta zu fliegen.

Indien ist das Land der Fakire und Wundermönche, die selbst überleben, wenn sie eingegraben werden. Burten konnte so ein Wunder nur bestätigen, als das Taxi zitternd vor der Banda-Klinik hielt und er noch lebte.

Der Fahrer grinste ihn an. Stolz strahlte aus seinen schwarzen Augen. »Bin ich der beste Fahrer der Welt oder nicht, Sir?« fragte er.

»Sie sind unvergleichlich«, sagte Burten und meinte das ernst. So einen Fahrer gab es nicht wieder. Kein anderer fährt zwischen den Beinen des Todes hindurch.

Burten gab dem vor Staunen stummen Inder zehn Dollar, ließ seinen Koffer in die Eingangshalle der Klinik tragen und atmete tief aus, als der Taxifahrer zu seinem lebensgefährlichen Auto zurückkehrte.

Aus einem gläsernen Zimmer kam ein Mädchen in weißer Schwesterntracht auf ihn zu und musterte ihn kurz mit ihren großen braunen Augen. »Guten Tag. Sind Sie angemeldet, Sir?« fragte sie. Ihre Stimme war wie ein Gesang.

»Ja.« Burten warf einen bewundernden Rundblick durch die Halle. Leybourg hatte nicht übertrieben: Das war mehr ein indischer Palast als ein Krankenhaus. Marmor, Glas, Mosaiken, geschnitzte, vergoldete Rundbögen, ab und zu ein in Weiß gekleideter Mensch, der lautlos dahinhuschte. »Dr. Banda erwartet mich.«

»Ihr Name, Sir?«

»Edward Burten aus New York.«

Das Mädchen lächelte mit einem umwerfenden Charme. »Kommen Sie bitte mit, Sir.« In dem gläsernen Zimmer öffnete sie einen Karteischrank, dessen Schlüssel sie an einer Kette in der Kitteltasche trug. Sie fand sofort die Karteikarte von Edward Burten, hielt sie ihm vor die Augen und schien sich wie ein Kind über ein Geschenk zu freuen. »Da haben wir sie«, sagte sie. »Sie beziehen Zimmer Nummer 9 im ersten Flur. Ein sehr schönes Zimmer mit einer eigenen kleinen Terrasse zum Park.« Sie drückte auf einen Knopf der Telefonanlage. »Schwester Myriam wird sofort kommen, Sir. Sie wird Sie von jetzt an betreuen.«

Und wirklich: Plötzlich stand lautlos eine andere Frau im Raum, ebenso schön wie das Mädchen vom Empfang. Dr. Banda wußte, was eine schnelle Heilung positiv beeinflußt. Auge, Herz und Seele sind oft wichtiger als Medikamente und Injektionen. Auch wenn Dr. Bandas Schwestern unangreifbar waren – Jeff hatte das natürlich ausprobiert und sich nur ein Lachen eingehandelt, das Tödlichste, was einem Mann passieren kann –, allein die Gegenwart dieser immer lächelnden Engel weckte neuen Lebensmut.

Zimmer 9 war von der Art, wie ein Radschah es sich wünschte. Der Blick in den tropischen, üppigen Park mit einem hohen Springbrunnen, die Terrasse, die gesamte Einrichtung aus handgeschnitzten Möbeln, die Teppiche und seidenen Vorhänge – es war ein Luxus, den Burten in dieser Art noch nicht gesehen hatte. Nur eines störte: das Bett. Es war ein Roll- und Hebebett, mit einem chromblitzenden Galgen für Infusionen und einem Hochziehbügel, ein Krankenbett, wie es in allen großen Krankenhäusern steht. Es war das einzige Möbelstück, das daran erinnerte, daß man in einer Klinik war.

Burten trat auf die Terrasse und blickte in den Park hinein. Die Luft flimmerte vor Hitze, und ab und zu leuchtete der Wasserstrahl der Fontäne in den Regenbogenfarben, wenn das Wasser wie ein glitzerndes Gespinst in das Brunnenbecken zurückfiel.

Burten dachte daran, daß er Lora versprochen hatte, sofort nach seiner Ankunft in Kalkutta anzurufen, und kehrte ins Zimmer zurück. Dort stand, neben der Sitzgarnitur, bespannt mit schwerer Brokatseide, ein junger, hochgewachsener Mann im weißen Arztkittel.

Er verneigte sich leicht und stellte sich vor. »Ich bin Dr. Sedha Entali. Ich stehe Ihnen für die Zeit Ihres Aufenthaltes bei uns jederzeit zur Verfügung, Sir. Ich werde Sie nach der Operation betreuen.«

»Das freut mich.« Burten gab dem jungen Arzt die Hand. Donnerwetter, dachte er dabei. Eine Schwester und ein Arzt für mich allein, das gibt's auf der ganzen Welt nicht wieder. »Wann geht's los?«

»Heute sollen Sie sich erholen und akklimatisieren, Sir.« Dr. Entali zog einen Zettel aus der Tasche. »Morgen beginnen die Labortests, am Nachmittag Dialyse.«

»Stimmt! Die ist ja fällig.«

»Übermorgen Untersuchungen durch den Chef, wenn wir alle Laborwerte vorliegen haben. Der Chef entscheidet dann über die Operation.«

»Vorher sehe ich Dr. Banda nicht?« Burten war ein wenig enttäuscht. Er hatte gehofft, den Wunderchirurgen heute noch zu sehen.

»Der Chef ist heute und morgen auf einem Kongreß in Delhi.« Dr. Entali sagte das so voller Ehrfurcht, daß Burten die Augenbrauen hob. »Er hält einen Vortrag über neue Operationstechniken bei Dickdarmkrebs.«

»Das operiert er auch?« Burten sah Dr. Entali verblüfft an. »Ich denke, Dr. Banda ist ein Nierenspezialist.«

»Der Chef ist ein Spezialist auf allen chirurgischen Gebieten.«

»Sie verehren ihn sehr, was, Doc?«

»Ich bewundere ihn. Alle bewundern ihn. Er ist ein Vorbild. Wo gibt es heute noch Vorbilder? Wir Ärzte möchten alle so werden wie er.«

Und so viel Geld verdienen wie er mit illegalen Nierenverpflanzungen, dachte Burten und lächelte.

»Doch kaum einer von uns wird es jemals erreichen«, sagte Dr. Entali. »Niemand wird Dr. Banda gleichkommen.« Er verneigte sich wieder leicht. »Ich wünsche Ihnen einen schönen Tag, Sir. Wenn Sie mich brauchen, drücken Sie bitte die rote Klingel an der Wand, die weiße ist für Schwester Myriam.« Lautlos verließ er das Zimmer, lautlos schloß sich die Tür.

Hier ist alles lautlos, dachte Burten. Selbst ein Ton ist steril. Er trat auf die Terrasse und freute sich über das Plätschern des Springbrunnens. Auf der Terrasse standen ein runder Tisch und zwei hochlehnige Stühle aus weiß lackiertem Rattan, bedeckt mit orange-weißen Kissen. Burten setzte sich, streckte die Beine weit von sich und dachte an Lora. Sie war jetzt – vielleicht – über Wochen allein. Ohne Zärtlichkeit, ohne Streicheln, ohne Sex, sich immer mehr auffüllend mit Sehnsucht nach Liebe. Konnte eine so leidenschaftliche Frau wie Lora das aushalten? Würde sie ihn betrügen, und wenn es nur eine Nacht wäre, um den inneren Druck abzubauen? Er stellte sie sich, wenn er die Augen schloß, in den Armen eines anderen Mannes vor, eines jungen, sportlichen, ausdauernden Mannes mit einem muskulösen Körper, den sie mit ihren Armen und Beinen umschlang. Es war ein Bild, das Burten die Kehle zuschnürte. Er begann zu husten und sagte dann laut zu sich selbst: »Du Idiot!« Er sprang aus dem Korbsessel, lief zur Tür und trat auf den lautlosen Gang hinaus.

Sofort stand Schwester Myriam hinter ihm, lautlos. »Haben Sie einen Wunsch, Sir?«

Burten fuhr erschreckt herum. »Sind Sie Hellseherin?«

»Ich habe Ihre Tür klappen hören, Sir.« Schwester Myriam lächelte. »Was kann ich für Sie tun?«

»Nichts. Ich möchte etwas spazieren gehen. Im Park. Ist es erlaubt, den Park zu betreten?«

»Wir haben nichts dagegen, Sir. Aber bitte, bleiben Sie im Umkreis des Brunnens.«

Burten spürte es sofort: Das war kein Hinweis, sondern ein Verbot. Er setzte sein Pokergesicht auf und ging auf die große, gläserne Flurtür zu.

Schwester Myriam blieb an seiner Seite.

»Was ist jenseits des Brunnens?« fragte er plötzlich.

»Ein Stückchen Wald und dahinter ein Tennisplatz und ein Gehege.«

»Ein Gehege? Mit welchen Tieren?«

»Tiger, Sir.«

»Interessant! Tiger in begrenzter Freiheit.«

»So ist es, Sir.«

»Tiger sind ein Hobby von Dr. Banda?«

»Der Chef liebt Tiger. Er ist der einzige, der das Gehege betreten kann.« Schwester Myriam blieb vor der Glastür stehen, bevor sie den Flügel aufdrückte. »Das Gehege wird durch Videokameras überwacht. Bitte, gehen Sie nicht dorthin. Dr. Banda kann sehr wütend werden.«

»So interessant sind Tiger für mich nicht.« Burten sagte es ganz ruhig, wie beim Poker. »Benutzt Dr. Banda die Tiger für Experimente?«

»Experimente? Wie soll ich das verstehen, Sir?«

»In China zum Beispiel zahlt man Unsummen für sibirische Tiger. Man tötet sie und stellt aus ihren Geschlechtsteilen ein Potenzmittel her.«

»Wir sind hier in Indien, Sir, und nicht in China. Der Chef bewundert an seinen Tigern die Schönheit, die Kraft, die Geschmeidigkeit, das Spiel der Muskeln.« Schwester Myriam stieß die Glastür auf. »Gehen Sie im Park nach links, dort stehen wunderschöne Blütenbüsche und Blumen.«

Burten sagte: »Danke!« und ging über eine von Säulen getragene Diele hinaus in den Park.

Natürlich sehe ich mir die Tiger an, dachte er dabei und freute sich im voraus über diesen Streich wie ein übermütiger Junge. Wenn mich die Videokamera erwischt, sage ich: »Ich habe mich verlaufen.« Bei so einem großen Park kann man das nicht übelnehmen. Außerdem habe ich zunächst nur den Tennisplatz gesehen, und weil ich früher selbst Tennis gespielt habe...

An diesem Tag, bei seinem ersten Spaziergang im Park, erkundete Burten zunächst das Gelände. Der schmale tropische Wald, der dreißig Meter hinter dem Brunnen begann, reichte bis fast an den Tennisplatz heran. Dahinter erkannte Burten das Blinken eines sehr hohen Zaunes aus Metall. Vom Waldrand aus war nicht mehr zu sehen. Wer zu dem Gehege ging, war ohne Deckung; er mußte den ganzen Tennisplatz entlang und wurde unweigerlich von den Videokameras erfaßt.

Burten kehrte zum Springbrunnen zurück, setzte sich dort auf eine weiße Bank und sah dem Farbenspiel zu, das die Sonne mit der niedergehenden Fontäne schuf. Tiger, dachte Burten. Ein gefährliches Hobby. Nun gut, wir sind in Indien, da ist vieles unverständlich und geheimnisvoll, aber ein Raubtier bleibt ein Raubtier, auch wenn es dem Menschen aus der Hand frißt. Einmal wird der Tötungsinstinkt stärker sein als die Freundschaft mit einem fremden Wesen. Es mußte eine tägliche Mutprobe sein, wenn Dr. Banda das Gehege betrat. Brauchte er diesen Beweis von Mut?

Burten war begierig, Dr. Banda morgen oder übermorgen zu sehen.

Ein Mann, der mit Tigern spielt, muß gesunde, starke Nerven haben. Ist das eines der Geheimnisse seiner begnadeten Chirurgenhände?

Burten lag noch im Bett und hatte gerade sein Frühstück beendet, als sich die Tür von Zimmer Nummer 9 öffnete, natürlich lautlos. Er fühlte sich wohl; die Dialyse vom Vortag war hervorragend gelaufen. Die Klinik besaß das modernste Gerät, gegen das der Dialysator von Dr. Hippler wie ein Bastlermodell aussah. Schon das verstärkte Burtens Vertrauen, mit Dr. Banda die beste Wahl getroffen zu haben.

Burten brauchte nicht zu raten, wer jetzt sein Zimmer betreten hatte. So, nur so konnte Dr. Banda aussehen. Burten setzte sich im Bett auf. Ihm wäre lieber gewesen, dem Arzt aufrecht und korrekt angezogen gegenüberzutreten.

Dr. Banda trug einen weißen Seidenanzug und ein roséfarbenes Seidenhemd mit weißer Krawatte, weiße Strümpfe und weiße Lackschuhe, und das bei einer Hitze, die Burten auf mindestens fünfunddreißig Grad im Schatten schätzte. Unter der freien Sonne mußte jede kleinste Bewegung einen Schwall von Schweiß aus den Poren treiben – Dr. Banda sah man nichts an. Das Wort »schwitzen« schien in seinem Sprachschatz nicht vorzukommen. Er hatte kurzgeschnittene, lockige schwarze Haare, eine dunkle, etwas singende Stimme, die jedes Wort, das er sagte, zu streicheln schien. Und ein Frauentyp der allerbesten Sorte ist er, dachte Burten. Bei ihm könnte auch Lora schwach werden. Es war ein guter Entschluß gewesen, sie nicht mit nach Kalkutta zu nehmen.

»Banda«, stellte sich der Arzt vor. Sein milchkaffeebraunes Gesicht strahlte. »Ich hoffe, Sie sind zufrieden mit Ihrem Zimmer, Ihrer Betreuung, dem Essen.«

»Nichts könnte besser sein.« Burten spürte sofort eine tiefe Sympathie für Dr. Banda. »Ich danke Ihnen, daß Sie mich so schnell aufgenommen haben. Ich war sehr verzweifelt, aber nun habe ich wieder Hoffnung gefaßt.«

»Und sie ist berechtigt, Mr. Burten.« Dr. Banda setzte sich in einen Sessel dem Bett gegenüber, kreuzte die Beine und legte die Fingerspitzen seiner langen, schmalen, schönen Hände gegeneinander.

In diesen Händen liegt mein Leben, dachte Burten fast ehrfurchtsvoll. Mein Gott, laß sie immer den richtigen Griff tun.

»Nach allen Labortests«, fuhr Dr. Banda fort in einem Ton, als erzähle er, daß er sein Golf-Handycap um vier Punkte auf zehn verbessert habe, »nach den Proteinbestimmungen, einer gründlichen Untersuchung Ihres Herzens – der Narkose wegen – und den Injektionen, die Sie bekommen haben, steht nun fest –«

»Doktor, bitte«, Burten saß steif in seinem Bett, »sagen Sie nicht nein. Ich kann warten.«

»Sie Pessimist!« Dr. Banda beugte sich vor. Sein Gesicht glänzte vor Freude. »Wir haben Ihre Niere, Mr. Burten.«

Es war, als habe Burten einen Schlag gegen den Kopf erhalten. Er schloß die Augen, seine Hände verkrampften sich ineinander. »Sie... Sie haben«, stotterte er, »meine neue Niere?«

»Eine geradezu ideale Niere. Ein Glücksfall bei Ihrer Blutgruppe.«

»Ein... ein Wunder.«

»Kein Wunder.« Dr. Banda lächelte. »Nur eine gut funktionierende Organisation. Der Spender ist ein Mann von sechsundzwanzig Jahren, ein kräftiger Kerl, gesund bis zum kleinsten Zeh – wir haben ihn gründlich durchtesten lassen. Auf das Labor von Chandra Kashi kann ich mich hundertprozentig verlassen. Seine Organlieferungen sind konkurrenzlos.«

Burten schwieg. Er hielt noch immer die Augen geschlossen; er wußte, wenn er sie jetzt öffnete, würde er losheulen wie ein kleines Kind. »Ich... ich bin gerettet«, sagte er nur, kaum hörbar.

»Das können wir mit Bestimmtheit erst nach einem halben Jahr sagen. Ehrlich: Ich habe bei Ihrer extremen Blutgruppe selbst mit einer längeren Wartezeit gerechnet. Aber Chandra Kashi hat den Spender schnell gefunden.«

»Wie heißt er?« Burten spürte so etwas wie einen dicken Kloß im Hals.

»Wer?«

»Der Spender.«

»Warum wollen Sie das wissen?«

»Ich will ihm tausend Dollar extra geben. Er gibt seine Niere her... Er lebt doch noch, nicht wahr?« Burten öffnete die Augen; der Drang zu weinen war vorbei.

»Aber ja. Es ist eine Transplantation von Körper zu Körper, also keine Niere aus der Gefriertruhe.«

»Und deshalb möchte ich dem Spender –«

»Er tut es ja nicht umsonst, Mr. Burten. Er hat seine Niere verkauft und damit das Geschäft seines Lebens gemacht. Außerdem«, Dr. Banda lächelte Burten umwerfend an, »ist es unser unumstößliches Gesetz: Der Spender bleibt anonym, wie der Empfänger. Ihre Krankenakte wird in einem geheimen Tresor aufbewahrt, den nur ich kenne.«

»Ich möchte aber trotzdem –«

»Wenn Sie etwas spenden wollen, aus Dankbarkeit gegenüber dem Schicksal, dann bringen Sie Ihre Dollars zu Mutter Teresa. Dort haben sie einen Sinn. Sie retten damit nicht einen, sondern viele Menschen.«

»Eine gute Idee, Doc.« Burten atmete tief auf. Nun war auch der Kloß in seinem Hals weg. »Wann findet die Transplantation statt?«

»Übermorgen. Sie stehen als erster auf dem OP-Plan. Sieben Uhr früh.«

»Übermorgen.« Burten faltete die Hände. »Ich garantiere Ihnen: Wenn ich aus der Narkose aufwache, bin ich der glücklichste Mensch.«

»Das können Sie auch sein, Mr. Burten.« Dr. Banda erhob sich aus dem Korbsessel, gab Burten die Hand und schüttelte sie. »Sie sind ein Glückskind, und vor allem haben Sie einen starken Willen. Das ist jetzt sehr wichtig. Ich komme nach dem Mittagessen noch einmal zu Ihnen.«

»Ist noch was zu besprechen?«

»Eine Kleinigkeit.« Dr. Banda sagte es ganz ungeniert. »Vor der Operation ist eine Anzahlung von fünfundzwanzigtausend Dollar fällig.« Er winkte fröhlich und verließ das Zimmer, lautlos.

Und solch ein Mensch spielt mit Tigern, dachte Burten und starrte auf die geschlossene Tür. Wenn ihm etwas zustößt – er ist doch unersetzlich für die Kranken! Er griff zum Telefon und rief Lora an.

Das Hausmädchen Sybil war am Telefon und sagte: »Madam liegt im Sportzimmer. Die Masseuse ist da.«

»Heißt das, ich soll in einer Stunde wieder anrufen?« Der alte Burten war wieder erwacht. »Sybil, stell um zur Massagebank! Aber ruckzuck! Und wenn Madam unter der Dusche steht, ich will sie jetzt sprechen. Sofort! Roll nicht mit den Augen, stell durch.«

Es knackte mehrmals, dann war Loras Stimme im Apparat. Im Hintergrund ging jemand weg. Die Masseuse.

»Übermorgen um sieben!« schrie Burten ins Telefon. »Sie haben eine fabelhafte Niere für mich gefunden! Lora, mein Schatz, denk übermorgen früh an mich.«

Schweigen. Dann wie ein Aufschrei: »Du hast es geschafft, Ed?«

»Ja.«

»Ich werde sogar beten, mein Liebling!« sagte sie, und ihre Stimme schwamm davon. »Ja, ich werde für dich beten, Ed. Gott schütze dich!« Dann weinte sie.

Es war das erste Mal, seit sie sich kannten, daß Lora das Wort »Gott« aussprach.

Am Abend – Tawan ließ gerade zwei Scheiben geräucherten Speck in einer alten Eisenpfanne brutzeln, zusammen mit stark gewürzten Kartoffelscheiben – stand ein Mann plötzlich vor Tawans Holzdach an der Hauswand der Punjab National Bank, schob den Plastikvorhang zur Seite und sagte: »Ich komme von Chandra Kashi.« Er bückte sich, riß die Pfanne mit dem köstlich duftenden Speck vom Petroleumkocher, trug sie auf die Straße und kippte den Inhalt in den Rinnstein. Es zischte laut, denn es hatte kurz vorher geregnet, und die Straße war naß.

Tawan sah erstarrt zu, sprang dann wortlos auf und ballte die Fäuste, und Vinja, die neben ihm auf ihrer Schlafmatte hockte, sagte mit ihrer hellen Kinderstimme fordernd: »Onkel, hau ihm in die Schnauze! Nimm das Messer und mach ihn tot!«

Der Mann kam zurück, warf die Pfanne gegen die Hauswand und gab Tawan einen Stoß, als sich dieser auf ihn stürzen wollte. »Morgen früh um sechs bist du in der Klinik von Dr. Banda, Belvedere Road«, sagte er und hob drohend den Zeigefinger. »Vor einer Operation muß man nüchtern sein. Du ißt heute nichts, ist das klar? Wenn du auch nur die Pfanne ausleckst, gibt's keine einzige Rupie! Sauf Wasser. Vergiß es nicht: sechs Uhr, pünktlich.«

Tawan nickte gehorsam. Nun war es soweit. Morgen früh. Der Schritt in ein neues, reiches Leben. »Und wie lange bleibe ich in dem Hospital?« fragte er.

»Das kommt darauf an, wie die Wunde heilt. Vielleicht eine Woche.«

»Und was soll in dieser Zeit mit Vinja werden?«

»Das ist dein und nicht unser Problem.« Der Bote von Chandra Kashi warf einen abschätzenden Blick auf das Mädchen. »Wird sich schon jemand finden, der sie mitnimmt ins Bett. Die Europäer sind wild auf solche Kleinen.«

Er warf sich herum und rannte davon, ehe Tawan erneut vorstürzen und ihm in den Unterleib treten konnte. Als er unter das Dach zurückkehrte, starrte ihn Vinja aus ängstlichen Augen an.

»Was hat dieser Mann von Operation gesagt, Onkel?« fragte sie. »Wer wird operiert?«

Tawan setzte sich auf die dünne Schaumgummi-Unterlage – er hatte sie von seinem ersten Vorschuß gekauft – und legte den Arm um Vinjas Schultern. Er spürte, wie sie zitterte, aus einer instinktiven Angst heraus, die ihr sagte, daß etwas Unentrinnbares auf sie zukam. »Ich«, sagte er.

Vinja drückte sich eng an ihn. »Du bist krank, Onkel Tawan?« flüsterte sie, als könne man die Krankheit durch einen lauten Ton noch mehr aufwecken.

»Nein, ich bin nicht krank, ich bin gesund, sehr gesund, Vinja – und deshalb werde ich operiert.«

»Das verstehe ich nicht.«

»Ich will versuchen, es dir zu erklären.« Er drückte Vinja noch fester an sich, und seine Stimme bekam den Klang eines

Märchenerzählers auf dem Nachtmarkt am Hafen. »Jeder Mensch, du, ich, alle Menschen haben zwei Nieren. Auch eine Kuh hat zwei Nieren, ein Schaf, ein Schwein, eine Ziege.«

»Auch ein Hund?«

»Auch ein Hund. Und wie alles, was in einem Körper ist, kann auch eine Niere krank werden, so krank, daß sie nicht mehr arbeitet. Und wenn beide Nieren nicht mehr arbeiten, muß der Körper sterben. Er vergiftet sich von innen. Verstehst du das, Vinja?«

»Ja, Onkel Tawan.«

»Nun ist es aber so, daß der Mensch – bei den Tieren weiß ich das nicht – mit nur einer Niere leben kann. Eine Niere genügt, um jeden Tag den Körper zu entgiften.«

»Du bist so klug, Onkel Tawan«, sagte Vinja leise und kuschelte sich an seine Schulter.

»Ich habe das auch nur gehört und mir erklären lassen. Und nun stell dir vor: Da ist ein Mensch, dem sind beide Nieren krank, und er muß sterben, wenn er keine neue, gesunde Niere bekommt. Und da bin ich, und ich habe zwei gesunde Nieren und kann eine Niere abgeben und trotzdem weiterleben. Aber den anderen Menschen kann ich retten, indem ich ihm meine Niere überlasse. Begreifst du das?«

»Ja.« Vinjas große schwarze Augen starrten Tawan voll plötzlichen Begreifens an. »Du willst –«

»Ja, Vinja. Ich habe eine Niere verkauft.«

»Du hast sie verkauft? Man kann ein Stück seines Körpers verkaufen?«

»Du ahnst gar nicht, was man alles verkaufen kann. Sogar das Herz.«

»Aber dann ist man ja tot.«

»Natürlich. Doch die Erben bekommen viel Geld dafür. Ich habe es mir von Chandra Kashi erklären lassen. Er wird meinen ganzen Körper verkaufen. Und du, Vinja, wirst einmal eine reiche Frau werden, so reich wie die Frauen der großen Händler und der Brahmanen-Herren.«

Vinja schwieg. Sie schien alles zu überdenken, was Tawan erzählt hatte, und hob dann den Kopf. »Jetzt hast du eine Niere verkauft?« fragte sie.

»Ja. Weil sie praktisch überflüssig ist.«

»Und du bekommst Geld dafür?«

»Wir werden keine Sorgen mehr haben. Wir werden in einem richtigen Haus wohnen, du wirst dir die schönsten Kleider kaufen können, ich werde einen richtigen Anzug haben, ein Hemd mit Krawatte, blanke, lederne Schuhe, wir werden aussehen wie die, die uns bisher die Münzen auf den Teller warfen, wir werden unter einem Sonnenschirm in einem Café sitzen, und der Kellner wird freundlich sagen: ›Was darf ich Ihnen bringen, Sir?‹ Darf – und bis heute hätte er uns weggejagt wie Ratten. Es wird sich alles ändern, Vinja. Alles.«

Das Mädchen nickte, aber es schien sich nicht zu freuen über den plötzlichen Reichtum, von dem Onkel Tawan erzählte. Vielleicht glaubte sie ihm gar nicht – sie hatte in ihrem bisherigen Leben nur Betrug kennengelernt, nur den Kampf ums nackte Überleben; warum sollte jetzt jemand einem Rechtlosen wie ihm eine Niere wegnehmen und dafür bezahlen? Wegjagen würde man ihn, wenn er aus der Operation erwachte, ihn mit Tritten auf die Straße werfen wie einen räudigen Hund. Die Polizei würde ihn nur auslachen – ein stinkender Bettler klagt einen angesehenen Arzt an. Und wenn er weiter lamentierte, würde man ihn auch noch wegprügeln. »Morgen nimmt man dir deine Niere weg, Onkel Tawan?« fragte Vinja.

»Ja. Morgen früh.« Tawan küßte Vinja auf die Stirn. »Jetzt habe ich eine große Sorge.«

»Hast du Angst?«

»Nein. Man wird mich am Leben lassen.«

»Und wenn sie dir beide Nieren wegnehmen und das Herz und noch andere Dinge, die sie gebrauchen können? Du kannst dich nicht wehren. Sie nehmen alles von dir und werden den Rest verbrennen. Und keiner weiß, wo du geblieben bist.« Ihre Augen waren weit von Entsetzen.

»Ja, das ist möglich.« Auch Tawan ergriff jetzt eine Panik. Was Vinja da sagte, daran hatte er nie gedacht. Natürlich war es einfach, so lächerlich einfach, alles aus ihm herauszunehmen, was man verwerten konnte, und dann den ausgeschlachteten Körper verschwinden zu lassen. Niemand wußte, wo die Klinik war, niemand würde ihn suchen, denn wer sucht schon einen Mann aus den Slums, wo man froh ist, daß wieder einer weniger ist? Und die dreißigtausend Rupien würde Vinja nie bekommen, denn es hatte nie einen Tawan Alipur gegeben. Noch nicht einmal Namen und Adressen konnte er aufschreiben, damit Vinja zu Chandra Kashi und der Klinik gehen konnte, denn er hatte ja nicht schreiben gelernt.

Zu Chandra Kashi zu laufen war jetzt zu spät. Aber morgen früh würde er mit dem Arzt sprechen, der ihm die Niere herausnahm. »Doktor«, würde er sagen, »mir ist da eine Idee gekommen. Wenn ich nicht mehr zu meiner Nichte Vinja zurückkehre, wenn ich sterben sollte, wenn man mich einfach verschwinden läßt – ich habe vier Freunden gesagt, wohin ich gegangen bin. Sie werden die Polizei alarmieren. Ich kann nicht einfach verschollen sein. Also passen Sie auf, Doktor, daß mir nichts passiert.« Ja, das würde er sagen, das war eine Garantie weiterzuleben, das konnte ihn davor bewahren, ein heimliches Ersatzteillager für andere Kranke zu werden. »Das war eine gute Idee von dir, Vinja«, sagte er. »Sie werden mir nur die verkaufte Niere herausnehmen. Meine Sorge ist eine andere. Ich werde vielleicht eine Woche nicht da sein, und was wird in der Zeit aus dir?«

»Ich gehe zu den Hütten am Fluß. Wir haben dort doch Freunde.«

Tawan schüttelte den Kopf. »Das geht nicht, Vinja.«

»Warum nicht?«

»Wenn du hier unseren schönen Platz, unser Dach verläßt, nimmt es sich sofort ein anderer. Wenn ich dann zurückkomme, kann ich ihn nur vertreiben, indem ich ihn umbringe. Freiwillig wird er es nicht hergeben.«

»Aber wir brauchen doch unseren Platz nicht mehr.« Vinja sah Tawan erstaunt an. »Du hast doch gesagt, wenn du die Niere verkauft hast, sind wir reich. Wir wohnen in einem richtigen Haus.«

»Aber bis dahin wird einige Zeit vergehen. Ein freies Zimmer in Kalkutta muß man suchen wie ein Goldkorn im Hugli-Fluß.«

»Dann bleibe ich hier, Onkel Tawan.«

»Allein? Wie soll das gehen?«

»Ich kann für mich kochen. Ich bin doch kein kleines Kind mehr, Onkel.«

»Und wer soll kaufen, was du brauchst?«

»Ich! Ich habe doch einen starken Stock, auf den ich mich stützen kann.«

»Du kannst nicht den weiten Weg bis zum Markt laufen, Vinja.«

»Ich kann es. Ich werde es dir beweisen. Auch ein Fuß ohne Zehen bleibt ein Fuß, mit dem man gehen kann.«

»Du bist bisher nie eine lange Strecke gegangen.«

»Ich werde es üben.«

Tawan fuhr mit den Händen zum Kopf und raufte sich die Haare. Da ist wieder etwas, was ich falsch gemacht habe, dachte er verbittert. Über all die Jahre hinweg, die Vinja bei mir ist, habe ich alles für sie getan, nur gegangen sind wir nicht. Sie hat immer nur unter dem Dach oder auf der Straße gesessen und hat gebettelt, nie ist sie weiter als ein paar Meter gelaufen, und ich habe geglaubt, an ihr Gutes zu tun. O Gott, wie falsch war das! Sie ist doch bis auf den einen Fuß ein gesunder Mensch, aber ich habe sie behandelt wie einen hilflosen Krüppel. Tawan, du hast dieses Mädchen zu einer wunderschönen Puppe gemacht, die man herumtragen muß. »Wenn ich weg bin«, sagte er, um mit anderen Gedanken sein Schuldgefühl zu verdrängen, »werden dich die geilen Männer ansprechen. Vor allem die weißen.«

»Ich werde nicht hinhören, Onkel Tawan.«

»Sie werden dir Dollarscheine in den Schoß werfen.«

»Ich werde sie zurückwerfen in den Wind.«

»Und wenn sie dich einfach hochreißen und mitschleppen?«

»Ich kann schreien wie ein Geier.« Sie lächelte ihn an und schüttelte dabei den Kopf. »Du kannst dich auf mich verlassen, Onkel Tawan. Mich greift keiner an.«

In dieser Nacht konnte Tawan nicht schlafen. Er lag wach, den Arm um die sich an ihn drückende Vinja gelegt, so wie er es mit ihrer Mutter getan hatte, seiner Schwester und seiner Geliebten zugleich. Was werde ich mit dem vielen Geld tun? dachte er immer wieder. Ich muß mit ihm etwas Gutes anfangen, etwas Dauerhaftes, einen richtigen Beruf, der Geld bringt und den man ausbauen kann. Einen Stoffhandel vielleicht oder Touristenrundfahrten mit einem Boot oder eine Straßenküche auf einem der Märkte oder Plätze in der Innenstadt. Eine Genehmigung würde er bekommen, wenn er mit dem Antrag auch die nötigen Rupien über den Tisch schob. Es mußte alles anders werden, ein neues Leben von Beginn an. Eine Niere für die Zukunft, das war ein ehrliches Geschäft.

Der Bank schräg gegenüber war ein modernes Bürogebäude mit einer Uhr an der Stirnseite. Ab und zu kroch Tawan leise zum Eingang seiner Behausung und las die Zeit ab – als es fünf Uhr war, zog er sein bestes Hemd und seine sauberste Hose an, gab der schlafenden Vinja einen Kuß auf die Stirn, streichelte über ihr Gesicht und verließ sie. Er ging die Straße hinunter bis zu einer Kreuzung, wo Taxis standen, trat an eines heran und beugte sich durch das offene Fenster zu dem dösenden Fahrer. Der Mann schrak auf.

»Ich möchte gefahren werden«, sagte Tawan.

Der Taxifahrer musterte Tawan. Trotz des sauberen Hemdes und der einwandfreien Hose erkannte er in ihm den Gossenschläfer. Taxifahrer haben ein Auge dafür. Außerdem war es der Geruch, der am Körper und den Kleidern klebte und den kein Wasser herauswaschen konnte. Ein Geruch, der sich in die Poren gefressen hatte und ständig wieder ausgestoßen wurde.

»Geh weg, du Stinktier!« sagte der Taxifahrer, als ekele er sich. »Vertreib mir nicht die Kundschaft.«

»Wo ist Kundschaft? *Ich* bin die Kundschaft.«

»Du bist ein Arschloch, und ich fahre keine Arschlöcher.«

»Wie du willst.« Tawan ging um den Wagen herum, riß die Tür neben dem Fahrer auf und schwang sich auf den Sitz.

Der Taxifahrer ließ beide Fäuste vorschnellen, aber mitten in der Bewegung hielt sein Schlag an. Tawan hatte sein beidseitig geschliffenes Messer gezogen und hielt es ihm entgegen.

»Damit kommst du nicht weit«, knirschte der Fahrer.

»Bis zur Belvedere Road, wo ich hin will. Zur Klinik von Dr. Banda.«

»Um diese Zeit?«

»Dr. Banda wartet auf mich.«

Wer in Kalkutta kannte nicht die Klinik von Dr. Banda? Vor allem die Taxifahrer verbeugten sich tief, wenn ein Fahrgast die Adresse nannte. Wer zu Dr. Banda fuhr, hatte im Leben den Goldhügel erklommen.

Der Fahrer sah Tawan noch einmal an und hob schnüffelnd die Nase. »Du lügst!« sagte er dann. »Wie kann er jemand wie dich erwarten?«

Tawan stieß sein spitzes, scharfes Messer in die Kunststoffverkleidung des Armaturenbrettes und lehnte sich zurück. Der Fahrer starrte auf das Messer, schluckte mehrmals, aber schwieg. Der Fahrgast sah nicht so aus, daß man sich mit ihm erfolgreich prügeln konnte. Er hatte Muskeln, die sein Hemd spannten.

»Ich kann bezahlen«, sagte Tawan und zeigte ein Bündel Rupienscheine vor. »Fahr los, du Hurensohn! Ich darf nicht zu spät kommen.«

»Ich muß einen Aufschlag von zwei Rupien nehmen«, antwortete der Fahrer.

»Wofür?«

»Der Wagen muß gelüftet werden, bevor ich einen neuen Gast aufnehme. So setzt sich keiner rein.«

»Drei Rupien bekommst du sogar«, sagte Tawan genüßlich. »Dafür werde ich beim Aussteigen in dein Klapperauto furzen. Fahr los!«

Die Banda-Klinik lag noch in völliger Dunkelheit, als Tawan das Taxi verließ. Er hatte seine Drohung nicht wahr gemacht und in den Wagen gefurzt. Der Fahrer atmete auf, als er sein Geld bekommen hatte, und raste sofort wieder davon. Der Nachthimmel zeigte bereits schmale Streifen von Helligkeit; in ein paar Minuten würde die Sonne aufsteigen und die Stadt und den Fluß mit einem rotgoldenen Schleier überziehen. Alle Häßlichkeit würde dann im Morgendunst verzaubert werden.

Langsam ging Tawan die Auffahrt zur Klinik hinauf. Plötzlich spürte er, wie wild sein Herz klopfte. Vor dem Eingang blieb er stehen und preßte die Fäuste gegen seine Brust. Das ist Angst, dachte er. Ja, Tawan, das ist Angst. Sich eine gesunde Niere herausschneiden zu lassen ist schließlich nichts Alltägliches. Aber auch dreißigtausend Rupien sind nichts Alltägliches. So muß man das sehen, Tawan, du Angsthase! Die Angst macht sich bezahlt – das ist das Besondere in deinem Leben. Du hast Todesangst, aber du wirst dafür fürstlich bezahlt. Nächste Woche bist du ein reicher Mann. Tawan, beiß die Zähne zusammen! Du mußt das Glück erobern; von allein kommt es nicht zu dir.

Er drückte auf einen Klingelknopf, wartete und spürte, wie sich seine Kehle verkrampfte. Ein Juckreiz lief über seinen ganzen Körper, und er hatte das Bedürfnis, sich überall zu kratzen. Aber dazu war es jetzt zu spät.

Eine Schwester in schneeweißer Tracht öffnete ihm und ließ ihn eintreten. Sie schien nicht überrascht zu sein. Ein Mann aus den Slums, der seine Niere verkauft hat. Er war angekündigt worden, und der Geruch der Straße, der Tawan entströmte, erzeugte nicht einmal ein Naserümpfen bei ihr. »Warten!« sagte sie mit einem befehlenden Ton. »Du wirst abgeholt.«

Tawan nickte. Er sah sich in der großen prunkvollen Halle um und kam sich wie eine Maus in einem Palast vor. Aber auch ein anderer Gedanke kam ihm: Bei so viel Reichtum, was sind da dreißigtausend Rupien für seine gesunde Niere? Hatte er sie zu billig verkauft? Hatte Chandra Kashi ihn betrogen, ihn geblendet mit der plötzlich genannten Summe, die in diesem Augenblick wie ein Goldberg aussah? Wieviel Rupien würde man wohl von dem Empfänger der Niere verlangen? Wer einen solchen Krankenpalast bauen konnte, mußte das Geld mit Schaufeln in die Säcke füllen.

Es dauerte nur wenige Minuten, da klickte die Lifttür auf.

Ein Krankenpfleger, auch er in einem weißen, tadellos gebügelten Anzug, kam auf Tawan zu und musterte ihn. »Du bist Tawan Alipur?« fragte er dann.

»Ja. Kommen noch andere Nieren?«

»Das geht dich einen Dreck an. Mitkommen!«

Tawan blieb stehen, als der Pfleger zum Lift zurückging. Ich bin ein armer Mensch, dachte er. Ich habe auf der Straße gelebt, in einem Verschlag, ich habe gehungert und für einen Schandlohn gearbeitet, ich habe in meinem eigenen Schweiß baden können und mag den Gestank der Slums in mich aufgesaugt haben, aber ich bin ein Mensch. Man soll mich nicht behandeln wie eine Ratte.

Der Pfleger drehte sich am Lift um und sah Tawan böse an. »Was ist?« bellte er. »Willst du getragen werden?«

»Ich könnte es verlangen. Was würdet ihr jetzt ohne meine Niere machen?«

»Dich in den Arsch treten und eine andere nehmen. Es gibt genug Spender in Kalkutta.«

»Aber nicht meine seltene Blutgruppe. Chandra Kashi hat gesagt, ich sei eine Ausnahme.« Tawan reckte sich und setzte ein stolzes Gesicht auf. »Sei höflicher zu mir, sonst –«

»Was sonst?« Der Krankenpfleger verschluckte sich vor Wut und hustete heftig. Jeden anderen hätte er jetzt mit Fußtritten aus dem Haus gejagt und den Ärzten mitgeteilt, der Spender sei nicht gekommen. Bei Tawan war das anders; er hatte wirklich eine so seltene Blut- und Eiweißgruppe, daß man auf ihn nicht verzichten konnte. Und es war eine ebenso große Seltenheit, daß der Empfänger der Niere, dieser amerikanische Millionär, genau die gleiche Blutzusammensetzung hatte wie dieser aufsässige Tawan Alipur. »Du willst mir drohen?«

»Nein. Ich verlange nur, wie ein Mensch behandelt zu werden.«

»Bitte sehr.« Der Pfleger grinste breit und machte eine tiefe Verbeugung. »Mein Herr, darf ich bitten, mir in den Lift zu folgen? Ein warmes Bad steht bereit – wenn Sie erlauben, werde ich Sie abschrubben. Ist es so recht?«

Tawan schwieg. Der Spott klebte an ihm wie der Lehm am Ufer des Flusses, wenn er die kleinen Frachtkähne entlud, die nicht an den großen Ghats anlegen durften. Er ging an dem Pfleger vorbei und betrat den Lift, aber als die Tür zuschnurrte, war es vorbei mit der gespielten Höflichkeit des Pflegers.

»Ich will dir mal etwas sagen!« Die Stimme des Pflegers war wie ein Knirschen von Metall auf Metall. Er hielt seine Faust Tawan unter die Nase, und seine Augen funkelten böse und rachsüchtig. »Ich lege dich gleich in die Badewanne, du stinkendes Schwein, und brühe dich ab, daß dir die Haut platzt. Und wehre dich nicht – ich habe noch zwei Kollegen, die auf dich warten. Beschweren kannst du dich, aber in einer Woche bist du wieder auf der Straße. Weißt du, was dich dann erwartet?«

»Ja. Auch wenn ihr drei seid, ich habe keine Angst vor euch.«

Der Lift hielt im zweiten Stockwerk. Dort wartete in der großen Diele schon der zweite Pfleger, ein dicker Kerl mit einem gutmütigen Gesicht. Aber das täuschte. Als der erste Pfleger sagte, diese Ratte aus den Slums werde frech, veränderte sich schlagartig die freundliche Miene des zweiten.

»So, so«, sagte er bloß, griff in Tawans Hemd und zog ihn mit einem Ruck an sich heran. »Du bist zwar eine seltene Niere, aber dein Kopf ist selten dämlich. Und den brauchen wir nicht, im Gegenteil, er ist zu viel auf dieser Welt. Verstehst du, was ich meine?«

»Warum seid ihr alle so gemein zu uns armen Menschen?« Tawan schüttelte den Kopf wie ein Hund, der aus dem Wasser steigt. »Was haben wir euch getan? Ist es unsere Schuld, arm geboren zu sein? Tragen wir die Pest mit uns herum? Der eine hat das Glück, in einem goldenen Bett geboren zu werden, der andere wird auf einer Strohmatte ins Leben geworfen. Wer kann es sich aussuchen, wo er geboren wird?«

»Man sollte euch allen in den Slums die Eier abschneiden!« Der dicke Pfleger lachte rauh und ließ Tawans Hemd los. »Wenn ihr bloß ein Hirn hättet! Aber nein, in jeder freien Minute liegt ihr auf euren Weibern und schießt einen Balg nach dem anderen in die Welt. Habt ihr nichts anderes zu tun als zu vögeln?«

»Nein, das ist das einzige Vergnügen des armen Mannes.«

»Ich sag' es ja: kastrieren!« Der dicke Pfleger nickte zu einem nur schwach beleuchteten Flur hin. »Jetzt machen wir erst mal einen Menschen aus dir.«

Sie nahmen Tawan in die Mitte, gingen bis zum Ende des Flurs und betraten einen hellblau gekachelten Waschraum, dessen Mittelpunkt eine große, breite Wanne war mit Griffen und Sprühdüsen, absenkbarem Boden und umklappbaren Kopfstützen. Tawan hatte noch nie eine solche medizinische Wanne gesehen. Er bestaunte auch die von der Decke hängenden Lederbänder und Schlaufen, eine Hebevorrichtung, mit der man Gelähmte in die Wanne setzen konnte.

»Ausziehen!« Der dicke Pfleger drehte einige Hähne auf, warmes Wasser sprudelte in die Wanne, schönes, reines, klares Wasser, nicht so schmutzig wie das Wasser im Hugli-Fluß. Welch eine Verschwendung, welch ein Luxus! dachte Tawan, während er sich auszog. In den Slums muß man an den wenigen Pumpen Schlange stehen, überall heißt es, das Wasser sei knapp, und hier läuft so viel Wasser weg, von dem eine Familie fast eine Woche leben könnte, und dieses schöne klare Wasser ist nur zum Baden da. Draußen haben die Armen Durst, und die Reichen liegen hier im kostbaren Wasser.

Er schämte sich wirklich, als der Pfleger winkte und sagte: »Steig rein! In zehn Minuten kennst du dich nicht wieder.« Er hielt ein großes Stück Seife hoch und grinste wieder anzüglich. »Weißt du, was das ist? Hast du das schon mal gesehen?«

»Seife.«

»Er weiß es!« rief der andere Pfleger. »Er kennt es wirklich! Woher?«

»Ich wasche mich jeden Abend mit Seife im Fluß. Früher haben wir sie selbst hergestellt, aus Hundefett und Rindertalg, jetzt kaufe ich sie. Mein Vater soll ein guter Seifenkocher gewesen sein, so erzählt man. Ich habe ihn nie gekannt.« Tawan stieg in die große Wanne. Das Wasser war etwas zu heiß, aber er sagte nichts, um keinen neuen Streit zu provozieren, und er hielt auch still, als der Pfleger ihn ins Wasser drückte und heiße Wellen aus einem Duschschlauch über ihn goß.

»Das tut gut, was?« rief der dicke Pfleger und begann, Tawan mit einer harten Bürste abzuschrubben. »Das ist eine Wonne! Das durchblutet die ganze Haut. Wenn du nachher aus der Wanne steigst, bist du zehn Jahre jünger.«

Das heiße Wasser brannte, die gescheuerte Haut brannte, die Seife brannte – Tawan biß die Zähne zusammen und erduldete alles klaglos und in stummer Ergebung. In ein paar Stunden ist alles vorbei, tröstete er sich. In ein paar Stunden bin ich ein reicher Mann und kein Abfall aus den Slums mehr. In ein paar Stunden bin ich nicht mehr ein stinkendes Schwein, sondern Tawan Alipur, der in ein Kaufhaus geht, auf einen Anzug zeigt und sagt: »Den möchte ich!« Und der Verkäufer wird sich beeilen und um ihn herumspringen, und dann würde der feine Herr Alipur sagen: »Nein. Er ist nichts für mich. Die Qualität ist zu gering.« Und er brauchte keinen Taxifahrer mit dem Messer zum Fahren zu zwingen; er brauchte nur die Hand zu heben, und sofort bremste einer der Wagen. Alles nur, weil ich Geld habe. Bin ich deshalb ein anderer Mensch als jetzt? Vielleicht ja, vielleicht verändert das Geld den Menschen, man wird es sehen.

Er senkte den Kopf, als der Pfleger seine Haare wusch, sehr heiß ausspülte und ihm dann einen Schlag in den Nacken versetzte. »Raus!« sagte er dabei und warf ein großes Badetuch über ihn. »In einer halben Stunde geht's los! Deine Sachen kannst du hier lassen. Du brauchst sie nicht mehr.«

»Was heißt das?« Tawan trocknete sich ab. Mißtrauen stieg wieder in ihm hoch, die Panik, daß man ihn töten und wie ein Auto ausschlachten könnte. »Ich brauche doch Hose und Hemd.«

»In einer Woche. Wir werden dir deine Lumpen sogar desinfizieren, kostenlos, als Dienst am Kunden. Hier in der Klinik bekommst du von uns ein langes, sauberes weißes Hemd.«

Lautlos öffnete sich die Tür. Eine Schwester rollte eine fahrbare Liege in das Badezimmer und musterte Tawan. Welch ein abschätzender Blick! Tawan schämte sich, daß er nackt vor diesem schönen Mädchen stand, und schlang das Badetuch um seinen muskulösen Körper. Eine Erinnerung tauchte in ihm auf: Baksa, seine Schwester, die kleine, hübsche Hure, wie sie in seinen Armen lag, ihn überall streichelte, wie eine Schlange über ihn kroch, ihn in sich aufnahm und in sein Ohr flüsterte: »Du hast den schönsten Körper aller Männer. Tawan, mein Bruder, ich liebe nur dich.« War es das heiße Bad? Dieses Gefühl von damals war wieder da, und Tawan war froh, sich in dem Badetuch verstecken zu können.

»Hinlegen!« befahl der dicke Pfleger und zeigte auf die Liege. Er wollte Tawan das Badetuch wegnehmen, aber der klammerte sich an ihm fest.

»Ich soll doch ein Hemd bekommen«, sagte er und wich zurück.

»Nach der Operation! Nun leg dich endlich hin!«

»Nackt?«

»Wie sonst?« Plötzlich begriff der Pfleger. Er grinste genußvoll und riß mit einem unverhofften, harten Ruck das Tuch von Tawans Körper. »Sieh an, sieh an, da steht ja ein Soldat stramm. Aber Schwester Saida hat schon anderes gesehen.«

Sie lachten alle drei, der dicke Pfleger gab Tawan einen Klaps auf den nackten Hintern und schubste ihn zu Schwester Saida. Verlegen, beschämt und gleichzeitig mit Gedanken an Rache legte sich Tawan auf die Liege und schloß die Augen. Er spürte, daß man ein Tuch über ihn zog, und hörte den Dicken sagen: »Keine Angst, Mann! Auch mit einer Niere kannst du pinkeln wie bisher. Und freue dich – nach der Operation kümmern wir uns um dich. Du sollst dich immer an uns erinnern.«

Tawan behielt die Augen geschlossen. Er wurde aus dem Bad gerollt, fuhr mit einem Lift wieder nach unten, einige Türen klappten, Stimmen umgaben ihn. Da erst öffnete er wieder die Augen. Er lag in einem grün gekachelten, hell erleuchteten Raum, eine Schwester mit einer grünen Atemmaske trat an ihn heran und besprühte seinen nackten Körper mit einer Hautdesinfektionslösung, die stark nach Alkohol duftete, und eine andere Grüngekleidete beugte sich über ihn, hielt eine Spritze in der Hand und gab ihm die erste Injektion.

Tawan atmete tief durch. Leb wohl und gut, meine Niere, in dem anderen Körper, dachte er. Du hast mir treu gedient; tu's auch bei deinem neuen Herrn. Blamier mich nicht – du bist doch eine starke, gesunde Niere. Leb wohl!

Eine lähmende Müdigkeit überfiel ihn plötzlich. Er hatte Mühe, die Augen offen zu halten und zu beobachten, was um ihn herum geschah. Er sah ein paar Männer in langen grünen Kitteln, die nebeneinander an Waschbecken aus Edelstahl standen und sich die Hände und Unterarme wuschen und schrubbten. Über ihre Haare hatten sie grüne, runde Kappen gezogen, der Mundschutz baumelte unter ihrem Kinn.

Das sind die Ärzte, dachte Tawan. Sie werden mich gleich aufschneiden und meine Niere herausholen. In ihren Händen wird mein Leben liegen. Seid vorsichtig mit mir, liebe Ärzte, ich will noch lange leben, und ich muß für Vinja sorgen. Schneidet nicht daneben.

Die Bilder um ihn herum begannen wie im Nebel zu schwimmen. Mit aller Kraft stemmte sich Tawan dagegen. Die

Angst ergriff ihn wieder, nicht mehr aufzuwachen. »Ich will etwas sagen!« rief er verzweifelt und erkannte seine eigene Stimme nicht wieder. »Ich will etwas sagen! Hört mich! Hört mich! Komm' doch jemand her zu mir!«

Aber niemand beachtete ihn. Nur die Schwester, die ihm die Injektion gegeben hatte, kam zu ihm und sah im Nebel aus wie ein grünes Gespenst. »Schrei nicht so!« herrschte sie ihn an. »Du wirst schon nichts merken. Du bist nicht der erste, der eine Niere verkauft hat. Halt den Mund!«

Tawan wollte noch etwas sagen, aber die Schwester ging schnell wieder weg. Er kämpfte gegen die Müdigkeit an und hoffte, doch noch einen der Ärzte sprechen zu können, bevor er völlig betäubt wurde. Nur ein paar Worte wollte er sagen. Nur, daß er Freunden gesagt habe, daß man ihn hier suchen solle, wenn er nicht mehr zurückkäme. Als Sicherheit, daß man nicht alles aus ihm herausschnitt, was man gebrauchen konnte. Ich weiß jetzt, was mein Körper wert ist, dachte er. Ich werde Vinja einmal zu einer reichen Frau machen, später, wenn das Sterben nicht mehr aufzuhalten ist.

Die Ärzte schrubbten noch immer Hände und Arme. Durch eine Wand aus Glas sah Tawan in den Operationssaal. Der schmale OP-Tisch, neben den jetzt eine Schwester einen kleineren Tisch mit blitzenden Instrumenten schob. Die großen, runden OP-Scheinwerfer, die an einem schwenkbaren Arm von der Decke hingen. An einer Wand Monitore und eine Reihe von Meßinstrumenten und Kontrolluhren. Am Kopf des OP-Tisches das noch verhüllte Narkosegerät, der Apparat, der über sein Weiterleben entscheiden konnte.

Tawan faltete die Hände über der Brust. Er hatte große Angst, und er schämte sich nicht, sie zu haben. Seine Lippen bewegten sich zuckend, aber sie ließen keinen Laut hinaus. Er sprach nach innen, um diese höllische Angst zu verjagen. »Dreißigtausend Rupien«, sagte er zu sich. »Dreißigtausend Rupien. Dreißigtausend Rupien. Für eine überflüssige Niere. Ich werde nie wieder arm sein.«

Auch Edward Burten schlief in dieser Nacht nicht. Er saß auf der Terrasse vor seinem Zimmer, blickte in den dunklen Park und über das Rundbecken des Springbrunnens, dessen Fontäne jetzt abgestellt war; nur zwei Scheinwerfer beleuchteten die kunstvollen Mosaiken, mit denen er verkleidet war.

Es war nicht die Angst, die Burten den Schlaf raubte. Er hatte nichts zu verlieren, nur zu gewinnen. Sein Vertrauen in die chirurgische Kunst von Dr. Banda war grenzenlos, er kannte das Risiko einer Nierentransplantation, das weniger operativer Art als das der Abwehrreaktionen seines eigenen Körpers war. Auch wenn Blut- und Eiweißgruppen des unbekannten Spenders weitgehend mit Burtens Werten übereinstimmten, war es ein Fremdkörper, der ihm eingepflanzt wurde und den sein Immunsystem bekämpfen würde. Damit war zu rechnen. Dr. Banda hatte es ihm deutlich genug erklärt, und das war die einzige Sorge, die Burten nicht schlafen ließ. Nicht die Angst.

Was wurde aus Lora, wenn die neue Niere versagte? Wenn sie abgestoßen wurde und keine andere Niere der seltenen Blutgruppe zu finden war? Er hatte sich bisher nie Gedanken über Loras Zukunft gemacht, sein Leben mit ihr war ein einziger Glücksrausch gewesen, der solche Überlegungen gar nicht aufkommen ließ. Aber jetzt, an der Schwelle von Leben oder Tod, mußte Loras Zukunft geregelt werden.

Vor zehn Jahren, als seine Frau noch lebte, hatte er auf Anraten seines Anwalts widerwillig sein Testament gemacht. »Wenn ich schreibe: ›Mein letzter Wille‹, komme ich mir vor, als läge ich schon auf dem Sterbebett«, hatte er damals gesagt.

»Sie haben viel erreicht im Leben, Ed«, hatte der Anwalt geantwortet. »So ein Lebenswerk läßt man nicht einfach in der Luft hängen. Sie können in zehn Minuten über die Straße gehen, und ein Idiot von Autofahrer nimmt Sie auf den Kühler. Niemand weiß, was sein Schicksal ist.«

Burten hatte es schließlich eingesehen und ein zehnseitiges Testament geschrieben, in dem er seinen Privatbesitz, seine Firmengruppen und deren Weiterbestand bis ins Kleinste aufführte und regelte, ein Testament, das auch jetzt noch Gültigkeit hatte. Aber auch ein Testament, das Lora von allem ausschloß, denn damals bestimmte sie noch nicht sein Leben.

Er verließ die Terrasse, ging ins Zimmer zurück, klappte eine lederne Schreibmappe auf, in der Papier mit dem Briefkopf der Klinik lag, und setzte sich an den Tisch. Ein Füllfederhalter aus reinem Gold lag ebenfalls in der Mappe – die Patienten, die hier um ihre Gesundheit bangten, hatten es nicht nötig, goldene Füller zu stehlen.

Er überlegte kurz, preßte dann die Lippen zusammen und schrieb in seiner steilen Handschrift den ersten Satz: »Mein endgültig letzter Wille.«

Er unterbrach sich, starrte auf das Papier und las diesen ersten Satz mehrmals durch. Was ihn selbst faszinierte, war das Wort »endgültig«, ein Ausdruck, als gäbe es nun kein Zurück mehr, als sei mit diesem Wort sein Leben abgeschlossen. War es eine unbewußte Vorahnung, ein plötzlicher Blick auf das sonst geheimnisvolle Schicksal, das jeder Mensch in sich trägt? Was sonst sollte »endgültig« heißen? Ein Abschluß, nichts weiter. Ganz einfach: das Ende.

Er atmete tief durch, biß die Zähne zusammen, seine Gesichtsmuskeln wurden hart und drückten sich durch die Haut. Ohne abzusetzen schrieb er dann weiter: »Mein vor zehn Jahren gemachtes Testament, hinterlegt bei Rechtsanwalt Dr. Lewis Smith, Manhattan-Süd, New York, erkläre ich hiermit in allen Teilen für ungültig. Im Vollbesitz meiner geistigen und körperlichen Kräfte verfüge ich, Edward Richard Burten, geboren am 5. September 1918 in Wichmoore/Ohio, daß meinen gesamten Besitz an Bankkonten, Firmen, Immobilien, Beteiligungen, Sach- und Kunstwerten Miss Lora White, geschiedene Flasman, geboren am 19. Mai 1948 in Greenwood/Idaho, erbt. Ich setze sie hiermit als *Alleinerbin* ein mit der Auflage, daß sie ein Viertel des geerbten Besitzes (Gesamtkapital) einer zu gründenden ›Burten-Stiftung zur Erforschung von Nierenerkrankungen‹ zur Verfügung stellt. Miss White soll mit einem Stimmanteil von dreißig Prozent dem Stiftungsgremium angehören. Über den Rest des Erbes kann sie frei verfügen. Ich danke ihr hiermit für ihre Liebe, die meinem Alter eine neue Sonne geschenkt hat. Gegeben am 14. April 1981 in Kalkutta/Indien und eigenhändig unterschrieben. Edward Richard Burten.«

Er legte den Füllhalter hin und lehnte sich in dem Korbsessel weit zurück. Das hätten wir, dachte er, mit sich selbst zufrieden. Lora hat es verdient. Sie ist meine große Liebe. Mag der letzte Satz im neuen Testament etwas schwülstig und kitschig klingen, das Leben ist kitschig, so wie man einen Sonnenuntergang im Pazifik nicht beschreiben kann, ohne in den Verdacht zu geraten, trivial zu sein.

Burten las sein Testament noch einmal durch, fand nichts, was er ändern oder korrigieren mußte, faltete den Briefbogen zusammen, schob ihn in das Kuvert, klebte es zu und schrieb darauf: »Zu öffnen nach meinem Tod vor Rechtsanwalt Dr. Lewis Smith, Manhattan-Süd, New York, in Gegenwart von Miss Lora White. E. R. Burten.«

Er stellte das Kuvert gegen die mit echtem Blattgold belegte Blumenvase, die jeden Morgen mit frischen Blüten gefüllt wurde, ging dann zum Bett und legte sich auf die weiße Seidendecke. Irgendwann mußte er eingeschlafen sein, denn er schrak hoch, als er die Stimme von Dr. Entali hörte. Der junge Arzt hatte sich über ihn gebeugt und ihn mehrmals angesprochen, ehe Burten aufwachte.

»Sir, es ist halb sieben«, sagte Dr. Entali. »Haben Sie gut geschlafen? Fühlen Sie sich gut?«

Burten hob den Kopf. Hinter Dr. Entali sah er Schwester Myriam und einen Pfleger; sie standen an einem Rollbett und lächelten ihn an. Es sollte ein beruhigendes Lächeln sein, aber in Burten krampfte sich plötzlich alles zusammen. »Es ... es ist soweit?« fragte er mit belegter Stimme.

»Ja, Sir. Der Chef ist schon im OP. Bitte ziehen Sie Ihren Pyjama aus und legen Sie sich auf das Rollbett.«

»Und dann?«

»Wenn Sie wieder aufwachen, haben Sie eine neue Niere und sind gesund.« Dr. Entali trat zwei Schritte zurück, um Burten Platz zum Aufstehen zu machen.

Burten schwang sich aus dem Bett, sah kurz zu Schwester Myriam hinüber, sagte sich, daß sie an den Anblick nackter Männer gewöhnt war, und streifte seinen Pyjama ab. Er kletterte auf das Rollbett und wurde von dem Pfleger mit einem Laken zugedeckt.

Schwester Myriam beugte sich über ihn. »Liegen Sie bequem, Sir?« fragte sie.

Wie schön sie ist, dachte Burten. Überhaupt diese Inderinnen – sie haben einen besonderen, merkwürdigen Reiz. In ihren Augen glimmt ständig eine geheimnisvolle Glut. »Kommt es darauf noch an?« fragte er. »Was macht ihr jetzt mit mir?«

»Sie kommen in den Vorbereitungsraum und werden für die Narkose vorbereitet. Nach der ersten Injektion dämmern Sie bereits ein. Die Einleitung der richtigen Narkose – eine Intubationsnarkose – nehmen Sie schon nicht mehr wahr.«

»Wie tröstlich! Ich sehe Dr. Banda vorher nicht mehr?«

»Wohl kaum. Wenn der Chef schon steril ist, kann er den OP nicht mehr verlassen.« Dr. Entali hob wie bedauernd die Schultern. »Wollten Sie noch etwas sagen, Sir?«

»Das klingt wie: ›Sie haben das letzte Wort, Delinquent.‹«

»Sir, woher dieser plötzliche Pessimismus?«

»Ich hatte in der Nacht viel Zeit, über alles nachzudenken. Wenn man auf ein Leben wie meines zurückblickt, überfallen einen tausend Erinnerungen, vor allem an Fehler, die man gemacht hat. Ich komme mir jetzt wie ein zu Recht Verurteilter vor, der seine Strafe unter dem Chirurgenmesser antritt.«

»Sie hätten die Nacht besser für einen erholsamen Schlaf nützen sollen, Sir.«

»Das können *Sie* leicht sagen, Doc! Sie liegen nicht auf der Schlachtbank.«

»Wenn ich an Ihrer Stelle wäre, würde mein Vertrauen zu Dr. Banda alle anderen Gedanken verjagen.«

»Warum, glauben Sie, bin ich denn hier? Hätte ich kein Vertrauen, wäre ich spätestens diese Nacht geflüchtet.«

»In den sicheren Tod, Sir.«

Burten schwieg. Das ist es, dachte er. Ich habe keine andere Wahl. Ed, Junge, beiß die Zähne zusammen wie so oft in deinem Leben. Da ging es zwar nie um Leben oder Tod, sondern nur um geschäftliche Transaktionen und um den Beschiß deiner Gegner, aber gewonnen hast du immer. Und du wirst auch jetzt gewinnen. Kneif die Arschbacken zusammen und verschlucke deine Angst. »Ist der Spender schon da?« fragte er und atmete tief aus und ein.

»Ja. Er ist bereit für die Entnahme der Niere.«

»Wie heißt er?«

»Sir, Sie wissen doch...« Dr. Entali lächelte entschuldigend. »Absolute Anonymität.«

»Ich werde ihn nicht zu Gesicht bekommen?«

»Nein. Warum auch? Wenn Ihr Auto eine neue Lichtmaschine bekommt, besuchen Sie dann auch die Fabrik, in dem sie hergestellt worden ist?«

»Ihren Fatalismus möchte ich haben.« Burten faltete die Hände über dem Bauch. »Sind alle Inder so?«

»Die meisten, Sir. Wie könnte man sonst überleben, ohne wahnsinnig zu werden? Lassen Sie sich nach der Operation einmal durch Kalkutta fahren, dann werden Sie uns verstehen. Fatalismus ist ein Göttergeschenk für uns.« Dr. Entali blickte bewußt provozierend auf seine goldene Armbanduhr.

Burten nickte. »Ich verstehe, Doc«, sagte er. »Ich quatsche zu viel. Es wird Zeit. Man kann die Angst nicht wegreden, das begreife ich jetzt. Also los, Schwester Myriam! Ab auf den Tisch! Nur eine Bitte hätte ich noch.«

»Ja, Sir?«

Schwester Myriams Lächeln drang ihm bis zum Herzen. »Wenn ich aus der Narkose erwache, möchte ich zuerst Ihre Augen sehen.«

»Ich werde bei Ihnen sein, Sir.«

Dr. Entali gab einen kurzen Wink. Der Pfleger schob das Bett aus dem Zimmer. Burten schloß die Augen. Er wollte nicht sehen, wohin man ihn rollte. Er dachte an Lora und an den Augenblick des Wiedersehens und die dann folgende Nacht, an ihren wundervollen Körper und an ihre Zärtlichkeit.

Er spürte den Einstich der ersten Injektion, hörte Stimmen um sich, eine Frauenstimme fragte ihn etwas, aber das verstand er schon nicht mehr, er wollte antworten: »Bitte lauter!«, aber er hörte sich selbst nicht mehr.

Im Lautsprecher des OP I ertönte die Durchsage: »Spender zur Entnahme bereit.«

Dr. Banda antwortete über Mikrofon: »In zehn Minuten können wir beginnen. Besondere Vorkommnisse?«

»Keine, Chef.«

»Haben Sie die Videokamera eingeschaltet?«

»Ja, Chef.« Auf dem Bildschirm neben dem OP-Tisch erschien OP II.

»Ich sehe Sie auf dem Monitor. Sehen Sie mich?«

»Ganz deutlich, Chef.«

»Sehr gut. Wie immer – wir arbeiten synchron.«

Es war alles Routine, und doch war der Raum wie elektrisch aufgeladen von Spannung. Einem Menschen wurde ein neues Leben geschenkt.

Tawan Alipur drückte nicht wie Edward Burten beide Augen fest zu, sondern beobachtete alles um sich herum mit kritischen Blicken. Trotz der Müdigkeit, die ihn nach der ersten Injektion überfiel, hatte er noch so viel Kraft, den Kopf zu heben und durch die Glaswand zu sehen, wie man ein Bett in den OP rollte und an die Wand stellte. Das Bett, auf das man ihn legen würde, wenn er seine Niere geopfert hatte. Das beruhigte ihn sehr – sie werden mich leben lassen, dachte er zufrieden. Würden sie mich töten und ausschlachten, brauchte ich kein Bett mehr. Eine Zinkwanne würde genügen. Dennoch zuckte er zusammen, als ein fremdes Wesen in einem grünen Kittel und einer grünen Kappe und mit grün vermummtem Gesicht sich über ihn beugte. Dunkle Augen, die ihm riesengroß vorkamen, sahen ihn teilnahmslos an. Es war der Anästhesist, aber wie konnte Tawan das wissen?

»Sind Sie Dr. Banda?« fragte Tawan und merkte, daß er nur mit Mühe sprechen konnte.

Der Arzt schüttelte den Kopf. »Nein. Willst du etwas von ihm? Mit jemand wie dir unterhält er sich nicht.«

In Tawan bäumte sich plötzlich ein unbändiger Stolz auf. Sie brauchen mich, dachte er. Ohne mich könnten sie jetzt kein Geld verdienen. Ich bin Gold für sie wert. Behandelt man so einen wertvollen Menschen? Er hob wieder den Kopf und starrte den Grünvermummten an, ein Wesen wie von einem anderen Stern. »Ich heiße Alipur«, sagte er mit erhobener Stimme und hatte große Mühe mit dem Sprechen. »Mr. Tawan Alipur. *Mister,* bitte. Ich bin ein wertvoller, reicher Mann.«

»Du bist ein Arsch!« antwortete der Anästhesist grob. »Oder besser: Du bist für uns eine Niere. Weiter nichts. Und jetzt bekommst du die Narkose, du Niere!«

»Ich habe drei Freunden gesagt, wo ich heute bin!« stieß Tawan mühsam hervor. »Zur Sicherheit!«

»Du hast –?« Der Arzt griff Tawan in das gelockte Haar und zerrte daran. »Verdammt, du hast doch unterschrieben!«

»Ich habe nichts unterschrieben. Ich kann doch gar nicht schreiben.«

Der Grünvermummte ließ Tawans Haare los, ging zu einem an der Wand hängenden Telefon und nahm den Hörer ab. Was er sagte, konnte Tawan nicht verstehen; er sah nur, daß der Arzt mehrmals nickte, den Hörer wieder einklinkte und zurückkam.

»Alles in Ordnung«, sagte er zu Tawan. »Man hat dir zwar die Niere herausgenommen, aber nicht hier in der Klinik von Dr. Banda. Hier hat dich niemand gesehen. Keiner kennt dich. Und einem so angesehenen Mann wie Dr. Banda glaubt man mehr als einem dreckigen Mann aus den Slums. Du Idiot willst einem Dr. Banda drohen! Du hast kein Hirn im Kopf, sondern Scheiße!«

Tawan wollte protestieren, aber da spürte er schon den Einstich der zweiten Injektion. Ein merkwürdiges Gefühl zog in seinem Körper hoch, eine Art Schwerelosigkeit, ein Schweben, als sei er ein großer Vogel, den der Wind trug und Kreise ziehen ließ. Er dämmerte ins Nichts hinüber, und sein letzter Gedanke war: So muß das Sterben sein. Ist es wirklich so, dann ist der Tod etwas Schönes.

Er lag schon in tiefem Schlaf, als ihn zwei Pfleger auf den OP-Tisch hoben und in Seitenlage drehten. Sie schnallten ihn an und deckten den Körper ab; nur das Operationsfeld ließen sie frei. Die linke Niere. Der Anästhesist schob den Tubus der Intubationsnarkose in die Luftröhre und schloß Blutdruck- und Atemmessung, Kreislaufkontrolle und Pulsimpulse an. Die besten und modernsten Geräte standen zur Verfügung, nicht nur für die Empfänger, sondern auch für die armen Spender – bei einer Operation war für Dr. Banda jeder Mensch gleich. Ob Bettler oder Millionär, ihm wurde die größtmögliche medizinische Sorgfalt zuteil. Auf den Monitoren erschienen die zuckenden elektronischen Anzeigen. Linien, Kurven, Zacken. Die Narkose lief. Um den OP-Tisch warteten die Assistenten, die OP-Schwester stand neben ihrem Instrumententisch. Die starken OP-Scheinwerfer warfen ein gleißendes Licht auf Ärzte und Patient. Auf einen Wink des Anästhesisten trat Oberarzt Dr. Jaipur an den OP-Tisch heran. Neben einem großen Fernsehbild hing ein Mikrofon. Das TV-Bild zeigte den OP I; auch hier umstanden die Operateure den Tisch, auf dem Edward Burten lag, ebenfalls in tiefem Schlaf. Dr. Banda blickte in die Kamera.

Dr. Jaipur hob die Hand. »Wir sind soweit, Chef«, sagte er. »Gut.« Dr. Bandas Hand zuckte zur Seite. Die OP-Schwester drückte ihm das Skalpell in die Finger. Ein Elektromesser schwenkte ins Bild. Das gleiche Bild erschien auf dem TV-Monitor aus OP II.

Die Operation begann. Ein Routine-Eingriff, Hunderte von Malen ausgeführt.

»Ich eröffne«, ertönte in der Stille fast überlaut die Stimme Dr. Bandas im Lautsprecher.

Burtens Atem und Herzschlag waren normal. Dr. Banda beugte sich über das Operationsfeld.

Der Bogenschnitt, der bewährte Flankenschnitt im 11. Intercostalraum. Der erste Schnitt, der Burten ein neues, lebenswertes Leben schenkte.

Die Operation verlief komplikationslos. Niemand hätte es von Dr. Banda auch anders erwartet. Das synchrone Operieren über TV-Kamera, Bildschirm und Mikrofon klappte reibungslos – zwei Ärzteteams, die so aufeinander eingespielt waren, daß es nur weniger Worte bedurfte.

»Niere dargestellt«, sagte der Oberarzt. In der von einem Spreizer gedehnten Wundhöhle lag Tawans Niere frei. Die Gefäße waren mit Klemmen gesichert, ein Sauger hatte das Blut weggesaugt. Die elektronische TV-Kamera übertrug das Bild in den OP I.

Dr. Banda blickte kurz auf den Monitor. Auch Burtens Niere lag frei, der Austausch konnte beginnen. Vom Anästhesisten kam die beruhigende Meldung: »Alles okay. Atmung und Kreislauf stabil.« Im OP II starrte der Oberarzt auf seinen Bildschirm. Burtens Niere war eine Katastrophe. Zwei Drittel des schwammigen Gewebes waren zerstört, sahen fahlgrau und abgestorben aus.

»Das war kurz vor zwölf«, sagte der Oberarzt. »Lange hätte er nicht mehr durchgehalten.«

Dr. Banda nickte in die Kamera. »Ich wußte es. Das Isotopen-Nephrogramm war eindeutig. Bei seiner seltenen Proteinzusammensetzung war es ein Wettlauf mit dem Tod, ein Suchen nach dem richtigen Spender. Wir haben gewonnen! Wir haben ein unverschämtes Glück gehabt.« Dr. Banda beugte sich über das Operationsfeld. »Ich exstirpiere jetzt die Niere.«

Im OP II wandte sich der Oberarzt wieder Tawan zu. Mit größter Sorgfalt und dennoch schnell präparierte er die gesunde Niere, hob sie aus der Wundhöhle und legte sie in eine verchromte Schüssel. Ein Assistenzarzt übernahm sie und lief schnell aus dem OP, hinüber zu Dr. Banda. Während der Oberarzt die Gefäße Tawans abband und die Ureteronephrektomie vollendete, geschah im OP I genau das Gegenteil. Dr. Banda nahm die Schüssel aus der Hand des Assistenten, warf Burtens funktionslose Niere in einen Eimer und begann mit der Implantation der gesunden Niere. Er verband sie mit den Blutgefäßen, schloß sie an den Harnleiter an und stellte somit die Verbindung zur Blase wieder her.

Das Vernähen der einzelnen Schichten, sobald die neue Niere wieder durchblutet wurde, überließ er den anderen Chirurgen. Er trat vom Tisch zurück, zog die Gummihandschuhe aus, warf sie in den Abfalleimer und verließ den OP. Im Vorbereitungsraum wusch er sich wieder Hände und Unterarme. Ein Pfleger nahm ihm die grüne OP-Kleidung ab. Nach einem kurzen Blick durch die Glaswand auf Burten, der jetzt zugenäht wurde, verließ er den OP-Trakt, ging in sein Zimmer, setzte sich in einen Sessel und rauchte eine Zigarette. Ein süßlicher Duft füllte das Zimmer aus; es mußte eine spezielle Tabakmischung sein, die Dr. Banda rauchte. Für diesen Vormittag war noch eine zweite Operation angesetzt: eine Fältelung des Magenfundus bei einem pensionierten englischen Oberst.

Dr. Banda inhalierte die Zigarette wie ein Süchtiger. Die innere Spannung löste sich; nach den letzten, tiefen Zügen zerdrückte er den Rest der Zigarette in einem goldenen Aschenbecher, trug ihn in die seinem Zimmer angeschlossene Toilette und spülte ihn hinunter. Das Geheimnis seiner vielbestaunten Vitalität sollte ein Geheimnis bleiben. Wen ging es etwas an, daß das Genie Dr. Banda von einer Droge abhängig war? Nur der Erfolg zählte, der Ruhm seiner begnadeten Hände; womit er sich diese Achtung erkaufte, mußte im Dunkeln bleiben. Er wußte als Arzt, der sich selbst genau beobachtete, eines mit Gewißheit: Einmal kam der Zusammenbruch, würden die Nerven versagen, würde der Körper zerstört sein. Trotz der Erkenntnis erging es Dr. Banda wie den meisten Drogensüchtigen: Es gab kein Zurück mehr, er hatte nicht mehr die innere Kraft, sich gegen die Sucht zu stemmen. Er lebte mit ihr, sie war ein Teil seines Lebens geworden. Sie hatte den großen Dr. Banda erschaffen.

Unterdessen wurde Burten in sein luxuriöses Zimmer gerollt, in sein Bett gehoben und zugedeckt. Schwester Myriam saß neben ihm auf einem Stuhl, bereit, sofort einzugreifen, wenn es zu einer Komplikation kommen sollte. In der hellen Flüssigkeit der Infusionsflasche, die den Blutverlust ausgleichen sollte, spiegelten sich die Strahlen der Sonne. Was hatte Burten gesagt? »Wenn ich aufwache, möchte ich zuerst Ihre Augen sehen.« Schwester Myriam lächelte und beugte sich zu Burten vor. Seine Lider zuckten, es konnte nur noch Minuten dauern, bis er aus seiner Narkose aufwachte, ein Mensch mit einem neuen, geschenkten Leben.

Aus dem OP II hatte ein Pfleger den noch im Narkoseschlaf liegenden Tawan gerollt und in einen Nebentrakt der Klinik gebracht, in dem sich auch das Magazin mit neuen Betten, Einrichtungsgegenständen, einer Werkstatt und zwanzig Personalzimmern befand. Tawans Zimmer war eine schmale Kammer, ohne Fenster, ohne Lüftung, stark nach einem Desinfektionsmittel riechend. Der Pfleger rollte das Bett in die Mitte des sonst kahlen Raumes; als er die Tür hinter sich schloß, umgab Tawan völlige Dunkelheit. Man hielt es nicht für nötig, das trübe Licht einer kahlen Deckenbirne einzuschalten.

Fast zur gleichen Zeit erwachten Burten und Tawan aus ihrer Narkose.

Burten blinzelte in das durch einen Vorhang abgeschirmte Mittagslicht. Er lächelte schwach, als sich Schwester Myriam über ihn beugte. So hatte er es sich gewünscht. Das Lächeln in ihrem schönen Gesicht sagte ihm, daß er ins Leben zurückgekehrt war. »Vorbei?« fragte er mühsam.

»Sie haben alles glänzend überstanden, Sir.« Schwester Myriam legte ihm eine Hand auf die Stirn. Er empfand sie als wohltuend kühl. »Seien Sie unbesorgt. Ich bleibe bei Ihnen. Haben Sie Schmerzen?«

»Noch nicht.« Er lächelte verzerrt. »Sie sind ein Engel, Myriam.« Er sah noch einmal in ihre schwarzen Augen, fühlte sich glücklich und schwerelos und schlief wieder ein.

Tawan erwachte und sah nichts.

Schwärze umgab ihn, eine lähmende Stille. Es war, als schwebe er in dieser Finsternis. Er lag unter einem dünnen Laken und rührte sich nicht.

Ich bin tot, dachte er, ohne deshalb in Panik zu verfallen. So ist das also, wenn man tot ist – alles schwarz, ewige Dunkelheit, ein Körper ohne Gewicht. Und dann dachte er plötzlich: Wird Chandra Kashi so ehrlich sein und Vinja die dreißigtausend Rupien auszahlen? Oder wird er sie darum betrügen? Und wie ist das mit den anderen Organen, die ich ihm mit meinem Vertrag überlassen habe? Ich bin doch zu einem menschlichen Ersatzteillager geworden, für noch mal fünfzigtausend Rupien, die Vinja erben soll.

Es kam ihm merkwürdig vor, daß er sich bewegen konnte, daß ein leichter klopfender Schmerz an seiner linken Seite herumkroch, daß er auf irgend etwas lag und nicht frei in der schwarzen Luft schwebte. Ein Toter spürt doch keine Schmerzen mehr, sagte er sich. Oder doch? Wer weiß das so genau! Bisher hat noch kein Toter darüber berichten können. Tawan, du bist nicht mehr auf der Welt, aber du fühlst dennoch alles, und außerdem stinkt der schwarze Himmel nach Desinfektion. Oder ist das alles nur ein Übergang, und der wirkliche Himmel, das Nirwana, kommt erst? Tawan, warte es ab. Du warst ja nur ein dummer Mensch, der weder lesen noch schreiben konnte, und in den Mülltonnen, die du jeden Tag durchwühlt hast, findet man kein Wissen. Sei ruhig, ganz ruhig. Aber es ist doch verdammt merkwürdig, tot zu sein.

Wie lange er so lag und auf den lichten Himmel wartete,

wußte er nicht. Er schrak nur zusammen, als plötzlich ein Lichtstrahl über ihn fiel. Er kniff die Augen zu und spürte sein Herz rasend schlagen. Jetzt öffnet sich das Nirwana, dachte er selig. Jetzt habe ich den Himmel erreicht. Da spricht doch einer! Tatsächlich, eine Stimme. Im Himmel wird gesprochen. Wenn das die Lebenden wüßten...

»Alles in Ordnung?« fragte die Stimme hinter seinem Kopf.

»Ich habe Schmerzen«, antwortete er leise und voll Ehrfurcht.

»Na klar.«

Er spürte einen Einstich in den rechten Oberarm, wollte noch etwas sagen, aber es kam nur ein Lallen von seinen Lippen, und dann schlief er wieder ein.

Sein zweites Erwachen überraschte ihn mit Helligkeit. Er lag in einem lackierten Eisenbett in einem fast leeren Raum, nur zwei breite Schränke standen darin mit Staubsaugern, Putzmitteln und Besen. In einer Ecke stapelten sich Kartons mit Klopapier und WC-Reinigern. Aber es war Licht um ihn, er sah, daß er wieder auf der Erde war, und das trieb ihm die Tränen in die Augen.

Ich lebe, schrie er in sich hinein. Ich lebe wirklich. Und ich bin ein reicher Mann. Dreißigtausend Rupien... Vinja, nächste Woche kaufen wir ein wie die vornehmen Herrschaften. Zwei Kleider für dich, zwei Anzüge für mich, schöne weiche Schuhe, und dann gehen wir in das Café des Hotels Ritz Continental und lassen uns bedienen. Stell dir vor, Vinja, ich der Mann aus den Slums, werde mit Sir angeredet, und man wird sich vor mir verneigen, wenn ich ein Trinkgeld gebe. Keiner wird uns mehr ansehen, daß wir unter einem Holzdach an der Wand der Punjab National Bank gehaust haben.

Irgendwann kam ein Pfleger in die Abstellkammer und fühlte Tawan den Puls, steckte ihm ein Fieberthermometer in den Mund und maß den Blutdruck. »In Ordnung«, sagte er zufrieden. »Du bist ein harter Bursche. Du steckst so eine Operation weg wie Dattelessen.«

»Was bleibt mir anderes übrig?« Tawan versuchte ein schwaches Lächeln. »Wie geht es dem Empfänger meiner Niere?«

»Auch gut. Was man so gut nennt, zwei Tage nach der Operation. Er ist noch schlapp, aber er ist ja auch doppelt so alt wie du.«

»Zwei Tage?« Tawan schüttelte den Kopf und konnte es nicht glauben. »Wieso zwei Tage? Ich bin doch gerade erst operiert worden.«

»Du hast vierundzwanzig Stunden geschlafen. Das ist Dr. Bandas Spezialtherapie. Schlafen. Wer schläft, ist ein ruhiger Patient. Unruhe verzögert die Heilung, sagt er.« Der Pfleger drehte Tawan auf die Seite und kontrollierte den Verband. Es war noch der erste, im OP angelegte. Blutflecken waren auf ihm zu sehen.

»Wann komme ich wieder heraus?« fragte Tawan.

»Hast du's so eilig? Hier brauchst du dich nicht ums Essen zu kümmern, hast ein gutes Bett und liegst in einem festen Zimmer.« Der Pfleger klopfte Tawan auf den Bauch und grinste breit. »An deiner Stelle würde ich mir ein Fieber zulegen und möglichst lange hier bleiben. Ich kann dir einen Tip geben, wie man ein schönes, hohes Fieber bekommt.«

Tawan war verblüfft über die Freundlichkeit dieses Pflegers, denn die Behandlung durch die anderen Pfleger war ihm noch gegenwärtig. Er schüttelte den Kopf und sah den jungen Mann in seinem weißen Kittel dankbar an. »Ich muß zurück. Ich habe eine achtjährige Nichte, die ich allein gelassen habe. Ich möchte so schnell wie möglich hinaus.«

»Das bestimmt der Arzt.«

»Außerdem bin ich jetzt ein reicher Mann. Ich brauche nicht mehr die Mülltonnen zu durchwühlen oder Kisten und Säcke von den Schiffen zu schleppen.«

»Aber du hast nur noch eine Niere. Wenn ihr etwas passiert, bist du verloren.«

»Ich werde auf sie aufpassen, als sei es ein Goldschatz.« Tawan blinzelte in die Sonnenstrahlen, in denen der Staub tanzte.

Die Scheiben waren verdreckt, die Farbe, ein schmutziges Grün, blätterte von den Wänden, aus den gelagerten Kartons und Schachteln strömte eine Vielzahl Düfte und reizte die Kehle. Er mußte husten und griff sich an die linke Seite. Die Wunde begann zu stechen, der Schmerz breitete sich über den ganzen Körper aus. »Jetzt tut es weh!« sagte Tawan.

»Wenn du hustest wie ein Büffel, brauchst du dich nicht zu wundern. Lieg ruhig, atme durch die Nase und vermeide jede Erschütterung.«

»Kann ich nicht wieder eine Spritze bekommen? Wenn ich noch mal vierundzwanzig Stunden schlafe, komme ich bestimmt früher heraus.«

»Das alles entscheidet der Arzt.« Der Pfleger klopfte Tawan freundschaftlich auf die Hand. »In einer Stunde ist Verbandswechsel. Bereite dich darauf vor, es wird ein wenig weh tun. Dann kannst du auch mit dem Arzt sprechen.«

Tawan nickte. Plötzlich kam ihm ein Gedanke, und er schrak zuammen, als habe ihn jemand hinterrücks geschlagen. »Hat jemand nach mir gefragt?«

»Nein. Wer soll nach dir fragen? Deine kleine Nichte?«

»Sie weiß nicht, wo ich jetzt bin. Sie weiß nur, daß ich operiert werde. Ich habe mich verpflichtet, niemand etwas zu sagen.«

»Ich weiß. Das müssen alle, die eine Niere spenden. Wie könnte also jemand nach dir fragen?«

Tawan gab keine Antwort, schloß die Augen und hing seinem plötzlichen Gedanken nach, der ihn in einen inneren Aufruhr versetzte. Er hörte, wie die Tür zuklappte; er war wieder allein in der staubigen Kammer und starrte gegen die weißgetünchte Decke.

Chandra Kashi, dachte er. Ist er wirklich ein ehrlicher Mensch? Zahlt er mir die dreißigtausend Rupien, oder sagt er: »Ich kenne diesen Mann nicht. Man hat ihm eine Niere weggenommen? Sein Problem! Ich habe damit nichts zu tun.« So könnte er sprechen, und man würde ihm glauben und ihn, Tawan, in den Hintern treten. »Hinaus auf die Straße, wo du hingehörst! Verrecke unter deinem Holzdach an der Hauswand! Will einen Chandra Kashi anklagen, der Idiot!« Und dann war er ärmer als zuvor, hatte nur noch eine Niere und konnte nicht mehr die schwere Arbeit an den Ghats tun.

Der Gedanke bohrte sich in ihn hinein. Aber er drückte ihn nicht nieder, sondern gab ihm im Gegenteil neue Kraft, so schnell wie möglich zu Chandra Kashi zu gehen und sein Geld zu kassieren.

Wie angekündigt, rollte der Pfleger eine Stunde später Tawan in einen blitzsauberen, hellen, gekachelten Raum. Ein Arzt, diesmal in einem weißen Kittel, und eine Schwester erwarteten ihn. Der Verbandswechsel schmerzte weniger, als es sich Tawan vorgestellt hatte. Die lange, bogenförmige Naht wurde mit einem Antibiotikum besprüht, dann mit Puder bestäubt und wieder verbunden.

»Wie fühlen Sie sich?« fragte der Arzt.

Tawans Gesicht überzog ein sonniges Lächeln. Ein Glücksgefühl überströmte ihn und machte es ihm für ein paar Sekunden unmöglich zu antworten. Er hat »Sie« zu mir gesagt, dachte er, er hat mich wie einen Herrn angeredet, zum ersten Mal in meinem Leben werde ich wie ein richtiger Mensch behandelt.

»Mir geht es gut, Herr Doktor«, antwortete Tawan. Er fand, daß sich von diesem Augenblick an seine Stimme verändert hatte. Nichts Demütiges war mehr in ihr, sondern Kraft und Selbstbewußtsein. »Wann kann ich entlassen werden?«

»In etwa fünf Tagen ziehen wir die Fäden, dann sehen wir weiter. Mr. Alipur, melden Sie sich sofort, wenn Sie irgend etwas spüren.«

»Ja, Herr Doktor.« Tawan sah den Arzt voller Dankbarkeit an. Mr. Alipur – er war ein vollgültiger Mensch. Die Slums klebten nicht mehr an ihm. »Was kann denn noch geschehen?«

»Vieles. Eine Infektion, Wundfieber, innere Blutungen, wenn eine Ligatur nicht richtig sitzt, Entzündungen – es ist vieles möglich, auch wenn Sie unter den besten Bedingungen, wie sie sogar amerikanische Kliniken nicht haben, operiert wurden. Der Mensch ist kein genormtes Wesen, jeder reagiert anders.«

Auch wenn Tawan nur die Hälfte davon verstand, was der Arzt sagte, er nickte und war glücklich, daß ein so kluger Mann mit ihm sprach, als sei er seinesgleichen. Er dachte an die beiden rüpelhaften Pfleger, die er bei seinem Kommen erlebt hatte, überlegte, ob er sich über sie beschweren solle, aber dann drückte er den Gedanken weg. Es bringt nur Ärger, und geschehen wird nichts. Verlaß die Klinik wie ein Herr und strafe diese kleinen Quäler mit Mißachtung.

Als er wieder zurück in seine Abstellkammer gerollt wurde, wirkte das Glücksgefühl, ein Mr. Alipur zu sein, noch nach. »Ein freundlicher Arzt«, sagte er zu dem Pfleger. »Wie heißt er?«

»Dr. Sudra Kasba. Warum?«

»Ich will ihm etwas schenken. Er ist so anders als die anderen Ärzte.«

»Dr. Kasba wurde in den Slums geboren«, sagte der Pfleger. »Er hat das nicht vergessen.«

»In den Slums! Und er ist Arzt geworden? Wie geht das?«

»Ein englischer Offizier, der Liebhaber seiner Mutter, hat ihn mit vier Jahren zu sich genommen und wie den eigenen Sohn erzogen. Dr. Kasba hat in Cambridge, Paris, Boston und Freiburg – das liegt in Deutschland – studiert.«

»Und so ein großer Mann ist ein einfacher Arzt bei Dr. Banda?«

»Schicksal.« Der Pfleger hob bedauernd die Schultern. »Dr. Kasba hat einen Fehler, den bisher keiner heilen konnte, er säuft! Er ist ein Alkoholiker. Es gibt Tage, da liegt er irgendwo herum, sinnlos betrunken, als wäre er noch in den Slums. Und dann, von heute auf morgen, ist er wieder das Genie und operiert fast so gut wie der Chef. An die versoffenen Tage kann er sich nicht mehr erinnern. Wir alle bedauern ihn.«

Am vierten Tag nach der Operation bewies Chandra Kashi,

daß er doch ein guter, ehrlicher Mensch war, denn Unehrlichkeit spricht sich sehr schnell unter den Ärmsten herum, den Lieferanten für Kashis Organhandel. Wenn keiner mehr kam, um seine Niere zu verkaufen oder seine Augenhornhaut, konnte Kashi sein »Labor« schließen.

Ein Angestellter Chandra Kashis erschien in der Klinik, fragte nach Tawan Alipur, zeigte einen Ausweis, ausgestellt von der Banda-Klinik, und wurde von einer Schwester unters Dach zu der staubigen Kammer geführt. Tawan saß im Bett, gestützt durch das hochgeklappte Rückenteil des Bettes, und langweilte sich sehr. Bis auf den Pfleger, der ihm das Essen brachte, war er den ganzen Tag allein und unterhielt sich damit, daß er sich immer wieder ausmalte, wie in Kürze das Leben sein würde, ohne schwere Arbeit, ohne Vinjas Betteln und ohne das Durchwühlen der Müllberge.

»Einen schönen Gruß von Chandra Kashi«, sagte der Angestellte, als die Schwester die Kammer verlassen hatte. Er griff in seine Rocktasche und legte ein Kuvert in Tawans Schoß. »Die vereinbarte Summe. Zähl nach, und dann unterschreib eine Quittung.«

Mit zitternden Händen öffnete Tawan das Kuvert. Er hatte noch nie so viel Geld zwischen den Fingern gehabt, selbst in seinen Träumen nicht, in denen immer wieder das Bild eines wohlhabenden Mannes geisterte. Der Traum aller Slumbewohner war, in einem richtigen Zimmer und in einem richtigen Bett zu schlafen. Aber Geld, viel Geld in den Händen zu halten, das hatte er nie geträumt.

Da er nicht lesen und nicht schreiben konnte, tat Tawan so, als könne er zählen, und ließ die Scheine durch seine Finger gleiten. Es war ein Genuß, sie zu fühlen und sich dabei zu sagen: Sie gehören mir! Mir allein! Niemand kann sie mir mehr wegnehmen! Ist es nicht merkwürdig, daß so ein paar Stückchen bedrucktes Papier ein neues Leben bedeuten?

Chandra Kashis Bote stand ungeduldig neben dem Bett und wartete, bis Tawan mit dem langsamen Zählen zu Ende war. Er zückte einen Briefbogen und schob ihn Tawan zu. »Es muß alles seine Ordnung haben«, sagte er dabei. »Unterschreib die Quittung.«

Tawan nahm den ebenfalls dargebotenen Kugelschreiber und starrte auf das Papier. »Ich kann nicht schreiben«, sagte er zögernd. »Ich habe es nie gelernt. Ich mußte schon als kleines Kind arbeiten, um nicht zu verhungern. Sattsein war wichtiger als die Schule.«

»Dann mal irgend etwas hin, drei Kreuze oder ein paar Kringel. Die Hauptsache ist, es steht was drunter.« Der Bote grinste breit. »Als Sicherheit, verstehst du. Damit du nicht kommst und sagst, du hättest nichts bekommen, und willst dann zweimal kassieren.«

»Das traut Chandra Kashi mir zu? Ich bin ein ehrlicher Mensch.«

»Wir haben schon andere Dinge als das erlebt. Schreib endlich!«

Tawan setzte den Kugelschreiber an, malte ein paar schöne Schleifen auf das Papier und lehnte sich dann in die Kissen zurück. Der Bote nahm Quittung und Kugelschreiber wieder an sich, steckte beides in seine Tasche und verließ grußlos das Zimmer. Tawan versteckte sein Vermögen: Er schob die dreißigtausend Rupien unter seine Matratze und war bereit, sie mit seinem Leben zu verteidigen.

Unterdessen verließ der Bote die Klinik, ging ein Stück in den Park hinein, blieb dann stehen, sah sich mehrmals nach allen Seiten um, holte die Quittung aus der Tasche, zerriß sie in kleine Stücke und warf sie in einen Papierkorb. Das Geschäft war abgeschlossen. Es hatte nie einen Tawan Alipur gegeben, der eine seiner Nieren verkauft hatte.

Edward Burten steckte die Transplantation nicht so komplikationslos weg wie sein Nierenspender. Er erholte sich nur langsam von dem Eingriff, bekam am dritten Tag sogar Fieber und fiel in eine deutliche Apathie. Dr. Entali versuchte ihn aufzuheitern, aber Burten lächelte nur müde über die angeblichen Vorfälle, die in der Klinik passiert sein sollten. Die üblichen Ärztewitze, weiter nichts.

Am Abend des dritten Tages kam auch Dr. Banda. Er setzte sich auf die Bettkante, las den Tagesbericht von Dr. Entali durch und nickte dann Burten beruhigend zu. »Alles in bester Ordnung«, sagte er dabei. »Ich bin sehr zufrieden.«

»Aber das Fieber, Doc!« Burtens Augen bettelten um Wahrheit. »Ich dürfte doch kein Fieber haben!«

»Warum nicht? Das ist eine natürliche Reaktion des Körpers auf den Eingriff, und jeder Körper reagiert anders. Die einen haben nur Wundschmerzen, die anderen haben Schmerzen *und* Fieber. Sie gehören zu den letzteren. Glauben Sie mir: Wir haben alles unter Kontrolle.«

»Und wie geht es dem Spender?«

Dr. Banda blickte zu Dr. Entali hinauf. Er hatte Tawan bisher noch nicht besucht. Wozu auch? Um ihn kümmerte sich ein Assistenzarzt oder Dr. Sudra Kasba, das war genug.

»Dem Spender geht es gut«, antwortete Dr. Entali an Dr. Bandas Stelle. »Er wird bald entlassen, vor Ihnen, Sir. Er ist ein zäher Bursche.«

»Auch Sie werden in Kürze herumlaufen und sich wohl fühlen wie lange nicht mehr«, setzte Dr. Banda hinzu. »Ihre neue Niere arbeitet einwandfrei. Die Laborwerte sind gut. Theoretisch könnten Sie jetzt neunundneunzig Jahre alt werden.«

»Warum nicht hundert?«

»Man soll nicht übertreiben.« Banda lachte herzlich. Er wippte von der Bettkante hoch und strömte einen mitreißenden Optimismus aus. »Haben Sie schon mit Ihrer Gattin gesprochen?«

»Ja, gestern.« Burten schloß die Augen, das Sprechen strengte ihn noch an.

»Sie ist bestimmt glücklich, daß alles so gut verlaufen ist.«

»Sie weint vor Glück.«

»Kommt sie nach Kalkutta?«

»Ich habe sie gebeten, es nicht zu tun. Ich will als gesunder Mensch vor meinem Haus in New York vorfahren und es als Sieger über den Tod betreten. Ich werde mit Lora jeden Tag telefonieren, aber sie soll mich als aufrechten Mann wiedersehen und nicht im Bett liegend.«

»Die meisten denken anders, Mr. Burten.«

»Mag sein. Aber das Leben hat mich gelehrt, nie eine Schwäche zu zeigen. Und im Augenblick bin ich verdammt schwach.«

Am fünften Tag war das Fieber abgeklungen. Burten telefonierte mit seiner Firmenzentrale in Manhattan, gab eine Reihe von Anweisungen, sprach auch mit Dr. Salomon, seinem Leibarzt und Freund, und sagte fröhlich: »Überleg, was du ausspucken willst, alter Junge. Du hast die Wette verloren. Ich habe eine neue Niere, und sie funktioniert hervorragend. Hätte ich auf dich gehört, würde ich noch immer an der Dialyse hängen, mein ganzes Leben lang. Was habe ich zu dir gesagt? Scheiß auf alle Wartelisten! Ich hatte mal wieder recht.«

»Deine Chancen standen eins zu neunundneunzig«, antwortete Dr. Salomon säuerlich.

»Aber auf die Eins kommt es an.«

»Du hast unverschämtes Glück gehabt.«

»Dem ich nachgeholfen habe mit lumpigen fünfzigtausend Dollar. Nein, es werden mit allem Drum und Dran sechzigtausend werden. Jetzt sage nicht: ›Kunststück, wenn man ein Kapitalist wie du ist!‹ Ich habe hart dafür gearbeitet, mir hat keiner etwas geschenkt oder vererbt, ich habe von ganz unten angefangen.«

»Und hast dabei Dutzende beschissen.«

»Ich war klüger und schneller als sie, das war das ganze Geheimnis des Erfolgs.«

»Ich glaube, wir kennen uns zu gut, um dieses Thema weiter zu erörtern. Wann wirst du entlassen?«

»Das weiß ich nicht. Das bestimmt Dr. Banda.«

»Und du fliegst dann sofort nach New York?«

»Ja. Aber vorher mache ich noch einen Besuch bei Mutter Teresa.«

»Du meine Güte!« Dr. Salomons Stimme troff vor Ironie. »Willst du auf deine alten Tage noch beten lernen? Auch wenn du ein Kapitalist bist, hast du's wie Lenin gehalten: Religion ist Opium fürs Volk! Und auf einmal –«

»Das hat mit Religion nichts zu tun, sondern mit Nächstenliebe.«

»Auch eine neue Seite an dir.«

»Du hast noch nicht den Tod vor Augen gehabt, du Ignorant! Da mir niemand den Namen des Spenders meiner neuen Niere nennt – aus Prinzip, sagen sie –, will ich meinen Dank an Mutter Teresa und ihre Mission weitergeben. Vielleicht rette *ich* damit einigen das Leben.«

»Heilig gesprochen wirst du dadurch bestimmt nicht.« Dr. Salomons Stimme verlor plötzlich alle Ironie. »Scherz beiseite, ich verstehe dich, Ed. Und noch etwas! Du wirst eine Nachkur nötig haben. Lora und ich haben überlegt, wohin ihr fahren könnt. Mein Vorschlag: auf die Bahamas oder in die Karibik. Was hältst du davon?«

»Laß mich erst mal zu Hause sein, dann sehen wir weiter.«

»Eins – darauf kannst du dich schon vorbereiten – verbiete ich dir bestimmt: dich sofort wieder in die Arbeit zu stürzen. Aber dafür wird schon Lora sorgen.«

»Hat... hat sie sich große Sorgen um mich gemacht?«

»Sorgen? Sie hat sich im Haus vergraben, als sei *sie* die Todkranke. Als du auf dem OP-Tisch lagst – sie kannte ja die Zeit –, hat sie pausenlos geweint. Ich mußte ihr eine Beruhigungsspritze geben. Sie hat mitgelitten, und ich mußte ihr erklären, was jetzt mit dir geschieht. Jeden Handgriff wollte sie wissen. Ich habe ihr natürlich verschwiegen, welchem Risiko du ausgeliefert warst, aber ich glaube, sie hat die Wahrheit geahnt. Seit gestern, seit sie weiß, daß alles gut verlaufen ist, ißt sie auch wieder normal. Sie hat vorher an jedem Bissen gewürgt. Das hat sie dir am Telefon natürlich nicht gesagt.«

»Nein. Kein Wort. Mein Gott, sie hat ja mehr gelitten als ich!«

»Das glaube ich auch. Aber gestern haben wir eine Flasche Champagner auf dein Wohl getrunken. Einen Moët Chandon. Und zum ersten Mal seit Tagen hat Lora wieder lachen können.«

»Sie ist eine wundervolle Frau, nicht wahr?«

»Das ist sie, Ed. Du solltest sie endlich heiraten.«

»Daran habe ich auch gedacht. Sie liebt mich wirklich und nicht nur mein Geld.«

»Wenn du das geglaubt hast, müßte ich dir nachträglich noch eine Tracht Prügel verpassen. Du bist diese Frau gar nicht wert, Ed.«

»Danke! So spricht ein Freund. Ich rufe dich übermorgen wieder an.« Burten legte auf. Er streckte sich im Bett, spürte ein dumpfes Schmerzgefühl und schloß die Augen. Durch die geöffnete Balkontür hörte er das Plätschern des Springbrunnens im Park. Es war ein beruhigendes, wohltuendes Geräusch.

Ja, dachte er. Ich werde Lora heiraten. Sofort, wenn ich wieder in New York bin. Wenn wir in die Karibik fahren, dann als Mr. und Mrs. Burten. Und ich werde es langsamer angehen lassen, ich werde meinen Direktoren mehr Verantwortung geben und jede Firmengruppe eigenverantwortlich arbeiten lassen und nur noch kontrollieren, wie alles läuft. Ich werde nicht mehr expandieren und immer neue Firmen hinzukaufen, ich habe genug Geld, um in der Sonne zu liegen und nur noch an Lora und mich zu denken. Es wird alles anders werden. Alles. Vielleicht habe ich noch zwanzig Jahre zu leben, und diese zwanzig Jahre sollen auch gelebt werden. In vollen Zügen, in einem Rausch von Glück und Wunschlosigkeit. Ich kann mir alles gönnen, was ein Mensch sich wünschen kann.

Irgendwann schlief er ein. Als Schwester Myriam ins Zimmer kam und sich über ihn beugte, um ihm den Puls zu fühlen, lächelte er im Schlaf, ein glücklicher Mensch, dem man ein neues Leben geschenkt hatte.

Schon am fünften Tag nach der Operation lief Tawan wieder herum.

Dr. Kasba kam in das staubige Zimmer, riß das Laken von Tawans Körper und sagte: »Raus aus dem Bett! Herumlaufen! Bewegung! Das ist der beste Schutz vor einer thrombotischen Embolie. Wissen Sie, was das ist, Mr. Alipur?«

Mr. Alipur... Tawan sah Dr. Kasba dankbar an. »Nein!« antwortete er.

»Das ist ein Blutpfropfen, Thrombus genannt, der die Adern verstopft. Von den Beckenvenen wandert er zur Lungenarterie und ruft eine Lungenembolie hervor. In Ihrem Fall besteht die Gefahr einer Venenthrombose. Nach Operationen tritt sie erfahrungsgemäß zwischen dem dritten und achten Tag auf – heute ist der fünfte Tag, also raus aus dem Bett! Herumliegen ist der beste Nährboden für eine Thrombose.«

Er half Tawan aus dem Bett, stützte ihn bei den ersten, unsicheren, schwankenden Schritten und ließ ihn dann los. Tappend lief Tawan durch das Zimmer, vom Fenster zur Tür und von der Tür zum Fenster.

Durch die Sonnenstrahlen tanzten die Staubflocken; Dr. Kasba sah es mit Mißfallen und kräuselte die Stirn. Ein Mann aus den Slums, für ihn ist dieses Loch von Zimmer gut genug. Bitterkeit stieg in ihm hoch, er erinnerte sich an seine eigene Jugend und ballte die Fäuste. »Ich werde Sie in ein anderes Zimmer verlegen lassen«, sagte er gepreßt.

»Warum? Es ist doch ein gutes Bett.« Tawan ging wieder hin und her. Das Schwanken ließ etwas nach, er spürte, wie Kraft in seine Muskeln kam. »Jetzt, wo ich wieder herumlaufen kann –«

»Es geht um das Prinzip, Mr. Alipur. Aber das kann ich Ihnen jetzt nicht erklären. Sie ziehen noch heute um.«

Tawan blieb stehen. Sein Blick traf auf Dr. Kasbas Blick. »Ich weiß, was Sie meinen«, sagte er. »Ich bin ein Mensch der untersten Klasse, und so behandelt man mich auch. Aber ich beschwere mich ja gar nicht. Ich liege in einem richtigen Bett, das ist schon viel wert.«

»Sie sind ein Patient wie jeder andere hier im Haus. Auf dem OP-Tisch gibt es keine Klassen mehr – das ist meine Ansicht.«

»Sie kommen auch aus den Slums, Herr Doktor?« fragte Tawan vorsichtig.

»Wer hat Ihnen das gesagt?«

»Ein Pfleger. Sie werden von vielen verehrt. Man sagt von Ihnen, Sie seien ein hervorragender Arzt.«

»So? Sagt man das?« Dr. Kasba wedelte mit der rechten Hand. »Weiterlaufen! Laufen, bis Sie merken, es geht nicht mehr. Denken Sie daran: In Ihren Venen kann eine Zeitbombe ticken!« Er wandte sich der Tür zu. »Ich komme in ein paar Minuten wieder und will Sie dann noch immer wandern sehen. Ich kümmere mich um ein anderes Zimmer.«

Nach ungefähr einer Viertelstunde kam Dr. Kasba zurück. Gehorsam war Tawan hin- und hergelaufen, auch wenn es ihm immer schwerer wurde und sich Blei in seinen Beinen, vor allem in den Waden, zu bilden schien. Als die Tür klappte, lehnte er sich erschöpft gegen die abblätternde Wand.

»Sie können in einer Stunde umziehen, Mr. Alipur«, sagte Dr. Kasba. Seine Stimme klang belegt, in den Tönen zitterte noch immer Erregung. Es hatte einen kurzen, aber heftigen Kampf mit dem Oberpfleger, der Stationsschwester und dem Stationsarzt gegeben. Sie hatten sich geweigert, Tawan ein Bett in einem der schönen Zimmer zur Verfügung zu stellen, obwohl drei Zimmer leer standen und in den nächsten vier Tagen nicht belegt würden.

»Ich rolle Mr. Alipur eigenhändig in Zimmer 28 und bleibe neben ihm stehen, bis ich den Chef gesprochen habe!« hatte Dr. Kasba gebrüllt. »Woher Mr. Alipur auch kommt, er ist ein Mensch!«

Der Stationsarzt war daraufhin verschwunden und rief vom Arztzimmer aus Oberarzt Dr. Jaipur an. »Kasba spielt wieder verrückt!« rief er ins Telefon. »Ich weiß nicht, ob er wieder besoffen ist, aber er benimmt sich so. Er will das Zimmer 28 für die Niere haben.«

»Für den Spender?« Dr. Jaipurs Stimme hob sich etwas. »Was denkt sich Kasba dabei?«

»Er sagt, der Gossenschläfer sei ein Mensch.«

»Wen wundert's? Slumgerüche ziehen einander an. Ich werde den Chef verständigen. Wenn das so weitergeht, ist Kasba für unsere Klinik nicht mehr tragbar.«

»Was soll ich tun?« Der Stationsarzt verbarg nicht seine Hilflosigkeit. »Wie soll ich mich verhalten, Herr Oberarzt?«

»Tun Sie gar nichts. Lassen Sie Dr. Kasba gewähren.«

»Dieser Tawan Alipur bezieht also Zimmer 28?«

»Vorläufig. Bis der Chef entschieden hat.«

»Das Pflegepersonal wird sich weigern, diesen Mann zu versorgen.«

»Das wird Kasbas Problem werden. Er weiß, was ein Zimmer kostet – er wird es bezahlen müssen.«

»Und wenn er es bezahlt?«

»Dann haben wir den Beweis, daß er unzurechnungsfähig ist. Ein geschäftsunfähiger Alkoholiker.«

Unzufrieden mit der Entscheidung, legte der Stationsarzt auf. Als er zu Zimmer 28 zurückkam, lag Tawan bereits in dem schönen, neuen Bett und blickte auf ein Gartenstück mit blühenden Büschen und Blumenrabatten hinaus.

Die Stationsschwester stand an der offenen Tür und stürzte dem Arzt entgegen, als dieser um die Biegung des Ganges kam. »Was ist?« rief sie. »Was hat er gesagt?«

»Nichts.«

»Nichts? Aber –«

»Er schiebt alles dem Chef zu. Er soll entscheiden.«

»Als ob sich der Chef mit so etwas abgibt!« Die Schwester, sonst auf Lautlosigkeit programmiert, bekam eine schrille Stimme. »Das wird jetzt unsere Entscheidung. Ich rufe Randa und Dupur, dann geht alles sehr schnell.« Sie lief in ihr Stationszimmer, warf die Tür zu und griff zum Telefon.

Dr. Kasba stand an dem großen Fenster zum Garten und blickte hinaus. Er wartete. Er ahnte, was auf ihn zukam, aber er empfand keinerlei Angst. Er hatte einen solchen Augenblick immer herbeigewünscht, seit zwei Jahren schon, eine Kraftprobe zwischen ihm und denjenigen Angehörigen des Personals, die glaubten, eine höhere Kaste zu sein, nur weil sie weiße Hosen, weiße Schuhe und weiße Kittel trugen.

Tawan spürte mit dem Instinkt eines immer getretenen Tieres, daß sich etwas Gewalttätiges zusammenbraute. »Sie werden Schwierigkeiten bekommen, nicht wahr, Herr Doktor?« fragte er. »Meinetwegen Schwierigkeiten, das will ich nicht. Bringen Sie mich in mein altes Zimmer zurück. Ich habe mich dort wohlgefühlt.«

»Wir bleiben hier, Tawan.«

Dr. Kasba sagte »wir«. Es war, als gäbe er Tawan die Hand und sagte: »Du bist mein Freund, wir gehören zusammen.«

»Haben Sie Angst?«

»Ein wenig schon. Ich habe mein Messer nicht bei mir.«

»Ein Messer? Was wollen Sie mit einem Messer?«

»Es hat mir oft geholfen. Erinnern Sie sich, wie wichtig ein gutes Messer in den Slums war? Man kann damit nicht nur schneiden, sondern auch stechen! Und ich habe ein gutes Messer, beidseitig geschliffen.«

»Wo ist es jetzt?«

»In dem anderen Zimmer. Hinter dem Stapel der alten Matratzen.«

»Und was haben Sie in dem Zeitungspapier, das Sie mit ins Bett genommen haben?«

»Den Kaufpreis für meine Niere.«

»Wieviel?«

»Dreißigtausend Rupien«, sagte Tawan zögernd.

»Und die tragen Sie so mit sich herum?«

»Wo soll ich sie sonst lassen, Herr Doktor?«

»Haben Sie keine Angst, daß man Ihnen nachts eins über den Schädel haut und das Geld stiehlt?« Dr. Kasba schüttelte den Kopf. »Wer weiß von dem Geld?«

»Nur Sie, Herr Doktor.«

»Ich mache Ihnen einen Vorschlag: Geben Sie mir das Geld zur Aufbewahrung. Bei mir ist es sicher. Wenn Sie entlassen werden, bekommen Sie es wieder.«

Tawan zögerte. Soll ich oder soll ich nicht? Die Gedanken jagten durch seinen Kopf. Er ist ein Säufer, heißt es. Was tue ich, wenn er mein Geld versäuft? Kann ich ihm vertrauen? Wenn er mein Geld ausgegeben hat, bekomme ich es nie wieder. Was habe ich davon, wenn man ihn später bestraft? Ich bin dann wieder ein armer Mann und habe auch noch eine Niere weniger! Wie soll ich mich entscheiden?

Dr. Kasba schien Tawans Gedanken zu erraten. »Ich will Ihnen nur helfen«, sagte er und drehte sich vom Fenster zu Tawan um. »Wenn ich Ihr Geld veruntreue, können Sie mich mit Ihrem Messer abstechen.«

»Was hätte ich davon?«

»Da gebe ich Ihnen recht.«

»Nehmen Sie es, Herr Doktor.« Tawan holte unter seinem Gesäß das Päckchen aus Zeitungspapier hervor.

Dr. Kasba nahm es an sich und steckte es in die Tasche seines weißen Arztkittels.

»Ich habe Vertrauen zu Ihnen.«

»Danke.«

Mit einem Ruck wurde die Zimmertür aufgerissen. Die Pfleger Randa und Dupur wuchteten ins Zimmer; es waren die beiden Pfleger, die Tawan empfangen und als erste behandelt hatten, im Badezimmer und bei der Vorbereitung zur Operation. Er hatte sie dann nicht mehr gesehen, aber als sie jetzt eintraten, der fuchsgesichtige Lange und der rabiate Dicke, zog Tawan unwillkürlich den Kopf ein. Dr. Kasba lächelte, wie Tawan erstaunt feststellte.

»Die ungleichen Zwillinge!« sagte Dr. Kasba und verbarg seine Hände hinter dem Rücken. Völlig wehrlos, so schien es, stand er vor den beiden gefürchteten Pflegern. »Ich nehme an, Sie wollen den Patienten Tawan Alipur abholen.«

»Wir wollen diesem Affen nur zeigen, daß er sich verlaufen

hat.« Der Dicke, den sie Dupur nannten, kam einen Schritt näher.

Dr. Kasbas Lächeln wurde noch breiter. »Ihr vergeßt, daß der Affe an meiner Hand hierher gekommen ist.«

»Doktor, machen Sie keinen Scheiß!« rief der Lange warnend. »Sie können uns nicht hindern. Wir werden sagen – und wir haben Zeugen dafür –, daß Sie wieder betrunken waren. Jeder wird uns glauben. Wir nehmen diesen Burschen«, er zeigte mit ausgestrecktem Arm auf Tawan, »wieder mit. Weiter nichts. Und dann ist wieder Ruhe auf der Station.«

»Mr. Alipur bleibt hier!« sagte Dr. Kasba unbeeindruckt. »Wer ihn wegbringen will, muß erst an mir vorbei.«

»Wenn es sein muß –« Dupur zog den dicken Kopf zwischen die breiten Schultern. »Wir sind unter uns.«

»So ist es. Wir sind unter uns.«

»Keiner sieht uns zu.«

»Keiner.«

Dupur kam wieder einen Schritt näher. Trotz seiner Bullenstärke war er vorsichtig – das Lächeln in Dr. Kasbas Gesicht irritierte ihn. Er wußte, er war dem Arzt körperlich weit überlegen, aber Dr. Kasbas Selbstsicherheit warnte ihn.

»Geben Sie ihn freiwillig heraus!« knurrte Dupur gefährlich. »Doktor, ich möchte nicht mit Gewalt –«

»Und ich weiche nur der Gewalt, Dupur. Nur zu! Hol ihn dir!«

Der Dicke knurrte wie ein angeketteter Hund, aber plötzlich stürzte er vor, mit einer Schnelligkeit, die ihm keiner zugetraut hätte. Tawan sprang mit einem Satz aus seinem Bett, aber ehe er die Fäuste hochreißen konnte, gab es einen dumpfen Laut. Fast unsichtbar, schneller als ein Blitz, waren Dr. Kasbas Hände vorgeschnellt, ein mörderischer Handkantenschlag traf Dupur in die Halsbeuge, gleichzeitig schleuderte ihn ein gesprungener Tritt gegen die Brust an die Wand, wo er mit verdrehten Augen zusammensackte. Randa, der Lange, kam seinem Freund zu spät zu Hilfe. Als er Dr. Kasba anspringen wollte, stand plötzlich Tawan im Weg, hob sein Bein und stieß es ihm in den Unterleib. Mit einem Aufschrei und nachfolgendem Wimmern stürzte Randa auf die Knie, preßte beide Hände gegen sein Geschlecht und wälzte sich dann über den weißen Marmorboden.

»Danke, Mr. Alipur«, sagte Dr. Kasba freundlich. »Aber das war nicht nötig. Ich wäre allein mit ihm fertig geworden.«

Ungläubig starrte Tawan auf den an der Wand liegenden, besinnungslosen Dupur, jetzt nur noch ein verkrümmter Fleischberg. »Was... was war denn das?« stammelte er. »Ich habe gar nicht gesehen, daß Sie ihn berührt haben.«

»Als ich in London studierte, war ich bei einem chinesischen Kung-Fu-Meister in der Lehre. Ich brauche kein Messer mehr.« Dr. Kasba ging zur Tür und riß sie auf.

Die Oberschwester, der Stationsarzt und der Oberpfleger zuckten zurück.

Dr. Kasba zeigte ins Zimmer. »Schafft sie weg. Wenn sie ein Krankheitsattest brauchen, ich stelle es ihnen gern aus.« Er sah die im Hintergrund an der Flurwand lehnende Stationsschwester kurz an. »Der Patient bleibt auf Zimmer 28, verstanden?«

»Ja. Sie haben es angeordnet, Dr. Kasba.«

»Er wird behandelt wie jeder andere Patient.«

»Ja.«

»Ich werde mich täglich davon überzeugen.« Dr. Kasba wandte sich noch einmal ins Zimmer zurück, winkte Tawan zu und schloß dann die Tür.

Kaum war er um die Ecke des Flurs gebogen, stürzten die anderen in den Raum und schleiften Dupur und Randa hinaus. Es war ein schweres Stück Arbeit.

Der Stationsarzt knirschte mit den Zähnen. »Eines Tages wird man ihn umbringen«, sagte er heiser vor Wut. »Dupur und Randa werden sich rächen – sie *müssen* sich rächen, sonst sind sie niedriger als ein Paria.«

Nach dem Abendessen kam Dr. Kasba noch einmal bei Tawan vorbei. Er holte etwas aus seinem weißen Kittel und schob es Tawan unter die Bettdecke.

Tawan lächelte glücklich und legte seine Hand auf den Gegenstand. Das Messer.

Tatsächlich: Man ließ Tawan im Zimmer 28. Keiner rollte ihn wieder heraus, er wurde versorgt wie ein Patient erster Klasse, das heißt, wie alle zahlenden Patienten, denn bei Dr. Banda gab es nur die erste Klasse. Sogar Oberarzt Dr. Jaipur blickte einmal ins Zimmer, besah sich die große, bogenförmige, gut verheilte Narbe und sagte dann knapp: »Sehr gut. Du wirst in den nächsten Tagen entlassen.«

»Bitte ›Mr. Alipur‹«, wollte Tawan berichtigen, aber dann ließ er es doch bleiben. Bald ist es überstanden, dachte er, dann bin ich ein vollgültiger Mensch. Was werde ich als erstes tun, wenn ich die Klinik verlassen habe? Mir einen Anzug kaufen, ja, das werde ich. Dann gehe ich zu meinem Dach an der Wand der Punjab National Bank, und Vinja wird ihren Onkel nicht mehr erkennen und ihm bettelnd die Blechschüssel hinstrekken. All dies aber nur, wenn sein Geld noch vorhanden war, wenn Dr. Kasba es nicht schon versoffen hatte – es waren schwere Gedanken, die ihn bedrückten, aber er wagte nicht, Dr. Kasba nach seinem Geld zu fragen.

Am zehnten Tag nach der Operation kam Dr. Kasba ins Zimmer und legte das Päckchen in Zeitungspapier auf den Tisch. »Ihr Geld, Mr. Alipur. Sie werden heute mittag entlassen. Passen Sie gut auf es auf und fangen Sie was Vernünftiges damit an. Haben Sie schon Pläne?«

»Nein.« Tawan schüttelte den Kopf. Er hatte in den vergangenen Tagen immer wieder nachgedacht, was er nun beginnen sollte, und wußte nach allem Nachdenken noch weniger, was er mit dreißigtausend Rupien anfangen konnte. Er hatte nichts gelernt, er konnte nicht lesen und nicht schreiben, er konnte nur Lasten schleppen und beherrschte die Fingerfertigkeit, ausländischen Touristen unbemerkt Geldbörsen aus der Gesäßtasche zu holen. Das war keine Ausgangsbasis für einen seriösen Geschäftsmann, der Tawan werden wollte. »Ich überlege noch. Können Sie mir einen Rat geben, Dr. Kasba?«

»Woran haben Sie Spaß?«

»Ich weiß es nicht. Was ich bisher getan habe, war nie ein Spaß.«

»Sie waren doch auch ein Taschendieb?« Und als Tawan mit der Antwort zögerte, lachte Dr. Kasba laut. »Zieren Sie sich nicht, Mr. Alipur. Wir aus den Slums waren alle mal Taschendiebe, ich auch, bis zu meinem neunten Lebensjahr. Ich habe sogar später noch die Diener und Köchinnen meines Ziehvaters bestohlen. Mein Rat: Klauen Sie sich ein Zusatzkapital zusammen, und wenn Sie hunderttausend Rupien haben, machen Sie einen Handel auf. Handeln kann man nur, wenn man Ware hat, und Ware muß im voraus bezahlt werden, also brauchen Sie ein anständiges Startkapital. Dreißigtausend Rupien sind da zu wenig. Sie müssen richtig einsteigen, ins Volle, wie man so sagt. Nicht mit einem Seidenschal anfangen, sondern gleich mit einem Ballen Seide. Der Kunde muß sehen: Das ist kein armseliger Krämer, sondern ein Geschäftsmann.«

»Ich werde über diesen Rat nachdenken, Herr Doktor«, sagte Tawan zurückhaltend. »Sie sind ein gelehrter Mann, von dem man viel lernen kann.«

»Lassen Sie wieder von sich hören.« Dr. Kasba streckte Tawan die Hand entgegen.

Mit einem inneren Beben griff Tawan zu – es war das erste Mal in seinem Leben, daß ein richtiger Herr ihm die Hand reichte.

»Ich bin an Ihrem weiteren Leben interessiert.«

»Ich werde mich melden, Herr Doktor. Und ... und ewigen Dank!« Plötzlich zog Tawan Dr. Kasbas Hand mit einem Ruck an sich, beugte sich darüber und küßte sie.

Kasba riß sie fast brutal weg. »Lassen Sie das!« sagte er ärgerlich. »Tawan, darauf sollten Sie in Zukunft verzichten. Sie müssen sich einen Stolz angewöhnen, sich mit einer Jacke aus Selbstbewußtsein kleiden, nur so kommen Sie weiter. Küssen Sie keine Hände, sondern stoßen Sie mit den Ellenbogen um sich.«

»Auch das habe ich gelernt.« Tawan richtete sich wieder auf. »Im Hafen kommt man nur mit der Faust weiter.«

»Sie werden es schaffen, Mr. Alipur.« Dr. Kasba ging zur Tür und nickte ihm noch einmal zu. »Sie haben die beste Ausbildung, die es gibt: den Überlebenskampf in den Slums.«

Am frühen Nachmittag erschienen Randa und Dupur im Zimmer 28. Der Dicke rieb sich grinsend die Hände, während der Lange Tawan haßerfüllt anstarrte. Der Stationsarzt und die Stationsschwester ließen sich nicht blicken.

»Es ist soweit«, sagte Dupur genußvoll. »Du brauchst nicht mehr in unsere Betten zu furzen. Jetzt fliegst du raus und kannst wieder den Gestank der Gosse aufnehmen.«

Tawan antwortete nicht. Nur ruhig sein, sagte er sich. Ganz ruhig. Verlaß so schnell wie möglich diese Klinik ohne eine Prügelei. Du kannst kein Kung-Fu wie Dr. Kasba und bist Dupur unterlegen. Außerdem hast du eine große Narbe, wo einmal deine linke Niere war. Ein Pflaster klebt jetzt darauf, es ist eine schöne, feste Narbe, aber weiß man, ob sie nicht wieder aufplatzt, wenn es zu einer Schlägerei kommt? Noch ist alles zu frisch; es sind ja nur zehn Tage her, daß man dich aufgeschnitten hat.

»Ich geh' ja schon«, sagte er. Eine Stunde vorher hatte man ihm seine Kleidung gebracht, die Hose, das Hemd, die Schuhe, alles desinfiziert, die Unterwäsche gewaschen. Das Messer hatte er im Rücken in den Hosenbund gesteckt, nur den kurzen Griff sah man. Das Geld trug er in der Hosentasche.

»Wir begleiten dich.« Dupur gab die Tür frei und schob seinen massigen Körper zur Seite. Auf alles gefaßt, auf jeden hinterhältigen Angriff vorbereitet, ging Tawan an ihm und Randa vorbei aus dem Zimmer und hielt dabei den Atem an. Erst auf dem Flur atmete er auf. Durch seine täglichen Spaziergänge wußte er, wo der Lift war, und ging weiter bis zu dem marmorgetäfelten Vorplatz. Hier standen Sitzgarnituren aus geschnitzten indischen Möbeln, bezogen mit leuchtendem, goldfadendurchwirktem Brokat. Eine Klinik wie ein Palast.

Wortlos fuhren sie in die große Eingangshalle hinunter. Tawan atmete erst auf, als er aus dem Lift trat. Hier, wo eine Menge Menschen herumliefen, fühlte er sich wieder sicher. Er wandte sich zu Dupur und Randa um und lächelte sie höflich an. »Auf Wiedersehen«, sagte er.

Randa spitzte die Lippen, als wolle er Tawan anspucken, Dupur zog die breiten Schultern hoch.

»Wenn wir dich wiedersehen, machen wir dich reif für eine Herztransplantation.« Dupur schlug die dicken Fäuste gegeneinander. »Dann bist du ein frisch Verunglückter. Ja, noch etwas sollen wir dir sagen: Die nächsten zwei Monate bade nicht im Fluß! Wegen Infektionsgefahr, hörst du?«

Tawan nickte. Und nun sagte er es doch, mutig, weil so viele Menschen in der Halle waren: »Ich heiße Mr. Alipur. *Mister.*«

»Und ich würde dich jetzt in den Arsch treten, wenn die Naht nicht wieder aufplatzen würde! Laß dich bloß nicht mehr hier blicken!« zischte Dupur durch die Zähne.

Er und Randa wandten sich ab und gingen. Tawan wartete, bis sie wieder im Lift verschwunden waren, und wandte sich dann dem Glaskasten zu, in dem heute keine Schwester, sondern ein weißgekleideter Portier saß. Tawan klopfte an das gläserne Schalterfenster.

Mit einem Blick deutlicher Beleidigung schob der Portier das Fenster hoch. »Was ist los?« fragte er. Seine Stimme klang wie eine Ohrfeige. »Wenn du zu dämlich bist, die Tür zu sehen, dort ist sie.«

»Ich möchte ein Taxi haben«, sagte Tawan.

»*Was* willst du?«

»Ein Taxi. Wenn Sie mir eins bestellen könnten –«

»Haben Sie dir dein Gehirn herausgeschnitten? Ein Taxi! Soll's ein Cadillac sein? Mit livriertem Chauffeur? Mach, daß du wegkommst!«

»Ich habe ein Recht darauf, daß Sie mir –«

»Wenn ich herauskomme«, brüllte der Portier und sprang von seinem Stuhl auf, »fliegst du waagerecht auf die Straße!«

Sein Gesicht wurde rot und schwoll an. »Bei drei bist du aus der Tür! Eins... zwei...«

Tawan zuckte mit den Schultern, aber er widerstand der Versuchung, sich vor allen Leuten mit dem Portier zu schlagen. Er verließ die Klinik, stellte sich unter die Säulen des Eingangs und wartete darauf, daß ein Besucher mit einem Taxi heranfuhr. Er hatte Glück. Nach ungefähr zehn Minuten hielt ein Wagen in der Einfahrt, ein vornehmer Inder in einem hellgrauen Seidenanzug verließ das Fahrzeug und betrat die Klinik. So einen Anzug werde ich mir gleich kaufen, dachte Tawan. Einen Anzug aus Seide. Alle sollen sehen, daß ich ein Herr geworden bin. Und weiße, weiche Schuhe werde ich dazu tragen und ein rosa Hemd und eine gestreifte Krawatte, genau wie dieser reiche Brahmane, der jetzt in die Klinik geht.

Er trat unter den Säulen hervor, winkte dem Taxifahrer und trat an den Wagen heran. Der Chauffeur starrte ihn ungläubig an.

»Fahren Sie mich zum Chadni Chawk«, sagte Tawan und griff nach dem Türgriff. Chadni Chawk war ein Platz mitten in Kalkutta. Hier lagen eine Reihe guter Geschäfte, auch das der Herrenausstatter Sarani & Sons, das bestimmt einen Seidenanzug hatte.

Der Taxifahrer zuckte hoch und stieß den Kopf wie ein Reptil vor. »Finger weg!« schrie er. »Ich will keine Cholerabazillen an meinem Wagen!«

Tawan seufzte. Wenn es nicht anders geht, muß es eben sein, dachte er. In einer Stunde spricht man nicht mehr so mit mir. Er ging um den Wagen herum, riß die Tür zum Beifahrersitz auf, sprang in das Taxi, zog aus dem Hosenbund sein Messer und stieß es in das gepolsterte Armaturenbrett. So war er vor zehn Tagen hierher gekommen, und so fuhr er nun auch wieder zurück.

Der Taxifahrer atmete schwer, seine Augen waren unnatürlich geweitet.

»Fährst du mich nun?« fragte Tawan sanft. Er griff in die

Hosentasche, holte einen Zehn-Rupien-Schein hervor und legte ihn neben das Messer.

Der Taxifahrer nickte. »Und der Riß, den dein verdammtes Messer gemacht hat? Wer bezahlt den?«

»Berufsrisiko. Lerne, das nächste Mal höflicher zu sein. Also los, zum Chadni Chawk!«

»Das kostet mehr als zehn Rupien.«

»Sei froh, daß ich dich nicht rasiere!« Tawan preßte die Lippen zusammen. Der alte Ton. Die Gewalt der Straße. Die Gnadenlosigkeit der Slums. Kommt man ohne sie in Kalkutta nicht mehr aus? Ich muß mir das abgewöhnen, dachte er. Ich will doch ein anderer, ein neuer Mensch sein. Ich will doch weg aus der Gosse.

Der Taxifahrer gab Gas, raste in Richtung Innenstadt und fuhr plötzlich etwas langsamer, als er an einer Straßenkreuzung einen Polizisten stehen sah.

Tawan bemerkte das Zögern des Chauffeurs sofort und zog mit einem Ruck das Messer aus dem Armaturenbrett. Es ist unmöglich, ein höflicher Mensch zu sein, solange man so aussieht wie ich. »Fahr weiter und gib kein Signal!« sagte er drohend. »Ich steche dir die Klinge von hinten genau ins Herz. Glaub es mir, Freund. Ich habe nichts zu verlieren, aber du dein Leben.«

Der Fahrer nickte, gab erneut Gas und raste an dem Polizisten vorbei über die Straßenkreuzung. Man hielt ihn nicht an – Autofahren ist in Kalkutta eine Art von versuchtem Selbstmord. Das ist man gewöhnt; auch der Polizist zuckt nur mit den Schultern. So viele Polizisten hat man gar nicht, um jeden wilden Autofahrer anzuhalten und zu bestrafen. Wer sich unbedingt zum Krüppel fahren will, soll es tun.

Mit quietschenden Bremsen hielt das Taxi vor dem Einkaufszentrum in der Chittaranjan Avenue im Stadtteil Chawk. »Ist es recht so, Sir?« fragte der Fahrer ironisch.

»Genau hier wollte ich hin«, antwortete Tawan zufrieden. Er öffnete die Wagentür, aber der Chauffeur hielt ihn am Hemd fest.

Er wähnte sich sicher; Tausende von Menschen drängten sich auf der Straße und vor dem Einkaufszentrum. »Bezahlen! Bei hundert Rupien lass' ich dich laufen.«

»Denk an mein Messer, Freund. Ich bin damit schneller, als du schreien kannst.«

»Es sehen uns tausend Menschen zu!«

»Was werden sie sehen? Einen schlafenden Taxifahrer, dessen Kopf auf dem Lenkrad liegt. Ehe sie begreifen, daß du tot bist, bin ich längst im Einkaufszentrum verschwunden. Vergiß nicht, was ich dir gesagt habe: Ich habe nichts mehr zu verlieren.«

Der Fahrer war klug genug, kein Risiko einzugehen. Er ließ Tawan los, knurrte einen sehr unanständigen Fluch und stieß Tawan aus dem Wagen, als die Tür geöffnet war. »Irgendwo und irgendwann sehe ich dich wieder, Sohn einer Hure!« schrie er dabei. »Dann habe ich auch ein Messer, und ein längeres als deins!«

»Du hast recht: Ich bin der Sohn einer Hure, aber trotz allem war meine Mutter eine ehrbare Frau. Ich lasse sie nicht beleidigen.« Tawan gab dem Taxifahrer einen Faustschlag ins Gesicht, warf die Tür zu und mischte sich unter den Strom der Menschen, die in das Einkaufszentrum drängten. Er schlenderte von Geschäft zu Geschäft, blieb vor den Damenmodenauslagen stehen, bewunderte die blitzenden Ringe, Armreifen und Halsketten der Juweliere, betrachtete die Ausstellungen der Möbelhäuser und die bunten Plakate der Reisebüros. Zehn Tage Hongkong. Direktflug nach London. Paris muß man erleben. Kreuz und quer durch Australien. Zauberhafte Südsee. Tawan konnte die Worte nicht lesen, aber die schönen bunten Fotos verstand er. Was es nicht alles gibt! dachte er. Wie schön ist die Welt außerhalb Kalkuttas! Ob ich sie einmal sehen werde, zusammen mit Vinja, wenn ich genug Geld verdient habe und wirklich ein reicher Mann geworden bin? Ich möchte alles erleben, bevor ich mich hinlege und eingehe in das versprochene Nirwana.

Vor einem Herrenanzugsgeschäft blieb er lange stehen und betrachtete die Anzüge, die man Puppen übergezogen hatte, schöne Anzüge, elegant und modisch, dazu Hemden, Krawatten und Schuhe. In diesem Geschäft konnte man alles kaufen, was einen Herrn kleidete. Und mitten im Fenster stand eine Puppe und trug einen weißen Seidenanzug, und Tawan sah ihn lange an, sein Blick klebte an dem schimmernden Stoff, und sein Herz begann schneller zu schlagen.

Das ist er! Von einem solchen Anzug hatte er geträumt. So etwas trugen die reichen Herren, bestimmt auch Dr. Banda oder der unbekannte Mensch, dem er seine Niere gegeben hatte. Es konnte sein, daß sie Maßanzüge trugen, gefertigt von den besten Schneidern Kalkuttas, aber dieser hier im Fenster war auch ein Meisterstück und würde aus einem Mister einen Sir machen. Ich muß ihn haben! Tawan Alipur, mit diesem Anzug ist die Zeit unter dem Holzdach an der Punjab National Bank vorbei!

Er zögerte an der Tür und biß die Zähne zusammen. Es war das erste Mal in seinem Leben, daß er solch einen Laden betrat. Was sagt man, dachte er, wenn einen die Verkäufer kritisch musterten? Wie benimmt man sich? Sagt man: »Ich will den Seidenanzug im Fenster. Den weißen«? Oder sagt man: »Können Sie mir bitte den Seidenanzug zeigen?« Nein, nicht »bitte« – ein Mann mit Geld in der Tasche bittet nicht, er verlangt. Er zögert nicht und will bedient werden. Tawan, gewöhne dich daran: Ab heute wirst du von anderen Menschen bedient. Du bist kein Kistenschlepper mehr, kein Abfalldurchwühler, kein Touristenbetrüger. Du brauchst den Kopf nicht mehr demütig zu senken, und niemand wird dich mehr anschreien: »Komm her, da stehen noch zwanzig Säcke! Los, los, Beeilung, ich bezahle dich nicht fürs Bodenanwärmen!«

Tawan gab sich einen inneren Ruck, klinkte die große Glastür auf und betrat das Geschäft. Er blickte in maßlos erstaunte Augen.

Ein Mann, vielleicht der Inhaber, stürzte sofort um die

Theke herum auf ihn zu. »Was willst du hier?« schrie er. Sein Gesicht verzerrte sich vor Erregung. »Bist du verrückt? Raus hier! Du stinkst mir den Laden voll!«

»Ich will den Anzug im Fenster. Den Seidenanzug«, sagte Tawan ruhig.

»Was willst du?«

»Den Seidenanzug. Den weißen.«

Der Geschäftsinhaber wandte sich keuchend an die drei Angestellten, die starr hinter der Theke standen. »Werft ihn hinaus!« brüllte er. »Ich rufe die Polizei. Da ist ein Irrer ausgebrochen!«

Tawan war nicht aufzuhalten. Er stieß den Geschäftsmann mit einer einzigen Armbewegung zur Seite und trat an die Theke heran. Gleichzeitig griff er in die Hosentasche, holte ein Bündel Rupienscheine heraus und legte sie auf die Tischplatte.

Die drei Angestellten rührten sich nicht, aber ihre bösen Blicke milderten sich.

»Ich will den Anzug anprobieren«, sagte Tawan jetzt in einem herrischen Ton. »In welch ein Geschäft bin ich denn geraten? Mich wundert, daß Sie bestehen können bei einem solchen Benehmen Kunden gegenüber.« Er drehte sich um und blickte auf einen sprachlosen, verwirrten Geschäftsinhaber.

Kann man sich so irren? stand in seinen Augen. Ich hätte schwören können, daß es einer ist, der sonst auf der Straße schläft. »Sofort«, stotterte er und wich Tawans forderndem Blick aus. »Sofort, Sir. Ich hole den Anzug gleich aus dem Fenster. Ich glaube sogar, er hat Ihre Größe. Sie haben Glück, es ist ein Einzelstück. Das beste Stück, das ich seit langem im Geschäft habe.«

»Deshalb interessiert es mich ja auch.« Tawan wandte sich wieder der Theke zu. »Außerdem brauche ich dazu das passende Hemd, eine Krawatte, weiße Socken, weiße Schuhe.«

Jetzt kam Bewegung in den Laden. Ein Verkäufer kletterte ins Fenster und nahm den Anzug von der Puppe, ein anderer breitete Hemden aus, der dritte fragte: »Schuhgröße?«

Schuhgröße. Wer hatte sich jemals um Tawans Schuhgröße gekümmert? Er war bisher barfuß oder in Sandalen gelaufen, und die hatte er an einem Stand auf dem Markt anprobiert, bis er die richtigen gefunden hatte. Was sagt man nun? dachte er. Ich kann doch nicht antworten: »Das weiß ich nicht.« Er rettete sich in eine Arroganz, von der er glaubte, daß sie zu einem feinen Herrn paßte. »Das sehen Sie doch!« sagte er hochmütig. »Warum fragen Sie noch?«

Der Geschäftsinhaber geleitete Tawan selbst zur Umkleidekabine, reichte ihm den Seidenanzug und zog den Vorhang zu. Dann ging er schnell zu seinen drei Angestellten zurück. »Es gibt drei Möglichkeiten«, flüsterte er. »Entweder ist er ein verrückter Snob, der den armen Mann spielt, oder er ist ein kleiner Dieb, der einen guten Fang gemacht hat, oder er ist der Boss einer Bande und inkognito unterwegs. Und alle drei gehen uns nichts an – er ist ein Kunde und sonst nichts. Verstanden?«

Die Verkäufer nickten. Was man so alles erlebt! Die Welt ist voller Verrückter.

Tawan zog den Vorhang zur Seite und kam aus der Kabine. Seine Umwandlung war vollkommen. Der Seidenanzug schmiegte sich um seinen Körper, als sei er über ihn gegossen worden.

Tawan sah so elegant aus, so vollendet schön, daß der Geschäftsinhaber vor Begeisterung in die Hände klatschte. »Sir«, rief er enthusiastisch, »es ist, als hätte der Anzug auf Sie gewartet. Nur auf Sie! Keiner könnte ihn besser tragen als Sie. Es ist selten, daß ein Kunde so vollkommen in einen Anzug paßt. Das muß man festhalten. Erlauben Sie, Sir, daß ich ein Foto von Ihnen mache?«

»Nein.«

»Wie bedauerlich!«

Als Tawan das Geschäft wieder verließ, war er der vollendete feine Herr. Er hatte ohne Feilschen die unverschämt hohe Rechnung bezahlt, aber er ließ sich seine alte Kleidung einpakken und nahm sie mit. Nichts wegwerfen, hatte er in den Slums gelernt, irgendwann kann man alles wieder gebrauchen. Er winkte ein Taxi heran, und diesmal bremste der Fahrer sofort. Wieder wurde Tawan angestarrt, aber nicht, weil er ein Mann aus den Slums war, sondern weil der Taxifahrer nicht begriff, daß ein so vornehmer Herr sich in ein Taxi setzte und nicht einen eigenen großen Wagen mit Chauffeur besaß.

Tawan setzte sich auf den Rücksitz. Ein Herr wie er saß nicht neben dem Fahrer.

»Wohin, Sir?« fragte der Chauffeur.

»Zur Punjab National Bank. Wissen Sie, wo das ist?«

»Natürlich, Sir. In der Brabourne Road.«

»Richtig. Halten Sie ungefähr fünfzig Meter vor der Bank.«

»Wie Sie wünschen, Sir.«

Die ganze Fahrt über malte sich Tawan aus, wie das Wiedersehen mit Vinja sein würde. Aber gleichzeitig verspürte er Angst, die in ihm hochkroch und sich in seinem Hals festsetzte.

Wie war es Vinja in diesen zehn Tagen ergangen? Wie hatte sie gelebt? Hatte sie die Zudringlichkeiten geiler Männer abwehren können, oder hatte sie, angelockt von einer Handvoll Rupienscheine, nachgegeben und ihre Jungfräulichkeit verloren? Lebte sie überhaupt noch unter dem Holzdach, oder hatte man es ihr weggenommen? Wenn es das war, schützte ihn auch der Seidenanzug nicht vor einem Rückfall in die Slumzeit.

Tawan tastete unter dem Jackett zu seinem Hosengürtel. Er fühlte den Griff seines Messers, das er im Bund trug, und wurde ruhiger. Von heute an wird alles anders, kleine Vinja, dachte er. Als erstes suchen wir ein Zimmer mit zwei guten Betten. Das ist das Startloch zum Rennen in das große Leben. Die dreißigtausend Rupien sind zwar schon geschrumpft, dieser Seidenanzug und alles drumherum hat mehr gekostet, als ich dachte, aber sehen wir es als ein Startkapital an, denn die Kleidung ist wichtig, wenn man beachtet werden will. Weißt du, was dieser Dr. Kasba gesagt hat, mein Kleines? Ich soll mir das Anfangskapital zusammenklauen. Kein schlechter Rat. So wie ich jetzt aussehe, ein Herr im Seidenanzug, wird keiner mir zutrauen, daß ich in die Tasche eines Touristen greife. Hunderttausend Rupien brauche ich, sagt Dr. Kasba. Das klingt wie ein Märchen, das können wir uns beide gar nicht vorstellen, aber mit meinen flinken Fingern müßte ich es schaffen.

Er schrak aus seinen Gedanken auf, als das Taxi bremste.

»Wir sind da, Sir«, sagte der Fahrer. »Fünfzig Meter vor der Bank. Ist es recht so?«

»Genau richtig.«

Tawan zahlte, gab großzügig zwei Rupien Trinkgeld, für ihn eine Verschwendung, für den Taxifahrer ein neuer Beweis dafür, daß gerade die Reichen auch die Geizigsten sind, und stand dann auf der Straße, seinem ehemaligen Revier. Der Polizist an der Ecke – er kannte ihn seit vier Jahren – sah an ihm vorbei und erkannte ihn nicht wieder; auch der Trödler, der wie immer vor seinem Laden saß, umgeben von handgehämmerten Messingwaren, hob nicht den Kopf von seinem kleinen Amboß, auf dem er Muster in eine große Messingschale trieb. Und dort hinten war die Bank. Er sah sein Holzdach an der Wand, und sein Herz begann wie rasend zu schlagen.

Vinja saß wie immer vor dem Holzdach auf der Straße, eine zerschlissene Decke unter sich, und streckte den verstümmelten Fuß aus. In dem Blechteller neben ihr lagen ein paar Münzen. Es gab so viele Verkrüppelte in Kalkutta, die um ein Almosen bettelten – die meisten Menschen liefen an ihnen vorbei und sahen schon gar nicht mehr hin. Nur weil Vinja noch ein Kind war und ihre großen schwarzen Augen die Blicke auf sich zogen, fiel hin und wieder eine Münze in den Teller; gab jemand einen Geldschein, und das waren meistens Ausländer, steckte ihn Vinja sofort in den Ausschnitt ihres verblichenen Baumwollkleidchens. Die anderen Bettler auf der Straße kannten keine Skrupel, ihr die Scheine abzunehmen. Überleben, das war der einzige Gedanke in diesem Hexenkessel von Hunger und Gewalt, Elend und langsamem Sterben.

Tawan blieb ein paar Schritte vor Vinja stehen und betrachtete sie. Unter dem dünnen Kleidchen zeichneten sich die Umrisse einer knospenden Brust ab, die Beine waren lang und wohlgeformt. Sie reifte früh heran – in zwei Jahren würde sie eine Schönheit sein wie ihre Mutter, die in diesem Alter schon als Kinderprostituierte das meiste Geld für die Familie Alipur verdiente. Wenn Tawan daran dachte, spürte er einen Druck auf seinem Schädel. Die Erinnerung, wie er mit seiner Schwester geschlafen hatte und sie seine Geliebte wurde, war noch so frisch, als sei es im letzten Monat gewesen. In den Jahren nach Baksas Tod hatte er einige andere Frauen gehabt, aber die absolute, hemmungslose Lust, die er bei seiner Schwester gefunden hatte, gab es nicht noch einmal. Wie würde sich Vinja entwikkeln? Ihr verstümmelter Fuß war kein Hindernis für die Männer, die ihren ganzen Körper besitzen wollten.

Solange ich lebe, wird so etwas nicht geschehen, dachte Tawan. Du bist jetzt keine Bettlerin mehr, sondern eine Miss Alipur. Und niemand wird mehr die Zehenstümpfe sehen; du wirst extra für dich angefertigte Spezialschuhe tragen und damit gehen können wie jeder andere Mensch. Vinja, mein kleiner Liebling, dein Onkel Tawan wird alles tun, damit du ein besseres, glückliches Leben führst.

Er kam langsam näher und stellte sich vor Vinja hin. Sie sah kurz auf, erkannte ihn nicht in dem weißen Seidenanzug und senkte wieder den Blick. Ein reicher Inder. Sie bereitete sich darauf vor, daß er mit einem Hundert-Rupien-Schein wedelte und sagte: »Komm mit! Wenn du's besonders schön machst, bekommst du noch mal hundert Rupien!« Und sie würde darauf antworten: »Gleich kommt mein Onkel, der dreht dir dein Gesicht auf den Rücken.« Das hatte bisher immer gewirkt.

Sie starrte auf die weichen weißen Schuhe, die weißen Sokken und die Hosenbeine des Seidenanzugs. Nun frag mich schon, dachte sie, oder geh weg. Du versperrst den anderen Leuten den Blick auf meinen verkrüppelten Fuß. Davon lebe ich, nicht vom Angeglotztwerden.

Tawan holte tief Atem. Sie erkennt mich nicht, meine kleine Vinja erkennt ihren Onkel Tawan nicht. So vornehm bin ich geworden! Ein einziger Anzug verändert einen Menschen. Ist diese Welt nicht verrückt?

»Vinja«, sagte Tawan leise, aber doch laut genug, daß sie wie unter einem Peitschenschlag zusammenzuckte, »ich bin es, dein Onkel Tawan.«

Ihr Kopf zuckte hoch, ihre Augen starrten ihn an und waren rund und groß. Dann preßte sie plötzlich beide Hände vor den Mund und rief durch die Finger hindurch: »Du bist es wirklich, Onkel Tawan? Wie reich du aussiehst! Sind wir jetzt reiche Leute?« Sie stemmte sich hoch, fiel Tawan um den Hals und küßte ihn.

Ein Ehepaar, das in diesem Augenblick aus der Punjab National Bank kam, blieb geradezu entsetzt stehen. Der Mann, offensichtlich ein Engländer, sagte laut und entrüstet: »Sie ist ja noch ein Kind und geht schon auf den Strich!« Und die Frau, etwas dicklich und in der schwülen Luft schwitzend, fügte hinzu: »Man sollte diese geilen Kerle einsperren.« Und zu Tawan gewandt: »Kinderschänder! Haben Sie gar kein Schamgefühl?«

»Nein, Madam.« Tawan grinste sie breit an und hatte seinen Spaß daran, sie zu schockieren. »Wir sind hier in Kalkutta.«

»Das wäre unter britischer Herrschaft nicht vorgekommen.« Der Engländer schüttelte den Kopf. »Es gibt keine Ordnung auf der Welt mehr, meine Liebe.«

Sie gingen weiter und würdigten Tawan keines Blickes mehr.

»Wie reich du aussiehst!« sagte Vinja wieder und umklammerte Tawans Nacken. »Aber jetzt hast du nur noch eine Niere.«

»Wenn ich sie pflege, reicht sie für das weitere Leben.« Tawan blickte auf seine bisherige Behausung: das schräge Holzdach an der Hauswand, die Plastikbahnen, die die Wände ersetzten, im Inneren die zerschlissene und vielfach geflickte, flache Matratze, gefüllt mit Gras und Stoffetzen, den Petroleumkocher, die eiserne Pfanne, den zerbeulten Kochtopf aus Aluminium, die Öllampe, die beiden fleckigen Decken, unter denen er schon mit Baksa, seiner Schwester und Geliebten, geschlafen hatte. Hier habe ich nun seit Jahren gehaust, dachte er, und war glücklich, ein festes Zuhause zu haben. Eine leise Wehmut kam in ihm auf, wenn er das alles sah und wußte, daß heute der letzte Tag seines alten Lebens war und morgen schon das neue begann. »Wie waren die zehn Tage, Vinja?« fragte er.

»Ich habe fünfundzwanzig Rupien eingenommen, Onkel Tawan.«

»Und hat dich kein Mann belästigt?«

»Fünfmal. Ich habe ihnen gesagt, daß du gleich mit deinem Messer kommst. Da sind sie schnell wieder gegangen.«

Tawan machte sich aus Vinjas Umklammerung los, trug die speckige Decke, auf der sie gesessen hatte, unter das Dach und zog den Plastikvorhang vor den Eingang. »Gehen wir«, sagte er. Seine Stimme klang wie verrostet. Das war nun der Abschied, bedrückend und schwer auf dem Herzen liegend.

»Wohin, Onkel Tawan?«

»Wir schlafen heute in einem Hotel.«

»Man wird uns hinauswerfen. Man wird uns gar nicht hineinlassen.«

»Im Gegenteil: Man wird uns das beste Zimmer geben.«

»Nur wegen des Anzugs?«

»Ja. So ein Anzug öffnet alle Türen.« Plötzlich kam Tawan ein Gedanke, und er lächelte vor sich hin. »Bleib hier und warte auf mich. Es wird nicht lange dauern.« Er strich Vinja über das lange schwarze Haar, wandte sich ab und ging in die Bank hinein.

Vinja sah ihm ängstlich nach. Er geht in die Bank, dachte sie erschrocken. Er geht zu den Männern, die ihn hassen und seine Gegner sind. Gleich wird er wieder herauskommen, mit einem Tritt in den Hintern und Schlägen auf den Kopf. Warum tust du das, Onkel Tawan?

In der Bank hielt ihn keiner auf, sogar der wachsame Portier in seiner pompösen Uniform ließ ihn vorbei. Seit vier Jahren kämpfte er gegen Tawan Alipur, aber jetzt erkannte er in dem vornehmen Herrn nicht seinen Erzfeind. Eine gewisse Ähnlichkeit war zwar vorhanden, aber es gibt viele Inder, die sich nur durch ihre Kleidung voneinander unterscheiden. Der Portier hielt Tawan sogar die Tür auf und machte eine leichte Verbeugung.

Der Bankbeamte hinter dem Schalter, an den Tawan herantrat, war die Freundlichkeit in Person, er erhob sich sogar von seinem Stuhl. »Womit kann ich dienen, Sir?« fragte er und lächelte devot.

Dienen! Er will mir dienen! Vor zwei Wochen hat man mir noch gedroht, das Dach anzuzünden! Tawan lächelte zurück. »Ich möchte ein Konto eröffnen«, sagte er mit einem etwas hochnäsigen Ton. »Sind Sie dafür zuständig?«

»Natürlich, Sir.« Der Bankmensch griff in eine Schublade und holte die Antragsformulare hervor. »Sofort! Sie kennen unsere Bank?«

Und ob ich sie kenne, dachte Tawan und fühlte sich, als schwebe er. »Sie sind mir empfohlen worden«, antwortete er.

»Eine gute Empfehlung.« Der Beamte reichte Tawan die Formulare durch den Schalter. »Bitte füllen Sie den Antrag aus, dann ist in wenigen Minuten alles erledigt.«

Tawan schob das Formular zurück. »Bitte, füllen Sie ihn aus«, sagte er in einem Ton, der keinen Widerspruch duldete. »Ich habe meine Brille vergessen.«

»Selbstverständlich, Sir.« Der Bankbeamte beugte sich über die Papiere. »Ihr Name?«

»Tawan Alipur.«

»Geboren?«

»Vor achtundzwanzig Jahren.« Er sagte es so hin – bis heute hatte ihn noch niemand gefragt, wann er geboren worden war. Es gab kein Datum; er war einfach eines Tages auf die Welt gekommen, und keiner hatte es notiert. In den Slums wurde geboren und gestorben, und es war ohne Bedeutung, an welchem Tag und in welchem Jahr es war. Aber achtundzwanzig Jahre war eine gute Antwort.

»Das Datum bitte, Sir.«

»Am 17. August 1952«, sagte Tawan leichthin.

Der Beamte blickte kurz hoch. »Dann sind Sie heute dreißig Jahre, Sir.«

»Ich fühle mich aber wie achtundzwanzig.«

»Sehr gut, Sir.« Der Beamte lachte pflichtschuldig wie über einen guten Witz. »Wohnhaft?«

»In Kalkutta. Ich suche gerade eine neue, größere Wohnung oder ein Haus. Die genaue Anschrift reiche ich Ihnen in Kürze nach.«

»Natürlich, Sir. Wie hoch soll die Ersteinlage sein?«

»Fünfzehntausend Rupien.«

Der Mann hinter dem Schalter blickte erneut kurz auf. Seine Freundlichkeit wurde um einige Nuancen gedämpfter. Er setzte sich und trug die fünfzehntausend Rupien in das Formular ein, als sei es eine Zumutung, so etwas zu schreiben. Also kein Großkunde, drückte seine ganze Körperhaltung aus. Lumpige fünfzehntausend Rupien, aber einen teuren Seidenanzug trägt er und ist hochnäsig wie ein Radschah. So kann man sich täuschen.

»Ich brauche noch Ihre Unterschrift«, sagte der Beamte und ließ das »Sir« provokant weg. Mit einem Ruck schob er das Formular durch das Schalterfenster.

Tawan beugte sich darüber, tat so, als lese er es gewissenhaft durch, ergriff dann den hingehaltenen Füllfederhalter und malte einige Kringel und Striche darunter. Es sah sehr schwungvoll aus und gefiel ihm sehr. Das werde ich beibehalten, sagte er zu sich. Das wird meine Unterschrift bleiben. Je unleserlicher, um so gelehrter sieht es aus.

Der Beamte nickte und schob Tawan eine Art Visitenkarte zu. »Ihre Kontonummer. Möchten Sie auch gleich ein Scheckbuch haben?«

»Natürlich. Ist das bei Ihnen nicht selbstverständlich?«

Der Schaltermensch antwortete nicht, sondern ging nach hinten, schob ein Scheckheft in eine Art Druckmaschine, ließ die Blätter durchlaufen und kam mit den fertigen Schecks zurück. »Ich begrüße Sie als unseren neuen Kunden«, sagte er etwas steif. Das »Sir« kam nicht mehr über seine Lippen.

»Danke.« Tawan steckte das Scheckbuch ein. Ihm war, als schwelle seine Jackentasche vor Geld, Genugtuung und Stolz. Tawan Alipur hat ein Scheckbuch! Wer hätte das noch vor einigen Wochen geglaubt? »Es wird in den nächsten Tagen noch mehr Geld auf das Konto kommen«, sagte er großzügig.

»Das wird uns alle freuen, Sir.« Der Beamte rang sich das letzte Wort geradezu ab. Mit zusammengekniffenen Augen sah er Tawan nach, wie er die Bank verließ, an dem uniformierten Portier vorbei, der vor ihm wieder die Tür aufriß.

Draußen, auf der Straße, wartete Vinja und lief sofort auf Tawan zu. »Sie haben dich nicht geschlagen, Onkel Tawan?« rief sie glücklich.

»Nein, mein Kleines. Warum sollten sie es?«

»Sie haben dich so einfach herumgehen lassen?«

»Sie haben mich bedient und Sir genannt.«

»Und keiner hat dich erkannt?«

»Nein. Sie hielten es für unmöglich, daß ich es bin.« Er faßte Vinja an der Hand und spürte, daß sie vor Angst gezittert hatte. Ihre Finger zuckten noch und waren feucht vor Erregung. »Gehen wir!«

»Wohin, Onkel Tawan?«

»Wir suchen uns ein Zimmer in einem Hotel. Nicht in den Luxuspalästen, es gibt in Kalkutta eine Menge kleiner Hotels, die billig und vor allem sauber sind. Dort werden wir wohnen, bis wir ein eigenes Zimmer gefunden haben.«

So riesengroß die Stadt auch war, ein dampfendes Meer von Häusern und Millionen Menschen, Tawan kannte sein Kalkutta und wußte, wo die kleinen Herbergen lagen. Viele waren Hotels, die ihre Zimmer nur stundenweise vermieteten, wenn die fleißigen Huren ihre Freier heranschleppten. Es war ein gutes Geschäft ohne viel Mühe; war die Liebesstunde vorbei, deckte man ein neues Laken über die Matratze, versprühte ein süßliches Parfüm im Raum und schüttete ein Desinfektionsmittel in das Klobecken. Ein solches Zimmer war schon ein Luxuszimmer, denn die meisten hatten nur eine Schüssel mit Wasser auf einem Stuhl stehen, und die Toilette lag am Ende des Flures.

Tawan suchte sechs kleine Hotels auf; er war sehr wählerisch, und erst das siebte sagte ihm zu. Es hieß Hotel Bambusgarten, weil hinter dem Haus ein verwilderter Garten lag, in dem auch Bambus wucherte. Das Zimmer war sauber und hell, hatte ein breites Bett, ein Waschbecken, einen Schrank aus rötlichem Holz, einen Tisch, zwei Stühle und eine Kommode, was ein ganz besonderer Luxus war. Ein schönes Zimmer, fand Tawan. Er prüfte die Matratze, indem er auf ihr auf- und niederwippte, drehte den Wasserhahn auf, ob auch wirklich Wasser aus der Leitung floß, und nickte zufrieden, als alles funktionierte.

Der Besitzer des Hotels, eine dicke Frau von tiefbrauner Hautfarbe und mit einer rauchigen Stimme, stand geduldig in der Tür und sah Tawans Qualitätskontrolle zu. Vinja hockte verschüchtert auf einem Stuhl; sie hatte noch nie ein richtiges Zimmer gesehen, und dieses hier kam ihr wie eines im Hause eines Millionärs vor.

»In Ordnung!« sagte Tawan und stand vom Bett auf. »Wir nehmen das Zimmer.«

Die Wirtin warf einen schnellen, schrägen Blick auf Vinja. Ihr war nichts fremd, auch daß ein Gast ein Kind mitbrachte; die Hauptsache war, daß er gut zahlte. Mit Moral kann man in Kalkutta verhungern. »Wie lange?« fragte sie. »Eine Stunde, zwei oder mehr?«

»Für zunächst fünf Tage«, antwortete Tawan.

Die dicke Frau riß ungläubig die Augen auf. Dann starrte sie wieder Vinja an, und Mitleid kam in ihren Blick. Fünf Tage. Das arme Mädchen. Aber was will man machen, wenn man einen verkrüppelten Fuß hat? Später fragt keiner, wie sie das Geld verdient hat, und der feine Herr im Seidenanzug bezahlt bestimmt gut. Auch die fünf Tage gehen vorüber, Kindchen.

Mach die Augen zu und steh es durch! Und wenn du dann denkst: Die Männer sind alle Schweine!, dann hast du recht. Was ich nicht alles in diesem Haus erlebt habe! Einen Mord mit fünfzehn Messerstichen. Oder den Mann, der einer Hure die rechte Brust abschnitt. Er wurde nie bestraft, im Gegenteil, die Polizei grüßte ihn ehrfürchtig. Er mußte ein bekannter Mann gewesen sein. Und dann der Japaner, der gleich mit vier Huren heranrückte und fast das Zimmer in Brand setzte, weil er jeder eine brennende Kerze in den Hintern steckte. Mein Mädchen, du wirst die fünf Tage überstehen. »Mieten Sie eine ganze Woche, mein Herr, dann gebe ich Rabatt«, sagte die Wirtin und hustete, wie ein Raucher hustet. »Ich sehe es der Kleinen an, sie ist zäh. Sie hält auch eine Woche durch.«

»Sie sehen das falsch, Ma'am. Vinja ist meine Nichte. Wir suchen eine Wohnung, und bis wir sie gefunden haben, wollen wir bei Ihnen übernachten. Sie werden wenig Mühe mit uns haben.«

»Ihre Nichte?« Die Miene der Wirtin hellte sich auf. Ja, sie wurde sogar verlegen. »Ich muß mich entschuldigen«, sagte sie und warf einen liebevollen Blick auf Vinja. »Ich habe an etwas anderes gedacht.«

»Das habe ich bemerkt. Sehe ich aus wie ein Kerl, der Kinder schändet?«

»Wer sieht schon so aus? Gerade die vornehmsten Herren sind die schlimmsten. Wer Geld hat, kauft sich, was er will und wie er es will. Ich habe dreißig Jahre Erfahrung.« Die Wirtin war sichtlich erleichtert. Geld ist Geld, dachte sie wieder. In meiner bescheidenen Herberge fragt man nicht, wer es einem auf den Tisch legt. Es wäre ein Luxus, seine Gäste auszusuchen und stolz und abweisend zu sagen: »Nein, ich gebe Ihnen kein Zimmer. Wer Kinder mißbraucht, hat bei mir nichts zu suchen. Gehen Sie zur Pension Awram, da werden Sie sogar bei Ihrer Sauerei gefilmt!« So etwas konnte man sich nicht leisten, man konnte nur wegsehen und kassieren. »Wir sollten über den Preis reden, Mr. –«

»Tawan Alipur.«

»Mr. Alipur.« Die Wirtin setzte sich auf einen Stuhl Vinja gegenüber und stützte die Arme auf ihre gewaltigen Oberschenkel. »Es ist eine einfache Rechnung: Wenn ich ein Zimmer stundenweise vermiete, kommt am Tag eine gute Summe heraus. Auf einen Dauermieter bin ich nicht eingestellt, denn wenn ich für sieben Tage – wie bei Ihnen – den Stundenpreis nehme, können Sie auch im Palasthotel absteigen. Klar gesagt: Bei einem Dauermieter habe ich einen Verlust. Aber ich lebe nun mal von meinem Hotel.«

»Wieviel verlangen Sie?« fragte Tawan und schnitt damit ihren Redeschwall ab. »Wir werden uns schon einigen.«

»Wenn ich Ihnen das Zimmer vermiete, dann nur, weil das Mädchen so schön ist und ihr linker Fuß verkrüppelt. Vinja heißt du?«

»Ja«, antwortete Vinja. »Aber ich will kein Mitleid.«

»Wie ist es passiert?« Die Wirtin beugte sich etwas vor, ihre Riesenbrüste sprengten fast das Kleid. »Ein Unfall?«

»Nein, ein Überfall.« Tawan griff in die Jackentasche und holte ein Bündel Rupienscheine hervor. »Während ihre Mutter, meine Schwester, arbeitete, schlichen sich Unbekannte in die Hütte und schnitten Vinja die Zehen ab. Wir nehmen an, es waren Hungernde, die sich so ein Stückchen Fleisch beschafften!«

»Wie schrecklich! Diese Stadt ist die Hölle!« Die Wirtin musterte Tawan wieder und kam zu keinem Ergebnis. Der Seidenanzug irritierte sie und paßte nicht zu seiner Erzählung von Vinjas Verstümmelung. In einer Hütte, hatte er gesagt. Das kann viel bedeuten: die aus Brettern, Planen, Wellblech und zu Platten gehämmerten Benzinfässern bestehenden Behausungen in den Slums, eine Fischerhütte am oberen Fluß oder eine Hütte aus Bambus, Reisstroh und Lehm in einem der Dörfer im Hinterland. Auf jeden Fall war Mr. Alipur nicht wohlhabend geboren worden, kam nicht aus einer Familie, in der ein Seidenanzug das billigste Kleidungsstück war, sondern er mußte von ganz unten kommen, aus jener verzweifelten Welt, in der man Kinderzehen abschnitt, um sie zu braten oder eine Suppe daraus zu machen. Aber jetzt trägt er einen Seidenanzug, hat ein Bündel von Rupienscheinen in der Hand und will wie ein vornehmer Herr behandelt werden.

»Was kostet das Zimmer für eine Woche?« fragte Tawan wieder. »Beginnen wir mit dem Handeln!«

»Ich handle nicht, ich habe feste Preise.« Die Wirtin lehnte sich wieder zurück. »Ich rechne vom normalen Preis ab, daß ich nicht täglich fünf- oder sechsmal das Bettlaken wechseln, sondern es nur einmal waschen muß, wenn Sie ausgezogen sind. Sie beschmutzen nichts. Sie machen keine Flecken in die Decke, das muß man alles abrechnen. Es wird ein vernünftiger Preis werden.«

»Wieviel?« fragte Tawan kurz.

Die Wirtin hob die Schultern. Den herrischen Ton hat er sich schon angewöhnt, dachte sie. Womit mag er sein Geld verdienen? Was hat ihn zu einem wohlhabenden Mann gemacht? Wer aus der Tiefe von Kalkutta kommt und plötzlich zu einem Herrn wird, kann es nur mit Betrug oder Brutalität geschafft haben. Brutal aber sieht dieser Tawan Alipur nicht aus. Doch der Mörder damals schien auch ein braver, gut erzogener Mensch zu sein, der sich heimlich weggeschlichen hatte, um ein paar Stunden gekaufte Liebe zu genießen. Und was tut er? Er würgt und ersticht das Mädchen in einem wahren Blutrausch. Ich habe das Zimmer eine Woche lang nicht vermieten können, bis alle Spuren beseitigt waren. Sie seufzte in Erinnerung an diese schrecklichen Tage und nannte dann einen Preis für sieben Tage.

Tawan hob die Augenbrauen. Die Miete war so hoch, daß es sich eigentlich nicht lohnte, noch weiter zu verhandeln. Suchen wir weiter, Vinja, dachte er. Wir werden schon ein kleines Hotel finden, wo uns nicht die Kehle durchgeschnitten wird. Kalkutta hat Tausende solcher billigen Herbergen. Schade, es ist ein so schönes Zimmer, aber dieser Preis reißt ein zu großes

Loch in mein Kapital. »Steh auf, Vinja«, sagte er und gab sich ganz gelassen, »man verwechselt uns hier mit einem Millionär.«

Er ging zur Tür, aber die Wirtin griff in seinen Anzugärmel, als er an ihr vorbei wollte. »Wir können darüber reden, Mr. Alipur«, sagte sie schnell.

»Wozu? Jedes Wort ist sinnlos.«

»Ich weiß nicht, was mit mir ist, aber ich mag Sie und die Kleine.« Die Wirtin seufzte wieder. »Ich bin vielleicht verrückt, eine alte, dumme Frau –«

»Sie sind nicht alt, Ma'am.«

»Sagen wir: die Hälfte! Ist das ein guter Preis?«

»Angenommen.« Tawan schüttelte ihre Hand von seinem Ärmel. »Ich zahle die Miete im voraus, damit Sie sehen, daß ich ein ehrlicher Mensch bin.«

»Daran habe ich nie gezweifelt, Mr. Alipur.«

Das war zwar gelogen, aber Tawan verzichtete darauf, ihr die nötige Antwort zu geben. Er fügte nur hinzu: »Und wenn wir vorher eine Wohnung finden sollten und früher ausziehen, können Sie den Rest der Miete behalten – weil Sie Vinja mögen.«

Die Wirtin erhob sich, streichelte Vinja über das lange schwarze Haar und fühlte so etwas wie mütterliche Ergriffenheit. Sie hatte selbst einen Sohn und eine Tochter. Der Sohn war zweiunddreißig Jahre alt und irgendwo im weiten Indien verschwunden. Er hatte eine Lehre als Elektrotechniker gemacht, hatte gesagt, daß er sich Indien, vor allem den Westen mit seinen Maharadschah-Palästen in Jaipur und Udaipur, ansehen wolle, hatte seine Mutter zum Abschied geküßt und war von da an verschollen. Die Tochter, siebenundzwanzig Jahre alt, hatte einen Schneider geheiratet und war auch weggezogen. »In Kalkutta kann ich nichts verdienen!« hatte der Schneider gesagt. »Wir gehen nach Neu-Delhi oder Goa. Goa ist am besten, dort gibt es viele Touristen aus Amerika und Europa, denen werde ich in vierundzwanzig Stunden Anzüge machen. So etwas haben sie noch nie erlebt.« Sie reisten ab, und später schrieb die Tochter, wie gut es ihnen in Goa gehe: Ein eigenes Haus hätten sie schon gekauft und vier Näherinnen eingestellt, so hervorragend gehe das Geschäft.

Ganz rätselhaft aber war der Tod ihres Mannes gewesen, der das Hotel als abbruchreifes Haus gekauft und dann ausgebaut hatte. Die Polizei fand ihn eines Nachts in einer besonders berüchtigten Gegend von Kalkutta, unten bei den Ghats, wo in hölzernen Schuppen massenweise die Huren sich aufhielten, Diebesbanden, Schmuggler und Straßenräuber. In seinem Körper steckten fünf Kugeln, wovon jede tödlich war. »Eine regelrechte Hinrichtung«, stellte der Lieutenant von der Mordkommission fest. »Aber kein Motiv. Bangaon war ein braver Mann.«

Das fand Frau Bangaon durchaus nicht. Erst durch diesen gewaltsamen Tod erfuhr sie, daß ihr Mann regelmäßig zu den Huren gegangen war, um sich von ihnen das zu holen, was ihr dicker Körper verweigerte. »Euer Vater war ein Schwein!« hatte sie damals zu ihren noch nicht erwachsenen Kindern gesagt. »Am besten, wir vergessen ihn.« Von da an wurde sein Name nicht mehr erwähnt, aber das Hotel blühte unter ihrer Leitung auf. Das Geld, das Bangaon bisher zu den Huren getragen hatte, blieb im Haus. Jahrelang hatte er immer geklagt, alles werde immer teurer, und sie hatte es ihm geglaubt. Seitdem mißtraute sie jedem Mann, vor allem jenen, die sie heiraten wollten. Sie wollten in Wahrheit alle nur das Hotel – wenn sie in den Spiegel blickte, war ihr klar, daß man sich in diesen Fleischberg nicht verlieben konnte. »Ich gebe Ihnen eine Quittung, Mr. Alipur«, sagte sie und ging ächzend zur Tür.

Tawan winkte ab. »Ich brauche keine Quittung. Ich vertraue Ihnen.«

»Danke.« In ihre Augen trat ein Leuchten. »Wann holen Sie Ihr Gepäck? Ein Junge, der bei mir als Laufbursche arbeitet, kann Ihnen helfen.«

»Es ist nicht nötig, wir haben nur einen Koffer.«

Die Wirtin verließ das Zimmer. Ein merkwürdiger Mensch ist dieser Mr. Alipur doch, dachte sie, sympathisch, aber undurchsichtig. Bestimmt macht er dunkle Geschäfte, und die Polizei sucht ihn. Deshalb versteckt er sich bei mir. Aber was geht's mich an? Er hat bezahlt, das allein ist wichtig.

Vinja sah ihren Onkel an, wartete, bis Frau Bangaon gegangen war, und sagte: »Aber wir haben doch gar keinen Koffer.«

»In einer halben Stunde werden wir einen haben. Einen schönen Koffer aus Leder, voll mit Kleidern, Wäsche und was man so braucht.« Tawan strich seinen weißen Seidenanzug glatt. »Jetzt gehen wir einkaufen, Vinja. Du wirst dich selbst nicht wiedererkennen.«

Am Abend kamen sie in das Hotel Bambusgarten zurück. Vinja trug einen schönen Faltenrock, weiße Söckchen und geschlossene Schuhe, die ihr etwas Halt gaben. Sie waren bei einem Schuster gewesen, der sich auf orthopädische Maßschuhe spezialisiert hatte. Er hatte Vinjas linken Fuß genau betrachtet, Maß genommen und dann gesagt: »Das ist kein Problem für mich, Sir. Ich werde Ihrer Tochter Schuhe anfertigen, die die Zehen ersetzen. Man wird nichts mehr sehen. Sie wird gehen können wie Sie und ich.«

»Wann kann ich sie abholen?« fragte Tawan im Ton eines reichen Herrn.

»In fünf Tagen.«

»In vier. Wir wollen verreisen.«

»Ich will mich bemühen, Sir. In vier Tagen.« Der Schuster verbeugte sich mehrmals, als Tawan und Vinja das Geschäft wieder verließen.

Draußen, auf der Straße, noch etwas humpelnd in den ungewohnten Schuhen, lachte Vinja und sagte: »Er hält mich für deine Tochter, Onkel. Ist das lustig! Und du hast nichts gesagt.«

»Warum auch?« Tawan legte den Arm um Vinjas Schultern. »Ich muß doch stolz sein, eine so schöne Tochter zu haben.«

Später besuchten sie auch noch einen Friseur, der Vinjas

Haare etwas stutzte, den Wildwuchs beseitigte und in Form brachte. Nach der Wäsche glänzten die Haare wie feinste Seide. Vinja betrachtete sich in dem großen Spiegel. In dem Faltenrock und der neuen Frisur erkannte sie sich kaum wieder. Das bettelnde Mädchen vor der Punjab National Bank, das seinen verstümmelten Fuß hinhielt und neben einem Blechteller saß, gab es nicht mehr. Ein schönes Mädchen an der Schwelle zur Reife lachte ihr im Spiegel entgegen. Daß sie erst acht Jahre alt war, glaubte ihr keiner mehr. Das Elend hatte sie frühzeitig reifen lassen, so als sei der Schmutz ein Nährboden gewesen.

Bis zum Abend kauften sie ein, auch einen großen ledernen Koffer, und kamen müde bei Frau Bangaon an. Zu ihrer Überraschung hatte sie für ihre Gäste gekocht, ein Brathuhn mit süßem Mais und verschiedenen Salaten.

»Das war nicht nötig, Ma'am«, sagte Tawan verlegen. »Wir wären essen gegangen.«

»Warum? Ich muß doch auch essen.« Frau Bangaon trug das dampfende Hühnchen aus der Küche zum Tisch. »Es macht mir Freude, mit Ihnen zu essen. Wann sitzt schon ein lieber Gast an meinem Tisch? Es schmeckt mir besser in Gesellschaft.«

Man sah es. Während Tawan und Vinja vorsichtig zulangten, vertilgte die Wirtin zwei Drittel des Huhns allein und machte dabei einen glücklichen Eindruck.

Bevor Tawan und Vinja zu Bett gingen, zum ersten Mal in ihrem Leben in einem richtigen Bett und auf einer guten Matratze liegend, sagte Tawan nachdenklich: »Gefällt es dir hier, Vinja?«

»Sehr, Onkel Tawan. Es ist wie im Paradies.«

»Ich frage mich, ob wir ein Zimmer suchen sollen. Wie wäre es, wenn wir hier wohnen bleiben? Können wir es besser haben? Ein schönes Zimmer, groß genug, und Frau Bangaon wird für uns kochen, als seien wir eine Familie. So gut können wir allein gar nicht leben. Soll ich morgen mit ihr sprechen und ihr den Vorschlag machen?«

»Es wäre wunderbar, Onkel Tawan.« Vinja lachte, kroch nahe an Tawan heran und legte ihren Kopf an seine Schulter.

Wie ihre Mutter, dachte Tawan. So hat es bei ihr angefangen. Du wirst so etwas nie erleben, Vinja, ich werde immer dein Onkel bleiben.

Am nächsten Morgen verließ Tawan das Hotel Bambusgarten, um auszuprobieren, ob Dr. Kasbas Rat eine gute Empfehlung war. Er ließ Vinja in Frau Bangaons Obhut, versicherte, zum Mittagessen wieder zu Hause zu sein, steckte sein Messer wie immer in den Hosenbund, überprüfte sein Äußeres im Spiegel und fand, daß er sehr vertrauenerweckend und vornehm aussah. Wenn er sich jetzt noch einen der schönen, teuren Hüte aus feinstem Strohgeflecht kaufte, unterschied er sich in nichts mehr von den europäischen oder amerikanischen Touristen, die mit den Schiffen oder mit der Bahn ankamen. Die besten Reisenden benutzten das Flugzeug. Dort, am Flughafen Kalkutta, hatte Tawan bisher keine Chance gehabt. Die Flughafenpolizei paßte auf und trieb jeden weg, der nach Bettler aussah. Nur ein paar Gaukler und Fakire waren zur Einstimmung der Gäste zugelassen und spielten ihnen das geheimnisvolle Indien vor; dafür mußten sie aber auch dreißig Prozent ihrer Einnahmen an die Polizei abgeben. Versuchten sie diese zu betrügen, wurden sie aus den Hallen verjagt.

Also kaufte sich Tawan an diesem Morgen einen feudalen Strohhut, sah noch vornehmer aus, rief ein Taxi herbei und ließ sich zum Flughafen fahren. In den Hallen und Gängen herrschte ein dichtes Menschengewimmel vor den Schaltern und in den Warteräumen, lange Schlangen standen vor den Check-ins, aber sie interessierten Tawan kaum. Viel größer war sein Interesse an den Ankunftstüren und an der Anzeigetafel, auf der die landenden Flugzeuge angekündigt wurden: 10.30: Air India aus Neu-Delhi; 10.46: Garuda aus Jakarta; 11.14: BEA aus Colombo; 11.29: TWA aus Manila; 11.44: Quantas aus Darwin – eine Riesentafel, die Tawans neue Kundschaft anzeigte.

Tawan bummelte zum Zollausgang III, lehnte sich dort gegen eine Säule und wartete auf das Flugzeug aus Jakarta. 10 Uhr 46, also in zehn Minuten, wenn die Maschine pünktlich war. Er betrachtete die Menschen, die wie er auf die Landung des Flugzeugs warteten, um Geschäftsfreunde, Verwandte oder Bekannte abzuholen – nicht einer war so vornehm wie er, und er fragte sich, ob er nicht zu auffällig gekleidet sei. Aber als er dann den dicken Amerikaner sah, der gerade hereinkam, in einem bunt bedruckten Hemd, karierten schwarzweißen Hosen, zweifarbigen Schuhen, eine Baseballmütze auf dem runden Kopf und eine Zigarre im Mundwinkel, verflogen seine Bedenken. Auch entdeckte er etwas anderes: Aus der Gesäßtasche des Amerikaners ragte ungefähr einen Zentimeter hoch das Portemonnaie heraus. Es schien prall gefüllt zu sein.

Tawan löste sich von der Säule, ging ein paarmal unruhig hin und her und stellte sich dann nahe hinter den Amerikaner. Niemand schöpfte Verdacht – einen Herrn beobachtet man nicht.

Das Flugzeug aus Jakarta landete pünktlich. Eine helle Stimme gab über den Lautsprecher die Landung bekannt. Unruhe entstand unter den Wartenden vor der Zollsperre, alle drängten nach vorn, und auch der Amerikaner rückte in dem Gedränge vor.

Tawan folgte ihm, rempelte ihn an, sagte entschuldigend: »Entschuldigung, Sir, aber von hinten stößt man mich«, griff dabei blitzschnell nach dem Portemonnaie, zog es blitzschnell aus der Hosentasche, wandte sich dann ab, ging ruhig zum Ausgang und verließ die Halle. Draußen aber sprang er in ein Taxi, sagte: »Zum Hotel Majestic, schnell! Ich habe es eilig!« und atmete auf, als der Fahrer mit einem Schnellstart davonraste.

Vor dem Hotel Majestic stieg Tawan aus, setzte sich in das unter Palmen liegende Café, bestellte Tee und öffnete das Portemonnaie. Die Papiere wie Führerschein, Kreditkarten, Visitenkarten und einige Telefonadressen interessierten ihn nicht; er zählte die Dollarnoten und betrachtete die Zahlen. Da er nie gelernt hatte, größere Beträge zusammenzuzählen, wußte er nicht, wie hoch die Beute war, aber nach der Vielzahl der Scheine mußte es ein guter Fang gewesen sein.

Es waren genau fünfhundertfünfzig Dollar.

Nachdem er den Tee getrunken hatte, fuhr Tawan sofort zur Punjab National Bank und zahlte seinen »Gewinn« ein.

Der erste Tag im neuen Leben hatte sich gut angelassen.

2

Edward Burten fühlte sich von Tag zu Tag wohler.

Das Fieber hatte nur vier Tage angehalten und war dann zur Normaltemperatur abgeklungen. Die Narbe verheilte gut und war nur noch ein leicht geröteter, schmaler Strich. Wenn Burten sie im großen Spiegel seines Badezimmers betrachtete, kam sie ihm außergewöhnlich klein vor; er hatte sich zuvor damit abgefunden, den halben Rücken zerschnitten zu sehen. Er kannte Bilder von Nierenoperierten, und immer waren es häßliche Narben, die man in einer Badehose nicht verstecken konnte.

Dr. Banda war sehr zufrieden. Er hatte Burten in den vergangenen drei Wochen sechsmal besucht, hatte ihm lange in einem wunderschönen Seidenbrokatsessel gegenübergesessen und ließ sich von seinem Patienten Anekdoten aus Amerika erzählen. Er war auch dabei, als Burten, untergefaßt von Schwester Myriam, die ersten Schritte im Park unternahm, einmal rund um den Springbrunnen ging und dann erschöpft auf einer weißlackierten Bank ausruhte.

»Es wird lange dauern, bis ich wieder joggen kann«, sagte er. »Vor zwei Jahren bin ich noch eine Stunde durch den Central Park gelaufen. Zusammen mit Lora. Mein Chauffeur, der unbedingt mitjoggen wollte, lag eine halbe Stunde später wie ein geplatzter Frosch im Gras, und dabei ist er erst dreiunddreißig Jahre alt. Aber Lora hat durchgehalten, sie ist ein zähes Weib!«

»Ich würde vorerst auf das Joggen verzichten, Sir.« Dr. Banda lächelte wie immer, charmant, aber unverbindlich.

»Was nennen Sie ›vorerst‹?«

»Wir müssen uns erst im klaren sein, daß die neue Niere sich nicht abstößt.«

»Ich dachte, bei dem fast identischen Eiweiß des Spenders mit meinem ist die Gefahr gering?«

»Genau das ist es.« Dr. Banda blickte in den Sprühregen des Springbrunnens, den ein leichter, warmer Wind zerteilte. Der niederfallende Wasservorhang leuchtete gegen die Sonne in den Farben des Regenbogens. »Das ›fast‹ und das ›gering‹ – hundertprozentig ist nichts. Wir müssen alles einkalkulieren.«

»Und wann sind Sie sich sicher, Doc?«

»In spätestens einem Jahr. Dann kann ich sagen: ›Joggen Sie wieder!‹ Aber bis dahin keine Anstrengungen, Mr. Burten.«

Burten zögerte, aber dann stellte er doch die Frage, die ihn sehr beschäftigte: »Gehört zu den Anstrengungen auch ein normales Sexleben?«

»Wenn Sie es nicht übertreiben, nein. Ich würde aber auf Höchstleistungen verzichten. Sie haben eine sehr erotische Frau?«

»Lora war immer für eine Liebesstunde zu haben, zu jeder Tages- oder Nachtzeit. Wenn wir in uns einen Drang spürten, liebten wir uns. Vor allem an den Wochenenden. Ist das nun vorbei, Doc?«

»Was für das Joggen gilt, kann man auch auf den Sex übertragen. Es kommt alles wieder, nur ein bißchen Geduld.«

»Ich bin ja schon zufrieden, wenn Sie mir Hoffnung machen.«

»Die mache ich Ihnen gern.«

»Danke.« Burten atmete tief durch. Auch dieses Problem war nun gelöst. »Sie sind ein wunderbarer Arzt, Dr. Banda. Man hat im Leben nur einmal das Glück, einem Menschen wie Ihnen zu begegnen.«

»Und für mich war es eine große Freude, Ihnen helfen zu können, Mr. Burten. Danken Sie Ihrem Gott, daß wir rechtzeitig den richtigen Spender gefunden haben. Das andere, die Operation, war nur Technik.«

»Ich danke Ihnen, Doc. Sie haben mir das Leben gerettet. Das ist unbezahlbar.«

»Fünfzigtausend Dollar sind genug.« Dr. Banda sagte es leichthin, als rede er nicht gern über Geld. »In dem Betrag ist auch die erste Nachuntersuchung enthalten, nur die Laborkosten müßten extra abgerechnet werden.«

»Das heißt, ich muß wieder nach Kalkutta kommen?«

»Auf jeden Fall.«

»Und wann?«

»In zwei Monaten. Wenn Sie plötzlich Beschwerden haben, sofort! Betreut Sie in New York ein guter Arzt?«

»Mein Hausarzt ist Dr. Salomon. Sie haben am Telefon mit ihm gesprochen, bevor ich zu Ihnen geflogen bin.«

»Richtig. Seine Stimme hat sympathisch geklungen.«

»Wir kennen uns fast dreißig Jahre. Dr. Salomon kennt mich besser als ich mich selbst.«

»Das ist eine gute Sicherheit.« Dr. Banda erhob sich von der Bank und blickte auf seine mit Brillanten besetzte goldene Armbanduhr. Sie war bestimmt keine Nachbildung einer Cartier-Uhr. »Sie entschuldigen mich, Sir? Ich habe heute noch fünf Patienten zur Untersuchung bestellt.«

Burten sah ihm nach, wie er über den mit weißem Kies belegten Weg zur Klinik ging. Ein kleiner Gott im weißen Kittel, ein Genie, dessen er sich bewußt war. Der Herr über Leben und Tod. Man konnte ihn nur bewundern.

Das war Burtens erster Ausflug in das neue Leben gewesen. Beim zweiten Mal lehnte er Schwester Myriams Hilfe ab. »Ich muß allein lernen, wieder auf den eigenen Beinen zu stehen«, sagte er. »Sie sind ein liebes Mädchen, Myriam, auch Sie und Dr. Entali werde ich nie vergessen. Ich werde schon nicht zusammenbrechen, wenn ich jetzt allein gehe. Ich bin ein harter Bursche, ich habe Zeit meines Lebens immer gekämpft und meistens auch gesiegt.«

»Sie sollen sich nicht überanstrengen, hat der Chef gesagt. Sir, ich bekomme Ärger, wenn etwas passiert.«

»Ich verspreche, mich sofort hinzusetzen, wenn meine Beine wackeln.« Burten lachte auf. »Aber es wird nichts passieren, Myriam. Ich werde von Tag zu Tag stärker werden.«

»Das muß auch so sein, Sir, sonst können wir Sie nicht in zehn Tagen entlassen.«

»In zehn Tagen? Ist das wahr?«

»So steht es auf dem Plan. Bitte, verraten Sie nicht, daß ich Ihnen das gesagt habe.«

»Sie sind ein wundervolles Mädchen, Myriam.« Burten zog sie an sich und gab ihr einen Kuß auf den Mund.

Schwester Myriams braune Haut verfärbte sich noch dunkler, was einem Rotwerden entsprach. »Aber Sir«, sagte sie verlegen. »Das ist nicht üblich bei uns.«

»Es war ein spontanes Dankeschön.«

Von da an durfte Burten allein spazieren gehen. Er dehnte seine Ausflüge in den weiten Park von Tag zu Tag mehr aus. In der dritten Woche – er fühlte sich kräftig wie selten – trieb ihn die Neugier wieder bis an den Rand des kleinen Waldes. Von hier aus konnte er den hohen Gitterzaun des Tigergeheges sehen, den Teil des Parks, dessen Betreten Dr. Banda rätselhafterweise allen verboten hatte. Nur ein älterer Gärtner durfte sich hier aufhalten, um den Rasen zwischen Wald und Gehege immer niedrig zu halten. Eine Art Schutzstreifen, der keinerlei Deckung bot. Wer ihn überquerte, wurde von unsichtbar angebrachten Videokameras erfaßt.

Burten stand unschlüssig im Schatten der hohen Bäume. Was konnte passieren, wenn er an das Gitter des Tigergeheges ging? Weit und breit war kein Mensch zu sehen; es würde also gar nichts geschehen, wenn er einen Blick auf die Tiger warf, falls sie überhaupt an das Gitter kamen.

Das Geräusch eines knatternden Motors schreckte Burten auf. Von links, wo, wie er wußte, zwei große Gewächshäuser lagen, näherte sich ein Traktor mit einem flachen Anhänger. Er fuhr bis an den Gitterzaun und bremste dort. Der ältere Gärtner, den Burten in diesen Tagen öfter gesehen hatte, sprang vom Bock und sah sich mehrmals nach allen Seiten um. Burten trat sicherheitshalber in den Wald zurück und versteckte sich hinter einem dicken Stamm. Er konnte genau sehen, was am Zaun geschah, ohne selbst entdeckt zu werden.

Der Gärtner trat an das Gitter heran und stieß einen merkwürdigen Lockruf aus. Es klang wie ein heiseres Knurren; Burten erinnerte sich, solche Laute im Zirkus Barney gehört zu haben, wenn die Raubtiere durch den Laufgang in die Manege trotteten.

In die dichten Büsche und den künstlich angelegten Dschungel des Geheges kam Bewegung. Burten hielt den Atem an, und da kamen sie, geschmeidig und lautlos, die herrlichen Köpfe vorgestreckt, den Sonnenglanz auf ihren gestreiften Fellen, mit halb geöffneten Mäulern, in denen die spitzen Zähne schimmerten, sieben bengalische Tiger von einer Schönheit, die fast lähmend wirkte.

Der Gärtner trat vom Zaun zurück, ging zu dem Anhänger, hob einen großen Korb heraus und schleppte ihn mit deutlicher Anstrengung zum Gehege. Dort stellte er ihn ab, bückte sich, holte ein Stück Fleisch heraus und schob es zwischen die Gitterstäbe. Mit heiserem Gebrüll stürzten die Tiger vor. Sie prallten gegen die Eisenstangen, und dem Schnellsten gelang es, das Fleisch zwischen die zuhackenden Zähne zu bringen und es durch das Gitter zu ziehen. Die anderen sprangen gegen den Zaun, richteten sich auf, ihr weißes Bauchfell leuchtete in der Sonne. Der Gärtner griff wieder in den Korb und schob ein neues Stück Fleisch durch das Gitter.

Burten war es, als sträubten sich ihm alle Haare. Ihm wurde schwindelig, er lehnte sich an den Baumstamm und drückte die Stirn gegen die rissige Rinde. Er konnte es ganz deutlich sehen und sah es wieder, als er kurz die Augen öffnete: Arme, mit den Händen daran, Unterschenkel, zerteilte Oberschenkel, ein zerhackter Brustkorb, gespaltene Hüften – menschliche Gliedmaßen, die die Tiger dem Gärtner aus der Hand rissen und dann bis zu den Büschen zurückrannten. Dort ließen sie sich nieder und fraßen. Burten hörte, wie die Knochen krachten und zwischen den Zähnen zermalmt wurden.

Der Anblick war so grauenvoll, daß er das Gefühl hatte, sich übergeben zu müssen. Aber er schluckte krampfhaft und unterdrückte seinen Brechreiz. Er verließ sein Versteck nicht, hielt die ganze furchtbare Fütterung der Tiger durch und spürte, wie ein Schauer nach dem anderen über seinen Körper lief.

Dr. Banda verfüttert Menschenfleisch! Woher hat er es? Ist diese Klinik nicht nur die Wirkungsstätte eines Mannes mit goldenen Händen, sondern auch ein Haus des Mordes, umkleidet mit dem Luxus eines Radschah-Palastes? Jeden Tag mußten die Tiger gefüttert werden, und jeden Tag schob der Gärtner die zerteilten Leichen von mindestens zwei Menschen durch die Gitterstäbe. Sterben in der Klinik so viele Menschen? Wo sind die Verwandten, die die Toten abholen könnten? Kauft Dr. Banda sie ihnen ab? Aber diese Klinik ist ausschließlich für die Reichen da und kein Massenbetrieb wie die städtischen Krankenhäuser, in die man auch die Menschen aus der Gosse einliefert, deren Leichen noch am Sterbetag in Massengräbern verscharrt oder der Anatomie der Universität zur Verfügung gestellt werden, damit die Medizinstudenten an ihnen lernen, wo Adern, Muskeln und Nerven liegen. Oder werden sie auch an andere Interessenten verkauft, wie etwa Dr. Banda? Tote gibt es genug in Kalkutta, jeden Tag Hunderte, Straßensäuberungskolonnen laden sie an jedem frühen Morgen in ihre Karren, so wie man Müll beseitigt.

Die Gedanken preßten Burtens Kopf zusammen. Er setzte sich hinter dem schützenden Baumstamm auf den Waldboden, starrte zum Tigergehege hinüber und wartete, bis der Gärtner mit seinem Traktor zu den Gewächshäusern zurückfuhr. Nun begriff er auch das absolute Verbot, diesen Teil des Parks zu betreten. Wenn es sich herumsprach, daß Dr. Banda seine geliebten Haustiere mit Menschenfleisch fütterte, konnte er die Klinik schließen. Niemand würde sich mehr auf seinen OP-Tisch legen, aus Angst, im Falle seines Todes den Tigern vorgeworfen zu werden.

Als der Gärtner verschwunden war, hielt es Burten nicht mehr in seinem Versteck. Ihm war es plötzlich gleichgültig, ob man ihn beobachtete; er wollte aus der Nähe sehen, wie Menschen aufgefressen wurden. Wenn er das später in New York erzählte, würde es ihm keiner glauben, das wußte er, und selbst Lora würde gütig sagen: »Mein Schatz, das hast du in deinen Fiebertagen geträumt. Da hat man solche Träume. Überleg doch mal – so etwas ist doch unmöglich.«

Eben weil jeder sagen würde, es sei unmöglich, wollte es Burten jetzt aus der Nähe sehen. Er stand auf, verließ die schützenden Baumreihen und ging über die niedrig gemähte Wiese, die unter seinen Füßen wie ein dicker Teppich federte, auf das Gehege zu. An dem hohen Gitter blieb er stehen. Die Tiger lagen noch vor den Büschen, zerknackten die letzten Knochen und rissen das Fleisch von ihnen ab. Nur eine abgebissene Hand, die neben einem der Raubtiere lag, erinnerte noch daran, daß es Menschenfleisch war.

Schon beim Gang über den Wiesenstreifen hatten die versteckten Kameras Burten erfaßt, jetzt, am Gitter, erschien er groß auf dem Bildschirm und wurde automatisch auf Band aufgenommen. Den Gärtner, der in seinem Ruheraum ab und zu auf die Mattscheibe blickte, durchzuckte es wie ein elektrischer Schlag. Noch nie in den sechs Jahren, seitdem sich Dr. Banda die Bengaltiger als Haustiere hielt, hatte jemand diesen Teil des Parks betreten, und um so entsetzter war der Gärtner. Er rannte zum Telefon und rief in der Telefonzentrale der Klinik an. »Den Chef, bitte schnell!« rief er aufgeregt. Er bekam kaum Luft, so entsetzt war er.

»Der Chef hält gerade Sprechstunde, da darf er nicht gestört werden«, kam die kühle Antwort der Schwester am Telefon. »So dringend wird es doch wohl nicht sein.«

»Dringend?« Der Gärtner brüllte auf. Er sah auf dem Bildschirm, wie Burten versuchte, die Tiger anzulocken. »Es ist etwas Ungeheuerliches! Wenn Sie mich nicht sofort mit dem Chef verbinden und er erfährt es erst später, garantiere ich Ihnen, daß er Sie morgen aus der Klinik wirft.«

Die Schwester antwortete nicht. Statt dessen hörte man ein Knacken in der Leitung und dann die Stimme des Oberarztes: »Hier Dr. Jaipur. Was gibt es?«

»Den Chef, bitte. Dringend!« keuchte der Gärtner.

»Sind Sie Patient?«

»Nein, der Gärtner Sulmani, hier von der Klinik.«

»Der Chef –«

»Ich weiß, ich weiß. Er hat jetzt Sprechstunde. Trotzdem muß ich ihn sprechen. Es ist wichtiger als alle wartenden Patienten.«

»Sulmani, was erlauben Sie sich?« schrie der Oberarzt. »Ich verbinde Sie nicht mit dem Chef!«

»Dann suchen Sie sich ab morgen eine neue Stellung.«

Dem Oberarzt schien ob so viel Frechheit die Stimme zu versagen. »Sulmani, sind Sie verrückt geworden?« fragte er nach einer Weile mit rostiger Stimme.

»Ich werde es gleich, Herr Doktor!« Der Gärtner blickte auf den Fernseher. Ein Tiger – Dr. Banda hatte ihn Kashmir genannt – näherte sich geduckt dem Gitter, hinter dem Burten stand und noch immer lockte. »Ich flehe Sie an: Verbinden Sie mich mit dem Chef!«

»Auf Ihre Verantwortung.«

Es knackte mehrmals, und endlich hörte Sulmani Dr. Bandas Stimme. Er atmete so laut auf, daß Dr. Banda ihn deutlich hörte.

»Was ist los?« fragte er. »Sulmani, was ist so dringend?«

»Chef, ein fremder Mann steht am Gehege. Er lockt gerade Kashmir an.«

Sulmani wartete, daß Dr. Banda jetzt losbrüllte, aber nichts geschah.

»Die Kameras laufen doch?« fragte Dr. Banda ruhig.

»Wie immer, Chef. Das Bild ist ganz deutlich.«

»Dann werden wir in einer Stunde wissen, wer der Mann ist. Es kann nur ein Patient sein. Sulmani, bringen Sie mir das Band in einer Stunde auf mein Zimmer!«

»Soll ich nicht das Gittertor öffnen?«

»Nein, keine Komplikationen!«

Das Tor im Zaun ließ sich von Sulmanis Zimmer aus elektronisch, durch einen Knopfdruck, öffnen. Nur einmal, vor fünf Jahren, hatte der Gärtner auf diesen Todesknopf drücken müssen. Ein neu eingestellter Hilfsgärtner hatte das Verbot nicht ernst genommen und hatte neugierig das gesperrte Gebiet betreten. Damals hatte Sulmani vorher nicht mit Dr. Banda gesprochen; in Eigenverantwortung hatte er die Tür aufspringen lassen. Den Hilfsgärtner vermißte niemand. Er war aus dem Hinterland gekommen, Sohn eines erbärmlich armen Bauern, und hatte sich in der Klinik beworben. Wie Hunderttausende war er für seine Familie verschwunden, aufgesaugt von dem gnadenlosen Land. Nur die Fütterung mit zerteiltem Menschenfleisch fiel an diesem Tag aus – die Tiger lagen satt im Schatten der Büsche und leckten sich die blutigen Schnauzen.

Jetzt war das etwas anderes. Der Mann am Zaun konnte nur ein Patient sein, und den konnte man nicht einfach verschwinden lassen. Es war aber auch unmöglich, ihn mit diesem Wissen wieder aus der Klinik zu lassen.

Burten war längst wieder in seinem Zimmer und las die »Indian News«, trank Tee mit Honig und freute sich auf das Abendessen, als im Chefzimmer Dr. Banda und Sulmani das Videoband laufen ließen.

»Edward Burten!« sagte Dr. Banda, als Burtens Gesicht auf dem Bildschirm auftauchte. »Von ihm hätte ich das am wenigsten erwartet.«

»Er ist ein Patient, Chef?« fragte Sulmani betroffen. »Was nun?«

»Ich weiß es noch nicht.« Dr. Banda lehnte sich in seinem Sessel weit zurück. »Ich muß nachdenken.«

»Es könnte ein Unfall sein, Chef.« Sulmani legte seine schwieligen Gärtnerhände aneinander. »Wie heißt der Herr?«

»Burten. Aus New York.«

»Mr. Burten hat ahnungslos die Tür geöffnet und das Gehege betreten, weil er glaubte, hinter der Absperrung und den Büschen einen zweiten, privaten Golfplatz zu finden. Aber er kam nur bis zu den Büschen, und da fielen ihn die Tiger an.«

»Das glaubt uns keiner, Sulmani.«

»Ich war dabei, ich habe es von den Gewächshäusern aus gesehen, ich werde das beschwören.«

»Es geht nicht.« Dr. Banda schüttelte den Kopf. »Niemand weiß, daß ich die Tiger halte. Keine Behörde, nicht einmal mein Freund, der Oberbürgermeister, oder der Generalstaatsanwalt. Und wie alles auch enden wird, einen Skandal würde es jedenfalls geben. Gerade bei einem Amerikaner. Stell dir die Schlagzeilen der Zeitungen in der ganzen Welt vor: ›Patient einer Klinik in Kalkutta von Tigern zerrissen!‹ – ›Das Spielzeug des Dr. Banda: menschenfressende Bestien!‹«

»Aber wir können Mr. Burten auch nicht laufen lassen. Wenn er in Amerika erzählt, was er hier gesehen hat – ich hätte doch den Türknopf drücken sollen. Wie damals.«

»Ich werde mit Mr. Burten sprechen.« Dr. Banda stellte den Videorecorder ab. Das Bild zeigte nur noch Burten am Gehegegitter, mit Kashmir, der unruhig hin- und herschnürte, die Augen etwas zugekniffen, mit gesträubten Barthaaren und hechelnder Schnauze, den dicken Schwanz fast waagerecht gestreckt, die Beinmuskeln angespannt, ein herrliches, starkes, faszinierendes Raubtier, ein schwarzgelbweiß gestreifter Tod von lähmender Schönheit.

»Mut hat Mr. Burten«, sagte Dr. Banda, während Sulmani das Band aus dem Recorder holte. »Jeder andere würde respektvollen Abstand halten – er tut so, als wolle er Kashmir streicheln.«

»Hätte er es nur getan, dann würden wir keine Sorgen mehr haben.« Sulmani legte das Videoband auf Dr. Bandas Schreibtisch. »Aber nach einigen Minuten ist er wieder zurückgegangen in den Wald. Ich habe ihn mit dem Fernglas verfolgt, bis er zwischen den Bäumen verschwand.«

Dr. Banda nickte und ging zu der großen Glastür, die auf eine Terrasse führte. Die Hände auf dem Rücken blickte er in den Park. »Ich danke dir, Sulmani«, sagte er. »Du kannst gehen.«

»Ich soll also nichts tun?«

»Was willst du tun?«

»Mr. Burten wird bestimmt wieder zum Gehege kommen, Chef. Dann könnte ich die Tür öffnen.«

Dr. Banda schüttelte den Kopf. »Wir dürfen jetzt nichts Unüberlegtes tun«, sagte er. »Erst nach einem Gespräch mit Mr. Burten weiß ich, was zu tun ist. Wieviel ›Futter‹ hast du noch im Kühlhaus?«

»Vier, Chef.«

»Räume sie weg und füttere die nächsten Tage nur Pferdefleisch.«

»Ja, Chef.«

»Geh jetzt!«

Sulmani verbeugte sich tief und verließ Dr. Bandas Zimmer.

Nachdenklich ging Dr. Banda hin und her. Ihn beschäftigte die Frage, was geschehen mußte, wenn Burten nicht zum Schweigen bereit war. Mit dem Ausweg, zu ihm zu sagen: »Die Operation war kostenlos, und die Klinik übernimmt auch sämtliche andere Kosten«, rechnete er nicht. Was waren fünfzigtausend Dollar für einen Burten? Mit Geld war er nicht zu locken. Auch Drohungen halfen nichts. Blieb wirklich nur der eine Weg übrig, den Sulmani vorgeschlagen hatte? Ein Unfall am Tigergehege, von Burten selbst verschuldet? Die amtlichen Untersuchungen würde man durchstehen, wozu war man mit allen wichtigen Männern in Kalkutta befreundet? Beim Golfspiel konnte man über vieles reden. Dr. Banda sah auf seine brillantenbesetzte Armbanduhr. Noch eine Stunde bis zum Abendessen. Er beschloß, jetzt gleich zu Burten zu gehen.

»Das ist schön, daß Sie zu mir kommen, Doc«, sagte Burten, als Dr. Banda in das luxuriöse Krankenzimmer trat. Er saß im Sessel, hatte die Berichte seiner Direktoren gelesen – jeden Tag bekam er sie jetzt durchgefaxt – und dabei doch immer an die Tiger gedacht und an die zerteilten Menschenkörper. »Ich danke Ihnen, daß Sie Zeit zu einem Gespräch mit mir finden. Nehmen Sie Platz.«

Dr. Banda setzte sich Burten gegenüber in einen der Brokatsessel und schlug die Beine übereinander. Er trug keinen weißen Arztkittel mehr, sondern einen eleganten beigen Anzug, vom besten Schneider Kalkuttas auf den Leib gearbeitet. Er wollte damit zeigen, daß er jetzt nicht als Arzt, sondern privat gekommen war. »Wir haben da ein Problem, Mr. Burten«, sagte er, und diesmal lächelte er nicht.

Burten starrte ihn erschrocken an. »Ist etwas mit meiner neuen Niere?«

»Nein, die ist bestens in Ordnung.«

»Keine Anzeichen einer Abstoßung?«

»Überhaupt nicht. Sie arbeitet vorzüglich.«

»Was ist es dann?«

»Wir haben ein gemeinsames Problem.« Dr. Banda sah keinen Anlaß, jetzt noch zurückhaltend zu sein. »Auf einem Videofilm sind Sie festgehalten …«

Burten lehnte sich zurück und warf die Faxblätter auf den kleinen, mit Elfenbeinintarsien belegten Tisch neben sich. Ich habe es geahnt, dachte er dabei. Er läßt das Gehege mit einer Kamera überwachen. Gut, daß wir jetzt darüber sprechen können. »Ich habe mir so etwas gedacht«, sagte er und sah Dr. Banda ernst an. »Ich war bei den Tigern.«

»Aber Sie wußten von Schwester Myriam, daß dieser Teil des Parks für alle gesperrt ist?«

»Die Neugier, Doc! Gerade weil es verboten war, reizte es mich. Eine natürliche menschliche Reaktion. Ich weiß jetzt auch, warum Sie das Verbot erlassen haben.«

»Genau darüber müssen wir jetzt sprechen.«

»Was ist da viel zu sagen, Doc? Es sind herrliche Tiere. Ich habe im Zoo in New York oder im Zirkus so prachtvolle Tiger noch nicht gesehen. Es kommt bestimmt von der Ernährung.«

»Ja. Pferdefleisch ist sehr gesund für sie.«

»Pferdefleisch?« sagte Burten gedehnt. Er sah Dr. Banda blinzelnd an. »Haben Pferde Hände und Füße und Unterarme und Oberschenkel?«

»Ja. Hände natürlich nicht, da haben Sie sich versehen. Aber alles andere hat auch ein Pferd; man hat nur andere Namen dafür.«

»Ich kann einen Menschenarm von einem Pferdebein unterscheiden, Doc. Ich habe in Oklahoma ein Gestüt. Warum reden wir jetzt aneinander vorbei?«

»Wir sollten zu einer Verständigung und Einigung kommen, Mr. Burten.«

»Das ist auch meine Absicht. Aber zunächst eine Frage: Woher bekommen Sie das – Futter für die Tiger?«

»Von drei Krankenhäusern in Kalkutta«, antwortete Dr. Banda ohne Zögern. Man war an dem Punkt des Gesprächs angelangt, wo es kein Verstecken mehr gab. »Es sind Leichen von Männern und Frauen, die keine Angehörigen haben. Unbekannte, von denen man nicht einmal ihren Namen kennt.«

»Auch Frauen?« Burten schauderte es. Er starrte Dr. Banda entsetzt an.

»Auch Frauen. Warum nicht?« Auf Dr. Bandas Gesicht erschien jetzt wieder sein übliches Lächeln. »Sie sind Tote wie die Männer und damit nichts als Fleisch.«

Burten zog die Schultern hoch. Ein Frieren lief durch seinen Körper. Plötzlich erkannte er die Gefahr, in die er sich begeben hatte, auch wenn Dr. Bandas Lächeln darüber hinwegtäuschen sollte. »Was verlangen Sie von mir, Doc?« fragte er laut. Das Heben der Stimme sollte Tapferkeit ausdrücken.

»Es ist erstaunlich: Frauenfleisch mögen die Tiger am liebsten. Ich habe keine wissenschaftliche Erklärung dafür. Ja, was ich von Ihnen verlange, Mr. Burten? Sie haben gesehen, daß ich

Pferdefleisch verfüttere. Noch besser wäre: Sie haben gar nichts gesehen und schweigen darüber. Ist das zu viel verlangt?«

Burten zog das Kinn an, auf seiner Stirn erschienen drei scharfe Falten. »Es ist also nicht so legal, wie Sie es schildern, Doc! Wenn Sie die Leichen von den Krankenhäusern kaufen, unbekannte Tote, die niemand haben will und die man sonst verbrennen würde, haben Sie in Indien nichts zu befürchten. Bei uns in den Staaten wäre sofort der Staatsanwalt da.«

»Das Problem ist, daß keiner weiß, daß ich Tiger als Haustiere halte. Ich bin fasziniert von ihnen. Diese Kraft, diese Schönheit, dieser lautlose, geschmeidige Gang, diese grünen Augen, die für mich sprechen können – es überwältigt mich jeden Tag, wenn ich an das Gehege komme. Die Tiger merken es. Ich bin der einzige, der ihren Lebensraum betreten darf. Ich bin ihr Freund geworden, ihr Rudelführer, der Starke, den sie anerkennen. Sie würden mich nie anfallen.« Dr. Banda beugte sich etwas zu Burten vor. »Mögen Sie Tiger?«

»Ja.« Burten lächelte verzerrt. »Zumal man mich in meinen Geschäftskreisen Tiger nennt.«

»Wieso?«

»Weil ich wie ein Tiger unter meinen Rivalen aufgeräumt habe. Ich habe sie alle, nein, die meisten gefressen. Das heißt: Ich habe sie in den Konkurs getrieben und dann meinem Konzern einverleibt. Also gefressen!«

»Dann müßten Sie mich verstehen, Sir, daß diese Tiger zu meinem Leben gehören – und daß Sie schweigen sollten.«

»Und wenn nicht?«

Dr. Banda lächelte noch breiter. »Darüber sollten wir uns keine Gedanken machen. Es ist eine Frage, die ich nicht beantworten will.«

Burten erkannte sofort die Drohung, die in diesem harmlos klingenden Satz versteckt war. Dr. Banda hatte ihn in der Gewalt, solange er in der Klinik war. Was konnte bei einer Nierentransplantation auch drei Wochen nach der Operation noch alles passieren! Komplikationen waren medizinisch immer erklärbar, auch ein plötzlicher Tod. Bei Lora würde dann nur eine Urne mit ein bißchen Asche ankommen. Es würden keine polizeilichen Untersuchungen stattfinden – der Polizeipräsident war ein Freund Dr. Bandas. »Ich habe nichts gesehen, Doc«, sagte Burten, ohne sich dabei Feigheit vorzuwerfen. »Zufrieden?«

»Ja, wenn Sie mir Ihr Ehrenwort geben, Sir.«

»Ist Ihnen das etwas wert?«

»Ich habe Vertrauen darauf, daß Sie ein Ehrenwort halten.« Dr. Banda sah Burten aus seinen schwarzen Augen herausfordernd an. »Sie sind doch kein amerikanischer Gangster.«

»Da gehen die Ansichten weit auseinander.« Burten lachte rauh. »Das kommt darauf an, wo man steht.«

»In unserem Fall stehen wir gemeinsam auf einem Platz. Wir haben ein Geheimnis der übrigen Welt gegenüber. *Unser* Geheimnis. Wir verstehen uns, Mr. Burten?«

»Natürlich.«

»Ihr Ehrenwort?«

Burten zögerte kurz. Was soll's? dachte er. Was geht es mich an, ob er Pferde- oder Menschenfleisch verfüttert? Mir hat das ebenso gleichgültig zu sein wie ihm meine Geschäfte. Er liebt Tiger, ich liebe Lora, na und? Das sind private, intime Dinge, über die man nicht spricht. Und das »Tigerfutter«? Hier ist man in Indien und nicht in den USA. Alles ist nur eine Mentalitätsfrage; man soll sich da nicht einmischen. Wichtig ist vor allem, daß es nicht zu plötzlichen Komplikationen mit meiner Niere kommt und ich im Rachen der Tiger lande. »Mein Ehrenwort, Doc!« sagte er und streckte Dr. Banda die rechte Hand entgegen.

Der schlug in sie ein und drückte sie dann kräftig. »Danke. Ich vertraue Ihnen.« Er ließ die Hand los und stand auf. »Freuen Sie sich, in drei Tagen werden Sie entlassen.«

Tawan arbeitete in diesen Tagen ausschließlich im Flughafen. Er war jedesmal nur kurz an der Ankunftshalle, suchte sich ein ausländisches Opfer und fischte mit geschickten Fingern das Portemonnaie aus der Gesäßtasche. Es ist wirklich rätselhaft, dachte er dabei, wie sorglos und einfältig diese Ausländer mit ihrer Geldbörse umgehen. Tragen sie offen zur Schau, prall gefüllt, geradezu herausfordernd. Das muß bestraft werden. Ich bin kein Dieb, sondern ein Erzieher!

Tawan erbeutete insgesamt 87 Dollar, 450 deutsche Mark und 170 englische Pfund. Wie immer brachte er alles zur Punjab National Bank und zahlte es auf sein Konto ein, umgewechselt in Rupien.

Der Beamte am Bankschalter sah es als seine Kundenbetreuungspflicht an, Tawan einen guten Rat zu geben. »Ich möchte Ihnen etwas vorschlagen, Sir«, sagte er.

»Ich höre«, antwortete Tawan etwas hochnäsig.

»Die Einrichtung eines Fremdwährungskontos, auf dem Sie die Dollars, Pfunde und Mark deponieren.«

»Wozu soll das gut sein?«

»Beim Umwechseln in Rupien verlieren die harten Währungen zu viel an Kurs. Auf dem von mir vorgeschlagenen Konto sind sie Ihnen sicher. Sie machen den Rupienverfall nicht mit.«

»Fällt die Rupie? Wird sie immer weniger wert?«

»Das weiß man nicht, Sir. Die Weltlage ist nicht rosig.«

»Ich bleibe bei den Rupien.«

»Wie Sie wünschen, Sir.« Der Bankbeamte sah seine Pflicht erfüllt. Weitere Argumente hielt er für überflüssig, schließlich verdiente die Bank an dem Umtausch.

Um ein eigenes Zimmer oder eine eigene Wohnung kümmerte sich Tawan nicht mehr. Da Vinja davon begeistert war, bei Frau Bangaon so lange zu wohnen, bis Onkel Tawan sich ein eigenes Haus kaufen konnte – was er fest versprach und was sie auch glaubte, obgleich sie sich nicht erklären konnte, wo der Onkel das viele Geld verdienen wollte –, hatte er mit der dicken Wirtin nach einem üppigen Abendessen mit gebratenem Thunfisch, gerösteten Maiskolben, Salat und zum Nachtisch Honigmelonen über seine Pläne gesprochen. »Mir ist da etwas durch den Kopf gegangen, Ma'am«, setzte er an. »Ich finde es gut, aber vielleicht ist es auch dumm, und Sie lachen mich aus.«

»Hat es etwas mit dem Zimmer zu tun, Mr. Alipur?« fragte Frau Bangaon ahnungsvoll und dachte blitzschnell nach, was mit dem Zimmer wohl sein konnte. »Ist es Ihnen zu unruhig, zu klein, zu mangelhaft eingerichtet? Wir können über alles sprechen. Wenn Sie Wünsche haben –«

»Es geht um Vinjas und meine nahe Zukunft, Ma'am.«

»Das klingt geheimnisvoll.«

»Ist es aber nicht. Ich habe das Zimmer für eine Woche gemietet –«

»Sie können selbstverständlich verlängern, Mr. Alipur.«

»Genau daran habe ich gedacht... auf unbestimmte Zeit verlängern.«

Frau Bangaon setzte sich kerzengerade hin. Was hieß unbestimmte Zeit? »Ich verstehe nicht ganz, was Sie wollen«, sagte sie vorsichtig.

»Mir und vor allem Vinja gefällt es bei Ihnen so gut, daß wir gerne als Dauermieter das Zimmer behalten möchten. Ich verdiene gut und werde sparen, um später ein eigenes Haus zu kaufen. Bis dahin, haben Vinja und ich gedacht, könnten wir bei Ihnen wohnen – wenn Sie wollen, Ma'am.«

»Die Verluste summieren sich.«

»Ich bin bereit, eine höhere Miete zu zahlen.« Tawan lächelte sie bittend an. »Und natürlich auch Geld für unsere Verpflegung. Bisher, und dafür danke ich Ihnen ewig, waren wir Ihre Gäste.«

»Es hat mir Freude gemacht. Immer allein zu essen ist trostlos.« Frau Bangaon blickte an die fleckige Decke. Sie war seit zehn Jahren nicht mehr geweißt worden, während sie die Hotelzimmer erst vor zwei Jahren hatte renovieren lassen. Alles für das Hotel; die Privaträume waren unwichtig und brachten auch kein Geld. »Mit welcher Zeit rechnen Sie, Mr. Alipur?«

»Ich denke, zwei Jahre.«

»Einverstanden.« Frau Bangaon klatschte in die Hände. Sie freute sich wirklich. Vinja war ihr in den wenigen Tagen ans Herz gewachsen wie eine Enkelin. Aber plötzlich wurde sie wieder ernst. »Sie müssen sich nur über eins im klaren sein, Mr. Alipur.«

»Über was, Ma'am?«

»Das hier ist ein Stundenhotel. Es kann tagsüber und auch nachts sehr laut in den Zimmern werden. Sie verstehen, es gibt Frauen, die stöhnen, wimmern und schreien, daß man es durch alle Wände hört. Und es sind dünne Wände, Mr. Alipur. Sie haben sicherlich schon einiges gehört in den vergangenen Nächten.«

»Es macht mir nichts aus, Ma'am.« Tawan lachte befreiend. »Wenn es weiter nichts ist...«

»Ich dachte an Vinja. Was wollen Sie ihr sagen, wenn sie fragt: ›Was ist das da nebenan? Ist jemand krank und hat Schmerzen?‹«

»Ich werde es ihr erklären.« Tawan lachte wieder. »Sie ist fast kein Kind mehr. In unserer letzten Wohnung hat sie nachts oft die Katzen schreien hören, wenn die Kater sich über sie hermachten. Das hat sie ohne Fragen hingenommen.«

»Bei Katzen. Hier sind es Frauen.«

»Ich sehe da kein Problem, Ma'am. Außerdem hat Vinja einen tiefen Schlaf.«

»Aber am Tag. Meistens geht es ab zehn Uhr morgens los. Um die Mittagszeit ist es ganz schlimm. Chefs mit ihren Sekretärinnen, Geschäftsleute mit ihren Angestellten, Beamte mit Kolleginnen – da bin ich ausverkauft.« Frau Bangaon hob die gewaltigen Schultern. »Ich höre das schon gar nicht mehr, ich lebe davon. Wenn Sie das nicht stört, Mr. Alipur –«

»Mich stört es bestimmt nicht. Ich habe schon unter anderen Umständen gelebt.«

»Sie... Sie kommen aus den Slums?«

»Nicht gerade, aber ich war nicht immer reich.«

Frau Bangaon brach das Thema ab; sie spürte, daß Mr. Alipur nicht darüber sprechen wollte. Sie erhob sich ächzend und blickte auf den sitzenden Tawan hinunter. »Müssen wir einen Mietvertrag machen?« fragte sie.

»Warum? Ihr Wort ist mehr wert als ein Stück Papier.« Tawan gab ihr die Hand.

Sie drückte sie mit der Kraft eines Schmiedes. Ihr dickes, rundes Gesicht strahlte. »Ich mache jetzt das Abendessen. Eine Hammelschulter. Mögen Sie Hammelbraten, Mr. Alipur?«

»Besonders gern. Aber, Ma'am, sagen Sie von jetzt an bitte Tawan zu mir.«

»Und Sie zu mir Sangra. Möchten Sie Tee, Tawan?«

»Sehr gern, Sangra. Ich werde morgen noch einige Möbel und einen Teppich kaufen«, fuhr Tawan fort und hoffte, Frau Bangaon damit nicht zu beleidigen. »Ich möchte es jetzt gemütlich haben. Haben Sie etwas dagegen, Sangra?«

»Ja, aber nicht, wenn ich mich mit der Hälfte beteiligen kann. Es ist *mein* Hotel!«

»Einverstanden.«

Vinja wartete in dem Zimmer auf die Rückkehr ihres Onkels. Sie hockte auf dem Bett, hatte die Beine unter sich gezogen und dachte darüber nach, daß Reichtum eigentlich doch etwas Langweiliges war. Als sie noch auf der Straße vor dem Holzdach an der Wand der Punjab National Bank gesessen hatte, war das Leben interessanter gewesen. Die vielen verschiedenen Menschen, die an ihr vorbeigingen und Münzen in den Blechteller warfen, die Fakire, die sich die Straße entlang produzierten, sich mit scharfen Haken im Rücken und in den Brustmuskeln, an denen schwere Gewichte hingen, den staunenden Ausländern darboten, die nicht begriffen, warum kein Blut aus den Wunden sickerte, oder die Männer, die sich lange Nadeln durch die Nasen, die Lippen, die Backen und den Hals stießen und dabei lächelten, als kitzle diese Marter nur – das alles vermißte Vinja auf einmal. Jetzt saß sie entweder bei Frau Bangaon und wurde von ihr gefüttert wie ein junges Kälbchen, oder sie ging mit Onkel Tawan spazieren, kaufte schöne Kleider und Unterwäsche (die sie bisher nie getragen hatte), saß mit ihm in den besten Cafés von Kalkutta, aß Sahnekuchen und schlürfte Berge von Fruchteis, trank Cola und frisch gepreßte Säfte und wurde wie eine Prinzessin bedient. Wenn dann ein Gaukler seine Kunststückchen auf der Straße zeigte, klatschte sie begeistert in die Hände, und versteckte Sehnsucht leuchtete in ihren schwarzen Augen.

Tawan kam ins Zimmer, lief zum Bett, umarmte Vinja und küßte sie auf die Stirn. »Wir können bleiben, Vinja!« rief er glücklich. »Wir mieten das Zimmer für immer. Sangra ist einverstanden.«

»Wer ist Sangra, Onkel Tawan?«

»Frau Bangaon. Es ist, als wenn wir zur Familie gehören.«

»Ist das gut für uns?«

»Sehr gut! Jetzt brauchen wir nicht mehr zu suchen.«

»Und was wird aus unserem Dach an der Bank?«

»Darum kümmern wir uns morgen, Vinja.«

»Irgend jemand wird es bereits bewohnen.«

»Das glaube ich auch. Mit ihm werden wir schon einig werden.«

»Mit dem Messer?«

Tawan sah seine Nichte plötzlich ernst an. Er sah, daß er dem früheren Leben noch nicht entflohen war. »Ja, auch mit dem Messer, wenn es nötig ist«, antwortete er. »Aber ich hoffe, reden genügt.«

Die Hammelschulter am Abend war ein Festmahl. Sangra hatte sogar einige Flaschen Bier gekauft, was dem Essen die letzte Würze gab.

»So wird es jetzt immer sein!« rief Sangra zufrieden. »Allein essen macht krank – man ißt nur die Hälfte.«

Und eines Tages wirst du platzen, dachte Tawan, und lachte laut.

Am nächsten Vormittag fuhren Tawan und Vinja zur Punjab National Bank.

Die Brabourne Road war belebt wie immer, Mensch an Mensch schob sich voran. Dazwischen zeigten Gaukler und Fakire ihre Kunststücke. Einer von ihnen stieß sich in Trance ein breites Messer quer durch den Brustmuskel, ohne daß es blutete. Er bekam an diesem Tag das meiste Geld.

Vor seinem Holzdach mit den Kunststoffplanen blieb Tawan stehen und nickte Vinja zu. Seine Behausung war bewohnt. Jemand saß vor dem Spirituskocher und kochte in dem zerbeulten Aluminiumtopf eine Suppe aus Hirse und stinkenden Fischstücken. Es war ein noch junger Mann mit einem struppigen Bart, in Fetzen gekleidet und mit finsterer Miene.

»Nimm dein Messer, Onkel Tawan«, flüsterte Vinja und drückte sich an Tawan. »Er sieht nicht aus, als wenn du mit ihm sprechen könntest.«

Tawan nickte stumm, schob sein Messer vom Rücken nach vorn in den Hosenbund und öffnete die Jacke, um es schnell ziehen zu können. Auch darin war er flink wie kein anderer; diese Schnelligkeit hatte ihm bei Auseinandersetzungen im Hafen öfter das Leben gerettet. Beim Kampf um eine Stundenarbeit kannte man keine Gnade an den Kais.

Der verwilderte junge Mann sah von seinem Suppentopf auf. Er musterte Tawan, der in seinem weißen Seidenanzug geradezu unnahbar vornehm aussah, drehte die Flamme des Kochers kleiner und legte die Hände auf die gekreuzten Knie. »Halt den Mund, kleines Schwein«, sagte er lässig, »und geh aus meinem Stall! Ich mache alles mit, nur nicht deine Sauereien.«

Tawan lächelte böse und blieb am Eingang stehen. »Du irrst, lieber Freund«, antwortete er ruhig. »Ich bin kein Schwuler auf der Suche.«

»Ach! Dann willst du mir aus Menschenliebe Geld bringen? Angenommen. Ein verkommener Student dankt.«

»Du bist Student? Wieso lebst du dann unter dem Dach auf

der Straße? Studenten haben doch Geld, reiche Väter oder Verwandte.«

»Ich habe einen reichen Vater.«

»Und trotzdem –«

»Geht das dich was an?«

»Ich glaube schon.«

»Wenn du es wissen willst: Ich studiere nicht mehr. Ich kann nicht mehr studieren. Mein Gehirn hält nichts mehr fest. Das Geld, das mir mein Vater schickt, trage ich zu den Huren oder zu den Dealern. Ich brauche Heroin, die Nadel ist meine beste Freundin. Aber das Geld reicht natürlich nicht, ich muß betteln oder stehlen gehen. Ich bin kein Mensch mehr, ich bin ein Rauschgiftbehälter.«

»Was studierst du?«

»Bieg dich jetzt nicht vor Lachen, das kann ich nicht leiden! Medizin.«

»Du willst Arzt werden?«

»Ich wollte es.« Der Student rührte mit dem Löffel in seiner Suppe. »Was geht das dich an?«

»Sehr viel. Du wohnst bei mir.«

»Also doch ein Schwuler!«

»Nein. Das Dach hier gehört mir.«

»Verzeihung, Sir!« Der Student blieb sitzen, aber seine Muskeln spannten sich.

Tawan sah es ganz deutlich. Wie bei einem Tier, das gleich springen wird, dachte er.

»Die Bude war leer. Ich habe sie seit Tagen beobachtet. Wo waren Sie, Sir?« Spott lag in der Stimme des Studenten. »Handelt es sich hier um Ihr Wochenendhaus? Die Launen der reichen Leute sind oft absurd. Warum nicht mal einen Mann aus den Slums spielen? Das ist doch der reine Nervenkitzel.«

»Ich habe sechs Jahre hier gewohnt. Ich habe diese Unterkunft gebaut und gegen die Bankmanager verteidigt. Jetzt habe ich mich verändert, seit einer Woche.«

»Gratuliere!« Der Student nahm die dampfende Suppe vom

Spirituskocher. »Wenn das wahr ist, mußt du einen guten Raubzug gemacht haben.«

»Geschäfte.«

»So kann man es auch nennen.« Der Student nahm den zerbeulten Topf vom Kocher, blies die Flamme aus und griff nach dem Löffel.

Mit ihm hatte Tawan neun Jahre gegessen, schon in den Slums, als seine Mutter noch lebte. »Diesen Löffel habe ich auf dem Markt gestohlen«, sagte er. »Ich hatte damals nur einen Holzlöffel, den mein Vater selbst geschnitzt hat.«

»Es schmeckt mir trotzdem.« Der Student begann, die Suppe zu essen, sah nach vier Löffeln zu Tawan auf und blickte ihn fragend an. »Was willst du eigentlich noch hier?«

»Mein Eigentum verkaufen. Alles, was du benutzt, gehört mir.«

»Es war verlassen, großer Gauner. Herrenloses Gut.«

»Du kannst alles behalten, wenn du dafür bezahlst.«

»Bezahlen? Ich?« Der Student lachte laut. »Hast du noch mehr solcher Witze im Ärmel?«

»Wir können uns einigen.«

»Das werden wir: Ich esse meine Suppe und lege mich dann etwas hin, und du gehst raus und kommst nie wieder.«

»Ich sehe das anders.«

»Dann schielst du. Verdammt, ich möchte in Ruhe essen!«

Tawan blieb noch immer ruhig, lehnte sich an die Hauswand, die einzige feste Wand der Behausung, und verschränkte die Arme vor der Brust. Er hatte das dumpfe Gefühl, daß Vinjas Bedenken berechtigt waren – ohne das Messer gab es keine Einigung.

»Ich habe mich entschieden.« Der Student aß weiter seine Hirsesuppe.

»Und wie?«

»Ich erlaube dir, mich am Arsch zu lecken.«

»Schade.« Tawan hob die Schultern. »Daraus wird nichts. Stimmt es, daß Heroin das Gehirn auffrißt?«

»Stimmt es, daß die Blöden in den Himmel kommen? Dann bist du jetzt schon ein heiliger Mann.«

Tawan zog das Kinn an. Wie der Student spannte er jetzt auch seine Muskeln. »Steh auf und verlaß meine Unterkunft!« befahl er.

Der Student starrte ihn an, als habe er die Worte nicht begriffen. Aber plötzlich zuckte seine Hand nach vorn, ergriff den Kochtopf und schleuderte ihn gegen Tawans Seidenanzug. Die Suppe rann in breiten Streifen an ihm herunter.

Tawan zog blitzschnell sein Messer.

Aber auch der Student sprang, wie von einer Feder hochgeschnellt, vom Boden auf, griff nach dem Spirituskocher und hielt ihn als Schutz zwischen sich und Tawan. Mit der anderen Hand griff er in die Tasche und holte ein Feuerzeug heraus. »Das Messer weg!« zischte er.

»Du hast meinen Anzug beschmutzt.«

»Man kann ihn reinigen.«

»Du zahlst tausend Rupien für meine Wohnung! Tausend Rupien für alles, das ist fast ein Geschenk.«

»Ich zünde den Kocher an und werfe ihn dir ins Gesicht. Er wird dir die Dummheit wegbrennen!«

Der Student ließ die Flamme des Feuerzeugs aufblitzen, aber im gleichen Augenblick stieß er einen Schrei aus und ließ den Kocher fallen.

Aus dem Handgelenk heraus, unsichtbar für jeden, schleuderte Tawan sein Messer auf den Gegner. Es traf seine rechte Schulter, drang tief in den Körper ein und lähmte jede Bewegung.

Der Student taumelte zurück, starrte auf das Messer und wollte es herausziehen. Blut rann an seiner Brust und dem Arm herunter.

»Laß das sein, studierter Halunke!« sagte Tawan ruhig. »Du weißt nicht, ob ich ein zweites Messer im Gürtel habe, das trifft dann genau dein Herz! Ist das dein Dach wert? Laß uns verhandeln.«

»Du Idiot! Ich habe keine tausend Rupien!« Der Student zog das Messer aus seiner Schulter und warf es Tawan zu Füßen. Dann drückte er die flache Hand gegen die Wunde, um das Blut zurückzuhalten. Es gelang nicht, und er stöhnte leise. »Ich verblute«, stammelte er. »Laß mich raus, ich muß in das nächste Krankenhaus.«

»Das erreichst du nicht mehr.« Tawan trat auf ihn zu. »So ein Schwachkopf hat Medizin studiert und wollte Arzt werden! Du hast dir dein Hirn wirklich weggespritzt.«

Tawan griff an den Stoff, das einmal ein Hemd gewesen war, riß ein Stück ab, drückte es auf die Wunde und dann die Hand des Studenten darauf. »Preß, so fest du kannst.«

»Das wird eine Infektion geben!«

»Warum bist du auch so dreckig? Als ich in den Slums gelebt habe, habe ich jeden Tag im Fluß gebadet. Ich war immer sauber, ich habe nie gestunken.«

»Es war mein einziges Hemd.«

»Du hast auch nur ein einziges Leben.« Tawan hob sein Messer vom Boden auf und schabte mit ihm die Reste der Hirsesuppe von seinem Anzug. »Ich mache dir einen Vorschlag, Gauner. Du zahlst mir jede Woche hundert Rupien; ich hole sie mir jeden Sonntag ab. In zehn Wochen hast du alles bezahlt. Hundert Rupien in der Woche kann man verdienen, wenn man arbeitet. Lerne arbeiten.«

»Ich habe keine Kraft mehr.« Der Student sank auf die alte Matratze, auf der Tawan zuerst allein, dann mit Vinja geschlafen hatte.

»Dann hör auf mit dem Spritzen!«

»So einen blödsinnigen Rat kann nur jemand geben, der Heroin nicht kennt. Die Klauen eines Tigers sind wie ein Jucken gegen den Schmerz, der den Körper in Stücke reißt, wenn man kein Heroin mehr bekommt. Ich habe es zweimal versucht, zweimal habe ich im Wahnsinn geheult wie ein junger Hund und bin auf allen vieren herumgekrochen.« Plötzlich traten Tränen in seine Augen und rannen die eingefallenen Backen herunter. »Ich kann mir keine hundert Rupien in der Woche verschaffen«, sagte er weinerlich. »Oder soll ich jede Woche einen Menschen erschlagen und ihn berauben?«

Tawan schwieg. Er sah den elenden jungen Mann vor sich lange an und dachte daran, daß er in seinem Leben das Glück gehabt hatte, immer zur richtigen Zeit einen anderen Weg zu finden. Anderen gab das Schicksal nur Blindheit.

»Sagen wir die Hälfte.« Tawan war über sich selbst erstaunt, daß er so etwas aussprechen konnte. »Fünfhundert Rupien in zehn Raten, das kannst du doch aufbringen. Das kann sogar der, der von Müllhaufen und Ratten lebt.«

»Ich will es versuchen.« Der Student erhob sich schwankend und stützte sich an der Mauer der Bank ab. »Wie heißt du?«

»Tawan.«

»Ich bin Shakir.«

»Ein Hindu?«

»Nein, meine Familie ist eine bekannte Brahmanenfamilie in Lahore. Mein Vater ist Professor und Forscher. Sein Name ist in der ganzen Welt bekannt.«

»Und hat so einen verkommenen Sohn!«

»Auch das beste Huhn legt mal ein faules Ei. Ich war drei Jahre, da sagte mein Vater zum ersten Mal: ›Wär' er doch bloß nicht geboren worden!‹ Ich hatte unseren weißen Angorakaninchen, die im Garten als Zierde herumliefen, die Augen ausgestochen. Zwei Tage später habe ich mit einem Strick, den ich irgendwo gefunden hatte, unseren herrlichen Pfau erdrosselt. Und jeder wunderte sich, woher ich mit drei Jahren die Kraft dazu hatte. Erst als ich Medizin studierte, bekam ich die Antwort, die eigentlich jeder wissen müßte: Ein Irrer entwickelt wirklich irre Kräfte!« Er schloß die Augen, verkrampfte den Mund, stieß ein Stöhnen aus und sah dann Tawan bettelnd an. »Können wir jetzt in ein Krankenhaus fahren?«

»In welches?«

»Das ist doch egal! In das nächste. Schlecht sind sie alle, wenn ein Greuel wie ich eingeliefert wird.«

Sie verließen das Holzdach, und Tawan mußte Shakir stützen. Der Blutverlust hatte ihn so geschwächt, daß er kaum noch auf den Beinen stehen konnte. Das Gehen war fast unmöglich.

Als Vinja ihren Onkel herauskommen sah, stürzte sie auf ihn zu. Sie hatte neben dem Dach auf ihn gewartet. »Ist alles in Ordnung?« rief sie und starrte Shakir an. »Der Mann blutet ja. Ich habe einen Schrei gehört.«

»Es war dieser Mann. Er heißt Shakir.«

»Bist du auch verletzt, Onkel Tawan?« Ihre Augen blitzten, haßerfüllt musterte sie Shakir. »Ich habe dir ja gesagt, du wirst dein Messer brauchen.«

»Es war Notwehr, Kleines.«

Shakir versuchte ein Lächeln; es wurde zur verzerrten Maske. »Die reichen Herren halten sich eine Kinderhure«, sagte er spöttisch. »Oder ist sie ein Überbleibsel aus den Slums? Ich hatte mal eine, die wollte keine Rupien, nur Dollars. Drei Dollar für einen Orgasmus. Es war mein letztes Geld, aber ich hatte das Gefühl, es gut angelegt zu haben.« Er zeigte auf Vinja. »Was kostet sie?«

»Einen Messerstich in die richtige Gegend!« Tawan wandte sich an Vinja. »Siehst du, mein Kleines, das sind die Bestien, vor denen ich dich gewarnt habe. Jetzt siehst du solch ein menschliches Tier. Hüte dich vor ihnen – wenn ich einmal nicht mehr auf dieser Welt bin.«

An etwas hatte Tawan nicht gedacht, als er ein Taxi heranwinkte: Shakir sah schrecklicher aus, als Tawan jemals ausgesehen hatte.

Der Taxifahrer erkannte erst, als er hielt, daß der weiße Seidenanzug, der ihn getäuscht hatte, von oben bis unten voller Flecken war. Die Hirsesuppe. »Seid ihr verrückt geworden, ihr Wanzen?« schrie er durch das offene Fenster. »Man sollte euch an die Wand werfen!«

Tawan sah nicht ein, warum er sich auf Schimpfworte einlassen sollte. Er kehrte zu seiner eigenen, überzeugenden Sprache zurück. So schob er Shakir und Vinja auf die Hintersitze, setzte sich selbst neben den Fahrer, holte sein Messer hervor und stieß es in das gepolsterte Armaturenbrett. An der Klinge klebte noch das Blut des Studenten.

Der Taxifahrer erstarrte. Seine Hand schnellte zur Hupe, um Alarm zu geben, aber Tawan schlug ihm die Finger zur Seite. »Warum willst du Dummheiten machen, mein Freund? Du hast keine Ahnung, was vorgefallen ist.« Er griff in die Tasche, holte ein Bündel Rupienscheine heraus und hielt sie neben das Messer. »Der Mann hinter uns heißt Shakir, ist verletzt und muß ins Krankenhaus. Du siehst, ich bezahle alles.«

»Ist er besoffen?« fragte der Fahrer und startete den Motor. »Wer bezahlt, wenn er in mein Auto kotzt?«

»Er ist nicht betrunken.«

»Nicht? Und dein Anzug? Er hat dir doch den Anzug vollgekotzt!«

»Das ist Suppe.« Tawan klopfte auf das Lenkrad. »Los, fahr an! Zum Marvan-Hospital! Schnell. Er verblutet sonst.«

»Eine Schlägerei?«

»Nein!« Tawan zeigte stumm auf sein Messer.

Der Fahrer bemerkte das getrocknete Blut, zog den Kopf tief zwischen die Schultern und gab Gas. Tawan klammerte sich an Tür und Sitz fest. Hupend raste der Wagen durch die Straßen und über die Plätze – ein Taxifahrer in Kalkutta muß ein besonderes Abkommen mit seinen Göttern haben, daß nichts passiert.

Tawan lieferte Shakir im Hospital ab. Dort wollte man ihn sofort wieder hinauswerfen, aber als Tawan sagte, er wolle für seinen Freund im voraus bezahlen, legte man Shakir auf eine Rolltrage und schob ihn in die Unfallambulanz.

»Warum hast du das getan, Onkel Tawan?« fragte Vinja.

Sie standen vor dem Hospital im Menschengewühl und warteten auf ein Taxi. Tawan hatte die Idee, im vornehmen Restaurant des Hotels Fairlawn zu Mittag zu essen.

»Er ist doch ein schrecklicher Mensch.«

»Shakir ist ein armer Mensch.«

»Wir waren auch arm, aber nicht schrecklich.«

»Er ist ein gebrochener Mensch. Ich werde es dir zu Hause erklären.«

»Er ist ein böser Mensch. Nur auf dein Messer hört er. Ich habe das sofort gesehen, Onkel Tawan. Du wirst mit ihm mit dem Messer reden, habe ich zu dir gesagt.«

»Du bist ein kluges Mädchen«, sagte Tawan und legte den Arm um ihre Schultern. »Ich bin stolz auf dich. Du könntest auch studieren, du bist klüger als alle anderen; aber du hast keine Schule besucht, du kannst nicht lesen und nicht schreiben und nicht rechnen, du hast bis jetzt nur gebettelt.«

»Aber jetzt haben wir Geld, Onkel Tawan. Ich will eine Schule besuchen und lernen.« Sie sahen ein Taxi kommen und winkten beide mit hocherhobenen Armen. »Bezahlst du mir die Schule?« fragte sie.

»Ich tue alles für dich, mein Kleines. Aber eine Schule kostet kein Geld. Ich müßte höchstens den Direktor bestechen, daß er dich in deinem Alter noch nimmt.«

»Du hast gesagt, nur reiche Leute können studieren.«

»Studieren! Bis dahin ist noch lange Zeit. Wir werden uns in den nächsten Tagen einige Schulen ansehen.« Tawan zog Vinja an sich und küßte sie.

Hinter ihnen ging eine Ausländerin vorbei und sagte laut: »So ein Schwein! Mit einem Kind!«

»Wenn ich studiere, möchte ich Ärztin werden.« Vinja drückte sich eng an Tawan. »Ich möchte so vielen Menschen helfen.«

»Du bist ein Engel«, sagte Tawan gerührt.

Das Taxi hielt vor ihnen, und sie stiegen ein.

Der Geschäftsführer von »Sarani & Sons – Herrenausstatter« und seine drei Verkäufer erstarrten, als sie Tawan wieder vor dem Schaufenster stehen sahen.

»Der Gangsterboss ist da!« sagte der Geschäftsführer und

wischte sich den Schweiß von der Stirn. »Aber er hat den weißen Anzug nicht an.«

»Er wird mehr als nur einen Anzug haben«, entgegnete einer der Angestellten.

»Bestimmt! Aber der, den er heute trägt, ist ein ganz billiges Stück. O ihr Götter, er kommt tatsächlich herein.«

Tawan betrat den Laden wieder mit der Arroganz eines Mannes, für den ein Angestellter ein besserer Sklave ist. Er ging zu der langen Theke, legte seinen weißen Strohhut ab und zeigte mit dem Daumen über die Schulter zum Fenster. »Im Fenster steht ein neues Schild. Was steht darauf?«

Der Geschäftsführer glaubte an einen billigen Scherz und lachte pflichtgemäß. »Sir, wir garantieren die beste Arbeit.«

»Was steht darauf?«

»Wir bieten Ihnen auch moderne Maßkonfektion an.«

»Genau das ist es.« Tawan hatte das Wort noch nie gehört und konnte sich darunter nichts vorstellen. Aber es mußte etwas Besonderes sein, bei so einem großen Schild. »Ich möchte von Ihnen Maßkonserenz.«

Der Geschäftsführer strich sich mit der Hand irritiert über das Gesicht. »Das… das führen wir nicht. Nur Konfektion.«

»Haben Sie einen Hörfehler?« Tawan schüttelte mißbilligend den Kopf. »Das meine ich doch.«

»Dann habe ich mich tatsächlich verhört, Sir. Wir haben die modernsten, ausgewähltesten Stoffe. Und die neuesten Schnitte. Aus London, Paris und Rom. Dürfen wir Ihnen einige Coupons zeigen?«

Tawan nickte. Was ist ein Coupon? Lassen wir uns überraschen, dachte er.

Die Verkäufer schleppten Ballen von Stoffen heran, auch einige ausgesucht exklusive, nur für einen Anzug bestimmte Stoffe aus London, Rom und Paris, wie der Geschäftsführer erneut betonte: »Bei Ihrer sportlichen Figur wären die Coupons aus Rom und London besonders geeignet«, wonach Tawan endlich wußte, was ein Coupon ist.

»Diese Exklusivstoffe sind natürlich die teuersten«, sagte der Geschäftsführer. »Sie werden in Kalkutta keinen zweiten Anzug dieses Dessins sehen. Wir haben den Alleinverkauf. Sie werden der einzige sein, der einen solchen Anzug von Sarani & Sons trägt.«

»Habe ich nach dem Preis gefragt?« Tawan ließ einen der herrlich weichen, leichten Wollstoffe durch seine Finger gleiten.

»Nein, Sir.« Der Geschäftsführer wurde verlegen und breitete einen anderen Coupon aus: cremefarben mit dünnen blauen Streifen. »Das Allerneueste aus Italien. Reinste Wolle und dazu federleicht. Sie müssen schon an sich hinunterblikken, um zu begreifen, daß Sie einen Anzug tragen. Sie spüren nichts, hahaha.«

»Ich nehme ihn. Und diesen hellblauen und einen Smoking auch.«

»Einen Smoking?«

»Ich wiederhole meine Bestellung nicht. Wann können die Anzüge fertig sein?«

»Mit einer Anprobe –«

»Ich brauche keine Anprobe. Die Schneider bekommen meine Maße, das genügt doch! Entweder sind es gute Schneider, dann sitzt der Anzug, oder es sind schlechte Schneider, dann können Sie aus Ihren Exklusivstoffen Putzlappen machen!«

»Ohne Anprobe in drei Wochen.« Der Geschäftsführer zuckte zusammen und wollte schon die Arme heben, als Tawan zu ihm herumfuhr. Jetzt schießt der Gangster, dachte der Geschäftsführer, aber Tawan sagte nur mit erhobener Stimme: »Wiederholen Sie das!«

»Wir haben die besten Schneider, Sir. Sie brauchen Zeit. Die schnellen Schneider, die in vierundzwanzig Stunden einen Anzug liefern, haben nicht unsere Qualitätsmaßstäbe.«

»Ich warte zwei Wochen.«

»Wir werden unser Möglichstes versuchen, Sir, nur – der

Smoking braucht Zeit. Für uns ist ein Smoking kein Kleidungsstück, sondern ein Kunstwerk. Wie der Frack. Wir schneidern ihn nicht, wir modellieren ihn. Für den Smoking brauchen wir zwei Anproben, Sir. Er ist absolute Maßarbeit.«

Ohne einen solchen Smoking wurde man wohl nicht in jene Kreise eingeladen, in denen Tawan eines seiner Ziele sah. Er wußte freilich nicht, daß zu diesen Kontakten mehr gehörte als ein gut sitzender Smoking und ein pralles Bankkonto. Ohne Empfehlung blieben diese Türen zu.

Tawan zog seine Jacke aus, die er sich schnell gekauft hatte, weil er den Seidenanzug in die Reinigung gebracht hatte, und ließ einen der Schneider Maß nehmen.

Der Geschäftsführer, der um ihn herumwieselte, überschüttete ihn mit Komplimenten. »Sie haben ideale Maße, Sir!« rief er entzückt, als sei Tawan ein Dressman. »Die richtigen Proportionen. Schultern, Brustumfang, Hüften, Beinlänge, vollkommener kann es gar nicht sein! Sie haben sicherlich viel Sport getrieben.«

»Ich tue das jetzt noch. Schwimmen, Golf, Krafttraining.«

»Man sieht es, Sir.«

Du Rindvieh, dachte Tawan und zog seine Jacke wieder an. Du hast noch nie Kisten und Säcke geschleppt, vom Schiff an Land und umgekehrt. Da bekommt man Muskeln, auch wenn man den Tag über hungern muß. Er blickte auf seine Uhr; sie sah wertvoll aus, war aber nur eine Kopie einer Rolex mit einem schwach vergoldeten Messinggehäuse. Jetzt mußte er sich beeilen. In einer halben Stunde landete eine Maschine aus San Francisco, die in Manila neu aufgetankt worden war. Sie brachte reiche Amerikaner nach Kalkutta, zu denen Tawan »Geschäftsverbindungen«, wie er es nannte, knüpfen wollte. »Wann ist die erste Anprobe?« fragte er.

»In acht Tagen, Sir.«

»In sechs Tagen! Auf Wiedersehen.« Tawan verließ das Geschäft.

Der Geschäftsführer sah ihm seufzend nach. »Manieren sind

das«, sagte er und hieb mit der Faust auf einen Stoff-Coupon, den Tawan ausgesucht hatte. »Ein typischer Emporkömmling, der jetzt den feinen Herrn spielen will! Aber ein guter Kunde, vielleicht sogar ein werdender Stammkunde – das allein ist wichtig.«

Tawan fuhr zum Flughafen, sah auf der Anzeigetafel, daß das Flugzeug aus Manila noch nicht gelandet war, und stellte sich wie immer in die Reihe der Wartenden. Sein suchender Blick tastete jeden ab; diesmal war keiner darunter, der seine Geldbörse offen in der Hosentasche trug.

Warten wir auf die Ankommenden, dachte Tawan. Es ist zwar ein größeres Risiko, aber es darf auch kein Tag werden, an dem ich versage und mit leeren Händen wieder fortgehe. Um eine mögliche Flucht zu sichern, ging er noch zu den wartenden Taxis hinaus, reichte einem Fahrer fünfzig Rupien und sagte: »Mein Bruder, warte hier mit laufendem Motor auf mich. Es kann sein, daß du sofort starten mußt. Es kommt dann auf Sekunden an.«

Ehe der Taxifahrer etwas fragen konnte, war Tawan schon wieder auf dem Rückweg zur Ankunftshalle. Das Flugzeug war gerade gelandet; bis jeder Passagier seine Koffer hatte und durch den Zoll gegangen war, vergingen noch zwanzig Minuten. Tawan mischte sich unter die Wartenden und hoffte, auch diesmal ein Opfer zu finden.

Die ersten Fluggäste erschienen am Zollschalter. Es waren Inder und Filipinos, nur mit Handgepäck und für Tawan uninteressant. Die reichen Amerikaner standen noch am Kofferband und warteten auf ihr Gepäck.

Aber dann, als öffnete sich eine Schleuse, strömten die Besucher Kalkuttas durch die Sperre in die Halle, wurden von Freunden und Verwandten mit Küssen und Geschrei begrüßt. Aber viele Passagiere setzten erst einmal ihre Koffer ab und sahen sich um. Es waren Amerikaner, die eine Pauschalreise gebucht hatten und nun von den Boys und Taxis der großen Hotels abgeholt wurden. Junge Inder in phantasievollen Uniformen liefen herum und hielten ihre Schilder hoch: Hotel Carlton, Grand-Hotel, Asia Hotel, Ritz Continental, Parkhotel, Hotel Majestic, Hotel Rath-Din, Spencer's Hotel. Ihren Hotelnamen rufend, liefen die jungen Männer durch die Halle und versammelten ihre angemeldeten Gäste um sich. In kleinen Gruppen scharten sich die Amerikaner um die die Schilder Hochhaltenden, bis der letzte Fluggast aus der Zollabfertigung herausgekommen war.

Tawan musterte jeden gründlich. Amerikanische Touristen sind eine Augenweide für sich: Von großkarierten Hosen bis zu knallbunt bedruckten Hawaiihemden war alles vertreten. Ein älterer Mann trug auf dem Kopf einen texanischen Stetson und auf dem Leib ein weites Baumwollhemd, auf dessen Rükken eine liegende, nackte, vollbusige Frau gedruckt war und darunter nur das Wort »Hallo!«. Das Hemd, das er über der Hose trug, hatte links und rechts je eine breite Tasche. Aus der linken Tasche ragte der Rand einer Brieftasche heraus. Sie enthielt nicht nur Geld, sondern auch alle Papiere, den Führerschein, den Paß, die Flugtickets, die Bilder der Familie, Kreditkarten und Hotelgutscheine. Tawan las das Schild, unter dem der Amerikaner wartete. Ritz Continental. Ein teures Hotel, in dem ein Zimmer so viel kostete, wie ein indischer Hafenarbeiter in einem Jahr verdiente.

Tawan schob sich langsam an die Gruppe der Gäste des Ritz Continental heran, stellte sich neben den bunten Amerikaner, griff vorsichtig, mit spitzen Fingern, in die Hemdtasche und zog die Brieftasche heraus.

Hatte der Amerikaner die Berührung gespürt? War er ein erfahrener Reisender? Kannte er die Tricks auf Flughäfen und in Menschenansammlungen? Tawan hatte keine Zeit, darüber nachzudenken. Er spürte plötzlich einen harten Griff um sein Handgelenk, und ein hochrotes, wütendes Gesicht funkelte ihn an.

»Nicht bei mir, du Halunke!« schrie der Amerikaner. »Polizei!«

Tawan reagierte blitzschnell, fast aus einem Instinkt heraus. Er riß seine Hand aus dem harten Griff, trat den Amerikaner vor das Schienbein und rannte davon. Er hörte hinter sich ein lautes Gebrüll, stieß zwei Männer, die sich ihm in den Weg stellen wollten, brutal zur Seite, hetzte durch die Eingangstür, stürzte zu seinem mit laufendem Motor wartenden Taxi, warf sich hinein und rief keuchend: »Los, Bruder! Los! Kümmere dich um nichts. Fahr, fahr!«

Das Taxi schoß davon. Die Menschen, die aus der Ankunftshalle quollen, sahen nur noch einen weißen Wagen, der heulend um die Ecke raste. Die Nummer merkte sich in der Aufregung keiner. Ein weißer Wagen – die Polizei würde milde lächeln. Weiße Autos gab es in Kalkutta einige tausend. Sir, wir können Ihnen da nicht helfen...

»Das war knapp!« sagte Tawan. Er lehnte sich in das Polster zurück. Mit Hupen und quietschenden Reifen raste das Taxi durch die Stadt. »Es ging um Sekunden.« Er sah durch die Scheibe auf die vorbeifliegenden Häuser und Geschäfte. »Wo fährst du denn hin? Ich habe doch gar kein Ziel angegeben.«

»Zuerst weg vom Flughafen, kreuz und quer, und Spuren verwischen.« Der Fahrer raste hupend um ein Rondell. »Das ist doch jetzt das Wichtigste.«

»Ich brauche keine Spuren zu verwischen«, sagte Tawan, als sei er tief beleidigt. »Was denkst du von mir?«

»Das, was du bist.« Der Fahrer verringerte das Tempo etwas. »Du hast doch ein krummes Ding gedreht, Bruder.«

»Sehe ich so aus?«

»Ich fahre seit zwanzig Jahren Taxi, genügt das? Da bekommt man ein Gefühl für seine Fahrgäste.«

Tawan beugte sich nach vorn und schob gleichzeitig sein Messer griffbereit an die linke Seite. »Zur Punjab National Bank!«

»Verstanden.« Der Fahrer nickte. »Wieviel Prozent?«

»Was heißt Prozent?«

»Ich bin jetzt Mittäter und habe ein Recht auf einen Anteil.

Versuch nicht, mich zu betrügen, sonst halte ich vor dem nächsten Polizisten.«

Tawan antwortete nicht. Er lehnte sich wieder zurück, öffnete die Brieftasche und holte einen Packen Dollarnoten heraus.

Im Rückspiegel sah der Fahrer, wie Tawan die Scheine durch die Finger blätterte. »Donnerwetter!« sagte er. »Gelobt sei Shiva! Wieviel?«

»Ich kann's nicht zählen, Bruder.«

»Aber ich.« Das Taxi hielt an einem kleinen Platz. Der Fahrer beugte sich über seine Sitzlehne und zählte mit, während Tawan die Scheine auf seinen Schoß fallen ließ.

»Genau zweitausend Dollar«, sagte der Fahrer. Seine Stimme zitterte etwas. »Gratuliere, Bruder. Davon gehören mir zweihundert, zehn Prozent. Das ist ein Sonderpreis.« Er griff zu, nahm sich zwei Hundert-Dollar-Scheine von dem Haufen und steckte sie in seine Brusttasche.

Tawan wehrte sich nicht, er sah, es blieb genug für ihn übrig. »Wieviel habe ich noch?« fragte er.

»Achtzehnhundert Dollar!« Der Fahrer sah Tawan ungläubig an. »Kannst du nicht lesen und rechnen?«

»Nein. Auch nicht schreiben.« Tawan steckte das Dollarbündel wieder in seinen Rock. »Aber ich werde es jetzt lernen.«

»Zu spät, Bruder.«

»Es ist nie zu spät.«

»Dich nimmt keine Schule mehr auf.«

»Ich werde mir einen eigenen Lehrer suchen. Vielleicht gehe ich zu den Christen, zu den Gelehrten in einer Mission, und lasse mir alles beibringen, was ich brauche.«

»Du willst zu den Christen gehen?«

»Nur um zu lernen, nicht, um ihren Glauben anzunehmen.«

»Das werden sie miteinander verbinden. Sie sagen dir's nicht, aber ehe du dich zehnmal umdrehst, bis du schon ein Christ. Das sind zähe Burschen, Bruder.«

»Um etwas zu lernen, werde ich sogar mit ihnen zu ihrem

Gott beten«, sagte Tawan. »Shiva wird es mir nicht übelnehmen, er weiß, daß ich nur ihn verehre und alles andere nur ein Spiel ist.« Er tippte dem Fahrer gegen die gekräuselte Stirn. »Fahr los, zur Punjab National Bank!«

Vor der Bank stieg Tawan aus, gab dem Taxifahrer hundert Rupien und zeigte auf das Holzdach an der Bankwand. »Da habe ich gewohnt, Bruder«, sagte er. Stolz klang in seiner Stimme. »Sechs Jahre lang.«

»Unter dem Dach?«

»Ja. Es war ein guter Platz. Gemütlich, warm und die richtigen Leute auf der Straße.«

»Und jetzt bist du reich? Warum hast du vor sechs Jahren nicht schon geklaut?«

»Ich weiß nicht. Vielleicht, weil ich kein Ziel hatte und kein Anfangskapital.«

»Jetzt hast du beides?«

»Ja. Es ist etwas eingetreten, das mein ganzes Leben verändert hat. Was, das geht dich nichts an.«

»Ich will's auch gar nicht wissen.« Der Taxifahrer hielt Tawans Hand fest, als dieser aussteigen wollte. »Können wir nicht ein Team werden?«

»Was soll ich darunter verstehen?«

»Du bist jeden Tag am Flughafen?«

»Fast jeden Tag.«

»Ein Vorschlag: Du bist jeden Tag da, und ich warte wie heute mit laufendem Motor vor der Halle und bringe dich in Sicherheit. Als Partner bekomme ich dann aber zwanzig Prozent.«

»Ein guter Vorschlag, Bruder. Aber zwanzig Prozent?«

»Ich habe auch ein Risiko. Ein Polizeiauto könnte uns einholen.«

»*Dich* einholen? Wer kann das?«

»Die Polizei hat tolle Fahrer und dazu Rotlicht und Sirenen, die alle Straßen freimachen. Dir bleiben achtzig Prozent, das ist eine Menge. Denk darüber nach. Ich heiße Subhash.«

»Tawan. Warum soll ich denken? Deine Idee ist sehr gut.«

»Wir arbeiten zusammen, Tawan?«

»Ja.«

»Gib mir die Hand, Bruder.«

Sie drückten sich die Hand, und das war nicht nur ein Vertrag, es war auch ein Schwur. Wer ihn brach, konnte mit dem Leben abschließen.

»Morgen um zehn«, sagte Tawan. »Da kommt ein Flieger aus Thailand.«

»Ich werde am Flughafen stehen.« Subhash gab Gas, winkte Tawan noch einmal zu und verschwand im Gewimmel der Straße.

Nun habe ich sogar einen Partner, dachte Tawan, während er die Bank betrat und der livrierte Portier die Tür für ihn aufhielt. Das Geschäft entwickelt sich. Ich glaube, ich werde keinen Laden mit Stoffen aufmachen. Ich werde ein feiner Herr mit flinken Fingern sein.

Der Schalterbeamte freute sich, Tawan zu sehen. Er hatte sich schon daran gewöhnt und hätte die Uhr danach stellen können: Jeden Tag zwischen 11 und 12 Uhr kam Mr. Alipur in die Bank und zahlte Geld ein, meistens Dollars, aber auch englische Pfunde oder australische Dollar, seltener deutsche Mark oder schweizer Franken. Warum Mr. Alipur fast jeden Tag kleinere oder größere Beträge in Devisen brachte, woher er sie hatte und welche Geschäfte er betrieb, das interessierte den Beamten nicht. Wer in Kalkutta Geld auf eine Bank trägt, ist immer willkommen, und auf Fragen bekommt man ja doch nur eine Lüge als Antwort. Außerdem: Fragen sind der Feind aller Zusammenarbeit. Man kann sich Gedanken machen, darf sie aber nicht aussprechen.

Tawan bekam seine Quittung, zerriß sie, warf sie in einen Papierkorb neben den Schreibpulten im Schalterraum und verließ wieder die Bank. Aber er fuhr nicht sofort nach Hause, sondern ging zu seinem Holzdach an der Bankwand und schlug die Eingangsplane zurück.

Shakir, der zerlumpte Student, lag auf der alten Matratze. Seine Augen waren weit und glänzten unnatürlich. Er hob kurz den Kopf, sah Tawan an und ließ den Kopf wieder auf die als Kissen dienenden, zusammengeknüllten Lumpen fallen. »Eine Woche ist noch nicht um!« sagte er mit heiser singender Stimme. »Aber nächste Woche kommt wieder ein Scheck von meinem Vater. Dann bekommst du dein verdammtes Geld.«

»Wieso bist du hier und nicht mehr im Hospital?«

»Das ist die dämlichste Frage, die ich je gehört habe. Sie haben mich rausgeschmissen, das ist alles. Verbunden und dann zurück auf die Straße. ›Ist nur ein Kratzer‹, hat der Arzt gesagt. ›So was bringt Läuse wie euch nicht um.‹ Da habe ich ihm eine runtergehauen. Ruckzuck war ich draußen!«

»Das geht nicht«, sagte Tawan hart.

»Warum geht das nicht? Du siehst es doch.«

»Ich habe gestern im Hospital für fünf Tage im voraus für dich bezahlt. Sie haben das Geld genommen.«

»Alles Gauner, siehst du? Die ganze Welt besteht nur aus Verbrechern. Und da soll ich der einzige Anständige sein?«

»Ich werde mir mein Geld wiederholen.« Tawan trat näher an Shakir heran. »Woher hast du die Rupien, um dir wieder Heroin zu kaufen?«

»Ich habe gearbeitet, großer Tawan.«

»Gearbeitet? Wo und was?«

»In drei privaten Hurenhäusern.« Shakir nickte mehrmals. »Da staunst du, was? ›Doktor‹, nennen mich die Weiber. Ich habe doch Medizin studiert. ›Doktor‹, sagen sie, legen sich hin und machen die Beine breit, ›sieh nach, ob ich mir was gefangen habe.‹ Und dann untersuche ich sie, sage: ›Okay‹ oder: ›Vierzehn Tage Ruhe, du alte Sau‹, bekomme dafür das halbe Honorar, das sonst ein richtiger Arzt nimmt, und bei der Schönsten eine Nummer gratis. Was willst du mehr? Ich habe sieben feste Kunden, sieben Häuser mit zusammen dreiundfünfzig Huren. Das ist eine echte Knochenarbeit, das kann man nur in drei Tagen schaffen.«

»Aber jetzt ist das Geld wieder weg?«

»Du sagst es. Aber ich habe zwei gute Schüsse dafür bekommen. Fast reines Heroin aus Birma.« Shakir hob den Kopf. »Du holst dir das Geld vom Hospital wieder?«

»Natürlich.«

»Ich habe dir einen ganz logischen Vorschlag zu machen, Tawan.« Shakir setzte sich jetzt auf die Matratze. »Du hast das Hospital für fünf Tage bezahlt?«

»Ja.«

»Wenn ich fünf Tage geblieben wäre, bekämst du jetzt nichts zurück. Das Geld wäre verloren.«

»Ja.«

»Aber ich bin wieder raus, und theoretisch ist das Geld für dich weg. Oder anders gesagt: Es ist mein Geld, denn du hast ja für mich bezahlt. Das Geld, das du wieder abholst, ist mein Geld! Ich bin jetzt so großzügig, dir zu sagen: Behalte das Geld. Es ist die Kaufsumme für diese Behausung hier. Behalte es, und wir sind quitt. Ich habe damit alles bezahlt, ich habe keine Schulden und du keine Forderungen mehr. Hast du das verstanden?«

»Nein«, antwortete Tawan gedehnt. Er ahnte nur, daß er jetzt betrogen werden sollte.

Shakir seufzte und drückte die Hand auf seine Schulterwunde. Sie jagte ab und zu noch Schmerzschauer durch den ganzen Körper; Medikamente gegen die Schmerzen hatte man ihm nicht mitgegeben. »Es ist doch so einfach«, sagte er eindringlich. »Ob du das Geld der Klinik gibst oder mir, ist doch das Gleiche. Es ist fort.«

»Ich hole es mir wieder.«

»Du warst bereit, das Geld für mich zu geben.«

»Ja.«

»Also ist das Geld doch weg.«

»Nein, es ist da.«

»O Gott, bist du dämlich! Und so etwas will Millionär werden! Jetzt noch einmal ganz klar: Du holst das Geld und behältst es, und ich bekomme dafür diese Unterkunft, weil ich nicht in der Klinik war und das Geld verbraucht habe. Verstehst du jetzt?«

»Ja«, sagte Tawan gedehnt. »Werde glücklich unter meinem Dach. *Ich* war glücklich, auch wenn ich arm wie ein Straßenköter war. Ich besuche dich ab und zu.«

Er ging zur Eingangsplane, aber Shakir hielt ihn zurück. »Da ist noch etwas, Tawan.«

»*Noch* was?«

»Gestern war ein Polizeioffizier hier und hat nach dir gefragt. ›Er wohnt nicht mehr hier‹, habe ich gesagt. ›Ich habe ihm das Dach abgekauft. Wohin er gegangen ist? Was interessiert mich das? Ich hätte doch keine Antwort bekommen!‹ Und was sagt der Polizeioffizier darauf? ›So ein Hurensohn! Aber ich bekomme ihn, ich werde ihn finden!‹ Jetzt sucht dich die Polizei. Tawan, paß gut auf dich auf.«

Tawan nickte und trat wieder auf die Straße. Bei der Fahrt zum Hotel Bambusgarten ließ er das Taxi an der Reinigung halten und holte seinen weißen Seidenanzug ab, aus dem alle Flekken herausgegangen waren und den man vorzüglich gebügelt hatte. Es war also wahr, was man sich erzählte: Die besten Wäschereien sind die chinesischen. Flecken, die keiner entfernen kann, die Chinesen bringen sie heraus.

Sangra wartete bereits mit dem Mittagessen. Vinja hatte ihr bei der Zubereitung der Speisen geholfen, die Salate geputzt und den Braten mehrmals begossen, sie hatte den Tisch gedeckt und auch Servietten hingelegt. Sangra hatte ihr erklärt, wozu sie dienten. Bisher hatte sich Vinja den Mund immer mit dem Ellenbogenrücken sauber gewischt.

Das Hotel war um diese Zeit voll belegt. Aus einigen Zimmern drangen eindeutige Laute auf die Flure, ein Beweis, daß sich die Gäste wohl fühlten.

Sangra war mit dem heutigen Tag zufrieden. »Eine gute Kundschaft«, sagte sie, als sie am Tisch saßen und Tawan den Braten zerteilte. Das hatte früher Sangras Mann getan, denn es war das Vorrecht des Hausherrn; aber nun, da Tawan wie zur Familie gehörte, war es seine Aufgabe geworden. »Zwei Flaschen Champagner habe ich an Zimmer 2 und Zimmer 6 verkauft, junge, reiche Herrchen, die mit wunderschönen Mädchen gekommen sind. Tawan, so reich müßte man sein!«

»Eines Tages sind wir es, Sangra. Die Geschäfte sind gut angelaufen.«

»Welch ein Glück für dich!« Sie hatte es bisher immer vermieden, ihn zu fragen, wie er das viele Geld verdiente. Es mußten außergewöhnliche Geschäfte sein, ohne eine feste Arbeitszeit, denn Tawan ging und kam, wann er wollte, blieb nur drei, höchstens vier Stunden weg und hatte dennoch genug in der Tasche. Das mußte Sangra jedenfalls annehmen, denn jedesmal, wenn er heimkam, sagte er zu Vinja: »Wieder ein guter Tag, mein Kleines.« Und einmal hob er sie sogar hoch, schwenkte sie durch die Luft und rief: »Wenn das so weitergeht, haben wir schon in einem Jahr unser eigenes Haus.«

Heute war nun die Gelegenheit, ihn zu fragen. Sangra wartete, bis das duftende Fleisch verteilt war und Tawan sich Bier ins Glas geschüttet hatte. »Was tust du eigentlich, Tawan? Was für ein Geschäft hast du?«

Tawan hatte lange auf diese Frage gewartet. Sie mußte einmal kommen, und er hatte sich gut darauf vorbereitet. In der Bar des Grand-Hotels hatte er einmal ein Gespräch zwischen zwei älteren, sehr reich aussehenden Herren belauscht und viel daraus gelernt. Der Barkeeper erklärte ihm dann für zehn Dollar einige Begriffe, und so war Tawan bestens ausgerüstet, wenn jemand nach seinem Beruf fragen würde. »Ich spekuliere an der Börse«, sagte er jetzt leichthin und trank einen Schluck Bier.

Sangra riß die in Fett gebetteten Augen auf. »Was tust du?«

»Ich arbeite an der Börse.«

»Das ist doch so ein Gebäude, in dem die Männer herumrennen und schreien und Zahlen brüllen und telefonieren? Ich habe das mal im Fernsehen gesehen. Und alle waren so aufgeregt. Warum eigentlich? Ich habe das nicht verstanden.«

»Es geht um steigende oder fallende Aktien- und Devisenkurse«, sagte Tawan klug. »Und wir rennen herum, kaufen Aktien oder Devisen zum günstigen Kurs oder stoßen Aktien ab, wenn sie sichtbar fallen.«

»Und so was machst du?«

»Ja.«

»Du rennst herum und brüllst?«

»So ähnlich.«

»Und damit verdient man Geld?«

»Viel Geld, wenn man die richtigen Aktien kauft oder weggibt. Oder wenn man ahnt, daß der Dollar steigt, und wenn man ihn heute noch zu einem niedrigen Kurs kaufen kann. Da werden Millionen verdient, Sangra.«

»Du... du bist also doch ein Millionär? Vinja, dein Onkel ist ein Millionär und hat uns nichts davon gesagt.«

»Noch bin ich es nicht.« Tawan aß mit großem Appetit den saftigen Braten. »Ich bin erst zu kurz dabei. Mal gewinne ich, mal habe ich Verluste. Man muß sich einarbeiten und mehr Leute kennenlernen, die einem Tips geben. Aber heute war ein guter Tag: Ich habe achtzehnhundert Dollar Gewinn gemacht. Außerdem habe ich einen Partner gefunden. Ab morgen arbeiten wir zusammen, dann wird das Risiko kleiner.«

»Mir schwirrt der Kopf.« Sangra stopfte das Essen in sich hinein, als gehe es um einen Wettbewerb: Wer hat zuerst seinen Teller leer? »Achtzehnhundert Dollar an einem Tag?«

»Innerhalb fünf Minuten.« Tawan reckte sich stolz. »Aber es war auch ein richtiger Glückstag! Das ist nicht immer so.«

»Aber es geht dir gut?«

»Sehr gut sogar.«

»Das Zimmer«, Sangra zeigte mit ihren dicken Fingern im Kreis, »müßte renoviert werden. Sieh dir die Decke an, die Wände, die Türen, das Holz – in so etwas kann doch kein Millionär leben. Aber ich habe nicht genügend Geld, um alles –«

»Ich leihe es dir, Sangra«, unterbrach Tawan sie. »Zinslos. Du wirst es zurückzahlen, sobald du kannst.«

»Dein Onkel ist ein guter, edler Mensch!« rief Sangra und hustete dann heftig. Sie hatte sich an einem Stück Fleisch verschluckt, aus lauter Begeisterung. Nicht nur ihr massiger Körper bebte, sondern auch der Tisch und die Fußbodendielen. Wenn dreihundert Pfund zu zittern beginnen, zittert die Umgebung mit. »Vinja, ich danke Shiva jeden Tag, daß ihr mein Hotel gefunden habt. Ich könnte mir gar nicht mehr denken, ohne euch zu sein.«

Nach dem Mittagessen legte sich Tawan in seinem Zimmer aufs Bett und ruhte sich etwas aus. Vinja setzte sich auf die Bettkante und streichelte ihrem Onkel über Haar, Stirn, Gesicht, Hals und Schultern. Tawan schloß die Augen, die Berührung tat ihm gut. So hat es mit ihrer Mutter auch angefangen, dachte er erschrocken. Mit Baksa, meiner Schwester. Erst ein Streicheln, wenn ich müde von den Kais kam, dann ein Anschmiegen, dann das flinke Spiel ihrer Finger, später die Wärme ihres glatthäutigen Leibes. Er schrak hoch und drückte Vinjas Hände weg.

»Ich bin heute morgen mit Sangra in einer Schule gewesen, Onkel Tawan«, sagte sie unbefangen.

Tawan schämte sich. Er hatte in das Spiel ihrer Hände mehr hineingelegt, als es wirklich war.

»Ich habe mit dem Lehrer gesprochen.«

»Und was hat der Lehrer gesagt?«

»Ich könne anfangen, hat er gesagt.«

»Wann?«

»Sofort.«

»Morgen kaufen wir erst neue Möbel, Vinja. Aber nächste Woche kannst du die Schule besuchen. Hast du gefragt, was sie kostet?«

»Sie ist umsonst. Es ist eine Schule, die die Stadt bezahlt.«

»Wir gehen übermorgen früh zum Lehrer«, sagte Tawan. Er streichelte Vinjas Gesicht, zog sie dann an den Haaren zu sich herunter und küßte ihre Stirn.

Als er sie losließ, blieb Vinja mit dem Kopf auf seiner Brust liegen. »Wer ist eigentlich mein Vater?« fragte sie plötzlich. »Du hast nie von ihm gesprochen.«

»Dein Vater ist gestorben, bevor du geboren warst. Ein Unfall, Vinja.« Auch diese Lüge hatte er sich lange überlegt. Es war eine Frage, die früher oder später gestellt werden mußte. Es galt, um Baksa einen Sonnenstrahl zu winden. Nie sollte Vinja erfahren, daß ihre Mutter ab dem neunten Lebensjahr eine Hure gewesen war und ihr Vater unbekannt, aber zum Glück ein Inder. Er hätte auch ein Weißer oder ein Japaner sein können, vor allem letzteres, denn Baksa hatte Japaner bevorzugt, weil sie, ohne zu feilschen, sehr gut zahlten.

»Dein Vater war ein guter Mann«, fuhr Tawan fort. »Er besaß einen großen Kran am Flußufer und hatte immer viel zu tun. Er liebte deine Mutter, aber sechs Wochen vor der Heirat fiel ihm eine Kiste mit Maschinenteilen auf den Kopf, weil ein Hilfsarbeiter sie nicht richtig am Kranhaken befestigt hatte. Dein Vater war sofort tot, mein Kleines. Wir waren alle sehr traurig.«

Tawan erzählte dieses Märchen so flüssig, als habe sich alles wirklich so zugetragen.

Es war selbstverständlich, daß Vinja ihm glaubte. »Ich möchte das Grab meines Vaters besuchen, Onkel Tawan«, bat sie.

»Das geht nicht. Dein Vater ist verbrannt und seine Asche in den Fluß gestreut worden. Er hat es so gewollt, er lebte vom Fluß. Aber ich kann dir die Stelle zeigen, wo wir seine Asche in das Wasser gestreut haben.«

»Gehen wir da morgen hin?«

»Wenn wir Zeit haben, Vinja.«

»Brauchen wir einen ganzen Tag für die Möbel?«

»Nein.« Tawan griff nach ihrer Hand und drückte sie. »Gut, wir gehen morgen zum Fluß, und ich zeige dir die Stelle.«

Er wußte auch schon, wo er das Märchen beenden wollte. Es gab eine Stelle am Hugli, die für eine Bestattung geeignet war, eine kleine Ausbuchtung, auf der früher Leichen verbrannt worden waren, bis die Regierung es verboten hatte. Zu nahe an den Anlegestellen, hieß die Begründung. Neuankömmlinge und fremde Gäste sollten nicht gleich mit flammenden Leichen empfangen werden. Von da an diente die Ausbuchtung als Badeplatz, wo sich abends Hunderte wuschen, bis zu den Hüften in den schmutzigen Wellen stehend. Gegenüber, auf der Shibpur-Seite, mußte sich Baksa ihre geheimnisvolle Krankheit geholt haben.

Tawan schlief eine Stunde tief und traumlos, wachte dann auf, wusch sich das Gesicht, zog seinen geliebten Seidenanzug an, setzte den schönen Strohhut auf und kontrollierte im Spiegel noch einmal den Sitz seiner diskret gestreiften Krawatte.

Vinja sah ihm wortlos zu, bis er sich zur Tür wandte. »Kann ich nicht mitgehen, Onkel Tawan?« fragte sie.

»Jetzt nicht, mein Liebes.«

»Gehst du wieder auf die Börse?«

»Nein. Zur Polizei.«

Vinja starrte ihn mit weiten Augen ungläubig an. »Du gehst freiwillig zur Polizei?« Das war für sie unfaßbar – sie hatte gelernt, daß jeder Polizist ein Feind war, stärker als sie, und man ihm deshalb ausweichen mußte.

»Auch geschäftlich, Vinja.« Tawan klinkte die Tür auf. »Man kann auch mit der Polizei Geschäfte machen.«

Das war für sie noch unverständlicher, aber Onkel Tawan tat, seitdem man im Hotel Bambusgarten und nicht mehr unter dem Dach an der Punjab National Bank wohnte, so viel Rätselhaftes, was sie nicht verstand. Doch mit der Polizei Geschäfte zu machen war völlig unbegreiflich.

Tawan ließ sich zur Distriktskommandantur fahren. Der Fahrer sagte fünfmal »Sir« wegen des guten Trinkgeldes und riß die Wagentür auf. Nun doch etwas zögernd blieb Tawan vor dem Gebäude stehen und wartete ab, bis eine Art Gefängniswagen mit kleinen, eng vergitterten Fenstern neun Festgenommene und vier Polizisten ausgespuckt hatte. Die Gefangenen wurden mit Fausthieben und Gewehrkolbenschlägen ins

Haus getrieben. Alle waren gut gekleidet, kamen also nicht von der Straße oder aus den Slums. Sie hatten die Hände in den Nacken gelegt, ihre aufgequollenen Gesichter verrieten, daß sie schon bei ihrer Festnahme mißhandelt worden waren.

Tawan folgte ihnen und stieß auf einen Polizisten, der den Eingang bewachte.

»Wohin?« fragte der Polizist knapp, unbeeindruckt von dem weißen Seidenanzug. Hier waren schon viele vornehme Herren erschienen und später in Handschellen abtransportiert worden.

»Zu Sundra Dakhin«, antwortete Tawan höflich.

»Sie meinen Major Dakhin, Sir?« Der Tadel war deutlich hörbar, nur das »Sir« versöhnte etwas.

»Ja. Major Sundra Dakhin.«

Sieh an, dachte Tawan. In den sechs Jahren ist Sundra steil die Leiter hinaufgeklettert. Vom Lieutenant des Reviers zum Chef des Distrikts. Ich habe davon gehört; nur daß er schon Major ist, wußte ich nicht. Man kann wirklich etwas werden, wenn man eine offene Hand und die richtigen Freunde hat, denen man hier und da am Gesetz vorbeihilft. So wie er mir geholfen hat, das Dach an der Punjab National Bank anzubringen. Sein wöchentliches Geld kassierte dann immer sein Adjutant bei mir, der jetzt der Leiter des Reviers ist.

»Major Dakhin ist sehr beschäftigt«, sagte der Polizist steif. »Sind Sie angemeldet, Sir?«

»Nein.«

»Dann werden Sie Major Dakhin nicht sprechen können.«

»Wenn Sie ihm meinen Namen sagen, bestimmt.«

»Und der wäre, Sir?«

»Tawan Alipur.«

Der Polizist griff nach einem Telefon, das an der Wand hing, drückte zwei Zahlen, nannte Tawans Namen und hängte dann etwas verwirrt wieder ein. »Sie werden tatsächlich erwartet, Sir«, sagte er.

»Erwartet ist nicht angemeldet. Major Dakhin erwartet mich

seit zehn Tagen. Ich war nur verhindert.« Tawan sprach wie ein einflußreicher Herr.

»Zimmer 22, zweites Stockwerk!« Der Polizist grüßte sogar, als Tawan zur Treppe ging; er hatte noch den Satz im Ohr, den der Major ins Telefon gerufen hatte: »Sofort zu mir!«

Vor Zimmer 22 atmete Tawan tief durch. Er war – das wußte er – mit zehn Wochenraten im Verzug. Eine Woche vor seiner Einlieferung in die Klinik von Dr. Banda hatte er zum letzten Mal gezahlt. Von da an kam der Adjutant mit leeren Händen zu Dakhin zurück und meldete immer das Gleiche: »Keiner anwesend. Nur das Kind Vinja, und die weiß nicht, wo ihr Onkel ist.« Und zuletzt, als Dakhin selbst zur Punjab National Bank kam, fand er diesen zerlumpten Studenten Shakir vor, der zu ihm sagte: »Tawan? Der wohnt nicht mehr hier. Der ist ein reicher Mann geworden.«

»Ein Gauner ist er!« hatte Dakhin geschrien.

Shakir hatte genickt und geantwortet: »Das ist er, deshalb ist er auch so reich geworden.«

Tawan klopfte an die Tür, wartete aber nicht ab, bis er einen Ruf hörte: Ein Mann seines Ansehens wartete vor keiner Tür.

Major Dakhin saß hinter seinem überdimensionalen Schreibtisch und trank gerade eine Tasse Tee. Der Schreibtisch war ein Statussymbol – je größer und wuchtiger, um so höher gestellt der Mann, der dahinter saß. Dakhin hatte es in sechs Jahren vom kleinen Reviervorsteher zum Leiter des Distrikts gebracht. Er hatte sich Freunde mit Einfluß geschaffen, wurde manchmal zu Feierlichkeiten beim Polizeipräsidenten eingeladen, war der Geliebte der ältesten Tochter des Oberstaatsanwalts geworden, einer schönen Frau, die man schon mit zehn Jahren an einen Mann verheiratet hatte, der mit dreißig plötzlich schwul wurde, und hatte es eigentlich nicht nötig, Tawans zehn Prozent einzutreiben. Es waren lächerliche Summen gewesen. Aber Dakhin ging es hier nicht um das Geld, sondern um das Prinzip. Hundert kleine Quellen geben ebenso viel Wasser wie eine große. Das war eine Weisheit, die nur wenige verstanden. Alle suchten nach der großen Quelle und sahen nicht die Rinnsale, in denen Wasser lautlos floß.

Tawan blieb an der Tür stehen und wartete.

Dakhin stellte seine Teetasse ab und sah den Besucher im weißen Seidenanzug und weißen Strohhut erstaunt an. »Sie wünschen, Sir?« fragte er und erhob sich hinter seinem Schreibtisch. »Man hat mir gemeldet, daß Sie mich sprechen wollen.«

Tawan war voller Freude. Er hätte jauchzen können. Auch Dakhin erkennt mich nicht. Er redet mich mit »Sir« an! Ist das ein Erlebnis! »Sie wollten *mich* sprechen, Major«, entgegnete er und nahm seinen Hut ab.

Dakhin riß den Mund auf und stieß einen heiseren Laut aus. »Du bist es, du Halunke?« schrie er. »Wie siehst du denn aus? Wo hast du den Anzug geklaut? Wo wohnst du jetzt? Was treibst du? Warum hast du Gauner zehn Wochen keine Rupie gezahlt?«

»Das sind viele Fragen auf einmal, Sundra. Oder muß ich ›Herr Major‹ sagen?«

»Wenn jemand hereinkommt, ›Herr Major‹. Was ist los mit dir, Tawan?«

Tawan ging nahe an den gewaltigen Schreibtisch heran, griff in seine Rocktasche, holte ein in der Faust zerknülltes Bündel Geldscheine heraus und warf sie vor Dakhin auf die Tischplatte. Es waren ausschließlich Dollarscheine, zweihundertachtzig Dollar im Ganzen.

Dakhin verschlug es die Sprache. Stumm zeigte er mit den Fingern auf das Geld.

»Dein Anteil, Sundra«, sagte Tawan und setzte sich auf einen Stuhl. »Von zehn Wochen, die ich dir schulde.«

»Zweihundertachtzig Dollar.«

»So viel wird es wohl sein.«

»Wo hast du sie her?«

»Verdient. Es hätten mehr sein können, aber ich war zehn Tage in einem Krankenhaus.«

Dakhin fragte nicht, warum Tawan in einem Hospital gelegen hatte; ihm ging es nur um die Dollars. »Du hast einen Amerikaner bestohlen?«

»Sundra, ich habe im Hafen einen amerikanischen Frachter entladen. Die amerikanischen Kapitäne zahlen nur in Dollar. Ein Job bei ihnen ist immer ein guter Job. Ich hatte Glück.«

»Das wollen wir mal kontrollieren.« Dakhin drückte einen Knopf der Sprechanlage auf seinem Tisch.

Eine Stimme sagte: »Zu Befehl, Herr Major!« und schwieg dann.

»Ich möchte eine Liste aller Überfälle und Diebstähle auf Fremde. Touristen oder Geschäftsreisende. Alles, was angezeigt und erfaßt wurde. Sofort!«

»Zu Befehl, Herr Major! Es ist alles im Computer.«

Dakhin schaltete ab, setzte sich und lehnte sich genüßlich zurück. »In ein paar Minuten haben wir die Liste deiner Schandtaten, Tawan. Dann bist du überführt.«

»Muß das sein, Sundra? Sind wir nicht seit sechs Jahren Partner und Freunde? Ich habe alles mit meiner Hände Arbeit verdient.«

»Das glaube ich dir gern. Ein Dieb ohne Hände ist wie ein kastrierter Hund.« Dakhin lachte laut. »Tawan, ich will dir nur zeigen, wie gut die Polizei arbeitet. Wir wissen alles, wir können jedem Dieb seine Straftat nachweisen, da hilft kein Leugnen mehr.«

»Du hast immer deinen Anteil bekommen, Sundra!« rief Tawan empört. »Du kannst mich nicht verhaften lassen!«

Es klopfte, ein Sergeant trat ein, grüßte stramm, übergab dem Major einen Haufen Computerausdrucke, sah Tawan neugierig an und verließ sofort wieder das Zimmer.

Dakhin blätterte in den Papieren. »Da haben wir es«, sagte er mit Stolz und Zufriedenheit. »Am 5. waren es siebzig Dollar. Am 7. genau sechzig englische Pfund. Am 11. hundertzehn Dollar. Am 17. – das ist heute – der ganz große Schlag, zweitausend Dollar. Und alles am gleichen Ort.« Er blickte auf und lächelte breit. »Dein Arbeitsplatz ist die Ankunftshalle im Flughafen. Ist es so, Tawan?«

»Nein! Was du da vorliest, ist kein Beweis.«

»Du bist vielleicht ein genialer Dieb, aber sonst ein dummer Mensch!« Dakhin schob die Papiere wieder zusammen. »Bisher hast du immer in Rupien bezahlt, plötzlich legst du mir Dollars auf den Tisch. Zur gleichen Zeit aber mehren sich die Taschendiebstähle im Flughafen. Merkwürdig, nicht wahr? Was sagt da die Logik? Tawan ist es, niemand sonst! Wer eins und eins zusammenzählen kann, für den ist das klar. Begreifst du?«

»Es war ein Fehler, dir jetzt Dollars zu bringen«, sagte Tawan ehrlich. »Ich sehe es ein.«

»Die kleinen Dinge, an die man nicht denkt, sind oft die größten Verräter.« Dakhin strich die Dollarscheine mit einer Handbewegung in die aufgezogene Schublade vor sich. »Du siehst elegant aus, Tawan. Ist das deine Arbeitskleidung?«

»Ich bin auf dem Wege, ein Geschäftsmann zu werden.«

»Eine gute Formulierung!« Dakhin lachte laut und lehnte sich zurück. »Das Beklauen der Ausländer zu einem Geschäft machen! Ein gutes Geschäft, Tawan. Vor allem kannst du mich nicht betrügen.«

»Ich habe dich noch nie betrogen, Sundra.« Tawan war beleidigt. Dakhin gegenüber war er wirklich immer ehrlich gewesen.

Als Revierchef hatte dieser ihn immer beschützt und sogar die Bankmanager der Punjab National Bank davor gewarnt, etwas gegen den verhaßten Untermieter zu unternehmen. Jeder Angriff auf Mr. Alipur sei eine schwere Körperverletzung, hatte er mitteilen lassen. Mr. Alipur sei ein friedlicher Mensch, das wisse jeder, und das Dach an der Hauswand, nun ja, die Wohnungsverhältnisse in Kalkutta seien katastrophal, das wisse man ja, da sei so ein Dach mit Planenwänden noch das geringste. Und außerdem sorge Mr. Alipur für peinliche Sauberkeit in seiner Behausung, was in den Slums sehr selten sei. Tawan dankte es ihm, indem er ihm jede Woche die zehn Prozent ablieferte. Da er nicht rechnen konnte, brachte er Vinjas Einnahmen und sein im Hafen verdientes Geld zu einem der Schreiber, die auf der Straße ihre Stände hatten, für die Schreibunkundigen Anträge und Formulare ausfüllten oder ihnen amtliche Schreiben vorlasen und auch gleich beantworteten. Sie hatten viel zu tun, waren bescheiden mit ihrer Honorarforderung – sonst hätten die Armen ja nicht kommen können – und waren beliebt bei allen Analphabeten. Tawan hatte seinen speziellen Schreiber, der das Geld dreimal zählte, um ganz sicher zu sein, und dann die zehn Prozent beiseite legte. Tawan steckte sie in einen kleinen Lederbeutel. Von da an gehörte ihm das Geld nicht mehr, es waren Sundra Dakhins Rupien. Von den kleinen Lederbeuteln gab es zwei: Einen brachte jeden Samstag Dakhins Adjutant leer zu Tawan und nahm einen prall gefüllten mit.

»Wo wohnst du jetzt?« fragte Dakhin.

»In einem Hotel. Mein Dach habe ich Shakir, dem Studenten, verkauft.«

»Sind meine zehn Prozent abgerechnet?«

»Nein.«

»Warum nicht? Ein Verkauf ist eine Einnahme.«

»Die Summe ist verrechnet worden. Ich habe für Shakir fünf Tage Hospital bezahlt, aber er ist noch am gleichen Tag weggeschickt worden. Er hat das Geld zurückgefordert und will es morgen abholen. Da es sowieso weg ist, gehört das Dach jetzt ihm.«

Dakhin starrte Tawan sprachlos an. Einen Augenblick herrschte völlige Stille, dann sagte Dakhin und beugte sich dabei vor: »Bist du wirklich so ein Riesenrindvieh, Tawan? Ihr Götter alle, so etwas gibt es doch nicht! Dazu hast du ja gesagt?«

»Ja, Sundra.« Tawan spürte eine Beklemmung in sich hochsteigen. Stimmte etwas nicht? Shakir hatte alles so logisch erklärt, und nun sollte er, Tawan, ein Rindvieh sein?

»Begreifst du denn nicht«, sagte Dakhin, »daß du dem listigen Fuchs Shakir das Hospital-Geld *und* das Dach geschenkt hast? Von dem Geld hätte er dir das Dach *bezahlen* müssen. Was gibt es denn da zu verrechnen? Er hat dich um deinen Verstand gequatscht.«

»Ja, er hat ohne Pause geredet. Ich war ganz wirr im Kopf. Sundra, ich kann doch nicht rechnen, er aber ist ein studierter Mann. Ich habe geglaubt, er hat recht. Hat er mich wirklich betrogen?«

»Und wie! Aber das regeln wir. Vertraue auf mich, Tawan.« Dakhin drückte plötzlich das Kinn an den Hals. Eine Frage war noch offen, das merkte er erst jetzt. »Warum ist Shakir in ein Hospital gekommen?«

»Ich habe ihm mein Messer in die Schulter geworfen«, antwortete Tawan ehrlich.

Dakhin stöhnte auf und bedeckte mit beiden Händen die Augen. »Auch das noch! Du hirnloser Kakerlak! Dir ist nicht zu helfen! Shakir wird beteuern, das Dach sei ein Ersatz für das ihm zustehende Schmerzensgeld. Da kannst du gar nichts machen! Jeder Richter wird Shakir recht geben. Du bist der dämlichste Mensch, den ich kenne, Tawan.« Er lehnte sich wieder in seinem Sessel zurück. »Was mich nicht abhält, bei Shakir meine zehn Prozent vom Hospital-Geld zu kassieren. Hoffentlich ist er klüger als du, sonst brennt sein Dach in den nächsten Tagen ab.« Er erhob sich hinter seinem riesigen Schreibtisch. »Wann sehen wir uns wieder?« Er lachte. »Fast hätte ich gesagt: ›Sir.‹ «

Tawan lächelte schwach zurück. »Ich hätte nichts dagegen, Sir.«

»Frech warst du schon immer, aber von einer angenehmen Frechheit. Ich mag dich.« Dakhin kam um den Tisch herum, stieß Tawan freundschaftlich gegen die Brust und brachte ihn bis an die Tür. »Ich werde ja jetzt durch die Anzeigen laufend von deinen Tätigkeiten im Flughafen informiert werden. Laß dich nicht schnappen, Tawan, denn dann kann ich wirklich nichts mehr für dich tun. Dann bist du ein öffentlicher Fall. Also – viel Glück.«

»Du bist wirklich ein Freund, Sundra«, sagte Tawan ergriffen.

»Nein, dein heimlicher Partner. Nutze das nicht aus – es wird dir keiner glauben. Ich verkehre jetzt im Haus des Oberstaatsanwalts.« Es war eine deutliche Warnung, aber eiskalt wurde sie, als Dakhin fortfuhr: »In Kalkutta verschwinden täglich Hunderte von Menschen und tauchen nie wieder auf. Ich möchte nicht, daß du eines Tages auch darunter bist.«

Tawan verstand, setzte seinen Strohhut auf und verließ das Zimmer wieder als ein vornehmer, unnahbarer Mann. Der Polizist am Eingang grüßte ihn, als sei er ein hoher Offizier in Zivil.

Auf der Straße überlegte Tawan, wie er den Nachmittag beenden konnte. Der Besuch bei Dakhin war ein Erfolg gewesen, den man eigentlich feiern sollte. Ein Dieb, der von der Polizei beschützt wird, das ist wahrlich eine Ausnahme, die vielleicht nur in Kalkutta möglich ist.

Tawan beschloß, im Nanking Chinese Restaurant in der Tiretta Bazar Street einen gebackenen Fisch zu essen und dazu das gute Tsingtao-Bier zu trinken, Chinas bestes Bier, das viel besser schmeckt als die Biere aus England und vor allem die indischen. Vorher aber wollte er noch einen Umweg zur Klinik von Dr. Banda machen und Dr. Kasba besuchen.

Die Pfortenschwester behandelte ihn mit größter Höflichkeit. Sie erkannte Tawan nicht wieder, hielt ihn für einen reichen Mann und sagte ihm bereitwillig die Nummer von Dr. Kasbas Zimmer.

Tawan fuhr mit dem Lift in den zweiten Stock und wünschte sich, jetzt Randa und Dupur, den rabiaten Krankenpflegern, zu begegnen, aber er sah sie nicht. Er klopfte an Dr. Kasbas Tür und trat ein.

Dr. Kasba saß in einem Peddigrohrsessel am Fenster, las in einer Illustrierten und blickte erstaunt auf, als der elegante

Herr eintrat. Er sprang auf, wollte etwas sagen und erkannte auf den zweiten Blick Tawan Alipur. »Du?« rief er aus und dann, die neue Lage berücksichtigend: »Verzeihung, Mr. Alipur! Welche Freude, Sie wiederzusehen! Oder ist es keine Freude? Haben Sie Beschwerden?«

»Bleiben Sie bei dem Du, Dr. Kasba, bitte. Beschwerden? Nein. Mir geht es gut, sehr gut sogar. Ich merke nichts mehr von der Operation. Ich wollte Sie nur besuchen und Ihnen danken.«

»Nimm Platz.« Dr. Kasba zeigte auf einen Sessel. »Danken? Wofür? Dr. Banda hat dich operiert.«

»Sie haben mir einen Rat gegeben, und den habe ich befolgt. Ich bin in kurzer Zeit ein Mann mit einem Bankkonto geworden.«

»Man sieht es. Du bist kaum wiederzuerkennen. Du machst gute Geschäfte? Mit was?«

»Ich bin der beste aller Taschendiebe geworden. Bald habe ich das Kapital für ein Geschäft zusammen. Es war Ihr Rat, Dr. Kasba.«

Der Arzt schwieg. Ich habe einen Kriminellen aus ihm gemacht, dachte er. Aber eigentlich war er das ja immer. Ich habe nicht gewollt, daß er meinen Scherz ernst nimmt. Ich hatte mich nur daran erinnert, daß ich auch aus den Slums komme, und mich gefragt, was ich tun würde, wenn ich an seiner Stelle wäre. Er hob schnuppernd die Nase und blickte Tawan ins Gesicht. »Du hast getrunken?«

»Ja, zwei Biere. Aus China.«

»O Gott, die wünsche ich mir jetzt auch.« Er setzte sich Tawan gegenüber. »Kann ich dir irgendwie helfen?«

»Nein. Ich wollte Sie nur wiedersehen. Sie waren der erste Mensch, der mich gut behandelt hat. Für alle anderen war ich so viel wert wie eine Ratte. Sie haben mir die Kraft gegeben zu sagen: Ich bin ein Mensch. Sie wissen nicht, wie wertvoll das ist.«

Und ob ich das weiß! Dr. Kasba ging an das Fenster und

blickte in den Park. Als kleiner Junge habe ich am Hafen gewartet, bis die Trawler vom Meer zurückkamen in die Stadt und ihren Fang für den Fischmarkt am Morgen an Land brachten. Jedesmal ist es mir gelungen, ein paar Fische zu stehlen. Einmal, an einem Freitag – ich weiß es noch, als sei es gestern gewesen –, fiel aus einer großen Kiste auf einem Lastwagen ein ganzer, schöner, glänzender Delphin, schon aufgeschlitzt und ausgenommen. Er lag neben dem Auto auf dem Boden, keiner sah ihn, an Kranhaken schwebten neue Fischleiber an Land, und der Delphin lag unter den Hinterrädern, für alle unsichtbar. Da habe ich ihn vorsichtig hervorgezerrt. Er war ein schwerer Brocken, ich wußte, daß ich ihn nie tragen konnte, ich war ja nur ein kleiner, schmächtiger Junge, aber ich schleifte ihn über die Straße, weg vom Kran, hinter einen Schuppen, und dort versuchte ich den glatten, glitschigen Leib auf meine Schulter zu heben. Es ging nicht. Da stemmte ich ihn auf eine alte Benzintonne, bückte mich und schob mich darunter. Mit zitternden Beinen richtete ich mich auf, umklammerte den großen Fisch und schwankte davon. Es war, als trüge ich ganz allein einen dicken Baumstamm davon, ich, ein kleiner Junge, aber Schritt für Schritt kam ich vorwärts. Ich sagte nach jedem Meter zu mir: Sudra, du mußt den Fisch zu deiner Mutter bringen, du mußt. Er reicht für eine ganze Woche Leben, wir werden alle satt und glücklich sein. Sudra, halte durch! Sudra, der Fisch will dich erdrücken, will dich besiegen, zeig ihm, daß du stärker bist als er! Zeig es ihm! Zwei Stunden lang habe ich mir das zugeschrien.

So erreichte ich unsere Straße in den Slums. Aber hier ging der Kampf erst richtig los. Von allen Seiten stürzten sie heran und wollten mir meinen Delphin wegnehmen. Ich war ja nur ein kleiner, wehrloser Junge, aber ich verteidigte meinen Fisch. Ich ließ ihn fallen, schrie um Hilfe, stach mit meinem Messer um mich, bekam einen Stich in den linken Oberarm, es blutete stark, was mich noch wilder machte, und dabei schrie und schrie ich. Es muß wie eine Sirene geklungen haben. Auch meine Mutter rannte herbei, hatte eine Eisenstange bei sich und schlug damit um sich, und während sie die Stange kreisen ließ, schleppte ich den Delphin zu unserer Hütte, und hier endlich war er sicher.

Stolz aß ich am Mittag mein erstes gebratenes Fisch-Steak. Ich hatte mich durchgesetzt, ich hatte gesiegt, ich hatte einen Riesenfisch, den ich nicht tragen konnte, dennoch nach Hause gebracht. Ich war ein Mann geworden! Von diesem Tag an wurde ich in den Slums anerkannt. Welch ein Gefühl war das!

Tawan, wenn dich einer versteht, bin ich es.

Tawan unterbrach das lange Schweigen. »Doktor?« fragte er.

Dr. Kasba wurde aus seinen Gedanken gerissen und drehte sich um. »Ja?«

»Darf ich etwas fragen?«

»Frage nie, ob du fragen *darfst*. Frage einfach.«

»Wie geht es dem Mann, der meine Niere bekommen hat?«

»Auch gut. Er wird morgen entlassen.«

»Jetzt erst?«

»Er ist nicht so robust wie du und schon dreiundsechzig Jahre alt.« Dr. Kasba warf einen Blick aus dem Fenster und winkte Tawan zu sich. »Du hast Glück. Er geht gerade im Park spazieren. Sieh ihn dir an.«

Tawan lief ans Fenster.

Unten, den Rücken ihm zugekehrt, ging ein dicklicher Mann mit eisgrauen Haaren spazieren. Neben ihm trippelte Schwester Myriam und lachte ab und zu laut, bog sich in den Hüften und schlug einmal sogar dem Mann auf den Unterarm. Er mußte sehr eindeutige Witze erzählen, wenn Schwester Myriam sich so benahm.

Tawan starrte auf den Mann und schluckte mehrmals, als säße etwas in seiner Kehle fest. »Meine Niere«, sagte er leise. »Da geht meine Niere spazieren. Ohne meine Niere wäre er jetzt tot.«

»Ja.«

»Ein fröhlicher Mensch. Wie sie lachen...« Tawan krallte die Finger um das Fensterbrett. »Kann ich seinen Namen wissen?«

»Nein. Strengstes Gesetz der Klinik. Du weißt es doch.«

»Machen Sie eine Ausnahme, Doktor.«

»Nein. Auch bei dir nicht.«

»Wo kommt er her?«

»Aus Amerika. Das ist das Äußerste, was ich dir sagen kann. Und das ist schon zu viel.« Dr. Kasba zerrte Tawan vom Fenster weg. »Du siehst, du hast mit deiner Niere ein gutes Werk getan.«

Unten am Springbrunnen sagte Edward Burten zur gleichen Zeit: »Morgen abend bin ich in der Luft, Richtung New York. Und übermorgen liege ich mit Lora im Bett. Wissen Sie, wie einem Mann zumute ist, wenn er nach so langer Zeit wieder eine Frau in den Armen hält? Das prickelt von den Haarspitzen bis zu den Zehenspitzen. Lauter kleine elektrische Schläge.«

»Das scheinen Ihre einzigen Gedanken zu sein, Sir.«

»Kann man es mir verübeln? Lora ist eine wunderschöne Frau. Ich habe eine unendliche Sehnsucht nach ihr. Sie ist dreißig Jahre jünger als ich und schenkt einem alten Mann wie mir eine neue Jugend. Solange sie lebt, werde ich nie ein mümmelnder Greis sein.« Burten hakte sich bei Myriam unter. »Du wärst auch so ein Jungbrunnen für mich.«

»Ich könnte mit Ihnen nichts anfangen, Sir. Ich sehe in älteren Männern immer nur meinen Vater.«

»Das soll's geben. Bist ein braves Mädchen, Myriam.«

Sie setzten sich auf eine der weißen Bänke und blickten in die Kaskaden des Springbrunnens.

»Vor meinem Abflug, am Vormittag, werde ich noch Mutter Teresa besuchen. Kennst du sie? Erzähl mir von ihr. Bei uns ist sie fast wie eine Heilige.«

»Sie ist ein Engel der Elenden. Der letzte, tröstende Blick der Sterbenden. Die Mutter der Ärmsten. Ich bewundere sie.«

»Auch wenn du keine Christin bist, Myriam?«

»Ich bin eine Hindu. Unser Land ist voller Gegensätze infolge der Religionen und der Einstufung der Menschen in Kasten. Sie bestimmen das Leben jeden Inders, verhindern jede Einheit des indischen Volkes und werden immer wieder blutige Auseinandersetzungen provozieren. Bei Mutter Teresa ist alles so einfach: Ein Mensch ist ein Mensch, weiter nichts. Und jeder Mensch braucht die Zuneigung seiner Mitmenschen. Das hört sich so einfach an und ist doch ein tiefer Eingriff in die Gewohnheiten der Menschen und ihr egoistisches Leben. Gleichgültigkeit dem anderen gegenüber ist der Tod der helfenden Liebe. Ihr Bibelwort: ›Liebet euren Nächsten‹ ist Mutter Teresas Lebensaufgabe geworden.«

»Du lieber Himmel!« Burten blieb erstaunt stehen. »Du bist nicht nur ein hübsches Mädchen, sondern auch ein sehr kluges.«

»Was wollen Sie bei Mutter Teresa?«

»Ich habe mir gedacht, sie kann eine kleine Spende vertragen. Ihr habt mir hier ein neues Leben gegeben. Dem unbekannten Spender kann ich nicht danken, weil Dr. Banda mir seinen Namen nicht nennen will, aber von ihm kam der Vorschlag, meinen Dank an Mutter Teresa weiterzugeben.« Ein merkwürdiger, ein gespaltener Mensch, dieser Dr. Banda, dachte Burten plötzlich. Verehrt Mutter Teresa und füttert seine Tiger mit Menschenfleisch. Das paßt doch nicht zusammen! Schwester Myriam verstärkte das Rätsel noch mehr, als sie sagte: »Der Chef ist ein guter Freund von Mutter Teresa. Er besucht sie öfter, und er hat schon viel bei ihr operiert, natürlich ohne Honorar, wenn ihm Mutter Teresa aussichtslose Fälle zeigte. Einige Kranke hat er retten können.«

»Und die anderen, die, welche starben?«

»Deren Begräbnis hat Dr. Banda übernommen.«

Burten zog den Kopf zwischen die Schultern. Sie wurden in die Tiefkühlkisten der Gärtnerei gebracht, dachte er schaudernd. Sie wurden in handliche Portionen zerteilt und an die Tiger verfüttert. Der Wohltäter als Menschenschlächter. Es gab nur eine Erklärung dafür: Dr. Banda war ein Irrer! Ein genialer Irrer mit goldenen Chirurgenhänden. Ein Monstrum, von allen geachtet und verehrt.

Burten atmete tief durch. »Ich freue mich, Myriam, daß ich morgen nach Hause fliegen kann«, sagte er unsicher. »Auch wenn ich mich in diesem Krankenpalast hier wohl gefühlt habe.«

»Wir werden uns in einem Jahr wiedersehen, Sir. Zur Nachkontrolle.«

»Das glaube ich kaum, meine Süße.« Burten sagte es mit vollster Überzeugung. Nach Kalkutta kam er nie wieder, das war ihm jetzt bewußt.

Es würde ihn sogar Überwindung kosten, Dr. Banda zum Abschied die Hand zu drücken, die Hand, die ihm das Leben gerettet hatte. Er wußte, daß ein eiskalter Hauch durch seinen Körper ziehen würde.

Ein einziges Mal hatte er bisher so etwas erlebt, vor siebzehn Jahren. Da hatte der Besitzer einer Fast-food-Restaurantkette, ein Mr. James Baldwin, sich eine Kugel in die Stirn gejagt, und Burten hatte den Toten im Leichenschauhaus besucht. Auch Baldwins Frau war zugegen gewesen, und sie hatte Burten vor allen Leuten ins Gesicht geschleudert: »Sie sind an seinem Tod schuld! Sie haben ihn auf dem Gewissen! Sie haben ihn in den Konkurs getrieben, um seine Restaurants billig zu übernehmen! Sie sind ein Teufel, ein Teufel, ein maskierter Mörder!« Dann war sie an der Gefrierschublade des Leichenschauhauses zusammengebrochen. Burten hatte geschwiegen, Baldwin noch einmal angeblickt und war dann gegangen. In ihm aber hatte sich eine Kälte ausgebreitet, die ihn fast lähmte. Jeder Schritt war ein Kampf gegen die Vereisung seiner Knochen gewesen, so war es ihm vorgekommen.

Nicht anders würde es bei Dr. Banda sein, wenn er seine Hand berührte. Burten wußte das und nahm sich vor, den Abschied so weit wie möglich abzukürzen. »Gehen wir ins Haus«, sagte er. »Ich will anfangen, meine Koffer zu packen.«

»Jetzt schon? Sie fliegen doch erst morgen abend.«

»Du kennst mein Programm für morgen. Da bleibt wenig Zeit.«

»Ich werde Ihnen beim Kofferpacken helfen, Sir.«

»Dann macht es mir besonderen Spaß. Myriam, trotz Lora werde ich dich vermissen.«

»Ich Sie auch, Sir.«

»Verdammt! Ist das eine Liebeserklärung?« Burten blieb ruckartig stehen. »Myriam –«

»Nein, Sir. Ich bin verlobt. Aber Sie waren ein geduldiger, angenehmer Patient. Sie haben sich nie beschwert. Und wir haben viel miteinander gelacht.«

»Gibt es weniger angenehme Patienten?«

»O Gott!« Schwester Myriam winkte ab. »Es gibt Patienten, die meinen, ihr Geld habe sie auf den Thron eines Halbgottes erhoben. Sie beschweren sich nur, aus Prinzip: Die Suppe ist zu kalt, die Suppe ist zu warm, das Gemüse ist zu wenig gesalzen, das Gemüse ist versalzen, das Fleisch ist zu trocken, ist zu fett, ist zu hart, ist zu weich, das Bett knarrt, das Vogelgezwitscher morgens stört den Schlaf, der Springbrunnen plätschert zu laut. Alles ist nicht richtig, und wir müssen nicken und sagen: ›Wir stellen es ab, Sir! Wir sagen der Küche Bescheid, Madame. Wir werden es nachprüfen, Sir.‹«

»Und das laßt ihr euch gefallen?«

»Die Patienten zahlen gut...«

»Ich würde ihnen bei Gelegenheit eine Spritze in den Hintern jagen, daß sie aufjubeln.«

»Das würde die sofortige Entlassung bedeuten.«

»Wunderbar! Myriam, ich engagiere dich nach New York! Ich mache dich zur Leiterin des Erholungsheims der ›Edward-Burten-Stiftung‹.«

»Und mein Verlobter?«

»Für den finden wir in meinen Betrieben bestimmt eine gute Stellung. Was macht er denn?«

»Er studiert. Sprachen und Ökonomie.«

»Der richtige Mann für mich! Myriam, überlege es dir. Ich hole dich sofort nach New York.«

Burten und Schwester Myriam gingen untergehakt ins Haus.

Tawan wischte sich über das Gesicht. »Es hat mich komisch berührt, meine Niere spazieren gehen zu sehen.«

»Du hast das Glück gehabt, deine Niere noch zu sehen«, sagte Dr. Kasba sarkastisch. »Ein Herzspender kann das nicht.«

»Sie verpflanzen auch Herzen?« fragte Tawan und dachte dabei an das Gespräch, das er mit Chandra Kashi geführt hatte. »Sie kennen das Labor von Chandra?«

Dr. Kasba zögerte deutlich. Dann antwortete er knapp: »Ja.«

»Ich habe mit Kashi einen mündlichen Vertrag geschlossen.«

Dr. Kasba sah Tawan mit einem fast mitleidigen Blick an. Als Tawan schwieg, fragte er: »Du hast ihm mehr verkauft als deine Niere?«

»Noch nicht.« Tawan ging wieder zum Fenster. Der Park war leer, in die Fontäne des Springbrunnens zauberte die Sonne bunte Sterne. »Gilt ein mündlicher Vertrag?«

»Ein schriftlicher wäre besser.«

»Kashi möchte, daß ich ihm nach meinem Tod meinen ganzen Körper zur Verfügung stelle. Er kann alles gebrauchen, sagte er.«

»Das stimmt, Tawan.« Dr. Kasba trat zu ihm ans Fenster. »Ein toter Mensch ist heute ein wertvolles Ersatzteillager. Das Herz, die Leber, die Lunge, die Milz, deine zweite Niere, deine Knochen, dein Knochenmark, deine Bauchspeicheldrüse, alles kann man verwerten und transplantieren. Dr. Banda macht alles, er traut sich an die gewagtesten Operationen. Nur erfährt es niemand. Wenn eine chirurgische Sensation in den Zeitungen steht, Dr. Banda hat sie längst in aller Stille praktiziert. Er ist wirklich ein Genie. Aber –« Dr. Kasba überlegte. Wie sage ich es ihm, ohne daß er in Panik gerät? Soll ich grausam ehrlich sein, oder soll ich nur andeuten? »Ich gebe dir wieder einen

Rat, Tawan. Paß auf dich auf. Ein Unfall ist schnell geschehen, und du bist auch schnell in ein Auto gezerrt, und man sieht dich nie wieder.«

»Ich habe davon gehört, Doktor.« Tawan sah Dr. Kasba forschend an. »Ich weiß, daß man kräftige, gesunde Menschen jagt, um sie auf Bestellung auszuschlachten. Es soll in den Zeitungen gestanden haben. Auch Kinder sind verschwunden. Aber so etwas tut Kashi doch nicht. Er ist ein ehrlicher Geschäftsmann, er kauft und verkauft. Er ist kein Menschenjäger.«

Dr. Kasba schwieg. Ich habe genug gesagt, dachte er. Tawan ist gewarnt. Ich weiß, was ich weiß, und das ist arg genug. Eine Mitwisserschaft ist eine Mittäterschaft; wenn ich daran denke, hilft nur die Flucht in den Suff. Warum saufe ich denn, Dr. Banda? Weil es mir so gut schmeckt? Ich hasse den Alkohol, aber immer, wenn ich im OP stehe und ein Herz wird transplantiert oder eine Leber oder eine Augenlinse, frage ich mich: Ist der Spender wirklich durch einen Unfall gestorben, oder hat man seinem Tod nachgeholfen? Und dann muß ich saufen, saufen bis zur Bewußtlosigkeit, um zu vergessen, was ich denke. »Was hast du weiter vor, Tawan?« fragte er, um von diesem Thema abzulenken.

»Ich werde wahrscheinlich ein Taschendieb bleiben. Es ist ein müheloser Verdienst und mehr, als man mit einem Geschäft verdienen kann. Wenn ich genug Geld zusammen habe – wer weiß, was ich dann tue? Mir geht es nur darum, daß Vinjas Leben ein schönes Leben wird.«

»Ich wünsche dir viel Glück, Tawan.« Dr. Kasba klopfte ihm auf die Schulter und brachte ihn sogar vor die Tür. »Und paß auf dich auf.«

»Ich werde Sie wieder besuchen, Doktor.« Tawan war glücklich, in Dr. Kasba einen Freund gefunden zu haben. »Ich werde Ihnen alles erzählen, was ich getan habe oder tun werde.«

Wir Kinder aus den Slums, dachte er, als er mit dem Lift in

die große Eingangshalle fuhr. Woher wir kamen, werden wir nie vergessen, auch wenn du ein Arzt bist und ich vielleicht in ein paar Jahren ein Millionär.

Tawan hatte Glück. Vor der Klinik hielt ein Taxi, eine junge, schöne Frau stieg aus, eine Brahmanin; auf ihrer Stirn glänzte hennafarben der Punkt, wie ihn die stolzen Inderinnen tragen. Sie warf einen schnellen Blick auf den eleganten Herrn im weißen Seidenanzug, ein Blick, der Tawan wie ein heißer Strahl durchdrang. Er blieb stehen, starrte ihr nach, als sie die Klinik betrat, und nahm sich vor, Dr. Kasba noch morgen zu fragen, wer die schöne Dame sei.

»Wohin, Sir?« fragte der Taxifahrer, als Tawan in den Wagen gestiegen war.

Ja, wohin? Tawan hatte kein Ziel, aber plötzlich fiel ihm ein, daß er den Lehrer Dupar Dasnagar sprechen wollte, der Vinja in die Schule aufgenommen hatte und ein guter Mensch sein sollte. So hatte es Sangra geschildert. »Zur Masjid Bari Street«, sagte er. »Nummer 23.«

Er lehnte sich in die Polster zurück und dachte über das nach, was Dr. Kasba ihm gesagt hatte. Man jagte Menschen, Erwachsene und Kinder, um ihre gesunden Organe auf andere Menschen verpflanzen zu können. Paß auf dich auf, Tawan, hatte er gesagt. War das eine Warnung? Vor wem hat er mich gewarnt? Er kann damit unmöglich Kashi gemeint haben. Kashi tut so etwas nicht. Er bezahlt, aber er raubt nicht. Und außerdem weiß niemand, mit Ausnahme von Dakhin, daß ich jetzt im Hotel Bambusgarten wohne.

Er schloß die Augen und mußte ein paar Minuten geschlafen haben, denn die Stimme des Chauffeurs weckte ihn.

»Wir sind da, Sir.«

Tawan zahlte und stieg aus. Wieder ein Schritt in ein neues Leben, dachte er. Ich werde schreiben, lesen und rechnen lernen. Dann steht mir nichts mehr im Weg.

Der Lehrer Dupar Dasnagar war ein Mann von kleiner Statur, im mittleren Alter, trug auf der Nase eine randlose Brille mit dicken Gläsern, lebte in einer Dreizimmerwohnung, was in Kalkutta ein ungeheurer Luxus war, und hatte eine rundliche Frau. Sie öffnete auf Tawans Klingeln; sie trug den landesüblichen bunten Sari.

»Ist der Lehrer Dasnagar zu sprechen?« fragte Tawan höflich.

Die Frau musterte den feinen Herrn; sie konnte sich nicht erklären, was ein reicher Mann bei einem armen Lehrer zu suchen hatte. »Was wollen Sie von ihm?« fragte sie ausweichend zurück.

»Ich will ihn sprechen. Es ist wichtig, sonst wäre ich nicht hier.«

Die Frau gab die Tür frei und zeigte ins Innere der Wohnung. »Treten Sie ein.« Dann rief sie mit etwas schriller Stimme: »Dupar! Dupar! Da ist ein Herr gekommen, der dich sprechen will!« Und als keine Antwort erfolgte, zuckte sie resignierend mit den Schultern. »Er studiert wieder in seinen französischen Büchern. Da hört und sieht er nichts mehr.« Sie brachte Tawan zur Tür des Wohnzimmers, stieß sie auf und ließ ihn eintreten.

Das Zimmer war mit Rattanmöbeln ausgestattet, ein Teppich, der fast den ganzen Boden bedeckte, schien Dasnagars ganzer Stolz zu sein. Er hatte alle Möbel an die Wände gerückt, damit jeder das Medaillon in der Mitte des Teppichs sehen konnte. Er hob den Kopf, legte ein Buch beiseite und stand von seinem Rattansessel auf.

Tawan nahm den Strohhut ab. »Sie sind der Lehrer Dasnagar?« fragte er.

»Wenn meine Frau Sie zu mir führt, muß ich es sein. Womit kann ich dienen, Sir?«

»Ich bin Tawan Alipur.«

Schweigen. Dasnagar schien auf weitere Erklärungen zu warten, ein Name sagte ihm gar nichts.

»Ich bin der Onkel von Vinja«, fuhr Tawan etwas irritiert fort.

»Eine Schülerin unserer Schule?«

»Sie haben Vinja großzügig aufgenommen, obwohl sie schon acht Jahre alt ist. Ich möchte Ihnen danken.«

»Ich kann mich nicht erinnern.« Der Lehrer kratzte sich an der rechten Backe. »Vinja? Ich weiß im Moment wirklich nicht –«

»Das Mädchen mit dem verkrüppelten linken Fuß.«

»Ach die? Frau Bangaon hat sie mir gebracht. Jetzt weiß ich es.« Dasnagar wies auf einen der Sessel, die an der Wand standen. »Bitte, setzen Sie sich, Mr. Alipur. Warum wollen Sie mir danken? Es war doch selbstverständlich, einem lernwilligen Menschen einen Schulplatz zu geben.«

»Das macht mir Mut.« Tawan atmete tief auf. »Geben Sie auch Privatunterricht?«

»Sie meinen: hier im Haus?«

»Ja. Unterricht für Erwachsene.«

»Nein.«

»Aber wenn nun ein Erwachsener käme und zu Ihnen sagte: ›Lehrer Dasnagar, ich möchte lesen, schreiben und rechnen lernen, so schnell wie möglich. Was es kostet, ist keine Frage‹, was würden Sie dann antworten?«

»Ich weiß nicht«, sagte Dasnagar zögernd.

»Natürlich würde er sagen: ›Kommen Sie! Wenn Sie mir für die Stunde eine gute Summe zahlen, bin ich bereit‹«, warf Frau Dasnagar schnell ein.

Tawan lächelte und legte ein Bündel Geldscheine auf den Tisch, der auch an der Wand stand. »Ihre Frau ist geschäftstüchtiger als Sie, Lehrer Dasnagar. Hier liegt eine schöne Summe.«

»Und wer will lernen? Für wen sprechen Sie, Sir?«

»Für mich. Ich will lernen.«

»Sie?« Dasnagar musterte den Besucher und schüttelte den Kopf. »Ich nehme an, ich kann von Ihnen lernen.«

»Bestimmt. Aber es ist eine Kunst, die nicht zu Ihnen paßt.« Tawan straffte sich im Sitzen. »Herr Dasnagar, ich bitte Sie darum, mein Lehrer zu sein.«

Dasnagar zögerte noch immer, obwohl seine Frau ihm von der Tür aus ermunternd zuwinkte. »Ich begreife das nicht, Mr. –«

»Alipur.«

»Ja. Sie haben doch im Leben schon allerhand geleistet –«

»Ich bin dabei.«

»Sie haben viel Geld, Ihr Aussehen beweist Ihren Erfolg –«

»Aber ich kann nicht lesen und schreiben.« Tawan wischte sich über das Gesicht. Es war besser, die Wahrheit zu sagen, als den reichen Mann zu spielen. »Ich hatte nicht das Glück, Eltern zu haben, die uns Kinder satt werden ließen. Wir haben oft aus der Mülltonne gelebt.«

»Sie stammen aus den Slums, stimmt's?«

»Ja.«

»Und was sind Sie jetzt?«

»Ich habe ein Unternehmen gegründet.« Tawan griff in die Kiste, in der er alle Antworten auf solche Fragen gesammelt hatte. »Noch klein, aber es macht Gewinn. Ich wechsle Geld.«

»Ohne rechnen zu können?« fragte Dasnagar mißtrauisch.

»Ich erkenne an der Farbe der Geldscheine, wieviel sie wert sind. Es war mühsam, das zu lernen. Am besten komme ich mit Dollars zurecht.«

Dasnagar schüttelte wieder den Kopf. »Eine besondere Begabung. Ohne Zahlen zu kennen, macht man ein Wechselgeschäft auf.« Er musterte Tawan noch einmal von oben bis unten und nickte dann mehrmals. »Sie könnten ein guter Schüler werden, Mr. Alipur.«

»Darum bin ich zu Ihnen gekommen. Ich will in kurzer Zeit nachholen, was ich die ganzen Jahre versäumt habe. Ist das möglich?«

»Das liegt an Ihnen.« Dasnagar beugte sich vor, raffte das Geldbündel vom Tisch und steckte es in seine Hosentasche.

Seine Frau atmete auf – ein Lehrer in Indien gehört zu der Schicht, die nicht darbt, aber immer am Rande der Armut balanciert. »Trinken Sie eine Tasse Tee, Sir?« fragte die Frau.

»Das würde mich freuen«, antwortete Tawan höflich.

»Sofort, Sir.«

Nun da sie allein waren, beugte sich Dasnagar wieder vor, und seine dicken Brillengläser funkelten. Er war seit dreißig Jahren Lehrer in Kalkutta, er kannte die Menschen und las in ihren Gesichtern, Bewegungen und Gesten wie in einem Buch. »Wann können wir anfangen, Mr. Alipur?« fragte er.

»Übermorgen. Am besten abends.«

»Wissen Sie, wieviel Rupien Sie mir eben gegeben haben?«

»Was Sie sich genommen haben.«

»Sagen Sie die Summe.«

»Ich weiß es nicht.« Tawan hob bedauernd die Schultern. »Aber es war bestimmt genug.«

»Sie werfen Geld hinaus und wissen nicht einmal, wieviel. So werden Sie nie Ihr Ziel erreichen. Kennen Sie Rockefeller?«

»Nein.«

»Ein amerikanischer Milliardär. Er hat sein Geld mit Ölquellen verdient, und er galt einmal als einer der reichsten Männer der Welt. Von ihm gibt es den Lehrsatz, den sich jeder merken sollte: ›Ich bin reich geworden von dem Geld, das ich nicht ausgegeben habe.‹«

»Ein guter Spruch.«

»Es gibt noch mehr davon. Nicht allein lesen, schreiben und rechnen sind wichtig, auch die Lehren, die uns das Leben anbietet und die viele nicht sehen.«

»Und bei Ihnen kann ich das alles lernen?«

»Ich hoffe es.«

»Ich werde ein fleißiger, gehorsamer Schüler sein, Herr Dasnagar.« Tawan streckte die Hand aus, und Dasnagar ergriff sie und drückte sie. Das war wie die Unterzeichnung eines Vertrages, der Jahre gelten würde. »Ich weiß, daß ich in Ihnen den richtigen Lehrer gefunden habe.«

Am Morgen zwei Tage darauf fuhr Tawan wieder zu seinem Arbeitsplatz, der Ankunftshalle des Flughafens.

Vor dem Ausgang wartete der Taxifahrer Subhash und stürmte ziemlich nervös auf Tawan zu. »Was ist passiert?« rief er. »Den ganzen Tag habe ich gestern gewartet. Zwei Maschinen aus Neu-Delhi, eine aus Tokio, eine aus Sydney. So viel Geld, und du bist nicht da!«

»Ich war verhindert.« Tawan rückte seinen Strohhut etwas in den Nacken. »Ist die Maschine aus Jakarta schon da?«

»Sie hat zwanzig Minuten Verspätung.«

»Das ist gut. Wir nehmen die Maschine aus Jakarta und die Maschine aus Tokio, eine Stunde später.«

»Zwei hintereinander?« Subhash sah Tawan zweifelnd an. »Ist das nicht zu gefährlich?«

»Einen ängstlichen Partner kann ich nicht brauchen«, sagte Tawan etwas hochnäsig. »Man muß wagen, um zu gewinnen.«

»Und mit dummen Sprüchen macht man sich nur selbst besoffen!« Subhash drehte sich um. »Ich warte mit laufendem Motor und offener Tür«, rief er über die Schulter hinweg. »Greif richtig zu, ich habe mit meinen zwanzig Prozent schon Pläne gemacht.«

Tawan betrat die Ankunftshalle, sah sich um, kaufte sich eine Zeitung, stellte sich unter die Wartenden und tat, als ob er lese.

Sein Aufstieg zum angenehmen Leben setzte sich fort.

3

Edward Burtens Abschied von der Klinik Dr. Bandas war kurz und ziemlich wortkarg.

In seinem Ordinationszimmer empfing Dr. Banda kaum zehn Minuten den Abreisenden, nachdem ihm die Verwaltung mitgeteilt hatte, daß Burten per Scheck alle Kosten bezahlt und sogar tausend Dollar in die Personalkasse gestiftet habe.

»Ich gratuliere«, sagte Dr. Banda mit seinem verbindlichen, rätselhaften Lächeln. »Die letzten Laborwerte sind hervorragend. Ihre neue Niere arbeitet wie eine gut geölte Maschine. Ich kann Sie mit ruhigem Gewissen entlassen, Sir.«

Hast du überhaupt ein Gewissen? dachte Burten. Gleich muß ich dir die Hand geben, und es wird mir schwerfallen, auch wenn diese Hände mein Leben gerettet haben. »Daß ich lebe, verdanke ich Ihren goldenen Händen«, sagte er mit etwas brüchiger Stimme. »Ich werde Ihnen das nie vergessen.«

»Wir hatten beide Glück, Sir.« Dr. Banda, elegant wie immer in einem beigefarbenen Anzug aus federleichter Wolle, kam um seinen Schreibtisch herum. »Sie, weil zur richtigen Zeit der richtige Spender gefunden wurde, ich, weil ich gerade in Ihrem Fall ohne Risiko operieren konnte. Trotzdem: Ich muß Sie in spätestens einem Jahr hier in Kalkutta wiedersehen. Und vergessen Sie nicht: Bei den geringsten Anzeichen einer Anormalität der Niere sofort anrufen und das nächste Flugzeug nach Indien buchen! Auch wenn alles glänzend verlaufen ist, möglich ist alles. Der Mensch ist das komplizierteste Wesen überhaupt. Ach ja«, Dr. Banda spielte den Untröstlichen vollkommen, »wir wollten ja noch zu Mutter Teresa. Da muß ich Ihnen absagen, Sir. Aus London kommt ein neuer Problempatient zu mir. Es ist mir unmöglich, den Termin zu verschieben. So gern ich mit Ihnen zu Mutter Teresa gegangen wäre, man ruft nach dem Arzt, und ich muß da sein. Sie verstehen?«

»Das ist doch selbstverständlich.« Burten nickte. Du Heuchler, dachte er. Auch in einem Jahr werden wir uns nicht sehen, es gibt genug gute Ärzte in den Staaten.

»Es tut mir aufrichtig leid.« Wer Dr. Banda jetzt ansah, konnte nicht anders als ihm die Lüge glauben. »Aber ich habe einen guten Ersatz für mich, der Ihnen«, Banda zwinkerte, »bestimmt lieber ist als ich. Schwester Myriam wird Sie zu Mutter Teresa begleiten.«

»Das ist ein wunderbares Abschiedsgeschenk.« Burten freute sich wirklich. Sein im letzten Gespräch mit Schwester Myriam geäußerter Gedanke hatte sich zu einem Plan entwikkelt: Ich hole sie nach New York, aus einer Klinik, wo Tiger mit Menschenfleisch gefüttert werden.

Dr. Banda streckte seine Hand vor.

Burten blieb keine Wahl, er ergriff sie und drückte sie ohne Kraft. Das wär's, dachte er und zog seine Hand zurück. »Wann kann mich Schwester Myriam begleiten?« fragte er und blickte in Dr. Bandas verdammtes Lächeln.

»Wann Sie wollen. Sie wird Sie auch zum Flugzeug begleiten. Ihr Tag ist Ihnen gewidmet.«

»Dann möchte ich keine Zeit versäumen.« Burten ging zur Tür. Dr. Bandas ewiges Lächeln folterte seine Nerven. »Ich hatte jetzt drei Wochen, in denen Zeit keine Rolle spielte; ab heute heißt es wieder: Zeit ist Geld.«

»Ich wiederhole: Werden Sie nicht übermütig, Mr. Burten. Sie fühlen sich wie verjüngt, aber das Geburtsdatum bleibt das gleiche. Es ist alles relativ. Was haben Sie als nächstes vor?«

»Ich werde mich einen Monat lang auf den Fidschi-Inseln erholen oder auf Hawaii, mit Lora natürlich. Doch, es ist wie früher: Wir verbrennen vor Sehnsucht nacheinander.«

»Noch eine Wiederholung!« Dr. Banda wedelte scherzhaft

mit dem Zeigefinger. »Keine extremen Turnübungen! Nicht, daß ich Ihnen auch noch ein Herz implantieren muß.«

»Keine Sorge.« Burten bemühte sich ebenfalls um ein Lächeln. »Auch auf kleiner Flamme kann man kochen. Leben Sie wohl, Dr. Banda.«

»Bis zum nächsten Jahr, Sir. Auch Ihnen alles Gute.«

Burten verließ das Ordinationszimmer. Draußen auf dem Flur atmete er auf und breitete die Arme aus, als wolle er die ganze Welt umarmen. In einem Jahr? Du siehst mich nie wieder, Ratja Banda... Ed, alter Junge, jetzt hast du wieder ein tolles Leben vor dir! Mit dreiundsechzig Jahren bist du noch im vollsten Saft. Dreiundsechzig ist doch kein Alter. Und außerdem hast du jetzt eine junge Niere.

New York, der alte Ed Burten kommt zurück!

Auf der Fahrt zur Missionsstation von Mutter Teresa versuchte Burten noch einmal, Schwester Myriam davon zu überzeugen, daß New York das richtige Pflaster für ihr weiteres Leben sei. »Myriam«, sagte er, »überleg dir's genau. Es ist die große Chance für dich! Hier in Kalkutta hast du keine Zukunft, du wirst ewig eine Stationsschwester bleiben. Willst du das?«

»Es ist eine Ehre, bei Dr. Banda zu arbeiten, Sir. Er ist ein wunderbarer Arzt.« Schwester Myriam blickte aus dem Fenster des Taxis auf das quirlige Leben auf den Straßen, auf das Menschengewühl, das die Plätze und Märkte beherrschte, und das Chaos, das Autos, Busse, Karren, heilige Kühe und Fahrräder verursachten. »Kalkutta verlassen? Für immer? Mein Kalkutta? Ich kann mir das nicht denken.«

»Kalkutta ist eine Kloake gegen New York.«

»Aber es ist meine Heimat, Sir.«

»Ich bleibe bei meinem Angebot: Du wirst Leiterin des Erholungsheims der ›Edward-Burten-Stiftung‹. Ich werde das Heim mit angeschlossener Klinik für Innere Medizin nach den neuesten Erkenntnissen bauen. Es wird der modernste Bau der Staaten werden. Was Ed Burten anpackt, ist immer super!«

»Das bezweifelt keiner, Sir. Aber –«

»Ich lasse kein Aber gelten! Myriam, du bist zu schade für Kalkutta! Ich biete dir ein klotziges Gehalt, dir und deinem Verlobten.«

»Auch er wird Kalkutta nicht verlassen. Wir gehören hierher, Sir. Vielleicht verstehen Sie das nicht –«

»Nein! Das verstehe ich wirklich nicht. Dir steht die ganze Welt offen, und du verkriechst dich in einem Misthaufen! Sieh doch mal mit klarem Blick aus dem Fenster. Dieser Dreck, dieses millionenfache Elend.« Sie näherten sich jetzt der Missionsstation Mutter Teresas. Die Armut, durch die sie hindurchfuhren, war erschreckend. »Dem kannst du entfliehen.«

»Ich will ihm gar nicht entfliehen. Ich bin darin aufgewachsen, ich gehöre dazu. Fliehen ist keine Lebensaufgabe, Sir. Ich habe meinen Beruf, ich kann Menschen helfen.«

»Millionären, die sich alles kaufen können, ein Herz, eine Leber oder eine Niere, wie ich.«

»Wenn Sie zu uns kommen, sind es kranke, arme Patienten an der Schwelle des Todes. Wie elend waren Sie, als Sie eingeliefert wurden! Ohne eine neue Niere hätten Sie nicht mehr lange gelebt. Jetzt sind Sie wieder voller Lebenskraft, und ich habe dabei mitgeholfen.«

»Und wie, Myriam!«

»Das ist doch eine schöne Aufgabe, ob in New York oder Kalkutta.«

»Ich wiederhole: Überleg es dir, Myriam.«

Die Missionsstation der »Missionarinnen der Nächstenliebe«, ein Orden, den Mutter Teresa gegründet hatte, nachdem sie die Armut und das einsame Sterben der Ärmsten, das ein regelrechtes Verrecken war, voller Ohnmacht erlebt hatte, war belagert von Kranken, Hungernden und Sterbenden, die man in den Straßen Kalkuttas aufgelesen hatte. Es war nur ein Bruchteil des Elends, das sich bei Mutter Teresa versammelte, aber sie gab Hoffnung und Glauben an die Menschlichkeit. Hände sind nicht allein zum Beten da, sondern um zu helfen –

das war die Botschaft, die Mutter Teresa verkündete, das wahre tätige Christentum, das nicht nur Worte zur Linderung des Leides einsetzte.

Das Taxi hielt am Eingang der Mission. Burten hatte es so gewünscht: Er wollte zu Fuß zum Haupthaus gehen, mitten durch die wartenden, zerlumpten Gestalten, an den verhungernden Alten vorbei, an ausgezehrten Müttern mit ihren Kindern im Arm, die jetzt schon Gesichter wie Greise hatten, an Kranken, die auf Decken oder selbstgezimmerten Tragen lagen, zwischen denen die Ordensschwestern herumliefen und den Menschen zu trinken brachten. Indische Pfleger und zwei Ärzte begutachteten die Kranken und bestimmten, wer in die Hospitalsäle aufgenommen wurde.

Schwester Myriam, die hinter Burten durch die Reihe der Wartenden ging, legte ihm die Hand auf die Schulter. »Das sieht kein Tourist«, sagte sie. »Sie sehen nur das schöne, moderne Kalkutta mit seinen Prachtbauten aus der Kolonialzeit. Warum führt man sie nicht mal durch die Slums?«

»Wer will das schon sehen?« Burten blickte sich ergriffen um. »Es ist schöner zu erzählen: ›Ich habe in einem Maharadscha-Palast geschlafen‹, als zu sagen: ›Ich habe den Gestank aus Fäulnis und Kot in den Abflußgräben der Slums gerochen.‹«

Sie blieben stehen.

Ein Mann in verwaschenen Jeans mit einer weißen Jacke darüber kam ihnen entgegen. »Sie wünschen, Sir?« sprach er Burten an. Er musterte ihn schnell und schien sich kein Bild von ihm machen zu können. »Sind Sie von der Presse?«

»Nein. Sehe ich so aus?«

»Wenn jeder danach aussehen würde, was er ist, gäbe es viele häßliche Menschen, Sir.«

»Sie sind ein Witzbold!« Burten war auf den richtigen Mann gestoßen. Er hatte den Ton an sich, den er liebte. »Ich möchte Mutter Teresa sprechen.«

»In welcher Angelegenheit? Sie sehen nicht aus, als wenn Sie hungern oder krank sind. Mutter Teresa ist sehr beschäftigt.«

»Wer sind Sie?« fragte Burten. »Ein Wachhund?«

»Hier muß man alles sein. Ich bin Dr. Kilmoor. James Kilmoor.«

»Amerikaner oder Engländer?«

»Keins von beiden, Südafrikaner.«

»Von Soweto nach Kalkutta?«

»Mit einem Umweg durch die Slums von Peru.«

»Arzt?«

»Ja.« Dr. Kilmoor machte eine weite Handbewegung. »Die Kranken brauchen mich.«

»Lassen Sie sich nicht aufhalten, Doc. Und halten Sie mich nicht auf. Ich bringe Mutter Teresa eine frohe Botschaft – so drückt man sich doch in der Bibel aus?«

»Wenn Sie mir nicht sagen, Sir –«

»Um es ganz klar auszudrücken: Ich will ein klein wenig mithelfen, daß ein Dr. James Kilmoor auch weiterhin in Mutter Teresas Mission Kranke versorgen kann und nicht mit dem Hut in der Hand herumzieht und Geld für Medikamente sammelt.«

»Sie wollen Medikamente stiften? Wunderbar. Ich bringe Sie zu der Schwester, die die Apotheke verwaltet.«

»Mutter Teresa! Junger Mann, meine Geduld hat Grenzen. Als ich in Ihrem Alter war, habe ich mich auch so flapsig benommen. Verdammt, warum rede ich? Myriam, gehen wir, ehe mir Südafrika unsympathisch wird.«

Sie gingen weiter auf ein Haus zu, das Burten als das Haupthaus ansah.

Dr. Kilmoor hinderte sie nicht daran; er blickte ihnen nach und dachte: ein amerikanischer Tourist, der ein paar schöne grauenhafte Fotos schießen will, mit denen er später im Club seine Freunde unterhält. Vielleicht läßt er auch ein paar Dollar da, als habe er eine Peep-Show besucht.

Mutter Teresa saß in einem Kreis abgehärmter Mütter und sprach mit ihnen in einem Hindi-Dialekt, als Burten eintrat. Er hatte die Tür zufällig gewählt und schrak nun doch zusammen, als er der alten, kleinen, runzeligen Frau gegenüberstand. Ihre wachen Augen musterten ihn, das zerknitterte Gesicht war verschlossen. Sie zog sich das Kopftuch mit den blauen Stirnstreifen – einem breiten und zwei schmalen – tiefer in die Stirn und stand auf.

Wie klein sie ist, durchfuhr es Burten, wie zerbrechlich, und doch bewegt sie eine ganze Welt. »Ich bin Edward Burten«, sagte er und verneigte sich vor ihr. »Ich bin gekommen, um einen Dank abzustatten.«

»Bei mir?« Mutter Teresa sah ihn erstaunt an. »Ich kenne Sie nicht, Mr. Burten.«

»Ich wollte Gott danken.«

»Und da kommen Sie zu mir?«

»Mit Gott kann ich nicht sprechen, aber mit Ihnen. Gott gibt keine Antworten.«

»Dann haben Sie noch nie versucht, mit ihm zu sprechen. Gott gibt immer eine Antwort – man muß sie nur verstehen.«

»Vielleicht mangelt es daran. Ich weiß, daß es Gott gibt, aber ich bin kein betender Christ.«

»Gerade im Gebet spricht man mit Gott.« Mutter Teresa trat aus dem Kreis der Hindufrauen und kam auf Burten zu. Dabei warf sie einen kurzen Blick auf Myriam. »Dich kenne ich doch?« fragte sie.

»Ich bin Myriam. Eine Krankenschwester.« Schwester Myriam griff plötzlich nach Mutter Teresas Hand und küßte sie. Aber ebenso schnell zog Mutter Teresa ihre Hand wieder zurück. »Ich war schon ein paarmal bei Ihnen.«

»Du bist auch getauft?«

»Nein. Ich bin eine Hindu.«

»Und warum küßt du mir die Hand?«

»Ich küsse nicht die Hand einer Christin, sondern die Hand, die Tausenden von armen Menschen geholfen hat.«

»Kommen Sie mit in mein Zimmer.«

Mutter Teresa ging voraus, und sie betraten einen karg eingerichteten Raum, an dessen Schmalseite, hinter einem mit Papieren übersäten Tisch, ein Kruzifix hing. Sie blieb vor dem Tisch stehen und blickte Burten wieder forschend an. Allein vor diesen tiefliegenden, gütigen, einen unendlichen Glauben ausströmenden Augen muß man den Kopf senken, dachte Burten. Er fühlte in sich eine neue, wunderbare Ergriffenheit, die er nur in seiner Jugend verspürt hatte, wenn in der Armenwohnung, in der er aufgewachsen war, zu Weihnachten die Kerzen flackerten.

»Wofür wollten Sie Gott danken, Mr. Burten?« hörte er ihre Stimme, so weit weg, als befänden sie sich in einem unendlichen Raum. Er schloß die Augen, aber als er sie wieder öffnete, war die Wirklichkeit um ihn. »Man hat mir das Leben wiedergeschenkt«, sagte er mit belegter Stimme. »Ich war krank, todkrank; eine Operation hat mich gerettet. Jetzt bin ich wieder ein gesunder Mensch. Ich weiß, es war eine begnadete Chirurgenhand, die mich gerettet hat, aber diese Gnade kommt auch von Gott. Meinen Dank an ihn möchte ich Ihnen bringen, Mutter Teresa. Darf ich Sie so nennen?«

»Sie nennen mich alle so.« Mutter Teresa drehte sich um und blickte auf das Kruzifix. »Warum beten Sie nicht zu Gott und danken ihm?«

»Ich habe das Beten verlernt.«

»Man kann im Leben alles vergessen, nur das Beten nicht.« Mutter Teresa wandte sich wieder Burten zu. »Wollen wir es versuchen?«

»Hier?«

»Dort hängt ein Abbild des Herrn. Mit Gott kann man überall sprechen, es gibt keinen Ort, wo er uns nicht hört.« Sie legte die Hände aneinander, und eine Art Verklärung überzog ihre Augen. »Versuchen wir es? Sie brauchen nicht mit dem Mund zu sprechen, sprechen Sie mit dem Herzen. Gott hört jede Sprache und jeden stummen Ton.«

Sie drückte die Hände gegen das Kinn, hob den Blick zum Himmel, und ihre faltigen Lippen formten unhörbare Worte. Burten war es, als würde er schwerelos. Auch er drückte die gefalteten Hände an sein Kinn, aber er blickte das Kruzifix an und sprach nach innen. Schwester Myriam lehnte an der Wand und starrte auf Burtens gebeugten Rücken. Spricht er jetzt wirklich mit seinem Gott, dachte sie, mit dem Menschen, der dort am Kreuz hängt, weil er anderer Meinung war als die Regierenden, und den man zum Gott erhoben hat? Sie sah das Kruzifix an und spürte nichts von der Kraft, die in diesem Augenblick Burten durchrann. Wir haben viele Götter, dachte sie. Wir sind reich an Göttern, an Göttermüttern, an Götterschwestern. Sie haben nur einen Gott, wie die Moslems nur einen Allah haben – warum sind sie so arm an Göttern?

Sie beteten fünf Minuten. Mutter Teresa war es, die das Gebet beendete. Sie ließ die Hände sinken, und auch Burtens Hände fielen am Körper hinunter.

Langsam drehte sich Mutter Teresa zu ihm um. »Haben Sie Gott gehört?« fragte sie leise.

»Nein. Er kam nicht dazu, mich zu unterbrechen.«

»Aber er hat Sie gehört.«

»Ich hoffe es.« Burten war in die Nüchternheit seines Lebens zurückgekehrt. Er ging zu Mutter Teresas Tisch, schob einen Papierstapel beiseite, holte sein Scheckbuch aus der Brusttasche und füllte einen Scheck aus. Er streckte ihn Mutter Teresa hin und sagte: »Hier, mein weltlicher Dank.«

Sie nahm den Scheck, warf einen Blick darauf und legte ihn auf den Tisch zurück. »Zehntausend Dollar«, sagte sie dabei. »Wissen Sie, wieviel Menschen Sie damit retten? Wieviel weiterleben können? Jetzt wird Gott Ihnen danken, Mr. Burten.«

Irgendwie benommen verließ Burten die Mission. Mutter Teresa begleitete ihn zu dem wartenden Taxi. Als sie vor dem Haus erschien, ging ein Raunen durch die wartenden Armen, das sich zu Rufen, Gewimmer, Stöhnen und bettelnd ausgestreckten Armen verdichtete. Mitten unter der Menschenmenge stand Dr. Kilmoor und verband eine Kopfwunde.

»Wer ist dieser Clown?« fragte Burten, als sie vor dem Taxi standen.

»Welcher Clown?«

»Dieser Dr. James Kilmoor.«

»Er ist mein bester Arzt. Wenn es nötig ist, arbeitet er vierundzwanzig Stunden. Sie kennen ihn?«

»Er hat uns vorhin begrüßt.«

»Warum nennen Sie ihn einen Clown?«

»Ach, wissen Sie, Mutter Teresa«, Burten überspielte seine Verlegenheit mit einem Lachen, »das sagt man so bei uns, wenn ein Mensch sehr witzig und fröhlich ist. Es war nicht böse gemeint.« Er gab Mutter Teresa noch einmal die Hand und unterdrückte den Drang, genau wie Schwester Myriam ihr die Hand zu küssen. Etwas Merkwürdiges war mit ihm geschehen: Beim Gebet hatte sich seine innere Verkrampfung gelöst, und er kam sich jetzt befreit vor, als wären Gewichte von ihm gefallen, die ihn bisher erdrückt hatten.

»Gott sei mit Ihnen«, sagte Mutter Teresa zum Abschied. »Und vergessen Sie nicht Gott, wenn es Ihnen wieder gut geht; er ist nicht nur für die schlechten Tage da, wenn man seine Hilfe braucht. Er sitzt am Tisch der Bettler genau so wie am Tisch der Reichen, aber nur die wenigsten erkennen ihn.«

»Ich werde an Ihre Worte denken, Mutter Teresa«, sagte Burten und spürte einen Kloß im Hals. »Mögen Sie noch lange leben. Ein Mensch wie Sie sollte unsterblich sein.«

»Gut, daß es solche Ausnahmen nicht gibt. Wenn Gott mich ruft, bin ich bereit.« Sie sah ihn mit ihren gütigen Augen ein paar Sekunden lang an und fügte dann hinzu: »Seien auch Sie bereit.«

Burten spürte einen Kälteschauer, trotz der Hitze, die ihm den Schweiß aus den Poren trieb. Er nickte, stieg schnell in das Taxi und sagte gepreßt: »Zum Flughafen!« Als der Wagen anfuhr, drehte er sich zum Rückfenster um und sah hindurch. Mutter Teresa stand an der Einfahrt der Mission und winkte ihnen nach, eine kleine, runzlige Gestalt im weißen Ordensgewand, das Kopftuch mit den blauen Streifen tief in die Stirn gezogen.

»Welch eine Frau!« sagte Burten leise und legte seine Hand auf Schwester Myriams Knie, als müsse er sich abstützen. »Mein Gott, welch eine Frau!«

Tawan hatte seinen »Teilhaber« Subhash am Flughafen von der Ankunfts- zur Abflughalle umdirigiert.

»Heute geht eine Maschine nach New York ab«, sagte er. »Lauter reiche Leute. Sorglose Amerikaner. Ich will sehen, ob es sich lohnt, sich näher mit ihnen zu beschäftigen.«

Also wartete Subhash jetzt vor dem Eingang zur Abflughalle, wünschte Tawan viel Glück, ließ wie immer die hintere rechte Tür offen und den Motor laufen, als Tawan in der Halle verschwand.

Vor den beiden Eincheckschaltern drängten sich die Reisenden. Tawan, in seinem weißen Seidenanzug, musterte die Reihen. Ihn interessierte nicht die Vorderseite, das Aussehen der Fluggäste, sondern nur deren Rückseite, und davon wieder die rechten Gesäßtaschen. Hier staken die Portemonnaies, das einzige, worauf es ihm ankam.

Tawan schüttelte wie so oft bei seinem »Geldwechsel« den Kopf über den Leichtsinn der Touristen, die ihr Geld geradezu provokant zeigten und so dazu aufforderten, es ihnen wegzunehmen. Da war zum Beispiel dieser dicke, schwitzende Amerikaner in Bermudashorts, deren rechte Gesäßtasche von der dicken Geldbörse vorgewölbt wurde, oder die ältere Dame mit rosagefärbten Haaren, die am Arm ihre Handtasche trug, deren Verschluß offenstand. Man brauchte nur hineinzugreifen und die Dollars herauszuholen. Oder dort der auf seine Vordermänner einredende, sichtbar fröhliche Reisende, dessen Jacke beim Gestikulieren immer hochrutschte und ein pralles Portemonnaie freigab. Neben ihm stand ein hübsches indisches Mädchen und lachte mit silberheller Stimme, wenn der Mann einen Witz erzählte.

Auf ihn konzentrierte sich Tawan. Er schlenderte an der Reihe der Wartenden vorbei, stellte sich hinter den Amerikaner, und da er kein Gepäck schleppte, nahm jeder an, er sei nur schnell mal weggegangen und kehre jetzt in die Reihe zurück. So protestierte auch niemand, sondern man ärgerte sich nur über die langsame Abfertigung am Schalter.

Tawan war bis in den letzten Muskel gespannt wie eine Schlange kurz vor dem Biß. Dreimal wartete er, als die Jacke wieder hochrutschte; beim vierten Mal zuckten seine Finger zu, zogen die Geldbörse aus der Gesäßtasche und ließen sie in seinem Seidenanzug verschwinden. Der fröhliche Amerikaner bog sich gerade vor Lachen über einen von ihm erzählten Witz, die Umstehenden lachten mit, die Ablenkung war vollkommen.

Ruhig, in vornehmer Gelassenheit, verließ Tawan die Reihe, durchquerte die Abflughalle, trat auf die Straße und lief erst dann auf Subhashs Taxi zu. Es wartete mit offener Tür und laufendem Motor.

Subhash machte einen rasanten Start und gliederte sich dann in den dichten Straßenverkehr ein. Das Wichtigste war, vom Flughafen wegzukommen. Jetzt, im Gewühl der anderen Fahrzeuge, war man sicher.

»Wie war's?« fragte Subhash über die Schulter hinweg.

»Leicht wie immer.«

»Wieder zur Punjab National Bank?«

»Wie immer. Du fragst jedesmal das Gleiche.«

»Wieviel ist es?«

»Das wird die Bank zählen. Auf jeden Fall hat es sich gelohnt.«

Am Schalter im Flughafen entstand plötzlich Bewegung. Der Amerikaner sagte gerade: »Und jetzt zeige ich euch meine Frau. Wenn keine Sonne scheint, lasse ich sie durchs Haus gehen, und alles glänzt!« Lachen, Händeklatschen. Der Witzeerzähler griff in seine Gesäßtasche, um das Portemonnaie, in dem auch ein Foto der schönen Frau stak, herauszuholen, und griff ins Leere. Er stutzte einen Augenblick, griff noch einmal zu und wurde plötzlich hochrot im Gesicht. »Man hat mich beklaut!« schrie er. »Mein Portemonnaie ist weg! Vor einer Viertelstunde habe ich mir noch eine Cola gekauft, da war's noch da! Man hat mich bestohlen! Polizei!«

»Lassen Sie das.« Ein Mitreisender legte die Hand begütigend auf den Arm des Bestohlenen. »Die Polizei nutzt Ihnen gar nichts. Die lächelt nur. Der Dieb ist längst verschwunden. Sie werden nur ein Name in einer langen Liste sein. Beruhigen Sie sich.«

Der Amerikaner aber beruhigte sich nicht. »O dieses Kalkutta!« brüllte er. »Dieses Scheiß-Kalkutta! Was bin ich froh, morgen wieder in New York zu sein!«

Der Kassierer der Punjab National Bank war schon unruhig geworden, weil sein guter Kunde Alipur noch nicht gekommen war. Er strahlte über das ganze Gesicht, als er ihn jetzt die Bank betreten sah. Alles in Ordnung. Er ist nicht krank geworden. »Guten Tag, Sir!« rief der Kassierer. »Ich habe Sie schon vermißt. Was kann ich für Sie tun?«

Tawan schob ihm das Bündel Dollarscheine zu, das er seinem Portemonnaie entnommen hatte.

Der Kassierer zählte schnell durch. »Fünftausendsiebenhundertfünfundvierzig Dollar«, sagte er dann. »Ein guter Tag, Sir.«

»Ja. Die Börse war heute sehr lebhaft«, antwortete Tawan in näselndem Ton.

»Wieder wechseln in Rupien?«

»Natürlich, wie immer.«

»Ich mache Sie noch einmal darauf aufmerksam, daß ein Devisenkonto –«

»Ich weiß, ich weiß. Ich möchte es aber in Rupien.«

Der Kassierer nickte. Er war etwas irritiert. Ein so erfolgreicher Börsenspekulant und dann so kurzsichtig! Wie paßte das zusammen? Er stellte die Einzahlungsquittung aus und sah Tawan mit einem Kopfschütteln nach, als dieser die Bank verließ.

Der obligatorische Blick in seine alte Behausung an der Hauswand der Bank brachte Tawan nichts. Shakir, der zerlumpte Student, war nicht unter dem Holzdach. Ein Leichtsinn! Wie einfach war es, jetzt Kochtopf oder Kocher zu stehlen, die Öllampe oder die Decken. Tawan widerstand der Versuchung, den Kochtopf mitzunehmen, zwar nur als Warnung, denn er würde ihn morgen zurückbringen, aber dann sagte er sich, daß er als ein vornehmer Mann unmöglich in einem Seidenanzug mit einem zerbeulten, alten Kochtopf unter einem Holzdach hervorkommen konnte. Um aber zu zeigen, daß er hier gewesen war, legte er einen Zehn-Rupien-Schein in den Topf.

Subhash fuhr mit seinem Taxi zum Fluß und hielt dort an einer Hafenanlage. Um sie herum ragten die Kräne wie stählerne Totenfinger in den Himmel.

»Wieviel?« fragte Subhash.

»Fünftausendsiebenhundertfünfundvierzig Dollar.«

»Gratuliere. Der bisher beste Fang.« Subhash rieb sich die Hände. »Wenn das so weitergeht, kaufe ich mir einen zweiten Wagen und werde Unternehmer.«

»Das ist der beste Weg, um aufzufallen! Du wirst nichts tun, bis ich ausgestiegen bin.«

»Tawan! Du willst die Geldquelle wieder zuschütten? Das ist doch nicht dein Ernst?«

»Ich habe mir ein Ziel gesetzt. Wenn ich das erreicht habe, werde ich ein anständiger Mensch. Ich bin kein geborener Dieb.«

»Du bist ein Genie von Dieb! Du darfst nicht aufgeben!«

»Ich will, daß meine Vinja zu mir aufblickt, aber mich nicht anspuckt. Bisher war ich immer ein Vorbild für sie, der starke, liebe Onkel Tawan, und so soll es bleiben.«

Sie stiegen aus dem Taxi, gingen am Kai spazieren, und Tawan hatte jetzt Zeit, das Portemonnaie genau zu untersuchen. Es enthielt nichts Besonderes: drei Kreditkarten, das Foto einer schönen, blonden, langmähnigen Frau, einen Führerschein, ein paar Visitenkarten, einen Zahlungsbeleg über eine Jahresmitgliedschaft bei der Luftrettung, ein paar Adressen und Telefonnummern und in einer Art Geheimfach noch ein Foto, das eine nackte Frau zeigte, die aber nicht die gleiche war wie auf dem ersten.

Da Tawan nicht lesen konnte, zerriß er alles und warf die Schnipsel zusammen mit dem ledernen Portemonnaie in den Fluß.

Er hat nie erfahren, wen er bestahl, und der Name hätte ihm auch nichts gesagt. Wer war schon Edward Burten? Ein lustiger Amerikaner, der am Flughafenschalter die Wartenden mit Witzen unterhielt.

So verdiente Tawan zweimal an Edward Burten, durch seine Niere und durch seine flinken Finger.

Die Rückkehr Burtens nach New York war vergleichbar mit der Rückkehr eines Helden aus der Schlacht.

Seine Direktoren hatten sich alle Mühe gegeben, ein Ereignis daraus zu machen. Das Jazzorchester der Supermarkt-Ladenkette hatte schon eine halbe Stunde vor der Ankunft der Maschine die Wartenden unterhalten, die durch die weite Ankunftshalle des Flughafens schlenderten; eine Riesengirlande wurde von sieben Mädchen getragen, und alle waren bester Stimmung bis auf Lora, die neben Dr. Salomon stand und immer wieder sagte: »Ed wird in die Luft gehen! Wer hat das bloß mit der neuen Niere weitererzählt?«

Endlich war Burten nach der Paßkontrolle durch den Zoll gekommen und hörte schon von weitem die Musik. »Was ist denn da los?« fragte er einen Zöllner. »Neuer Kundendienst, oder ist eine Band angekommen?«

»Keine Ahnung, Sir.« Der Zöllner zuckte mit den Schultern. »Das Neueste, was ich gehört habe: Ein Verrückter hat sich die Band zum Empfang bestellt.«

»Es gibt schon merkwürdige Typen.« Burten nickte. Er griff nach seinem kleinen Handkoffer – das große Gepäck wurde ihm ins Haus gebracht – und trat in die Halle. Die Band spielte einen knallenden Tusch, die Girlande wurde hochgestemmt, und da erst begriff Burten, daß er der Verrückte war, der so empfangen wurde. Vor händeklatschenden Abordnungen seiner Betriebe stand feierlich die Riege seiner Direktoren. Lora und Dr. Salomon hielten sich im Hintergrund.

Burten ließ den Handkoffer fallen, streckte die Faust hoch empor und ließ sie herunterfallen, als wolle er jemanden damit zerschmettern. Abrupt brach die Musik ab.

»Aufhören!« brüllte er. »Sofort aufhören! Geht nach Hause! Ich danke euch, aber geht! Nein, die Herren Direktoren nicht! O nein! Treten Sie näher. Ich will die Idioten aus der Nähe sehen, die solche Ideen haben. Wie ist überhaupt bekannt geworden, was ich in Kalkutta getan habe? Es war Top Secret!«

»Davon haben Sie nichts gesagt, Mr. Burten.« Der Erste Direktor der Restaurantkette hatte den Mut, als erster zu sprechen.

»Ich habe, als ich wegfuhr, zu Ihnen gesagt: Ich verreise für drei Wochen. Weiter nichts.«

»Genau so war's, Mr. Burten. Aber dann riefen Sie aus Kalkutta an, und da wußten wir, daß Sie in Indien waren. Sie gaben uns Ihre Telefonnummer, und als wir anriefen, meldete sich eine Dr.-Banda-Klinik. Das weckte natürlich unsere Neugier, und wir zogen Erkundigungen ein. Als wir hörten, es sei eine chirurgische Klinik, zählten wir eins und eins zusammen. Das können wir noch. Von Ihrer Nierenkrankheit wußte doch jeder – und jetzt eine chirurgische Klinik! Wenn man logisch denkt –«

»Würden Sie doch sonst logisch denken!« bellte Burten. »Morgen um zehn Uhr bei mir in der Zentrale! Das wird ein Nachspiel haben. Gehen Sie jetzt, ehe ich unsachlich werde!«

Die Direktoren eilten zum Ausgang. Es war mein Fehler, dachte Burten. Ich hätte nicht anrufen sollen. Chirurgische Klinik – ich wäre genau so von Neugier geplagt worden wie sie. Ich kann es ihnen nicht übelnehmen. Ich hätte drei Wochen schweigen sollen. Nur mit Lora telefonieren. Aber kann ein Ed Burten drei Wochen lang still bleiben? Man kann einfach nicht aus seiner Haut heraus...

Lora? Wo war Lora?! Holt sie mich nicht ab?

Er drehte sich nach allen Seiten um, und da sah er sie neben Dr. Salomon stehen, jung, schön, die langen blonden Haare über einen Kaschmirmantel fallend, das Gesicht, das er drei Wochen lang im Traum gesehen hatte, in diesen drei Wochen zwischen Tod und Leben, die verkörperte Zärtlichkeit, die er über Tausende von Kilometern hinweg immer gespürt hatte. Da stand sie und wartete, bis sein Wutanfall verrauscht war. Welch eine Rückkehr ins Leben!

Stumm hob Burten beide Arme und streckte sie nach Lora aus. Sie löste sich von Dr. Salomon, lief ihm entgegen, warf sich in seine Arme, und dann küßten sie sich, als wären sie allein in einem unendlichen, lautlosen Raum, und das Gefühl von Liebe und Geborgenheit war so stark, daß Burten die Tränen kamen, und sie tropften auf Loras Lippen, und sie saugte sie weg und sagte immer wieder: »Du bist wieder da... Du bist wieder da... Ich habe dich wieder... Ich habe immer für dich gebetet, jeden Tag.«

»Ich habe auch gebetet«, sagte Burten leise. Dann umklammerte er Lora, drückte sein Gesicht an ihren Hals und weinte wirklich. Er weinte auch noch, als sie im Cadillac saßen und nach Hause fuhren.

So still und einfach, wie sich Burten seine Rückkehr gedacht hatte, war sie nicht möglich. Für die gesamte Belegschaft aller im Konzern vereinigten Firmen gab es einen fröhlichen Nachmittag mit Bier, Büffet und Tanz – es waren immerhin rund vierzehntausend Menschen von der Ost- bis zur Westküste der USA. In New York lud Burten zu einem festlichen Dinner, engagierte das halbe Metropolitan-Orchester und ließ Verdi, Puccini und Wagner spielen.

»Wenn ich das alles zusammenrechne, einschließlich des geklauten Portemonnaies, kostet mich meine neue Niere rund hundertzwanzigtausend Dollar«, sagte er zu Lora in einer Pause zwischen Dessert und Mokka mit Pralinen. »Wenn man bedenkt, daß ich bereit gewesen wäre, mein gesamtes Vermögen herzugeben, alle Firmen, mein Lebenswerk, so habe ich mir das Leben billig gekauft. Fast wie ein Sonderangebot in meinen Supermärkten. Lora, ich will eine Stiftung gründen für chronisch Nierenkranke. Vor allem aber möchte ich eins: Ich möchte dich heiraten.«

»Ed.« Sie tastete nach seiner Hand. »Das sagst du so daher zwischen zwei Dinnergängen.«

»Wie lange hast du darauf gewartet?«

»Ich habe nie darauf gewartet. Ich bin glücklich mit dir, ob mit oder ohne Trauschein. Was ist er schon? Ein Stück Papier. Meine Liebe braucht keinen amtlichen Stempel.«

Burten beugte sich zu ihr und küßte sie. Er dachte an die erste Nacht nach seiner Rückkehr aus Kalkutta, in der Lora in unbeschreiblicher Nacktheit aus dem Bad gekommen und zu ihm ins Bett geschlüpft war. Er hatte nach ihren Brüsten getastet, nach ihrem Schoß, er hatte sein Gesicht in ihre duftenden blonden Haare vergraben und ihre glatte Haut unter seinen Lippen gespürt, aber sonst lag er unbeweglich da und genoß die Wärme ihres Körpers. Als ihre Hand an ihm hinuntertastete, hielt er sie fest. »Dr. Bandas Rat«, flüsterte er mit stockendem Atem, »mindestens noch vier Wochen Ruhe.«

Sie nickte und sagte: »Ich werde dir nicht weh tun, mein Schatz. Ich will nur bei dir liegen, ich will dich nur spüren. Es ist so schön, deine Liebe zu fühlen.«

So lagen sie die ganze Nacht, ineinander verschlungen, schlaflos und glücklich, den anderen in sich aufnehmend schon durch den gemeinsamen Atem.

Am nächsten Morgen nahm Burten seine Arbeit wieder auf. An vier Wochen Erholung auf den Fidschi-Inseln dachte er nicht mehr – ein Edward Burten konnte sich auch mit einer neuen Niere nicht ändern.

Tawan hatte seinen vorläufigen Lebensrhythmus gefunden: um 7 Uhr früh aufstehen, Morgentee, Vinja in die Schule bringen, zwischen 10 und 12 Uhr auf der »Arbeitsstelle« im Flughafen, Fahrt zur Bank zum Einzahlen, Vinja von der Schule abholen, Mittagessen, eine Stunde Ruhe, bummeln mit Vinja durch die Stadt und einkaufen, jeden Samstag Besuch bei Major Dakhin und Ablieferung des Zehn-Prozent-Anteils, Abendessen und um 20 Uhr eine Unterrichtsstunde bei Lehrer Dupar Dasnagar. Auf dem Rückweg ein Zwischenstop in einem englischen Pub und ab und zu der Besuch in einem Bordell. Schließlich war Tawan ein gesunder Mann, aber eine eigene, feste Freundin wollte er sich nicht zulegen. Sie war nur eine Gefahr für seine Tätigkeit.

An einem Abend, als er von Dasnagar mit dem Lob zurückkam, ein begabter Schüler zu sein, genau wie seine Nichte Vinja, fiel ihm schon beim Betreten des Hotels Bambusgarten eine sonderbare Stille auf. An der Tür hing ein Schild: »Wegen Umbaus geschlossen.« Tawan beherrschte das Alphabet bereits so gut, daß er das Wort zusammenbuchstabieren konnte.

Umbau? Wieso? Als er vor zwei Stunden wegging, hatte davon noch keiner ein Wort gesagt. Er klinkte die Tür auf und sah sich in der kleinen Diele um. Die Theke, über der kühn ein Schild »Reception« hing und an der Wand ein eindrucksvolles Schlüsselbrett, war leer. Sangra saß sonst immer auf einem extra breiten Stuhl hinter der Theke, vor sich das aufgeschlagene Gästebuch, in das sich jeder Hotelgast mit falschem Namen eintrug, was jeder wußte, auch die kontrollierende Polizei. Jetzt war ihr Platz verwaist. Noch verblüffender war, daß alle Schlüssel am Brett hingen, also kein Zimmer vermietet war.

Ein merkwürdiges Gefühl beschlich Tawan. Er rannte in das Büro hinter der »Reception« – es war leer. Er lief in die Küche – keine Sangra. Nur Stille, eine unheimliche Stille in einem Haus, das sonst von Leben erfüllt war.

Tawan raste die Treppe hinauf. Schon auf der ersten Stufe schrie er: »Vinja! Vinja! Sangra! Sangra! Wo seid ihr? Vinja!«

Er stürmte in sein neu eingerichtetes Zimmer und wußte vorher, daß er es leer vorfinden würde. Die Betten waren unberührt, die Tischdecke lag gerade, es sah wie unbewohnt aus. Nur der Fernseher war eingeschaltet, aber ohne Ton, was die bedrückende Lautlosigkeit noch verstärkte.

Tawan warf sich herum und lief weiter.

Die Wohnung von Sangra. Das Wohnzimmer war leer, aber der Tisch für das Abendessen gedeckt. Das Schlafzimmer leer. Die private Küche leer. Aber auf dem Herd, zur Seite geschoben, stand eine Kasserolle mit einem Braten, eine Schüssel Salat war bereits angemacht, in einem Steinguttopf dampfte der langkörnige Reis.

Tawan rannte wieder auf den Flur hinaus. »Vinja!« brüllte er verzweifelt. Seine Stimme mußte man im ganzen Haus hören. »Vinja!« Und dann begann er, von Zimmer zu Zimmer zu laufen, riß eine Tür nach der anderen auf, sah unbenutzte oder zerwühlte Betten, roch Parfüm und Schweiß, die ihm verrieten, daß das Hotel vor kurzer Zeit noch Gäste gehabt hatte.

Im zweiten Stockwerk sah er dann rote Flecken auf dem Fußboden. Blut. Er spürte, daß sich das Entsetzen wie ein Würgeeisen um seinen Hals legte und eine grenzenlose Angst ihn fast lähmte. Die Blutstropfen auf dem Boden waren wie eine Spur – er ging ihnen nach bis zum Zimmer 212, wo sie unter der Tür verschwanden. Er zog sein Messer aus dem Gürtel und stieß die Tür auf.

Vor ihm, neben dem Bett, lag ein Mann in verkrümmter Haltung, der Kleidung nach ein reicher Inder. Das Gesicht, Tawan zugewandt, war verzerrt, fahl und blutverschmiert. Die Augen standen mit einem glasigen, leblosen Blick weit offen. In der Brust des Mannes, genau in Herzhöhe, stak eines der breiten Messer aus Sangras Küche, ein zweites Messer war ihm in die Seite gerammt worden. In der Ecke des Zimmers, neben dem Fenster, kauerten Vinja und Sangra. Diese hatte schützend beide Arme um Vinja gelegt, und Vinja drückte ihr Gesicht in Sangras riesigen Busen, als Tawan ins Zimmer stürzte.

Er starrte auf den Toten und die beiden Messer, die in seinem Körper staken. »Was... was ist denn passiert?« stotterte er. »Warum hat man ihn erstochen? Warum hockt ihr hier im Zimmer? Habt ihr die Polizei schon gerufen?« Er trat näher und sah erst jetzt, daß Vinja mit Blut bespritzt war. Mit einem Ruck riß er sie aus Sangras Armen und drückte sie an sich. »Was ist passiert?« fragte er wieder. »Mein Gott, dein Gesicht ist ja auch voller Blut!«

»Es ist ihr eigenes Blut.« Sangra schob sich an der Wand empor. »Er... hat sie blutig geschlagen.«

»Wer? Der Tote dort?«

»Ja. Er wollte sich Vinja gefügig machen. Er wollte ihren Widerstand brechen.«

»Widerstand?« Tawan atmete röchelnd aus und ein. »Er wollte –«

»Ja. Er wollte Vinja vergewaltigen.« Sangra sah an sich hinunter. Auch ihr Kleid war voller Blutspritzer. »Er kam mit einer vornehmen Dame und mietete das Zimmer für zwei Stunden, na ja, so wie immer bei meinen Gästen. Danach blieb er auf seinem Zimmer, die Dame ging allein weg. Nach einiger Zeit verlangte er Orangensaft. Ich schickte Vinja mit einer Karaffe hinauf, und plötzlich hörte ich sie schreien, sie stürzte die Treppe herunter, schrie um Hilfe, und der Mann folgte ihr, holte sie ein, schlug ihr ins Gesicht und wollte sie wieder die Treppe hinaufzerren. ›Du Sau!‹ habe ich ihn angebrüllt. ›Laß sie sofort los!‹ Aber er ließ Vinja nicht los, er trat mir in den Bauch und begann, Vinja zu würgen. Da bin ich in die Küche, habe ein Messer geholt, habe mich auf ihn gestürzt und ihm das Messer irgendwo in den Körper gestoßen. Aber das reichte ihm nicht. Einen Augenblick ließ er Vinja los und wollte dann wieder nach ihr greifen, aber Vinja war schneller, lief in die Küche, holte das breite Fleischmesser –«

»Ich habe in sein Herz gestochen.« Vinja umklammerte Tawan. Ihr Körper war ein einziges Zittern. »Ich habe es getan. Ins Herz – war das richtig so, Onkel Tawan?«

»Du hast es gut gemacht, Vinja.« Er drückte sie an sich.

Sangra wischte sich über das fette Gesicht und blickte wieder auf den Toten. »Er ist dann«, sagte sie stockend, »auf sein Zimmer gelaufen und dort zusammengebrochen. Wir sind ihm nachgelaufen, wir wollten ihn ja nicht töten, er sollte nur Vinja loslassen.«

»Nein!« Vinja machte sich aus Tawans Armen frei. Ihre schwarzen Augen glänzten von einer Wildheit, die Tawan zum ersten Mal an ihr sah. »Nein! Ich wollte ihn töten! Onkel Tawan, du hast immer gesagt: ›Wenn dich ein Mann angreift, wehre dich bis aufs Blut.‹ Ich habe geblutet, er hat mich blutig geschlagen, da mußte ich ihn töten.«

»Ich hätte es auch getan. Aber warum seid ihr noch in diesem Zimmer?«

»Wir haben auf dich gewartet.«

»Hier? Bei dem Toten?«

»Er war ein Mensch, Tawan.« Sangra stieg über den verkrümmten Körper hinweg und raffte dabei ihr Kleid. »Ein böser Mensch, aber ein Mensch. Wir haben die Totenwache gehalten.«

»Und nun?« Tawan setzte sich auf das Bett.

»Das fragen wir dich. Wohin mit dem Toten? Willst du immer noch die Polizei rufen? Vinja hat ihn erstochen.«

»Sie werden mir Vinja wegnehmen«, sagte Tawan dumpf.

»Das werden sie.« Sangra zeigte auf die Leiche. »Er muß weg, verschwinden. Natürlich wird ihn seine Familie vermissen, sie werden ihn suchen, aber er wird nicht gesagt haben, wohin er gegangen ist.«

»Und die vornehme Dame?«

»Sie wird bestimmt schweigen.«

»Aber sie wird zu dir kommen und fragen, wo er geblieben ist.«

»›Er hat kurz nach Ihnen das Hotel verlassen‹, werde ich antworten. ›Er hat noch einen Orangensaft getrunken und ist dann gegangen.‹ Wer will mir das Gegenteil beweisen?«

»Wir müssen ihn fortschaffen.«

»Wohin?«

»Ich werde ihn im Bambusgarten begraben!«

»In meinem Garten?« schrie Sangra auf. »Ich soll mit einem Toten zusammenleben? Ich soll auf meiner Bank in der Sonne sitzen, und unter mir liegt ein Ermordeter?«

»Es ist unmöglich, ihn aus dem Haus zu bringen. Hunderte würden uns sehen. Diese Straße schläft nie. Es bleibt nur der Garten übrig, Sangra.«

»Allein der Gedanke, daß –«

»Wir werden Blumen über ihn pflanzen«, unterbrach Tawan sie. »Es werden die schönsten, üppigsten Blumen werden. Du wirst dich daran gewöhnen – man kann sich schnell an etwas gewöhnen. Wie schnell habe ich mich daran gewöhnt, ein reicher Mann zu sein.«

»Bist du schon ein reicher Mann, Onkel Tawan?« fragte Vinja. Sie stieg unbefangen und ohne Scheu über die Leiche hinweg und kam zu ihm ans Bett. Tawan bewunderte ihren Gleichmut und war in gleichem Maße entsetzt über die Gefühllosigkeit dieses nun bald neunjährigen Mädchens, das einen Menschen erstochen hatte. »Wann bauen wir unser Haus?«

»Darüber werden wir noch sprechen.«

Sangra wuchtete ihren dicken Körper zur Tür. »Wann willst du ihn begraben?«

»Sofort. Laß mich jetzt mit ihm allein.«

»Komm, meine Kleine.« Sangra stieß die Tür auf. »Gehen wir. Ich koche eine Kanne Tee. Ein so schönes Abendessen habe ich gemacht, und jetzt wird es keiner essen.«

»Ich doch.« Vinja beugte sich über den Toten. »Ich habe Hunger.«

Mit einem Schauder sah Tawan, wie Vinja beide Messer aus dem Körper zog, als hebe sie ein Spielzeug auf. Dann folgte sie Sangra hinunter zur Küche; sie hüpfte die Treppenstufen hinunter, als sei es ein lustiges Spiel.

Die halbe Nacht hindurch brachten sie das Haus wieder in

Ordnung. Sangra und Vinja verbrannten ihre blutigen Kleider und badeten und schrubbten sich ab, bis der letzte Flecken des verkrusteten Blutes von ihrer Haut gewaschen war. Mit einem heißen Lappen putzte Sangra die Treppen, den Flur und das Zimmer, besprühte alles mit einem Desinfektionsmittel und bezog die gebrauchten Betten mit frischer Wäsche.

Tawan hatte sich bis auf eine knappe Unterhose ausgezogen, um seinen Anzug nicht mit Blut zu beflecken, hatte die Leiche über seine Schulter gestemmt und sie in den kleinen Garten getragen. Es war ein eigenartiges Gefühl, einen toten Menschen zu tragen. Er hatte schon viel auf seinem Rücken weggeschleppt, damals im Hafen, wenn die kleineren Versorgungsschiffe ausgeladen wurden. Gefrorene Schweinehälften, Rinderviertel, Kisten mit geschlachteten Hühnern, ganze Hammel aus Neuseeland und geeistes Elefantenfleisch aus Ceylon – er hatte nie etwas dabei empfunden. Es war eben nur Fleisch. Aber nun trug er einen Menschen die Treppen hinunter in den Bambusgarten, die Arme schlugen gegen sein Gesäß und die Oberschenkel, und vor allem war es ein Mensch, den Vinja, seine kleine Vinja, mit einem gezielten Stich ins Herz getötet hatte.

Der Tote war ein großer, schlanker, aber dennoch schwerer Mann mit gepflegten Händen und einem Brillantring am linken Ringfinger; seine Kleidung war von bester Qualität und maßgefertigt. Er mußte aus jenen Kreisen kommen, die am Rand Kalkuttas in den von den Engländern angelegten Villenvierteln wohnten, inmitten blühender, künstlich bewässerter Parks, bewacht von eigenen Wächtern, auf Inseln des Überflusses im Meer der Armut.

Das wird eine große Suche geben, dachte Tawan, als er den Toten im Garten auf die Erde rutschen ließ. In allen Zeitungen werden Fotos von ihm stehen, die Polizei wird eine Sonderkommission bilden, aber wo wollen sie in dieser Riesenstadt suchen? Nur ein Zufall konnte helfen, der Zufall, daß jemand ihn in das Hotel Bambusgarten hatte gehen sehen und ihn nun in der Zeitung wiedererkannte.

Tawan lief ins Haus zurück und traf Sangra und Vinja in der Küche an. Er setzte sich schwer auf einen Stuhl und klemmte die Hände zwischen die Knie.

Sangra blickte ihn fast lauernd an. »Was hast du?« fragte sie.

»›Was haben wir?‹ muß es heißen!« Tawan atmete tief durch. »Glaubt ihr, mit dem Begraben des Toten wären alle Probleme gelöst?«

»Ja. Keiner wird ihn finden.«

»Und wenn ihn jemand hat ins Haus gehen sehen und ihn auf einem Foto wiedererkennt? Die Zeitungen werden übermorgen sein Foto bringen.«

»Er kam, als es schon sehr dunkel war.«

»Wie ist er gekommen? Zu Fuß? Nein, irgendwo muß sein Wagen stehen, hier in der Nähe, oder noch schlimmer: Er ist mit einem Taxi gekommen; dann kann sich der Taxifahrer sofort erinnern.«

»Das ist wahr, Onkel Tawan.« Vinja saß auf dem Küchentisch und ließ ihre Beine baumeln. »Alle Spuren führen in unsere Gegend.«

»Nichts führt hierher!« sagte Sangra grob. »Macht euch doch nicht selbst verrückt! Ihr habt ja keine Erfahrung, wie die feinen, geilen Herren das machen: Entweder parken sie ihre eigenen Autos ein paar Häuserblöcke weiter oder lassen die Taxis in anderen Straßen halten. Auf jeden Fall gehen sie die letzte Strecke zum Hotel zu Fuß!« Sie ging zu dem nun kalten Braten, schnitt ein dickes Stück ab und stopfte es sich in den Mund. Als sie es hinuntergewürgt hatte, leckte sie sich über die Lippen, die fettig von Bratensoße waren. »Auf uns fällt kein Verdacht! Ich bin der Polizei bekannt als seriöses Unternehmen. Tawan, grab weiter!«

Nach zwei Stunden war alle Arbeit getan. Das Hotel war sauber gewischt, die Zimmer hergerichtet, der Tote im Garten begraben, direkt an der Grundstücksmauer.

»Hier legen wir ein Blumenbeet an«, hatte Tawan gesagt. »Oder wir pflanzen Gemüse und Tomaten.«

»Ich soll davon ein Stück essen?« kreischte Sangra entsetzt. »Ich würde ersticken, vor Ekel sterben! Tawan, was bist du für ein Mensch!«

»Wir haben in den Slums das angefaulte Fleisch aus den Müllbergen geholt und es zusammen mit den Würmern gebraten. Keiner ist daran gestorben.«

»Ich bin nicht die Slums, ich bin ein angesehenes Hotel!« sagte Sangra voller Stolz. »Aber darüber reden wir noch.« Sie ging hinunter, schloß die Eingangstür auf, nahm das Schild »Wegen Umbaus geschlossen« ab und knipste die Außenlampen an. Das Leuchtschild »Hotel Bambusgarten« flammte in roter Schrift auf.

Eine Stunde später waren zehn Zimmer belegt. Vinja schlief bereits, sie war sehr müde gewesen, die Ereignisse der letzten Stunden hatten sie doch sehr angegriffen. Hinter der Theke saß ein alter, bärtiger Inder mit einem Turban, der Nachtwächter Immiam Chandi, zur Einrichtung des Hotels gehörend von der ersten Stunde an. Zu jedem Dienstantritt brachte er einen Totschläger mit, einen mit Bleikugeln gefüllten Lederstab. Er hatte ihn selbst hergestellt, aber noch nie gebraucht. Doch wußte man, was morgen oder übermorgen geschehen konnte?

Sangra saß mit Tawan in dem kleinen Büro hinter der »Reception«, sie tranken Bier und rauchten jeder eine lange, dünne Zigarre. Die Eingangstür klappte, durch die Bürotür hörte man Stimmengewirr.

»Das elfte Zimmer.« Sangra streckte zufrieden die dicken Beine von sich. »Eine gute Nacht. Wir haben nur gute Tage und Nächte, hast du das bemerkt, Tawan?«

»Das Hotel bringt Geld«, nickte Tawan.

»Weil es einen guten Namen hat.« Sangra hob die Zigarre vor ihre Augen und betrachtete die weiße Asche. »Du bist ein wohlhabender Mann, nicht wahr, Tawan?«

»Ich glaube, ja.«

»Was willst du mit dem Geld anfangen? Willst du weiter an der Börse spekulieren?«

Tawan dachte an seine Partner Dakhin und Subhash. Er hob die Schultern und antwortete wahrheitsgetreu: »Ich weiß es noch nicht.«

»Willst du heiraten?«

»Nein.«

»Warum nicht? Willst du keine Kinder haben?«

»Mein Kind ist Vinja. Alles soll sie mal allein erben.« Er zog wieder an seiner Zigarre und sah dem zur Decke schwebenden Rauch nach. »Ich dachte immer daran, ein Geschäft aufzumachen, irgendein Geschäft, aber ich habe eingesehen: Die Arbeit an der Börse ist bequemer, müheloser. Man kann an einem guten Tag mehr verdienen als ein Hafenarbeiter im ganzen Jahr. Man muß nur Glück haben.«

»Hat der Mensch immer Glück?« fragte Sangra philosophisch. »Nein! Kann er auf das Glück vertrauen? Nie! Glück ist wie eine Hure: Mal liegt sie mit dir im Bett, mal spuckt sie dich an! Du solltest dein Geld sicher arbeiten lassen. Sieh mich an, mein Hotel ist fast immer ausverkauft. Rund um die Uhr. Man kann mit heimlicher Liebe eine Menge Geld verdienen.«

»Das tust du. Das ist wahr.« Tawan sah sie forschend an. »Soll ich einen Puff aufmachen? Ist das dein Rat?«

»Nein. Ich weiß etwas Besseres.« Sangra legte die Zigarre in den Aschenbecher und erhöhte die Spannung, indem sie eine Weile schwieg. Dann sagte sie so plötzlich, daß Tawan zusammenzuckte: »Steig als mein Partner bei mir ein.«

»Ich soll –« Tawan holte tief Atem. »Ich soll den ›Bambusgarten‹ – du bietest mir dein Hotel an?«

»Ich bin eine alte Frau und habe keine Erben. Mein Sohn ist verschwunden, meine Tochter ist irgendwo verheiratet. Ich bin allein. Was soll aus meinem Hotel werden, wenn man meine Asche in den Fluß gestreut hat? Du bist mir wie ein Sohn und Vinja wie ein Enkelkind geworden. Ich möchte ruhig sterben, weil ich weiß, daß das Hotel in euren Händen ist. Tawan«, sie beugte sich vor, geradezu jugendliches Feuer leuchtete in ihren Augen, »wir legen unser Geld zusammen und bauen um und bauen neu. Wir vergrößern das Hotel und nehmen noch ein Restaurant dazu. Erst ein gutes Essen und dann in die Betten! Wir werden *immer* ausverkauft sein. Tawan, besser kann dein Geld gar nicht arbeiten.«

»Ich überlege es mir, Sangra«, sagte er nachdenklich.

»Wie kann man da noch überlegen? Tawan Alipur und sein Hotel Bambusgarten – sie werden ein Begriff für Kalkutta werden.«

»Ich möchte darüber schlafen, Sangra. Gib mir diese Zeit.« Tawan wischte sich über das Gesicht. »Es kommt alles so überraschend. Ich kann es noch gar nicht begreifen.«

»Ich wäre glücklich, wenn du zustimmst. Denk auch an Vinja. Sie wird einmal eine geachtete Frau sein.«

»Ich denke nur an Vinja.«

»Sie ist ein mutiges Mädchen, das hat sie bewiesen.« Sangra zog an ihrer Zigarre und blies eine gewaltige Rauchwolke gegen die Zimmerdecke. »Unser neues Hotel wird ein kleines Juwel werden. Ich habe vorige Woche die beiden Häuser neben uns gekauft. Wir haben also Platz genug für eine Erweiterung.«

Tawan verabschiedete sich, ging die Treppe hinauf, vorbei an den Zimmern, aus denen Lachen, Kichern, Stöhnen und spitze Schreie ertönten, betrat leise sein Zimmer und setzte sich in der Dunkelheit in den Rattansessel am Fenster. Vinja schlief tief und lächelte, als träume sie etwas Schönes.

Ich nehme Sangras Vorschlag an, dachte er. Ein Hotel hindert mich nicht, jeden Tag von 10 bis 12 im Flughafen zu sein. Ich werde doppelt verdienen und mir mehr Geld verschaffen, als ich ausgeben kann. Vinja wird eine schöne reiche Dame sein, von der niemand weiß, daß man ihre linken Zehen abgeschnitten und gegessen hat.

In dieser Nacht hatte Tawan einen unruhigen Schlaf. Immer wieder schrak er auf, saß dann im Bett und starrte in die Finsternis. Wirklichkeit und Traum vermischten sich. So träumte ihm, daß er als Hotelbesitzer auf jeden Gast einstach, der Vinja auch nur mit einem geilen Blick ansah, und schließlich lagen in der Eingangshalle vor der »Reception« so viele Leichen, daß neue Gäste darüber hinwegsteigen mußten. Minuten später lagen sie daneben: Sie hatten Vinja angesprochen.

Schweißgebadet verbrachte Tawan die Nacht und war am Morgen wieder unsicher, ob er sein Geld in ein neues Hotel investieren sollte.

Sangra schien auch eine traumgeplagte Nacht hinter sich zu haben, denn das erste, was sie zu Tawan sagte, als er zum Frühstück herunterkam, war: »Hast du dich entschieden, Tawan? Werden wir Teilhaber?«

»Ja«, antwortete Tawan. Er war müde, sein Kopf wie ein summender Bienenkorb. »Ich will es versuchen. Aber die Börse gebe ich nicht auf. Es sind ja nur kurze Stunden.«

Schon drei Monate später begann Tawans unaufhaltsamer Aufstieg. Die beiden von Sangra gekauften Nebenhäuser wurden abgerissen, ein Architekt hatte die neuen Hoteltrakte gezeichnet, tagelang saßen Sangra und Tawan über den Plänen und besprachen mit ihm die Einzelheiten von Zimmern, Küche, Restaurant, Kühlkeller, Brandsicherheit, Lifts und hunderterlei Dingen, die bei einem Hotelbau zu beachten sind. Auch die Finanzierung war ein wichtiges Thema; am Ende aller Berechnungen kam heraus, daß man ohne einen Bankkredit zur Überbrückung nicht bauen konnte.

»Ich werde mit meiner Bank sprechen«, sagte Tawan großzügig. Am Abend holte er den Rat des Lehrers Dasnagar ein.

»Sie werden dir das Baudarlehen geben«, sagte Dasnagar. »Sie gehen doch kein Risiko ein. Ihr habt genug Eigenkapital, und das Hotel ist eine gute Sicherheit für die Bank.«

»Aber da ist noch eine Hürde«, teilte bei einer Besprechung der Architekt mit. »Die Behörde.«

»Welche Behörde?« fragte Tawan erstaunt.

»Das Bauamt. Es muß den Bau genehmigen. Das kann Monate dauern. Die Beamten sind überlastet. Sie ertrinken in Anträgen. Ich habe Bauten, die warten schon ein halbes Jahr auf die Genehmigung.«

»Und da ist nichts zu machen?«

»Nichts. Es geht der Reihe nach. Es ist unmöglich, einen Antrag in der Mitte oder ganz unten im Stapel nach oben zu zaubern. Dankan Usurpai, der Leiter des Bauamtes, ist ein strenger, gewissenhafter Beamter.«

»Sie glauben nicht, daß der Anblick gebündelter Rupienscheine –«

»Undenkbar!«

»Es können auch Dollarscheine sein.«

»Völliger Wahnsinn! Bei Usurpai würden Sie damit genau das Gegenteil erreichen, Mr. Alipur.«

»Man könnte es ja versuchen. Wie kommt man an Usurpai heran?«

»Auf normalem Weg überhaupt nicht.«

»Und auf unnormalem Weg?«

»Usurpai ist ein begehrter Beamter. Überall, zu allen Veranstaltungen, wird er eingeladen, denn jeder hat irgend etwas zu bauen. Ob so eine Einladung hilft, hat logischerweise noch niemand erzählt. Die nächste große Veranstaltung ist ein festliches Zusammentreffen der Ärzte Kalkuttas. Natürlich ist Usurpai dabei – Ärzte sind potente Bauherren. Aber zu diesem Fest gibt es nur namentliche Einladungen, und die Kontrollen sind streng.«

Sangra hörte wortlos zu. Aber als der Architekt gegangen war, sagte sie: »Ein Stammgast im ›Bambusgarten‹ ist Dr. Palur Nazrul. Er kommt jede zweite Woche und immer mit einem anderen Mädchen. Mehr schafft er anscheinend nicht. Er ist über siebzig Jahre, und wenn er hier ist, schläft er nach einer solchen Anstrengung sofort ein und bleibt dann mindestens vier Stunden liegen, bis er wieder auf die Beine kommt. Er müßte diese Woche noch kommen. Vielleicht hat er die Einladung in der Rocktasche. Männer tragen so etwas meistens in der Rocktasche. Warten wir ab, Tawan.«

Um das Eigenkapital für den Neubau zu vermehren, drückte sich Tawan ab sofort zweimal im Flughafen herum. Subhash war es recht; mit offener Tür und laufendem Motor wartete er vormittags vor der Ankunftshalle, am Nachmittag vor der Abflughalle. Manchmal war es auch umgekehrt, je nachdem wie gute Flüge ankamen oder abhoben.

Die Fingerfertigkeit Tawans war genial. Es gab keinen Fehlgriff. Sogar unter den Augen von Polizisten gelang es ihm, in fremde Taschen zu greifen; er war von einer Kaltblütigkeit, die Bewunderung erzeugte.

Major Dakhin, auf dessen Tisch jeder Diebstahl im Flughafen landete, zählte die gestohlenen Summen zusammen und hieb dann, wenn er allein war, mit der Faust auf den Tisch. »Ein toller Kerl, dieser Tawan!« sagte er beeindruckt, wenn er seine zehn Prozent Anteil errechnet hatte. »Trotz der verschärften Überwachung – er schafft es! Aus dem Halunken wird noch mal etwas ganz Großes.«

Das Glück hatte Tawan in sein Herz geschlossen.

An einem Sonnabend, als er mit einer Beute von dreitausendzweihundert Dollar ins Hotel zurückkam, empfing ihn Sangra mit einem breiten Lächeln und lustigem Händereiben. »Er ist da«, sagte sie mit fetter Stimme, »auf Zimmer 10. Dr. Palur Nazrul! Er wird immer verrückter. Jetzt hat er ein ganz junges Mädchen bei sich, höchstens achtzehn. Einen Mischling mit weißem Blut. Das sind die schlimmsten. Hoffentlich überlebt er sie. Das ist immer meine große Sorge. So ein Alter macht seinen Stoß, verdreht die Augen und ist hin. Tawan, wenn er nachher schläft, kontrollierst du seine Taschen.«

Nach drei Stunden kam das junge Mischlingsmädchen zur »Reception« herunter.

»Etwas zu trinken?« fragte Sangra scheinheilig. »Sie hätten nur zu klingeln brauchen.«

»Er schläft. Ich gehe«, sagte das Mädchen professionell.

»Ein guter Entschluß.«

»Warum soll ich daneben liegen, wenn er schläft? Gute Nacht.« Das Mädchen, eine Augenweide, verließ mit schwingenden Hüften das Hotel.

Sangra blickte auf die Uhr. »Jetzt ist die richtige Zeit, Tawan«, sagte sie. »Jetzt liegt Dr. Nazrul im tiefsten Schlaf. Kein Kanonenschuß könnte ihn wecken. Geh, sieh nach.«

Tawan nickte. Wie kann ich eine Einladung finden, wenn ich noch nicht richtig lesen kann? dachte er. Wenn er nun mehrere Papiere bei sich hat, welches ist das richtige? Was also tun? Am einfachsten war es, Dr. Nazruls sämtliche Taschen leerzuräumen und dann zu sagen: »Bestimmt hat das Mädchen alles mitgenommen. Das war ein teures Abenteuer, Dr. Nazrul.«

Tawan ging ins erste Stockwerk hinauf, öffnete vorsichtig die Tür von Zimmer 10, hörte den Arzt laut schnarchen und trat ein. Dr. Nazruls Rock hing über einer Stuhllehne, die Hose, sauber gefaltet, darüber. Der Arzt schien in jeder Situation ein korrekter Mann zu sein.

Mit ein paar Griffen hatte Tawan alle Taschen des Rockes geleert und verließ unhörbar das Zimmer. Er hätte es nicht nötig gehabt, denn Dr. Nazrul schlief wie mit Blei in den Gliedern. Wer mit über siebzig Jahren noch ein junges, überschäumendes Mischlingsmädchen in sein Bett zieht, ist hinterher wie narkotisiert.

»Nun, hat er die Einladung bei sich?« fragte Sangra, als Tawan zurückkam.

»Ich weiß es nicht.« Tawan warf alles, was in den Taschen gewesen war, auf den Tisch. Es waren eine Brieftasche, in der zweitausendeinhundert Rupien steckten, Fotos von jungen Frauen, ein Scheckbuch, zwei noch nicht geöffnete Briefe, ein Reisepaß, die Rechnung eines Schuhgeschäfts und ein zusammengefalteter Brief aus besonders dickem Papier.

»Da ist es!« Sangras Stimme glich einem Jubelschrei. »Tawan, das Glück ist unsere Schwester! Sieh dir das an.« Sie entfaltete den Brief. Es war die Einladung zum Galafest der Ärzte Kalkuttas, ausgestellt auf Dr. Palur Nazrul.

»Am nächsten Sonnabend bist du Dr. Nazrul«, sagte Sangra und rieb sich wieder die Hände. »Tawan, das ist eine Rolle, in die du hineinpaßt! Du wirst ein Musterbild von Arzt sein.«

Gegen 2 Uhr morgens ließ sich Dr. Nazrul mit einem Taxi nach Hause fahren. Er war noch immer müde und hatte den Verlust seiner Papiere noch nicht bemerkt.

Mit einem tiefen Seufzer der Erleichterung schloß Sangra ihr Hotel ab. Für heute gab es keine neuen Gäste mehr.

Am Sonnabend trug Tawan zum ersten Mal seinen neuen, maßgeschneiderten Smoking. Er sah phantastisch darin aus, ein Herr von den schwarzen, krausen Haaren bis zu den blitzenden Lackschuhen.

»Jede Frau wird sich sofort in dich verlieben, Onkel Tawan!« rief Vinja altklug. »Du bist der schönste Mann von Kalkutta. So mußt du dich immer anziehen.«

»Nicht jeden Tag ist ein Fest, meine Kleine«, sagte Sangra. Auch sie war von Tawans Anblick begeistert. »Aber wenn das neue Hotel in Betrieb ist, werden wir viele Galaabende feiern, und dann wird Tawan das Hotel repräsentieren. Man soll über uns sprechen, und man wird über uns sprechen. Das Hotel Bambusgarten wird einen guten Klang in Kalkutta bekommen.«

Die Ärzte-Gala wurde ein voller Erfolg. Ohne Schwierigkeiten passierte Tawan die Kontrolle, mischte sich unter die anderen Festgäste, hielt sich dann in der Nähe des riesigen Büffets auf, trank zum ersten Mal in seinem Leben ein ihm von einem weißgekleideten Ober angebotenes Glas Champagner und wunderte sich, warum die feinen Herrschaften ein solches Getränk mit Begeisterung schlürften. Für ihn war es etwas Säuerlich-Prickelndes, das keinem Vergleich mit einem guten Glas Bier standhielt. Von weitem sah er Dr. Palur Nazrul, der eine Ersatzeinladung bekommen hatte, und Oberarzt Dr. Jaipur von der Klinik Dr. Bandas. Dr. Jaipur brauchte er nicht aus dem Weg zu gehen, für ihn war er ein armer Nierenspender gewesen, den er nur als Operationsgebiet angesehen hatte.

Um so mehr zuckte Tawan zusammen, als sich eine Hand auf seine Schulter legte. Erledigt, dachte er. Das ist das Ende, bevor es noch angefangen hat. Mit eiskalter Entschlossenheit drehte er sich um. »Also doch! Du bist es, du Halunke!« sagte der Mann im hellblauen Smoking. Dr. Kasba.

Tawan atmete auf. Er macht das Spiel mit, durchfuhr es ihn. Er verrät mich nicht. Er kommt aus den Slums wie ich. »Verwechseln Sie mich nicht, Herr Kollege?« fragte Tawan charmant. »Ich bin Dr. Palur Nazrul.«

»Sie haben recht. Ich hielt sie für jemand anderen.« Dr. Kasba beugte sich zu Tawan vor. »Was soll dieser Aufzug? Übrigens, du bist der geborene Smokingträger. Ein Glück, daß es eine Gala ohne Damen ist; du würdest sie sonst reihenweise unruhig werden lassen. Was willst du hier?«

»Kennen Sie Dankan Usurpai, den Leiter der Baubehörde?«

»Natürlich! Da hinten an der Säule steht er. Ein Freund vom Chef. Wen kennt Dr. Banda nicht! Was willst du denn von Usurpai?«

»Er soll einen Bauantrag berücksichtigen.«

»Du willst bauen?« Dr. Kasba war ehrlich verblüfft. »Soweit bist du schon gekommen? Gratuliere, du Supergauner! Was baust du denn?«

»Ein Hotel.«

»Ein was?«

»Ein Hotel. Das Hotel Bambusgarten. Es wird umgebaut und erweitert. Mit einem Spitzenrestaurant.«

»Und woher hast du das Geld?«

»Man hat es eben«, sagte Tawan lässig und lächelte dabei. »Es ist in den vergangenen Monaten viel geschehen.«

»Tawan, der arme Nierenspender, im Smoking auf einer Ärzte-Gala! Das ist wirklich ein Sprung!«

»Und das Sprungbrett war meine Niere. Dr. Kasba, ich muß mich um Usurpai kümmern. Und wenn Sie auf den richtigen Dr. Nazrul treffen, erschrecken Sie nicht. Er ist auch hier.«

»Du hast ihm die Einladung geklaut?«

»Ja.«

»Du bist ein Teufelskerl! Tawan – pardon: Dr. Nazrul –, viel Glück!«

»Danke, Dr. Kasba.«

Sie gaben sich die Hand. Mit einem leichten Kopfschütteln blickte Dr. Kasba seinem »Kollegen« Tawan nach, als dieser der Säule zustrebte, an der Dankan Usurpai, der wichtige Beamte, lehnte.

»Man sollte es nicht für möglich halten«, sagte Kasba leise zu sich, »welch wundersame Blüten der Sumpf Kalkutta treibt.«

Nach einer Stunde verließ Tawan den Galaabend und atmete auf, als er im Taxi zum Hotel fuhr. So wenig er unter den Ärzten aufgefallen war, so stark hatte der Druck auf ihm gelastet, doch noch im letzten Augenblick erkannt zu werden. Die größte Gefahr ging von Dr. Nazrul selbst aus: Er strich durch die Räume, als suche er den Dieb seiner Einladungskarte. Tawan war sich nicht sicher, ob der Arzt ihn bei seinem müden Abgang gesehen hatte.

Das Zusammentreffen mit Usurpai war kurz gewesen. Tawan hatte ihn angesprochen und einen herzlichen Gruß von seinem Freund Dr. Banda ausgerichtet. Er sei leider verhindert zu kommen, aber er habe seinen Stellvertreter Dr. Jaipur geschickt.

»Ich habe Dr. Jaipur schon begrüßt«, sagte Usurpai. »Schade, ich hatte mich sehr auf ein Wiedersehen mit Dr. Banda gefreut.«

»Ich soll Ihnen sagen, daß sich nichts geändert hat«, stieß Tawan vor.

Usurpai kniff die Augen zusammen, als blende ihn das Licht der vielen Lampen.

Tawan lächelte. Sie waren alle gleich, ob sie nun Dakhin oder Usurpai hießen. »Sie sehen, ich bin ein Vertrauter von Dr. Banda. Die Raten werden wie immer pünktlich bezahlt werden. Nur hat Dr. Banda noch eine Bitte. Er hat sich an einem Hotelprojekt beteiligt. Und er möchte, daß das Projekt so schnell wie möglich die Baubehörde durchläuft. Es ist der Um- und Neubau des Hotels Bambusgarten. Die Pläne liegen bei Ihnen vor. Ein schönes Hotel, das Dr. Banda sehr am Herzen liegt.«

»Ich werde mich selbst darum kümmern.« Usurpai stieß sich von der Säule ab. »Wird sich etwas nicht doch ändern?«

»Sprechen wir nicht über Selbstverständlichkeiten.« Tawan nickte dem Beamten abschiednehmend zu. »Sie werden bis zur Einweihung des neuen Hotels monatlich hundert Dollar auf Ihrem Konto finden. Noch einen schönen Abend, Sir.«

»Ihnen auch, Sir.«

Man nickte sich noch einmal sehr diskret zu und ging in verschiedenen Richtungen auseinander. Das war die Art Dr. Bandas, Beziehungen enger zu knüpfen; Tawan hatte sie instinktiv erfaßt.

»Es ist alles in Ordnung«, sagte er, als er spät in der Nacht ins Hotel zurückkehrte. Sangra und Vinja waren noch wach und hatten auf ihn gewartet. »Die Baugenehmigung wird in Kürze eingehen.« Er band sich die Smokingschleife auf und zog das Jackett aus. Mit offenem Kragen fühlte er sich wohler. »Ich verstehe nur eins nicht.«

»Was?«

»Warum die reichen Leute so begeistert von Champagner sind. Vinja, hol mir eine Flasche Bier. Da weiß ich, was ich habe.«

Was sind zwei Jahre im Leben eines Menschen?

Sie können lang sein, wenn man nicht weiß, ob es morgen etwas zu essen gibt, wenn man jeden Abend die Müllhalden durchwühlt, sich vom Abfall ernährt und weiß, daß es Tag für Tag so weitergehen wird; dann rinnt die Zeit wie zäher Sirup durch das Stundenglas, und unter den Blech- und Pappdächern der Slumhütten wird ein Jahr zu einer Ewigkeit der Qual.

Anders war es bei Edward Burten und Tawan Alipur.

Burten stürzte sich wieder voll in seine Geschäfte, trieb durch Dumpingpreise seiner Supermärkte Konkurrenten in den Konkurs und kaufte dann deren Firmen auf; er war eben der alte Burten mit einer neuen Niere, die ihm eine unheimliche Lebenskraft gab.

Er ordnete seine Firmengruppe neu, ernannte für die verschiedenen Bereiche verantwortliche Direktoren, schloß alle Betriebe an einen Zentralcomputer an, der ihm jeden Abend die Umsatzzahlen zeigte, und wenn irgendwo der Umsatz zurückging, flog Burten selbst hin und brachte eine kleine Hölle mit.

»Seit der neuen Niere ist er noch toller geworden«, sagte im vertrauten Kreis einer der Direktoren. »Er benimmt sich so, als wolle er Amerika erobern. Wenn ihm die Idee kommt, auch noch in die Politik zu gehen, dann gnade uns Gott! Das wäre fürchterlich. Sein erster, vernichtender Blick würde nach Japan gehen.«

Von einer Erholung auf den Bermudas oder Bahamas war keine Rede mehr.

»Schatz«, sagte Lora immer wieder, wenn er etwas erschöpft auf der überdeckten Terrasse der Villa lag, »denke daran, was Dr. Banda dir gesagt hat. Du sollst kürzer treten.«

»Dr. Banda ist weit weg.«

»Aber ich bin ganz nahe bei dir! Ich sehe doch, wie dich alles anstrengt. Mir kannst du den starken Mann nicht vorspielen. Ich sehe an dir jede Kleinigkeit – weil ich dich liebe. Laß uns für einige Wochen wegfahren.«

»Einige Wochen? Ausgeschlossen!« Burten streckte sich aus. Der Chauffeur, der gleichzeitig der Butler war, servierte Fruchtsäfte und Gebäck. »Komm her, Liebling, und setz dich zu mir.«

Sie setzte sich neben ihn auf die Liege und wußte, was nun kommen würde. Es war immer das gleiche Spiel: Er würde sie streicheln, über die schönen, festen Brüste, über ihren Leib, den Rücken, die Schenkel, die schlanken, langen Beine, um dann in ihrem Schoß zu verweilen. Das war dann der Augenblick, wo seine Hand zu zittern begann.

Burten atmete schwer, beugte sich vor, küßte ihre Schenkel und sagte heiser: »Laß uns ins Haus gehen, Lora. Mein Gott, ist das Leben schön!«

Er war glücklich. Nach einem Jahr der Vorsicht konnte er jetzt wieder mit Leidenschaft lieben, und manchmal war Lora atemloser als er und sagte mit ganz kleiner Stimme: »Du bist ein Bär. Ein richtiger Bär. Du frißt mich auf.«

Dr. Salomon nahm an der neuen Vitalität Burtens ungewollt teil; zu ihm kam Burten jede Woche, oder der Arzt kam zu Burten in das Hochhausbüro, um den Blutdruck zu messen und ein EKG zu machen. Alles war zufriedenstellend bis auf ein leichtes Vorhofflimmern des Herzens, bei dem Dr. Salomon abwinkte. »Das hast du immer schon gehabt, Ed«, sagte er. »Das kriegt keiner mehr weg. Vor allem nicht bei deinem Lebensstil.«

»Wenn ich das schon höre! Was mache ich falsch? Ich kenne Whiskeyflaschen nur noch vom Ansehen, halte mich an die von dir befohlene Diät – was willst du noch mehr?«

»Alles, was du da einsparst, holst du dir bei Lora wieder«, sagte Dr. Salomon diskret.

Burten lachte schallend auf. »*Das* ist es? Alter Junge, aus dir spricht nur der Neid. Wenn deine Sarah so attraktiv wäre wie Lora – aber lassen wir das! Ich will das Leben noch genießen, solange es geht. Bald bin ich siebzig, was ist dann?«

»Glaubst du, daß du bei diesem hektischen Leben siebzig wirst?«

»Das will ich hoffen. Und munter wie je im Bett! Lora braucht das. Denk an den berühmten Cellisten Pablo Casals. Er hat mit dreiundachtzig eine fünfzig Jahre jüngere Frau geheiratet, eine seiner Schülerinnen.«

»Casals hatte keine künstliche Niere, Ed. Auch wenn du dich bärenstark fühlst, du bist im Grunde genommen krank.«

»Es ist fürchterlich, einen Arzt als Freund zu haben!«

»Wann fliegst du nach Kalkutta zu Dr. Banda?«

»Nie.« Burten dachte an die Tiger, die mit Menschenfleisch gefüttert wurden. »Vor allem Frauenfleisch schmeckt ihnen besonders, ich weiß nicht, warum« – diese Worte hatte er noch im Ohr, wenn er an Dr. Banda dachte.

»Du solltest voriges Jahr schon kommen.«

»Na und? Hat sich was verändert? Du hättest es ja gemerkt, und gute Nierenspezialisten gibt es in den Staaten genug. Dr. Banda hat mir das Leben gerettet, unbestritten, aber er ist dafür auch klotzig bezahlt worden. Es war ein Geschäft, wir haben es abgewickelt, und damit Schluß.«

»Mich wundert, daß Dr. Banda noch nicht gemahnt hat.«

»Von ihm werde ich nichts mehr hören.«

»Bist du sicher?«

»Ganz sicher.«

»Und warum?«

Burten schwieg. Er hatte bisher mit keinem über Dr. Bandas Tiger gesprochen, auch mit Lora nicht, und er würde es auch nicht tun, das hatte er sich geschworen. Überhaupt Lora: Im letzten halben Jahr war ihm aufgefallen, wie schnell sie ermüdete. Beim Schwimmen, ihrer großen Leidenschaft, stieg sie immer häufiger aus dem Becken, hielt sich an den Leiterholmen fest und ging dann etwas taumelnd zu ihrer Liege.

»Ich bin so schlapp, Liebling«, sagte sie einmal, als sie unter dem Sonnendach lag und die Arme an ihrer Seite herunterfielen. »Es ist, als wenn ich Zentnersäcke weggetragen hätte. Vier Runden bin ich geschwommen und bin so müde wie nach vier Stunden Dauerlauf.«

Die nächsten Tage war sie dann wie immer, von einer mitreißenden Vitalität und Fröhlichkeit und im Bett eine Geliebte, die keine Wünsche offen ließ. Aber dann plötzlich überfiel sie wieder die Müdigkeit, die manchmal so stark war, daß sie Gleichgewichtsstörungen hatte. Burten brachte sie dann zu Bett, und kaum, daß sie lag, schlief sie schon ein. So ging das abwechselnd, hinauf und hinab, und der Zeitraum zwischen sprühender Lebensfreude und rätselhafter Niedergeschlagenheit wurde immer kürzer.

»Was ist mit Lora los?« fragte Burten, um Dr. Salomon von seinen Ermahnungen abzulenken. »Du hast sie doch gründlich untersucht. Woher kommt diese Schlappheit?«

Dr. Salomon sah Burten kurz an; er wußte, was gleich folgte, wenn er seine Antwort gab. »Ich weiß es nicht.«

»Wozu hast du eigentlich Medizin studiert?«

»Alles an Lora ist normal. Der Blutdruck, der Kreislauf, das EKG sind einwandfrei, alle Körperorgane arbeiten normal. Es bleibt nur eine Erklärung: die Nerven.«

»Und?«

»Ich bin mit Lora zu Dr. Hopkins gefahren. Der beste Nervenarzt in New York. Eine Weltkapazität. Er hatte alle Tests gemacht, die nur möglich sind. Ergebnis –«

»Nichts!«

»Du sagst es. Kann es sein, daß du Bulle Lora zu sehr beanspruchst?«

»Halt's Maul!« Burten wurde wütend. »Bildet man denn an den Universitäten nur Flaschen aus, die sich dann ein Leben lang vollaufen lassen? Genügt dir die letzte Party nicht?«

Burtens Partys waren in den einschlägigen Kreisen berühmt. Jeden Monat lud Lora zu einem geselligen Zusammensein in Burtens schloßähnlicher Villa, und alle, die sich zu den oberen Zehntausend rechneten, kamen, sich der Ehre bewußt. Burtens Partys hatten immer etwas Außergewöhnliches zu bieten. Es traten berühmte Sänger und Tänzer auf, erstklassige Ballette, Artisten, Zauberkünstler und Orchester, einmal ließ Burten im Garten sogar eine Manege aufbauen und eine gemischte Raubtiergruppe aus Löwen, Tigern, Leoparden, schwarzen Panthern und Jaguaren und eine Dressur von zwanzig Elefanten präsentieren. Für diese Partys öffnete Burten sein Bankkonto weit, aber er tat es nicht aus Menschenfreundlichkeit oder als Kulturmäzen; auf diesen Festen erfuhr er, wer wo mit welchem Betrieb auf wackeligen Füßen stand und ob ein Konkurs abzusehen war; es gibt ja nichts Geschwätzigeres als eine Männerrunde. Und so kam es, daß Burten, wenn der wackelige Betrieb in seine Firmengruppe paßte, immer zur rechten Zeit erschien, die Firma aufkaufte, das bisherige Personal hinausschmiß und es durch seine eigenen, bestens gedrillten Leute ersetzte.

Die letzte Party war vor sechs Wochen gewesen. Und da geschah das Unerwartete und Alarmierende: Beim Eröffnungstanz sank Lora in Burtens Armen kraftlos zusammen. Man trug sie in ihr Schlafzimmer. Dr. Salomon, der bei jeder Party zugegen war, gab ihr eine Kreislaufinjektion und hob bedauernd die Schultern, als Burten ihn fragend ansah. Lora selbst beschrieb ihren Zustand so: »Mir wurde plötzlich schwindelig, alles drehte sich um mich, es war, als schwebte ich über der Erde, als könnte ich fliegen... Es war wunderschön.«

Lora war so schwach, daß sie sich nicht mehr selbst ausziehen konnte. Burten und Dr. Salomon zogen sie aus, legten sie ins Bett, und dabei entdeckte Dr. Salomon an ihrem linken Unterschenkel und an der rechten Hüfte zwei dunkelbraune Flekken, Hautverfärbungen, kleinen braunen Flecken ähnlich, als habe sie sich gestoßen.

Dr. Salomon konnte sich nicht erinnern, sie jemals an Lora gesehen zu haben; in den winzigen Bikinis, die sie trug, wäre das sichtbar gewesen. »Geh, Ed, und kümmere dich um deine Gäste«, sagte er und setzte sich zu Lora auf das Bett. »Ich bleibe noch hier, bis die Injektion wirkt.«

Burten nickte, gab Lora einen Kuß und ging zur Tür. »Ruf mich sofort, wenn sich ihr Zustand verschlechtert«, sagte er.

»Aber das ist doch klar, Ed.«

Dann waren sie allein.

Dr. Salomon schob die Decke von Loras Körper und tastete die Flecken ab. »Seit wann hast du sie?«

»Was?«

»Die Hautveränderungen.«

»Ach, die blauen Flecken? Ich weiß nicht. Ich muß mich irgendwann mal gestoßen haben.«

»Es sind keine blauen, es sind braune Flecken.«

»Ist das so wichtig?«

»Behalte sie im Auge, Lora. Wenn sie größer werden, zu bluten anfangen oder an deinem Körper noch mehr Flecken erscheinen, komm sofort zu mir.«

»Ich werde aufpassen, daß ich nicht noch einmal irgendwo anstoße.« Sie lachte schwach. »Du siehst bei jedem Husten sofort einen Lungenkrebs.«

Dr. Salomon sagte Burten nichts von seiner Entdeckung, auch nicht bei dem jetzigen Gespräch, das so harmlos begonnen hatte und nun so ernst wurde. »Auf der letzten Party, das war ein echter Schwächeanfall.«

»Und wodurch? Wo liegt die Ursache?«

»Wenn wir das wüßten, wären wir klüger.«

»Das ist ein wahres Wort. Ihr wißt gar nichts.«

Vier Wochen lang fühlte sich Lora wieder phantastisch. Sie sprühte von Temperament und Lebenslust, bedrängte Burten, mit ihr einen Europatrip zu machen, riß mit ihrer jugendlichen Fröhlichkeit jeden mit, nur – das stellte er vor allem im Bett fest, wenn er ihren glatten, wunderschönen Körper streichelte und küßte –, sie nahm von Woche zu Woche deutlich ab. Die Weiber, dachte er. Wenn sich die kleinste Speckrolle zeigt, schon fangen sie mit ihren dämlichen Diäten an. Aber das da bremse ich ab. Ich will kein Gerippe in den Armen halten.

Sechs Wochen später – Burten war nach Houston geflogen, um den Geschäftsführer der Supermarktkette in Texas wegen Unfähigkeit eigenhändig vor die Tür zu setzen – erschien Lora bei Dr. Salomon. Sie sah trotz des Make-ups blaß und elend aus, war auffallend dürr geworden und langsamer in ihren Bewegungen. Ohne große Einleitung zog sie sich sofort aus und zeigte Dr. Salomon ihren Unterbauch. Über den Schamhaaren hatte sich ein brauner Fleck gebildet. »Der ist neu«, sagte sie. »Fast über Nacht.«

Dr. Salomon biß sich auf die Lippen. Mein Gott, dachte er, hoffentlich bestätigt sich mein Verdacht nicht! Er betastete den Fleck, fand keine Erhebung, keine Aufwölbung, es war Loras glatte Haut, auf der nun der braune Fleck saß. »Hat es vorher gejuckt?« fragte Dr. Salomon.

»Nein.«

»Warst du viel in der Sonne?«

»Ich liege am Pool doch immer in der Sonne. Seit Jahren.«

»Hast du dich extrem lang gesonnt?«

»Wie immer. Wenn es zu warm wurde, bin ich geschwommen und habe mich abgekühlt.«

»Und hast dich dann naß wieder in die Sonne gelegt?«

»Ja. Es ist ein prickelndes Gefühl, wenn die Sonne die Wassertropfen aufsaugt. Kennst du das auch?«

»Nein. Aber wir fahren sofort zu einem der besten Dermatologen!«

Dr. Salomon hatte es sehr eilig. Er übergab seine Praxis seinen beiden Assistenten, setzte Lora in seinen Chevrolet und brachte sie in die Praxis von Dr. William Pen.

Dr. Pen untersuchte Lora gründlich. Er injizierte ihr eine örtliche Betäubung, schnitt den kleinsten der Flecken aus, den neuen am Unterbauch, und betrachtete ihn durch ein großes Mikroskop. Dr. Salomon saß neben Lora auf der Liege und drückte ein Pflaster auf den Einschnitt.

»Bleibt... bleibt eine Narbe zurück?« fragte sie leise.

»Eine winzige. Keiner wird sie sehen, bis auf Ed. Ich nehme an, daß du dich sonst keinem Mann nackt zeigst.«

Dr. Salomon hatte tief aufgeatmet, als Dr. Pen das Hautstück herausschnitt. Sein Verdacht war damit zerstreut. Es war kein Malignom. Ein Malignom örtlich herauszuschneiden ist ein tödlicher Kunstfehler. Handelte es sich bei Lora wirklich nur um eine spontane Pigmentierung?

Dr. Pen kam von seinem Mikroskop zurück und lächelte Lora freundlich an. »Gnädige Frau«, sagte er, »es ist alles in Ordnung. Kein Grund zur Panik. Warten Sie bitte in meiner Bibliothek.«

Als Lora das Zimmer verlassen hatte, setzte sich Dr. Pen auf die Liege und sah Dr. Salomon mit zusammengekniffenen Augen an.

»Du hast Lora belogen«, sagte Dr. Salomon mit belegter Stimme. »Gib es zu! Du hast was entdeckt.«

»Ich kann Genaueres erst nach dem histologischen Befund

sagen.« Dr. Pen holte tief Atem. »Wenn ich recht habe, handelt es sich hier um ein Kaposi-Sarkom. Also kein Grund zur Besorgnis, wenn das Sarkom normal ist. Wir können es mit Exzisionen, mit Chemotherapie und Bestrahlungen behandeln. Was mir nicht gefällt, ist die spontane Streuung. Das sieht nach einer Metastasierung aus. Man sollte die Lymphbahnen kontrollieren, den Stoffwechsel beobachten und das Immunsystem überwachen. Ist es ein Kaposi-Sarkom, wird es eine langwierige Behandlung geben.«

»Mit Erfolg?«

»Das kann keiner sagen. Du weißt, eine dusselige Bronchitis kann einem entgleiten. Man muß immer Hoffnung haben.«

»Laß die dumme Rede!« Dr. Salomon war wütend geworden. »Ich bin kein Patient. Ja oder nein?«

»Auch wenn du eine Pistole ziehst, ich wage keine Prognose.«

Auf der Rückfahrt zu Burtens Villa drängte Lora durch Fragen Dr. Salomon in einen neuen Konflikt. »Ist es wirklich so harmlos, wie Dr. Pen sagt?« fragte sie. »Du bist unser Freund, vielleicht der einzige, den Ed hat – bitte, sag die Wahrheit.«

»Lora«, Dr. Salomon bemühte sich um einen normalen Ton, »wenn es etwas Ernstes wäre, würde ich bestimmt nicht schweigen. Es sind Pigmentierungen. Du weißt doch: Alte Leute bekommen früher oder später diese braunen Flecken auf der Handoberfläche. Der Volksmund nennt sie Altersflecken. Das ist Unsinn! Sie können auch schon bei Dreißigjährigen auftreten. Dagegen ist kein Kraut gewachsen. Du hast – das gibt es auch – kleine Pigmentierungen am Körper, das ist alles.«

»Und es können noch mehr werden?«

»Das weiß man nicht.« Dr. Salomon wollte sich nicht festlegen lassen. »Hat Ed sie noch nicht bemerkt?«

»Nein.«

»Läufst du nicht mehr nackt vor ihm rum?«

»Das schon, aber da guckt er woanders hin und nicht auf kleine Hautflecke.«

»Wer kann das bei einer Frau wie dir nicht verstehen!«

Lora sprach mit Burten nicht über ihren Arztbesuch, und auch Dr. Salomon hielt es für angebracht, vorerst abzuwarten. Das Ergebnis der Pathologie lag schon nach drei Tagen vor, Dr. Pen gab es telefonisch durch.

»Es *ist* ein Kaposi-Sarkom!« sagte er ohne Umschweife. »Aber du weißt, daß man es behandeln kann. Das klassische Kaposi bleibt meist auf die Extremitäten beschränkt, nur selten kommt es zu kutanen Disseminationen oder viszeralen Beteiligungen.«

»Eine haben wir schon, am Unterbauch.«

»Das kann eine Ausnahme sein. Wir müssen aber beobachten.«

Zum Beobachten blieb wenig Zeit. Nach Burtens Rückkehr aus Texas verschlimmerte sich Loras Zustand. Sie war müde, abgeschlafft, verlor noch mehr an Gewicht und war zeitweise so geschwächt, daß sie im Bett blieb. Dr. Salomon gab ihr Aufbaupräparate, Vitamine, Mineralien, aber da sich keine neuen Kaposi-Sarkome gebildet hatten, sah er davon ab, die paar kleinen Flecken mit Bestrahlung oder Chemotherapie zu behandeln. Es hätte nur eine weitere Schwächung von Loras Körper bedeutet, der fast kindhafte Maße angenommen hatte.

Ein Schnupfen, den Burten von einer Reise nach Boston mitbrachte, sprang sofort auf Lora über und entwickelte sich zu einer Bronchitis.

Dr. Salomon sprach mit Burten ein ernstes Wort. Er benutzte dazu eine Kognak- und Raucherstunde nach dem Abendessen, die Zeit, zu der Burten meistens gut gelaunt war. »Ed«, sagte er sehr ernst, »ob du es hören willst oder nicht: Du darfst nicht mehr mit Lora zusammen schlafen. Vorerst nicht.«

»Ha! Das geht dir wie Honig von der Zunge!« Burten paffte den Zigarrenqualm gegen die Decke. »Aber beruhige dich! Ich schone Lora, ich fasse sie nicht mehr an, ich weiß, wie schwach sie ist und wie unfähig ihr Ärzte, ihre Krankheit zu erkennen.«

»Es geht darum, Ed, daß du täglich mit Millionen von Viren und Bakterien behaftet bist, wenn du dich neben sie legst. Du spürst sie nicht, dein Körper steckt sie weg, aber Lora fängt sie sofort auf. Ihr Immunsystem ist gestört, sie hat nur noch geringe natürliche Abwehrkräfte. Sie ist wie ein Amazonasindianer, der zum ersten Mal einem Weißen begegnet und sofort infiziert ist.«

»Ich dusche mich, bevor ich ins Bett gehe!« sagte Burten beleidigt.

»Damit tötest du keine Keime ab. Aber Lora zieht sie wie ein Magnet an. Deshalb zieh vorübergehend aus dem Schlafzimmer aus. Es ist ja nur eine kurze Zeit.«

Dr. Salomon behielt recht, wenn auch in einem anderen Sinne.

Lora verfiel sichtlich. Ihr Körper war knochig geworden, das Gesicht eingefallen, wie ein geschminkter Totenschädel, um den sich ihr wunderbares goldblondes Haar legte. Sie lag völlig apathisch im Bett, und Burten saß stundenlang bei ihr, hielt ihre Hand, und wenn er in seiner Bibliothek mit Dr. Salomon am flammenden Kamin saß, weinte er wie ein kleiner Junge und begriff einfach nicht, daß die Ärzte ratlos waren.

Er hatte in den vergangenen Wochen alle berühmten Internisten nach New York kommen lassen, von San Francisco bis Halifax, von San Diego bis Chicago, es hatte ihn ein kleines Vermögen gekostet – aber nur, um in ratlose Gesichter zu blikken, nichtssagende Worte zu hören, zwanzig verschiedene Therapien zur Kenntnis zu nehmen und dicke Schecks auszufüllen.

»Sie wissen alle nichts!« schrie er, als Nummer 22, der international berühmte Immunforscher Professor Loyd Pollak, gegangen war. »Sie sehen Lora an und kneifen den Arsch zusammen.«

»Das hätte ich dir vorher sagen können, Ed«, meinte Dr. Salomon und goß ihnen beiden je ein großes Glas Whiskey ein. »Du kannst noch hundert Koryphäen holen.«

»Aber Lora ist doch krank.«

»Es gibt Krankheiten, die kennt man noch nicht. Sie tauchen plötzlich auf und verunsichern die Mediziner. Denk an die rätselhafte Legionärskrankheit. Sie trat zum ersten Mal im Sommer 1976 auf, bei einem Treffen unserer Kriegsveteranen in Philadelphia. Da erkrankten plötzlich hundertachtzig Veteranen an einer Pneumonie, die nicht zu beherrschen war. Neunundzwanzig von ihnen starben. Die medizinische Welt stand damals Kopf – jetzt wissen wir, was es ist, und haben die Krankheit im Griff. Genau so wird es mit Loras Erkrankung sein – wir packen sie!«

»Aber wann?«

»Das kann keiner sagen, Ed. Du hast gehört, daß in San Francisco drei ähnliche Fälle bekannt geworden sind, die die Immunologen zu verstärkten Anstrengungen aufgerufen haben.«

Burten schwieg. Und plötzlich wußte er, was Dr. Salomon ihm mit den drei bekannten Fällen sagen wollte, ganz diskret, ganz versteckt. Er fuhr auf dem Absatz herum, packte seinen Freund an den Anzugsaufschlägen und riß ihn zu sich heran. Seine Stimme war nicht wiederzuerkennen; sie hatte keinen Klang mehr, sie war nur noch ein dumpfer Aufschrei: »Drei Fälle, und alle sind gestorben! Wird Lora auch sterben?«

Dr. Salomon schwieg. Er ließ sich schütteln, aber er schwieg. Er ließ zu, daß Burten ihn in wilder Verzweiflung ins Gesicht schlug; doch wieder schwieg er. Erst, als Burten kraftlos in einem der schweren Ledersessel hing und laut weinte, sagte er: »Rechne mit dem Schlimmsten, Ed. Wir Ärzte haben getan, was wir konnten.«

»Nichts!«

»Ja. Wir können nichts tun.«

An einem Sonntag starb Lora. Es war ein ruhiges, stilles, ja lautloses Sterben. Sie schlief ein, und das Herz hörte auf zu schlagen. Burten kniete an ihrem Bett, hielt ihre beiden Hände, streichelte sie und ihr Gesicht, sprach mit ihr über seine unsagbare Liebe zu ihr und wußte nicht, ob sie ihn hörte oder ob sie schon jenseits dieser Welt war und nur noch ihr Herz schlug. Er war wirklich tapfer, er weinte nicht, bis Dr. Salomon leise sagte: »Sie hat es hinter sich.« Erst da sank sein Gesicht auf ihre kälter werdende Hand. Er küßte sie und dann ihren kalten, halb offenen Mund.

Dr. Salomon zog ihn sanft, aber unnachgiebig von ihr weg. »Jetzt mußt du ausruhen, Ed«, sagte er leise. »Komm mit mir in die Bibliothek.«

»Ich muß noch etwas zu Lora sagen.« Burten befreite sich aus Dr. Salomons Griff. Er trat wieder ans Bett und blickte auf das gelöste, noch immer schöne Gesicht mit der wilden Haarpracht. »Lora«, sagte er mit seltsam fester Stimme, »ich verspreche dir eins: Was ich tun kann, deine Krankheit aufzuklären, das werde ich tun. Ich werde vorerst zehn Millionen Dollar in eine Stiftung zur Erforschung deiner Krankheit stecken und sie so lange aufstocken, bis ich Gewißheit habe, und wenn ich alles, was ich geschaffen habe, verliere. Mir ist das Leben ohne dich nichts mehr wert. Aber bevor ich abtrete, will ich wissen, was dich umgebracht hat. Das schwöre ich dir in dieser Stunde.«

»Weißt du, was du da sagst?« fragte Dr. Salomon gepreßt.

»Ja.«

»Du mußt Loras Körper zu Forschungszwecken zur Verfügung stellen. Es wird kein Grab für sie geben, wo du hingehen kannst.«

»Wozu braucht sie ein Grab? Was da in der Erde vergeht, ist nicht mehr Lora. Das sind Fleisch, Knochen und Sehnen. Aber ihr Körper kann vielleicht vielen Kranken helfen, die das gleiche unbekannte Leiden haben. Ich werde ihren Namen neben ihrem geliebten Pool in eine Marmorplatte meißeln lassen. Dann ist sie immer bei mir.«

Tawan hätte es tun können, wenn er ein romantischer Mensch gewesen wäre: sich jeden Tag vor den Spiegel zu stellen und zu sich selbst zu sagen: »Du bist ein Glücksmensch! Alles, was du anfaßt, gelingt dir. Du hast eine überflüssige Niere geopfert und dafür einen Schritt ins irdische Paradies getan. Tawan, du bist ein kluger Mensch gewesen!«

Der Neubau des Hotels Bambusgarten war fertiggestellt und das Hotel mit einem Galaabend eröffnet worden. Major Dakhin war genau so eingeladen wie Tawans Taxikompagnon Subhash, der Lehrer Dasnagar saß mit seiner Frau neben dem Staatsanwalt, Dr. Kasba tanzte mit der noch dicker gewordenen Sangra, und sogar den Studenten Shakir fand man unter den Gästen, allerdings in einem Smoking, den ihm Tawan gekauft hatte. Er zeigte an diesem Abend, daß er ein intelligenter Mann war trotz Sauferei und Hurerei; mit einer Eleganz und einem mitreißenden Charme empfing er in der Eingangshalle die Gäste, als habe er in internationalen Hotels gelernt.

Vinja, nun zehn Jahre alt, ein Alter, in dem andere Mädchen an ihre zukünftigen Ehemänner verkuppelt werden, war zu einer Schönheit herangewachsen. Jeder der Gäste bewunderte das Mädchen mit den langen schwarzen Haaren, den festen Brüsten, dem schlanken Körper und den langen Beinen. Sie trug ein tief dekolletiertes Abendkleid aus schwerer roter Seide. Wenn sie ging, merkte niemand mehr, daß ihr die Zehen des linken Fußes abgeschnitten worden waren; die maßgemachten Schuhe gaben Halt und ersetzten die fehlenden Glieder. Tawan war unendlich stolz auf seine Nichte, und auch Sangra benahm sich so, als sei Vinja ihre verspätete Tochter.

Während des ganzen Balls wurde Vinja von den jungen Männern belagert, und der Staatsanwalt sagte in einer Tanzpause zu Tawan: »Mein Sohn Radja ist hingerissen von Ihrer Nichte, Mr. Alipur. Wenn sich da etwas anspinnt, ich mache die Augen zu.«

Das war ein Satz, den Tawan mit Genuß hörte. Trotz des Hotels hatte er seine »Börsengeschäfte« nicht aufgegeben. Jeden zweiten Tag stand er in den Hallen des Flughafens und wartete am Ausgang Subhash mit seinem Taxi; es lohnte sich immer, und die Dollars wanderten zur Punjab National Bank und verstärkten die »stillen Reserven«. Von ihnen wurden Major Dakhin und der Leiter des Bauamtes Usurpai bezahlt, und Tawan hoffte, daß, sollte er einmal geschnappt werden, alles zum Müll gekehrt wurde.

Aber nicht nur im Hotel investierte Tawan jeden Überschuß, er beteiligte sich auch am Hafen, kaufte eine marode Kranfirma auf und stieg in das Geschäft mit Containerladungen ein. Eine wahre Wonne war es für ihn, abseits, aus seinem Cadillac heraus, die Arbeiter zu beobachten, in deren Kolonne er einmal geschuftet hatte, und die Vorarbeiter brüllen zu hören, die ihn noch vor drei Jahren herumgejagt und beschimpft hatten. Jetzt war er ihr Chef, und er hätte sie hinauswerfen können, aber er war ein Mensch, der nichts nachtrug.

Im dritten Jahr seines unaufhaltsamen Aufstiegs ließ er sich von Subhash in seinem Cadillac zur Klinik Dr. Bandas fahren und sagte kühl zu der Empfangsschwester: »Dr. Kasba erwartet mich.«

»Ihr Name, Sir?«

»Sagen Sie Dr. Kasba, sein Freund sei da.«

»Jawohl, Sir. Sein Freund.«

Dr. Kasba war erstaunt, Tawan in der Klinik zu sehen, da er wußte, daß Tawan den Ort, wo sein Aufstieg und Reichtum begonnen hatte, nie mehr betreten wollte. Das hatte seinen Grund nicht in der meisterlichen Operation, sondern in den Erinnerungen, wie man ihn durch das Pflegepersonal behandelt hatte. Die Krankenpfleger Randa und Dupur waren noch immer in Dr. Bandas Klinik beschäftigt und nach wie vor damit beauftragt, Organspender zu betreuen. Was Chandra Kashi an Spendern schickte, kam ausnahmslos aus den Slums oder von den Straßen, und so hatten Randa und Dupur einen »Betreuungsstil« entwickelt, dessen Opfer auch Tawan geworden war.

»Es freut mich, daß du mich besuchst«, sagte Dr. Kasba. Er umarmte Tawan wie einen Bruder, ließ ihn dann los und drückte ihn eine Armlänge von sich weg. Dabei zogen sich seine Augenbrauen zusammen. Er riecht wieder nach Alkohol, dachte Tawan mitleidig. Es wird immer schlimmer mit ihm. Jetzt säuft er nicht mehr nur bei Vollmond, sondern hat jede Woche seinen Rausch. »Du siehst blaß aus. Direkt fahl! Fühlst du dich nicht wohl, Tawan?«

»Deshalb komme ich zu Ihnen, Doktor.« Tawan setzte sich auf die Untersuchungsliege und wischte sich über die Augen. »Ich bin in letzter Zeit müde und kraftlos. Ich könnte Tag und Nacht schlafen. Wenn ich mich jetzt hier hinlegen würde, ich garantiere: Ich würde sofort einschlafen. In mir ist keine Kraft mehr, verstehen Sie? Früher habe ich im Hafen Säcke und Kisten geschleppt, acht, zehn Stunden lang. Natürlich war ich dann erschöpft, aber nicht kraftlos, wenn Sie verstehen, was ich meine. Jetzt ist mir manchmal so, als habe man mir sämtliche Knochen gebrochen. Im Hafen –«

»Das ist drei Jahre her, Tawan. Dir bekommt das gute, satte Leben nicht. Du verweichlichst. Das ist ein ganz natürlicher Vorgang – wer Geld zählt, schwingt keinen Vorschlaghammer mehr.«

»Ich habe jetzt sogar Angst, im Flughafen zu arbeiten. Ich habe Angst, daß ich zu langsam werde. Wenn ich in der Ankunftshalle stehe und warte, lehne ich mich gegen die Wand und könnte schlafen.« Tawan atmete seufzend auf. »Das hat doch mit Reichtum nichts zu tun.«

»Nein.«

»Ich bin krank!«

»Unsinn! Du hast in der letzten Zeit vielleicht zu viel getan, im Hotel, im Flughafen, in den Betten schöner Frauen. Auch du wirst älter.«

»Dreieinhalb Jahre.«

»Das ist eine Menge Zeit bei deinem hektischen Leben. Laß mal alles hinter dir und fahre mit Vinja in Erholung. Fliege nach Bali oder Thailand und lege dich drei Wochen faul ans Meer. Du wirst sehen, du kommst als ein neuer Mensch zurück.«

»Trotzdem möchte ich, daß Sie mich untersuchen, Doktor.«
»Wenn du unbedingt willst. Also, dann zieh dich aus.«
»Oberkörper?«
»Ganz. Ich muß einen Menschen ganz sehen. Da hat einer Schmerzen im Bein, aber die Ursache liegt im Nacken.«
Tawan zog sich aus und legte sich auf die Untersuchungsliege. Dr. Kasba begann ihn abzutasten. Die übliche Untersuchung. Druck auf die Galle, Druck auf die Leber, auf Blase und Magen, Blinddarm und Nieren. Dabei immer die Frage: »Tut's weh?« und immer die Antwort: »Nein.«
»Setz dich und heb beide Arme hoch«, sagte Dr. Kasba. Er begann, die Lymphbahnen abzutasten, und hielt in der linken Achselhöhle inne. Noch einmal überzeugte er sich und blickte dann Tawan fragend an. »Du hast links eine Lymphknotenschwellung und an der linken Halsseite auch.« Er drückte die Finger gegen die linke Halsseite. »Hast du Fieber gehabt?«
»Nein.«
»Eine Halsentzündung?«
»Nein.«
»Hustest du viel?«
»Nur ab und zu.«
»Ohne Grund?«
»Was heißt ohne Grund? Ich muß einfach husten.«
»Mit Auswurf?«
»Was heißt Auswurf?«
»Spuckst du dabei Schleim?«
»Nein.«
»Aber du hast eine Infektion in dir. Sonst wären deine Lymphknoten nicht geschwollen.«
Dr. Kasba blickte Tawan auch noch in den Hals, sah aber keinerlei Veränderungen. Ein Röntgenbild des Thoraxraumes war notwendig, um ein klareres Bild zu bekommen.
Tawan saß auf der Liege und wartete. »Ich bin also krank?« fragte er, als Dr. Kasba sich über die Lymphknoten Gedanken machte.

»Das weiß ich nicht. Auf jeden Fall werden wir von dir einige Röntgenbilder machen. Es sind genug Symptome vorhanden, die an eine stille Infektion denken lassen: Lymphknoten, Müdigkeit, Schwächegefühl. Wie ist es mit dem Appetit?«

»In letzter Zeit muß ich mich fast zum Essen zwingen.«

»Gewichtsabnahme?«

»Ja. Bisher vier Kilo.«

»In welchem Zeitraum?«

»Ungefähr sechs Wochen.« Tawan stützte beide Arme auf seine Oberschenkel, Arme, vollgepackt mit Muskeln; aber manchmal hatte er jetzt das Gefühl, sie seien schlaff wie Würste, die an seinem Körper hingen. »Das kann aber auch von dem Durchfall kommen.«

»Du hast Durchfall?«

»Gehabt. Viermal in den sechs Wochen. Ich habe schon gedacht, ich hätte mich an irgendeinem Essen vergiftet. Aber das ist unmöglich. Ich esse nur aus der eigenen Hotelküche. Unsere Köche würden nie verdorbene Waren verarbeiten. Die Küche des ›Bambusgartens‹ hat bereits einen Ruf in Kalkutta. Ich weiß nicht, woher die Durchfälle kamen. Vielleicht habe ich zu schnell getrunken, zu schnell und zu kalt.«

»Das alles deutet auf eine Infektion hin, die du im Körper hast, Tawan. Nur was es ist, das müssen wir herausbekommen. Du kannst dich wieder anziehen. Stop!« Dr. Kasba beugte sich vor und tippte Tawan auf sein rechtes Bein. »Heb das mal hoch.«

Tawan hob das Bein und stellte es auf die Untersuchungsliege.

Dr. Kasba beugte sich über den Unterschenkel. Oberhalb des Knöchels legte er die Spitze seines rechten Zeigefingers auf einen kleinen dunkelbraunen Fleck, der wie ein Muttermal aussah. »Hast du den schon lange?« fragte er.

»Was?«

»Die Hautveränderung am Knöchel.«

»Ich habe eine Hautveränderung? Das habe ich noch gar

nicht gesehen. Wo denn? Dieser dunkle Punkt? Er ist mir noch nie aufgefallen.«

»Hast du ihn schon immer gehabt?«

»Ich weiß es nicht. Ich habe nie darauf geachtet.«

»Juckt er?«

»Nein. Dann wäre ich ja aufmerksam geworden.« Tawan betrachtete den braunen Fleck über seinem Knöchel. Er konnte sich nicht erinnern, ihn früher je gesehen zu haben. »Hat das was zu bedeuten?« fragte er.

»Nein, aber wir müssen die Verfärbung beobachten, Tawan. Wenn sie größer wird, wenn sich irgend etwas an ihr verändert, mußt du sofort zu mir kommen.«

»Hautkrebs?«

»Blödsinn!«

»Ich habe davon gelesen.«

Das war es, was Tawan mit größtem Stolz erfüllte: Durch den intensiven Unterricht bei Dasnagar konnte er jetzt schreiben, lesen und rechnen, kaufte jeden Tag die »Calcutta Times«, las die neuesten Illustrierten durch und schrieb zur Übung Briefe an sich selbst oder an Vinja (die er nie abschickte) und freute sich wie ein beschenkter Junge, wenn er auf den Straßen vor Plakatwänden stehen blieb und sie mühelos lesen konnte. Das letzte, lähmende Gewicht, das ihn noch an die Slums gefesselt hatte, war damit von ihm abgefallen: Wer lesen, schreiben und rechnen kann, hat die erste Stufe der Leiter zum Erfolg erreicht. Die Welt steht ihm offen.

Tawan zog sich wieder an und saß dann Dr. Kasba am Schreibtisch gegenüber. Der Arzt trug einige Notizen in ein Krankenblatt ein.

»Wie lautet Ihre Diagnose?« fragte Tawan.

»In der Medizin galoppiert man nicht. Alles schön der Reihe nach und gründlich. Zunächst machen wir von dir einen großen Blutstatus, dann Röntgenaufnahmen, und dann erst weiß ich mehr. Jetzt, das war nur eine Voruntersuchung. Wir gehen gleich zum Labor hinüber und nehmen dir Blut ab. Und eine

Urinprobe brauchen wir auch.« Dr. Kasba erhob sich. »Gehen wir, Tawan.«

Später brachte Dr. Kasba ihn bis vor die Tür der Klinik, so wie jeder reiche Patient von dem ihn behandelnden Arzt verabschiedet wurde. Tawan gehörte jetzt zu diesen bevorzugten Patienten; der Cadillac mit Chauffeur, der vor der Auffahrt wartete, setzte ein deutliches Zeichen.

»Der unaufhaltsame Aufstieg des Tawan Alipur!« sagte Dr. Kasba anerkennend. »Jetzt hast du auch noch einen eigenen Chauffeur.«

»Nicht ganz. Subhash ist mein Geschäftspartner bei den Flughafentransaktionen.«

»Der Blitzfahrer?«

»Genau der.«

»Wie lange willst du diesen ›Geschäftszweig‹ noch betreiben?«

»Solange ich noch eine schnelle Hand habe und noch schnell reagiere. Aber wie lange kann ich das noch, wenn die Schwäche immer größer wird? Sie müssen herausfinden, woher diese Müdigkeit kommt.«

»*Mußt* du dieses Geschäft noch betreiben? Du bist jetzt ein angesehener Mann, dein Hotel und dein Restaurant werden immer bekannter, sie werden in dem neuen amtlichen Reiseführer von Kalkutta empfohlen, du hast dich an verschiedenen anderen Firmen beteiligt – reicht das nicht?«

»Ich kann nicht anders.« Tawan lächelte Dr. Kasba an. »Es juckt mich in den Fingern, und es würde mir etwas fehlen, allein schon die innere Spannung – es ist wie eine Klammer, die mich noch an die Slums fesselt. Können Sie das Trinken lassen?«

»Nein«, antwortete Dr. Kasba ohne Zögern. »Ich weiß, daß ich daran zugrunde gehe, aber ohne Saufen bin ich kaum noch ein Mensch.«

»Sehen Sie«, sagte Tawan und umarmte seinen Freund, »so hat jeder seinen eigenen Feind, der zu seinem Leben gehört.«

Dr. Kasba winkte Tawan nach, als dieser in seinem Cadillac

davonrollte. Er machte sich Sorgen, aber das hatte er Tawan nicht gesagt. Die Schwächeanfälle und die schleichende Infektion machten ihn sehr nachdenklich.

In diesen Tagen hatte der deutsche Journalist Bernd Drewitz seine Recherchen in Kalkutta beendet.

Vor drei Monaten hatte der Chefredakteur der Illustrierten »Rund um die Welt« nach der allgemeinen Redaktionskonferenz zu ihm gesagt: »Bernd, hast du Lust, nach Indien zu fliegen? Nach Kalkutta?«

»Jederzeit. Aber da gibt's nichts zu berichten, was wir nicht schon alle wissen. Elend, Hunger, Slums, Verhungerte auf den Straßen und in den Hauseingängen, Kinderprostitution, Säuglingsverkauf, Morde, die keiner verfolgt, ein einziger Sumpf abseits der Prachtstraßen, was soll man da noch berichten?«

»Kalkutta ist immer für eine Sensation gut. Wie ich dich kenne, reißt du ein Superding auf. Außerdem ist Indien immer noch ein paar Fotoseiten wert. Flieg hin und sieh dich um.«

»Wieviel Zeit gibst du mir?« Aus Drewitz sprach nicht viel Lust. Indien, dachte er. Kalter Kakao. Über Fakire gibt es ganze Bildbände, und vom Elend der Millionen wird hier bei unseren Satten kein Mitgefühl geweckt. »Ich muß sicher lange suchen, bis ich etwas Neues finde.«

»Ich gebe dir so viel Zeit, wie du brauchst, um eine Exklusivstory abzuliefern. Aber die muß eine Bombe sein! Einverstanden?«

»Einverstanden. Und wann soll ich fliegen?«

»So schnell wie möglich.«

Das war vor drei Monaten gewesen. Bernd Drewitz wohnte nicht in einem der Luxushotels, sondern in einem neugebauten, aber sehr schönen Hotel in der quirligen Altstadt, mitten im täglichen, den meisten Touristen verborgenen Leben. Es war ein Hotel mit einem guten Restaurant, wurde von einer dicken, alten Dame und einem hochgewachsenen, muskulösen, sehr eleganten Inder mit besten Manieren geleitet und hieß »Bambusgarten«. Hier fühlte sich Drewitz wohl, und von hier aus unternahm er seine Informationsstreifzüge durch die dampfende Stadt bis hinüber zu den Elendsquartieren am Hugli-Fluß. Er sah die ganze Welt menschlicher Verkommenheit und Verzweiflung, fotografierte das Grauen, kniete bei Sterbenden in der Gosse, um die sich niemand kümmerte, machte eine Reportage bei Mutter Teresa und schoß Fotos von den menschlichen Ratten, den Hungernden, die sich in die Müllberge wühlten und sich in den Müllhalden außerhalb der Stadt sogar Höhlen gegraben hatten. Jedesmal, wenn die Müllwagen anrollten, krochen sie hervor: Der Abfall einer Millionenstadt kann noch Tausende ernähren.

Bei diesen Streifzügen hatte er einige Hinweise bekommen und war ihnen nachgegangen. Mit der Spürnase eines engagierten Journalisten merkte er: Das könnte die Sensation sein, auf die man in der Münchener Redaktion der »Rund um die Welt« wartete. Wenn er einen Wahrheitsbeweis auf den Tisch legte, war es die Story des Jahres; denn überall, wo er den vagen Hinweisen nachging, antwortete ihm mißtrauisches Schweigen oder gar aggressive Abwehr. Auch Dollars nützten nichts; er war auf ein Nest gestoßen, dessen Hornissen sich nicht bestechen ließen.

Jetzt saßen sich in der Halle des Grand-Hotels der Oberstaatsanwalt Ramesh Sadrapan und Bernd Drewitz an einem kleinen runden Tisch gegenüber, schlürften durch Trinkhalme einen exotischen Longdrink, den der Barmixer »Himalaya« nannte, und blickten sich höflich, aber voller Distanz an.

»Was wollen Sie eigentlich, Mr. Drewitz?« fragte Sadrapan etwas herausfordernd. »Ich bin Ihrer Einladung gefolgt, weil ich erstens neugierig bin, zweitens, weil Sie ein deutscher Journalist sind und weil Sie drittens von einer ganz heißen Sache gesprochen haben. Aber was Sie mir eben gesagt haben, ist wie ein kalter Nudelbrei.«

»Ich will die Wahrheit wissen.« Drewitz blätterte in einigen Papieren, die neben seinem Drink auf dem Tisch lagen. »Durch

Zufall, während einer Reportage über die Slums von Kalkutta, habe ich erfahren, daß Händler mit menschlichen Organen handeln und Ärzte sie heimlich transplantieren. Ich habe sogar vier Spender aufgetrieben und sie fotografiert. Alles Slumbewohner, die eine Niere verkauft haben. Zwei Frauen und zwei Männer. In Kalkutta wird illegaler Organhandel getrieben, und Sie nennen das einen kalten Nudelbrei!«

»Jeder Mensch kann über seinen Körper frei verfügen«, sagte Sadrapan steif. »Bei uns genauso wie bei Ihnen in Deutschland.«

»Deutsche Transplantationszentren wie Hannover, Berlin-Steglitz, Bonn, München oder Ulm kaufen sich keine lebenden Nieren. Man verpflanzt nur Nieren von Verstorbenen. Nie würde man sich auf einen Organhandel einlassen, schon aus ethischen Gründen nicht.«

»Hier ist nicht Hannover oder München, sondern ein Hotel in Kalkutta.« Sadrapan sog wieder an seinem Trinkhalm. »Sehen Sie es doch emotionsloser, Mr. Drewitz. Dieser Organverkauf hat einen doppelten, menschenfreundlichen Sinn: Ein Kranker wird vor dem Tod gerettet, und ein armer Hund aus den Slums wird ein für seine Begriffe wohlhabender Mann. Das kann man sogar einen sozialen Effekt nennen.«

Drewitz starrte den Oberstaatsanwalt an, als habe dieser durch die Gegend gespuckt. So etwas gibt es doch nicht, dachte er. Das kann doch nicht wahr sein. »Ich kenne sogar den Namen, die Adresse des größten Organhändlers in Kalkutta«, sagte er. »Chandra Kashi in der Bartala Street.«

»Wir kennen ihn.«

»Sie kennen ihn und unternehmen nichts?«

»Das ›Laboratorium‹ von Mr. Kashi ist ein renommiertes medizinisches Unternehmen. Viele Krankenhäuser schicken ihm Präparate; seine Analysen sind immer von größter Genauigkeit. Sein Ruf ist untadelig.«

»Wenn ich Ihnen Zeugen vorführe, denen man eine Niere herausgenommen hat, die an Kashi verkauft –«

»Und Sie glauben, daß Ihre Zeugen die Aussagen länger als achtundvierzig Stunden überleben? Mr. Drewitz, sind alle deutschen Journalisten so naiv wie Sie?«

»Und die beste Transplantationsklinik liegt –«

»Am Alipur-Park, in der Belvedere Road«, ergänzte Sadrapan unbeeindruckt.

»Ein Dr. Ratja Banda.«

»Ein von den Göttern gesegneter Chirurg.«

»Die Staatsanwaltschaft weiß also, daß von Kashi gekaufte Nieren von Dr. Banda ausgewählten reichen Dialytikern implantiert werden?«

»Vergessen Sie den Namen Dr. Banda, Mr. Drewitz.«

»Ich fange erst richtig an, mich für ihn zu interessieren.«

»Was bringt es? Was glauben Sie, was mit mir passiert, wenn ich gegen Dr. Banda ermitteln lasse? Ich werde mich in einer dreckigen Kleinstadt im Inneren des Landes wiederfinden. Dr. Bandas Ruf ist unantastbar. Auch Sie würden wie gegen eine Gummiwand laufen. Mr. Drewitz, suchen Sie sich ein anderes Thema für eine Reportage. Sie glauben doch wohl nicht, daß ein deutscher Journalist den Alltag in Kalkutta verändern kann?«

»Wenn es in einer weltweit bekannten Illustrierten steht –«

»Sie sind wirklich von einer umwerfenden Naivität. Die, die es angeht, kaufen keine Illustrierte, weil sie kein Geld haben und nicht lesen können, und die, um die es geht, sind eine festgefügte Gemeinschaft von Freunden, die keiner sprengen kann. Was heißt weltweiter Skandal? In Kalkutta kräht kein Hahn danach. Und was heißt hier Ethik? Wir sind dankbar für jede Niere – woher sie kommt, ist keine Frage wert.«

»Ich habe Beweise, daß aus Bangladesch Frauen nach Kalkutta entführt, dort ermordet und ihre Organe verkauft werden. Auch an Dr. Ratja Banda.«

»Sie haben dafür Beweise? Kennen Sie die Mörder?«

»Wir haben Zeugen, die die ausgeschlachteten Leichen gesehen haben.«

»Schon wieder Zeugen mit geringster Lebensdauer.« Sadrapan winkte lässig ab. »Und schon wieder Dr. Banda. Schreiben Sie lieber über die Kinderprostitution; auch dagegen können wir nichts tun. Damit ernähren sich Tausende von Familien. Hunderttausende, Mr. Drewitz.«

»Sie sehen es also als normal an, daß ein Millionär sich eine neue Niere oder sogar ein neues Herz kaufen kann und Tausende von armen Kranken warten vergeblich und sind zum vorzeitigen Tod verurteilt?«

»Das ist eine Realität, die niemand ändern kann.«

Drewitz blätterte wieder in seinen Papieren. »Nur ein Beispiel aus Deutschland, Mr. Sadrapan: Im vergangenen Jahr wurden in den deutschen Transplantationszentren zweitausenddreihundertachtundfünfzig Nieren verpflanzt. Auf den Wartelisten aber stehen über zehntausend Dialysepatienten mit einer Wartezeit von drei Jahren. Und es werden immer mehr, jährlich fast dreitausend Erwachsene und hundert Kinder! Viele von ihnen werden sterben, weil es nicht genug transplantationsfähige Nieren gibt. Selbst die Dialysebehandlung ist gefährdet. Nicht in Deutschland, aber zum Beispiel in den sonst so technisch perfekten USA fehlt es an Dialysegeräten. Noch schlimmer sieht es in der Sowjetunion aus. Dort sterben fast neunzig Prozent der chronisch Nierenkranken, weil sie nicht behandelt werden können.«

»Ich möchte sagen: Das sind Probleme der Sowjetunion, der USA und Deutschlands.« Sadrapan hatte sein Glas leer geschlürft und schob es über den Tisch. »Was geht das uns an? Alle diese Klagen sind sinnlos. Ändern Sie die Gesetze, lassen Sie den Organhandel zu, und es gibt keine Wartelisten mehr. Was soll der ganze moralische Quatsch?« Er lehnte sich zurück und blickte Drewitz herausfordernd an. »Was also wollen Sie eigentlich von mir, Mr. Drewitz?«

»Nichts.« Drewitz schob seine Papiere zusammen und steckte sie in eine Aktentasche. »Nichts mehr, Herr Oberstaatsanwalt. Ich werde nie Ihre Denkungsart verstehen.«

»Und was werden Sie schreiben?«

»Das, was ich gesehen habe.«

»Gratuliere. Das ist eine kostenlose Werbung für unsere Nieren. Im übrigen kehren Sie mal vor Europas und Amerikas Türen: Die Mafia ist längst in das Organgeschäft eingestiegen. Auch bei uns. Ich kann Ihnen sogar eine Zahl nennen: Der Nierenhandel hat Indien bisher vierhundert Millionen Rupien eingebracht. Und wenn das so weitergeht, wird im Jahr 2000 kaum noch ein Inder aus den Slums mit zwei Nieren herumlaufen. Und nun, Mr. Drewitz, tun Sie mal was dagegen. Geben Sie den dreieinhalb Millionen Ärmsten in Kalkutta eine menschenwürdige Unterkunft und mindestens einmal täglich eine Mahlzeit. Wer das schafft, hat Gottes Schöpfung übertroffen.«

Es geschah also nichts. Chandra Kashi kaufte weiter Nieren, und Dr. Banda implantierte sie zahlungskräftigen Patienten.

Bernd Drewitz flog nach München zurück und lieferte seine sensationelle Story ab. Es war der erste Bericht, der über die heimlichen Nierenverkäufe und die Nierentransplantationen an reiche Kranken informierte, und die Erschütterung war groß. Das war im Jahre 1984 noch möglich; heute blättert man mit einem gelangweilten Achselzucken darüber weg.

Nur einen Fehler hatte Bernd Drewitz begangen: Er war zu früh aus Kalkutta abgereist. Wäre er noch einen Monat geblieben, hätte er miterlebt, wie aus dem kraftstrotzenden Hotelbesitzer Tawan Alipur ein hilfloses Wrack wurde. Und er verpaßte damit eine zweite, noch sensationellere Story, die die ganze Menschheit beunruhigt hätte.

Es begann damit, daß Tawan Alipur eines Morgens aufwachte, wie immer aus dem Bett springen wollte und es nicht konnte. Er fiel zurück, lag wie ein umgeworfener Käfer auf dem Rükken und starrte fassungslos an die Zimmerdecke.

Nach den Augenblicken der Sprachlosigkeit überfiel ihn Panik. Er biß die Zähne aufeinander, stemmte sich empor, setzte sich auf die Bettkante und sah entsetzt, wie sich das Zimmer um ihn drehte. Am Kopfteil des Bettes zog er sich empor, und als er auf seinen Beinen stand und sich festklammerte, schrie er sich innerlich zu: »Du bist stark! Du bist stark! Du kannst gehen! Du kannst stehen! Du bist nicht schwach! Geh, geh, geh!«

Er versuchte den ersten Schritt und wäre hingefallen, wenn er sich nicht wieder aufs Bett geworfen hätte. Dort fiel er in sich zusammen, eine unnennbare Angst verkrampfte sein Herz, er mußte um jeden Atemzug ringen und hörte es in sich rasseln und röcheln. O Shiva, dachte er. Shiva, was ist mit mir? Wie kann das sein? Noch gestern abend habe ich in der Bar mit einer Frau getanzt, es war anstrengend, zugegeben, aber es hat mir Spaß gemacht, und jetzt liege ich hier und kann nicht aufstehen. O Shiva, welche Krankheit schickst du mir?

Die Angst schnürte ihm die Kehle zu. Er griff nach dem Telefon auf dem Nachttisch und wählte mit zitternden Fingern die Nummer von Dr. Bandas Klinik. »Bitte Dr. Kasba«, rief er mit bemüht fester Stimme. »Sofort! Bitte sofort! Es ist dringend.«

Es dauerte trotzdem eine ganze Weile, bis sich Dr. Kasba meldete. Seine Stimme klang heiser und stockend. »Kasba.«

»Hier ist Tawan. Doktor, Sie müssen sofort kommen. Hier ins Hotel. Sofort!«

»Tawan, mein Freund, rufst ... rufst du um Hilfe? Hat ... hat dir ein Weib dein Schwänzchen abgebissen?«

»Mein Gott, sind Sie betrunken?«

»Und wie! Total betrunken ... Und einen Du ... Durst habe ich. Muß ich ko ... kommen?«

»Ja. Sofort!«

»Ver ... verblutest du?«

»Nein! Ich kann nicht mehr stehen und laufen. Ich falle um vor Schwäche. Und«, Tawan sah an sich hinunter, »es haben sich drei neue Flecke gebildet. Am linken Knie, am rechten Oberschenkel und links am Bauch.«

»Das ... das ist Scheiße, mein Freund.«

»Nein! Flecken!«

»Scheißflecken! Ich… ich komme… Leg dich wieder ins Be… Bett!«

Tawan ließ den Hörer fallen und schloß die Augen. Er atmete ein paarmal tief durch und spürte einen Schmerz in sich, als brennten seine Lungen. Er begann zu husten, krampfte sich dabei zusammen und drückte die Fäuste auf den Brustkorb, als müsse er ihn am Platzen hindern. Nach dem Hustenanfall lag er völlig apathisch auf dem Bett und war nicht einmal mehr fähig, die Arme zu heben.

Erstaunlich schnell kam Dr. Kasba im Hotel Bambusgarten an. Er hatte sich eiskalt geduscht und war dadurch klarer im Kopf geworden. Doch seine Poren atmeten noch den Alkohol aus, den er die ganze Nacht über in sich hineingeschüttet hatte.

Der Chefportier drückte diskret den Klingelknopf, als Dr. Kasba den Grund seines Besuchs genannt hatte. »Es ist dringend!« hatte der Arzt gesagt. »Mr. Alipur hat mich angerufen.«

»Sofort, Sir.«

Ungeduldig ging Dr. Kasba hin und her, bis er Sangra bemerkte, die aus einer Tür trat, die zur Hotelverwaltung führte. Sie kam auf ihn zu, ein Turm aus Fleisch und Knochen, behängt mit wallender Seide, goldenen Ketten und buntem Modeschmuck. »Mein lieber Doktor«, sagte sie, »Sie wollen zu Tawan? Ich glaube, er schläft noch.«

»Er hat mich angerufen, Ma'am.«

»Aus dem Bett?«

»Ja. Das ist sein Problem – er liegt im Bett und kann nicht aufstehen.«

»O Gott!« Es war ein so lauter Aufschrei, daß der Chefportier und einige Gäste in der Hotelhalle zusammenschraken. »Ist er krank?«

»Das will ich eben feststellen. Gesund ist er schon seit längerer Zeit nicht.«

»Was sagen Sie da, Doktor? Er ist –«

»Hat Tawan Ihnen nicht erzählt, daß er sich in unserer Klinik hat untersuchen lassen?«

»Nein, kein Wort.«

»Haben Sie nicht bemerkt, daß er unter Schwächeanfällen leidet?«

»Nein.«

»Sein Blutbild war miserabel, seine Nierenwerte auch. Seit drei Wochen schluckt er starke Antibiotika. Das wissen Sie nicht?«

»Nichts weiß ich. Doktor, Sie sagen Nierenwerte. Er hat doch nur noch eine Niere, und die war total gesund.«

»Jetzt nicht mehr. Irgendein Virus sitzt in seinem Körper, der nicht mehr genügend Abwehrstoffe mobilisieren kann. Es ist eine rätselhafte Immunschwäche, die auf keine Aufbaumittel mehr reagiert. Und jetzt liegt er in seinem Bett und ist so schwach, daß er nicht mehr aufstehen kann.«

Sangra starrte Dr. Kasba aus weit aufgerissenen Augen an. Plötzlich versagten ihr die Worte, die blanke Angst lähmte sie. »Kommen Sie, Doc«, sagte sie endlich stockend. »Sagen wir Vinja noch nichts! Hoffentlich hat sie es noch nicht bemerkt.«

Sie fuhren mit dem Lift zum ersten Stock, wo die Privaträume von Tawan lagen. Eine kleine Terrasse führte zum Bambusgarten hinaus. Ein Swimmingpool lag jetzt dort, wo früher die Wiese gewesen war, und die Liegestühle standen vor einem üppig blühenden Blumenbeet, unter dem die Leiche des Millionärs lag, den Sangra und Vinja erstochen hatten.

Tawan lag auf dem Bett, als Dr. Kasba und Sangra ins Zimmer stürmten. Er lächelte matt und wollte die Hand zum Gruß heben, aber er bekam sie nur wenige Zentimeter hoch.

»Tawan, warum hast du mich die ganze Zeit belogen?« fauchte Sangra sofort los. »Warum hast du mir alles verschwiegen? Warum –«

»Darum geht es jetzt nicht!« Dr. Kasba schob Sangra energisch beiseite. »Mit Warums kann man nicht helfen.« Er beugte sich über Tawan und war erschrocken, wie eingefallen sein Gesicht war. Die Augen lagen tief in den Höhlen, die Backenknochen traten hervor, der Mund war nur noch ein schmaler

Strich. Es war, als schrumpfe Tawans Kopf in sich zusammen. »Mein Freund, wenn dich jetzt eine Kuh sieht, wird ihr die Milch sauer«, sagte Dr. Kasba.

Tawan lächelte verkrampft; als er sprach, sah man, daß ihm auch das Sprechen schwer fiel. »Ich weiß, es geht mir dreckig. Aber so plötzlich? Was ist das?«

»Einmal hat der Körper seine Reserven verbraucht, Tawan. Dann ist es, als wenn man an einem Lichtschalter das Licht ausdreht.«

»Aber das muß doch einen Grund haben, Doktor.«

»Du leidest an einer Immunschwäche. Die kleinste Infektion wird bei dir dramatisch. Ich brauche dich gar nicht abzuhören; dein Atemrasseln ist deutlich genug. Jetzt hat's die Lunge erwischt. Tawan, du mußt in ein Krankenhaus. Nicht zu Dr. Banda, das ist eine chirurgische Klinik. Du gehörst in eine gute Klinik für Innere Medizin.«

»Kennen Sie eine? Oder soll ich nach Amerika fliegen? Ich kann es mir leisten. Oder nach Europa? Nach Frankreich oder Deutschland? Sie sollen dort die besten Ärzte haben.«

»Für einen so langen Transport bist du noch zu schwach. Das Hospital für Infektionskrankheiten hier in Kalkutta wäre das Richtige für dich. Ich werde sehen, ob ich ein Bett für dich bekomme.«

Eine halbe Stunde später holte ein Krankenwagen Tawan ab und brachte ihn ins Hospital. Er brauchte nicht liegend transportiert zu werden, er konnte gehen; aber zwei Sanitäter mußten ihn stützen. Dr. Kasba begleitete ihn im Krankenwagen, Sangra und Vinja fuhren mit einem Taxi hinterher. Nach einer langen Diskussion am Telefon mit dem Chefarzt war es gelungen, für Tawan ein Einzelzimmer zu bekommen. Es war eine Auszeichnung, und Tawan erhielt sie auch nur deshalb, weil Dr. Kasba ihn als einen Patienten von Dr. Ratja Banda vorstellte.

Vier Tage lag Tawan dann im Hospital und wurde nach den neuesten Methoden untersucht, aber man sagte ihm nicht die

Ergebnisse, auch nicht Vinja, die jeden Tag an seinem Bett saß und immer wieder sagte: »Du mußt gesund werden, Onkel Tawan. Und du wirst gesund, weil ich es will. Ich bete jeden Abend für dich im Tempel. Die Götter werden dich beschützen.«

Am fünften Tag rief der Chefarzt, nach Vorliegen aller Tests, Dr. Kasba an. Seine Stimme klang sehr besorgt. »Mein lieber Kollege«, sagte er, »was Sie mir da mit Mr. Alipur gebracht haben, ist ein ziemlich faules Ei.«

»Darum liegt er ja bei Ihnen«, antwortete Dr. Kasba trocken. »Ich nehme an, Sie wissen mehr als ich.«

»Wir haben ja auch andere diagnostische Mittel als Sie. Zunächst: Die Hautverfärbungen sind Kaposi-Sarkome. Sie metastasieren über die Lymphe; es ist unaufhaltsam.«

»Das... das habe ich befürchtet. Die von mir angewandte Chemotherapie hat versagt.«

»Völlig. Hinzu kommt eine Immunschwäche, von der wir noch nicht wissen, welche Ätiologie sie hat. Wir warten auf Berichte amerikanischer Ärzte, die sich mit einer bisher unbekannten Form der Immunschwäche befassen. Wenn wir sie vorliegen haben, wissen wir mehr und können unsere Untersuchungen entsprechend den neuen Erkenntnissen verfeinern. Bis dahin können wir Mr. Alipur leider nur symptomatisch behandeln. Mit anderen Worten: Wir therapieren ins Blaue hinein. Merkwürdig ist, daß Mr. Alipurs Kaposi-Sarkome nicht behandlungsfähig sind. Klassische Kaposis kann man therapieren, aber hier versagt alles. Da müssen noch unbekannte Faktoren hereinspielen.«

Nach zwei Wochen zeigte sich bei Tawan ein rasanter Verfall. Sein Gesicht wurde knochig, an verschiedenen Stellen erschienen die braunen Flecken, sein Atem wurde flach und qualvoll. Zeitweise war er ohne Besinnung, aber dann wieder so klar bei Verstand, daß er sogar Zeitungen lesen konnte und die Kraft hatte, die Blätter in der Hand und vor seine Augen zu halten.

Eine solche Phase der Wachheit nutzte der Chefarzt aus, um tiefer in Tawans Leben einzudringen. »Ich heiße Numar Bagha«, sagte er und setzte sich zu Tawan auf die Bettkante. »Ich möchte mehr von Ihnen wissen, Mr. Alipur.«

»Was wollen Sie wissen, Doktor?«

»Mehr von Ihrem Leben. Fangen wir ruhig mit Ihrer Kindheit an. Wie war sie?«

»Grauenhaft. Ich bin in den Slums aufgewachsen – muß ich Ihnen mehr sagen?«

»Nein.« Dr. Bagha schüttelte den Kopf. Das Wort Slums genügte, um zu wissen, wie Mr. Alipurs Jugend gewesen war. »Und weiter?«

»Ich hatte noch eine Schwester, die Mutter meiner Nichte Vinja. Sie mußte wie ich Geld verdienen und wurde eine Kinderhure. Entsetzt Sie das?«

»Nein. Es gibt in Kalkutta Zehntausende von Kinderhuren. Warum besucht Sie Ihre Schwester nicht? Sie sind, wie ich höre, ein reicher Mann geworden – unterstützen Sie nicht Ihre Schwester?«

»Sie ist tot. Seit über acht Jahren.«

»Woran ist sie gestorben?«

»Das weiß keiner. Auf ihrem Körper bildeten sich Flecken, die zu Geschwüren wurden und sie so schwach machten, daß sie einfach am Flußufer einschlief und starb. Niemand konnte ihr helfen.« Tawan starrte Dr. Bagha mit geweiteten Augen an. »Ist es möglich, daß ich die gleiche Krankheit habe, Doktor?«

»Ich weiß es nicht. Noch nicht. Haben Sie einmal irgendwo am Körper eine Wunde gehabt und sind mit Ihrer Schwester in Kontakt gekommen?«

»Wir hatten immer Kontakt miteinander.« Tawan schloß die Augen. Die Erinnerung überfiel ihn. Erinnerungen an die schönen Stunden in der dreckigen Slumhütte mit dem Wellblechdach. »Sie war ein wunderschönes Mädchen, und sie war meine Schwester und meine Geliebte.« Er öffnete die Augen und suchte Dr. Baghas Blick. »Entsetzt, Doktor?«

»Ja und nein. Aber ich weiß jetzt, daß Sie sich bei Ihrer Schwester angesteckt haben. Nun sind wir einen Schritt weiter. Ihre Liebe kann Ihr Tod sein – ich sage es Ihnen so klar und ehrlich, wie Sie mir gegenüber ehrlich gewesen sind.«

Tawan nickte schwach. »Ich weiß, daß ich sterben muß«, sagte er leise. »Aber ich habe es geschafft, daß Vinja einmal eine reiche Frau sein wird. Ich habe nur für sie gearbeitet – das macht mich stolz und glücklich. Ihre Mutter war die einzige Frau, die ich wirklich geliebt habe.«

»Und die Sie jetzt tötet.«

»Ich nehme es als Strafe hin.«

Dr. Bagha faltete die Hände, als wolle er beten. Seine innere Unruhe wuchs. »Sie haben eine Niere gespendet?« fragte er.

»Ja.«

»Kennen Sie den Namen des Empfängers?«

»Nein.«

»Wer hat Sie operiert?«

»Das kann ich nicht sagen.«

»Sie müssen es sagen!« schrie Dr. Bagha plötzlich und beugte sich zu Tawan vor. »Hören Sie, Sie *müssen* es! Der Nierenempfänger muß unterrichtet und gewarnt werden. Wir werden Sie zwingen, den Operateur zu nennen.«

»Sie können mich in Stücke reißen – ich sage es nicht.«

»Darauf lasse ich es ankommen.«

Wütend verließ Dr. Bagha das Isolierzimmer und rief von seiner Ordination aus die Staatsanwaltschaft an. Er schilderte den Fall und bat darum, auf Tawan Zwang auszuüben, damit er den Namen des Chirurgen nannte. »Es geht um ein weiteres Menschenleben, Sir!« rief er ins Telefon. »Wenn es nicht schon zu spät ist! Der Nierenempfänger muß gewarnt werden!«

Schon am nächsten Tag erschien Oberstaatsanwalt Ramesh Sadrapan am Krankenbett von Tawan. Er bat darum, mit dem Kranken allein gelassen zu werden, und nickte Tawan zu, als die Tür zufiel.

»Ich sage nichts«, flüsterte Tawan.

»Sie brauchen auch nichts zu sagen.« Sadrapan winkte ab. »Ich weiß, wer Sie operiert hat. Er ist ein guter Freund von mir. Ich werde ihn auch nicht verraten.«

»Danke.«

»Halten Sie sich tapfer, Mr. Alipur. Wissen Sie übrigens, daß der Sohn eines meiner Kollegen, der junge Raimur Sura, sich in Ihre Tochter Vinja verliebt hat?«

»Nichte, Sir, Vinja ist meine Nichte. Ich habe es seit dem letzten Ball im Hotel geahnt. Ein schönes Paar.«

»Werden Sie schnell wieder gesund und richten Sie eine rauschende Hochzeit aus. Ich lade mich schon jetzt selbst ein.«

»Natürlich werden Sie eingeladen, Sir.« Tawan lächelte verzerrt. »Auch wenn ich nicht mehr sein werde.«

Draußen auf dem Flur wartete Dr. Bagha auf den Oberstaatsanwalt, lief nervös hin und her und zuckte herum, als die Tür des Isolierzimmers aufschwang. »Was ist?« rief er. »Hat er den Namen genannt?«

»Nein. Und zwingen können wir ihn nicht mehr – der Mann ist ja todkrank.«

»Dr. Sadrapan, es geht um ein anderes Menschenleben! Der Nierenempfänger hat oder bekommt vielleicht die gleiche Krankheit. Es geht mir nicht um den Namen des Chirurgen, es geht mir nur um den Namen des Empfängers! Da tickt in dessen Niere eine Zeitbombe.«

»Ich kann nichts tun, Doktor.« Sadrapan hob die Schultern. »Es ist nicht mein Stil, Sterbende zu quälen.« Er nickte kurz und verließ das Hospital.

In der neunten Woche nach seiner Einlieferung starb Tawan Alipur. Vinja, Sangra und Dr. Kasba standen an seinem Bett. Seit zwei Tagen lag er im Koma. Er sah nichts mehr; ob er etwas hörte, wußte man nicht. Vinja betete, den Kopf gegen seine Schulter gedrückt, Sangra weinte lautlos, und Dr. Kasba holte ab und zu eine Flasche Gin aus seiner Tasche, setzte sie wie eine Trompete an den Mund und trank mit langen Schlucken.

Um 3 Uhr 27 nachts hörte Tawans Herz zu schlagen auf. Ein Assistenzarzt stellte den Tod fest.

Bereits um 7 Uhr morgens wurde Tawan verbrannt. Seine Asche trug Vinja zum Fluß und streute sie ins Wasser an der Stelle, die Onkel Tawan ihr gezeigt hatte und wo ihre Mutter gestorben war. Sangra und Dr. Kasba warfen der wegschwimmenden Asche einen Kranz nach, ein letzter Gruß der Menschen, die den Verstorbenen geliebt hatten. Erst später, als alle gegangen waren, kam Subhash, der Taxifahrer, ans Ufer des Hugli, kniete nieder und betete. Dann stieg er in den Fluß, wusch sich und dankte den Göttern für die schöne Zeit, die er mit Tawan Alipur gehabt hatte. Er war jetzt Besitzer von vier eigenen Taxis, also ein reicher Mann.

»Was machen wir nun ohne Onkel Tawan?« fragte Vinja, als sie wieder im Hotel waren.

»Es wird so sein wie bisher«, antwortete Sangra. »Das Leben geht weiter, mein Kleines. Du hast es noch vor dir, und du wirst sehen, es wird ein schönes Leben sein. Dafür hat dein Onkel gesorgt. Er war ein guter Mensch.«

Seine Krankheit blieb unbekannt.

Seit genau neun Wochen fühlte sich Edward Burten nicht ganz wohl.

Die neue Niere machte ihm nicht zu schaffen; seit vier Jahren arbeitete sie einwandfrei, ja geradezu phantastisch, wie es Dr. Salomon ausdrückte. Er hatte im stillen nicht daran geglaubt, daß die Transplantation so komplikationslos verlaufen würde, zumal er sich entgegen allen Ratschlägen nicht schonte, sondern im Gegenteil seine Aktivitäten noch verstärkte. Dr. Banda hatte wirklich fabelhaft operiert, ein Mann mit goldenen Händen, und auch die Nachsorge – das verbuchte Dr. Salomon für sich – war ein voller Erfolg gewesen. Keine Abstoßungserscheinungen, keine Immunschranke, nichts. Burten fühlte sich, wie er einmal keck sagte, um zehn Jahre jünger – bis Loras rätselhafter Tod diese zehn Jahre wieder wegwischte und Zeiten voller Depressionen folgten. Aber sonst konnte sich Burten nicht beklagen: Sein Firmenimperium wuchs und wuchs, und die Zeitschrift »Forbes«, die Bibel der Wirtschaftsbosse, brachte eine Titelgeschichte über ihn und nannte ihn den Mann des amerikanischen Wirtschaftswunders.

Wenn nur in den letzten Monaten und Wochen nicht diese verdammte Müdigkeit, ja Schlappheit gewesen wäre! Burten überraschte sich dabei, daß er hinter seinem riesigen Schreibtisch in der Zentrale in New York eingeschlafen war, ohne es zu merken. Er war einfach »weggesegelt«, wie er zu Dr. Salomon sagte, und war erwacht, als sein Kopf in den großen Aschenbecher fiel.

»Ich kenne mich selbst nicht wieder«, sagte er zu Dr. Salomon. Sie saßen im Salon der Villa und tranken eisgekühlten Whiskey mit einem Schuß Zitronensaft, eine Spezialität Burtens. »Mir ist der alte Schwung abhanden gekommen. Was mich früher zum Bersten gebracht hätte, ist mir heute oft völlig gleichgültig. Ich sehe mir das an und rege mich nicht mehr auf.«

»Endlich! Gratuliere! Im Alter packst du noch die Einsicht, daß Arbeit nicht alles ist.«

»Das ist nicht meine Natur, und das macht mich nachdenklich. Kannst du dir denken, daß ich mich mitten am Tag hinlege und schlafe?«

»Bis jetzt war das wirklich undenkbar, Ed. Aber leite davon bloß nicht eine Krankheit ab. Werde kein Hypochonder, Ed! Du marschierst auf die Siebzig zu, und dafür hast du noch einen guten Marschtritt.«

»Und ich verliere an Gewicht.«

»Auch gut! Du schleppst seit Jahren zu viele Kilos mit dir herum. Sieh dir im Spiegel deine Wampe an. Seit Loras Tod hast du dir eine richtige Freßsucht zugelegt und alle Mahnungen mit einem Lachen abgetan.«

»Dafür habe ich jetzt keinen Hunger mehr. Wenn ich an Essen denke, wird mir übel. Siehst du denn als Arzt und Freund nicht, wie ich radikal abnehme? Tag um Tag. Mit der Schnelligkeit eines Computers. Und das ohne Diät, ohne Eßbremse oder Pillen! Das beunruhigt mich. Wenn ich mich im Spiegel ansehe –«

»Warum setzt du dich auch immer diesem Schrecken aus?«

»Schmierendoktor, mir ist nicht zum Scherzen zumute! Ich mache mir Sorgen.«

»Wenn es dich beruhigt«, Dr. Salomon seufzte tief, »testen wir dich also durch. Zum wievielten Mal eigentlich, weißt du das? Beginnen wir wieder mit der Ochsentour durch alle Fachärzte. Das scheint für dich so eine Art Urlaubsvergnügen zu sein. Fangen wir bei mir an. Komm morgen in meine Praxis.«

Wie immer seit über dreißig Jahren untersuchte Dr. Salomon seinen Freund Burten sehr gründlich. Er machte es, um ihm einen Gefallen zu tun, aber schon nach zehn Minuten Abhorchen und Abtasten wurde er nachdenklich und sah Burten verstohlen an. Alter Junge, dachte er dabei, du hast recht – mit dir stimmt was nicht. In dir pfeift es, die Lymphknoten sind mäßig geschwollen, und unterm Nabel hast du zwei dunkelbraune runde Pigmentierungen, die mir gar nicht gefallen. Junge, mach keinen Blödsinn! Du bist doch immer ein Bulle von Mann gewesen. »Hast du die Flecken am Bauch gesehen, Ed?« fragte er.

»Natürlich. Ich habe mich gewundert und wollte dich schon fragen, hab's dann aber wieder vergessen. Jeder normale Mensch wird mit seinen Muttermalen geboren, ich bekomme sie im Alter! Verrückt, was?« Burten richtete sich auf der Liege auf und ließ die Beine baumeln. »War das bei Lora nicht auch so? Plötzlich hatte sie Flecken auf der Haut.«

»Das war etwas völlig anderes«, sagte Dr. Salomon vorsichtig ausweichend. »Aber das klären wir schnell. Ich bringe dich zu einem weltberühmten Spezialisten, dem Chef des New Jersey Central Hospital, Professor Hopkins.«

»Von dem habe ich schon gehört.«

»Und der wird dich überzeugen, daß du ein Hypochonder bist und kerngesund.«

Dr. Salomon wußte, daß er damit Burten belog, aber er

brachte es nicht übers Herz, auch nur in Andeutungen über seinen Verdacht zu reden.

An einem Montag legte sich Burten in das Hospital zur gründlichen Untersuchung, die, wie Professor Hopkins sagte, vier bis fünf Tage dauern konnte. Hopkins war ein ruhiger, weißhaariger Mensch mit gütigen Augen und einer väterlichen Stimme, die volles Vertrauen einflößte. Seine Diagnose war präzise und vor allem ehrlich; er sagte den Kranken, welche Krankheit sie hatten, auch wenn die Nachricht noch so deprimierend war. Dann saß er oft lange mit den Kranken zusammen und war nicht mehr der Arzt, sondern der Seelentröster und hilfreiche Freund.

Im Hospital wandte man an Burten alles an, was die moderne Medizin zu bieten hatte, vom Szintigramm bis zur Kernspin-Tomographie. Selbst die noch in der Entwicklung befindliche Gammastrahlen-Diagnostik wurde mit dem Einverständnis Burtens an ihm ausprobiert.

Am fünften Tag, als alle Befunde vorlagen, lud Hopkins seinen prominenten Patienten in seine private Ordination ein. Er empfing Burten mit einer vollen Whiskey-Flasche und zwei Gläsern, ordnete an, daß er in der nächsten Stunde nicht gestört werden wolle, auch wenn der Papst selbst anrufen sollte, goß die beiden Gläser voll, forderte Burten auf, sich in einen der tiefen Ledersessel zu setzen, und sagte jovial: »Nun nehmen Sie erst mal einen tiefen Schluck, Ed, das tut gut.«

Burten wunderte sich, trank aber brav das halbe Glas aus und blickte dann den Chefarzt erwartungsvoll an. »Was habe ich nun, vielmehr, was fehlt mir?« fragte er.

»Tja, das ist so eine Sache.« Hopkins stellte sein Glas weg und sah Burten forschend an. »Wir sind unter uns, Ed. Sie haben Vertrauen zu mir –«

»Unbedingt!«

»Dann frage ich mal ganz grob, ohne Schnörkel.«

»Bitte, Professor.«

Hopkins holte tief Atem. »Schwul oder bi sind Sie nicht?«

»Ganz im Gegenteil!« Burten lachte auf. Was soll diese dusselige Frage? dachte er. Was hat das mit meiner Müdigkeit und Schwäche zu tun?

»Besuchen Sie Bordelle?« fragte Hopkins weiter.

»Nie!«

»Haben Sie mit wechselnden Partnerinnen Verkehr?«

»Professor!« Burten wurde ungeduldig. »Ich habe elf Jahre mit einer Frau, mit Lora, zusammengelebt, glücklich zusammengelebt. Sie war die schönste, die wundervollste Frau, die ich je getroffen habe. Sie starb vor zwei Jahren, das habe ich Ihnen ja gesagt. Seitdem lebe ich allein. Ich brauche keine Nutten. Und ich könnte mir auch keine andere Frau mehr an meiner Seite vorstellen. Ich verstehe Ihre Fragen nicht.«

»Der Tod Loras hat Sie sehr erschüttert?«

»Das können Sie noch fragen? Sie war der einzige Mensch, den ich liebte. Und plötzlich diese rätselhafte Krankheit! Kein Arzt konnte helfen, niemand war fähig, eine Diagnose zu stellen, jeder experimentierte nur herum, bis es zu spät war. Bis heute weiß man nicht, woran sie gestorben ist.«

»Ich glaube, heute weiß man mehr.« Hopkins goß Whiskey nach. »Die medizinische Landschaft hat sich seit 1983 verändert, und nicht zum Guten, was gewisse neue Erkenntnisse betrifft.« Er machte eine kurze Atempause und sah Burten dabei merkwürdig an. »Sie haben sich eine Niere transplantieren lassen?« fragte er dann weiter.

»Ja, das sieht man doch.«

»In welcher Klinik wurde die Operation ausgeführt?«

Burten druckste herum. Die Frage war ihm unangenehm; er ahnte, was Hopkins denken würde. Aber es hatte wenig Sinn, sich von der Wahrheit wegzuschleichen. »Es war vor vier Jahren, 1981«, antwortete er und ärgerte sich, daß seine Stimme verlegen und wie um Entschuldigung bittend klang. »In Indien, in Kalkutta.«

»In Kalkutta.« Hopkins blickte an Burten vorbei an die Wand. Sein Gesicht war regungslos.

Ein Pokerface, dachte Burten unwillkürlich. Damit überspielt er seine Verachtung. Aber ich lebe, Hopkins, auch wenn Ihnen Kalkutta nicht paßt. Ich lebe mit meiner gekauften neuen Niere seit vier Jahren wie ein Jüngling. Da könnt ihr alle denken, was ihr wollt! Es ist *mein* Leben. Ich habe es mir leisten können, mein Leben zu kaufen. »Ja, Kalkutta«, sagte er trotzig. »Und Dr. Banda hat hervorragend operiert.«

»Außer Zweifel.« Hopkins nickte. »Ein blendender Chirurg.«

»Das ist er.«

»Haben Sie den Nierenspender gekannt?«

Burten schüttelte den Kopf.

Hopkins sah ihn jetzt voll an; etwas Unerklärliches lag in seinem Blick.

»Nein. Das läuft da alles völlig anonym ab. Der Spender kennt den Empfänger nicht, der Empfänger nicht den Spender. Sehen Sie mich nicht so strafend an, Professor! Wenn man sich ein Leben kaufen kann –« Burten spürte, wie etwas in ihm emporkroch, etwas wie Angst, vermischt mit einer würgenden Hilflosigkeit. Er mußte mehrmals schlucken, seine Kehle war wie ausgetrocknet. »Ist... ist etwas mit meiner neuen Niere?« fragte er und wunderte sich nicht, daß ihm seine Stimme völlig fremd erschien. »Professor, sagen Sie mir die Wahrheit, die volle Wahrheit! Ich kann sie vertragen. Mich haut so schnell nichts um, ich bin hart im Nehmen. Bitte, die Wahrheit!«

»Sie haben doch die kleinen dunkelbraunen Flecken unter Ihrem Nabel, unter der linken Achselhöhle und am rechten Innenschenkel bemerkt?«

»Natürlich. Ich habe zu Dr. Salomon noch einen Witz darüber gemacht. In meinem Alter bekommt man noch Muttermale – verrückt!«

»Das ist kein Witz mehr, Ed! Es sind keine Muttermale, es sind Kaposi-Sarkome.«

»Die gleichen Flecken hatte auch Lora!«

»Ja. Sie haben sie angesteckt.«

»Was soll das heißen! Was sind Kaposi-Sarkome?«

»Fangen wir von vorne an: Der Nierenspender war krank! Mit seiner Niere haben Sie auch seine Krankheit übernommen. Ihr Blut ist HIV-positiv.«

»Und was bedeutet das?« Burten spürte, wie sein Körper kraftlos wurde, als wolle er gleich aus dem Sessel auf den Teppich rutschen. »Professor, die volle Wahrheit!«

Hopkins blickte wieder an die Wand und dann auf den zusammengesunkenen, fahl gewordenen Burten. Er zögerte, aber dann sprach er es aus. Es war wie der Schnitt mit einem großen Messer. »Ed, Sie haben Aids.«

Die Stille, die folgte, war in Burten wie eine Explosion. Er krallte die Finger in seine Oberschenkel, ohne den Schmerz zu spüren. »Das... das ist unmöglich«, stammelte er. »Sie haben in der Klinik gesagt, daß sie alle Tests gemacht hätten. Alles sei okay. Und Lora soll ich angesteckt haben?«

»Ja. Das ist nun erwiesen.«

»Ich... ich bin der Mörder meiner Lora?«

»Sie konnten es nicht wissen, Ed. Keiner konnte es wissen.«

Die innere Explosion brach sich nun Bahn. Burten zuckte hoch und warf die Fäuste in die Luft. Er brüllte auf und warf den Kopf weit in den Nacken. »Ich fliege nach Kalkutta«, schrie er. »Noch heute, nach Kalkutta. Ich bringe sie um, ich bringe sie alle um, ich bringe diesen Dr. Banda um! Bei Gott, ich bringe ihn um!«

»Das wäre ungerecht, Ed, und ein wirklicher Mord.« Hopkins' Stimme klang nun wieder väterlich, tröstend. »Damals, als man Ihnen die Niere implantierte, wußte man noch nichts von Aids. Es war eine unbekannte Krankheit, die man unter vielen Namen als Todesursache bezeichnete. Vom Herzversagen bis zur Sepsis, alles war als Diagnose möglich. Wer dachte an ein Virus? Keinen trifft eine Schuld – eine Krankheit, die man nicht kennt, kann man nicht diagnostizieren. Und auch jetzt, wo man weiß, was Aids ist, hilft uns das nicht weiter.«

Burten atmete röchelnd. Er sank in den Sessel zurück,

rutschte nach vorn und lag fast in dem Lederpolster. Aber plötzlich dachte er ganz klar, dachte an alles, was er über Aids in den letzten Jahren gelesen hatte, und rief sich zu: Du schaffst es! Ed, du schaffst es! Kopf hoch! Dort steht eine Mauer, durchbrich sie! Bisher ist dir alles gelungen, was du dir vorgenommen hast. Schon morgen kann es heißen: Wir haben das Mittel gegen Aids gefunden. Und wenn es mich auch Millionen kostet, ich werde einer der ersten sein, der es bekommt. Ich werde mir ein drittes Leben kaufen. Jetzt beginnt der Kampf auf Leben und Tod – ich gebe alles hin für das Leben.

»Was nun?« fragte er und starrte Hopkins fordernd an. »Was nun, Professor?«

»Nichts! Tragen Sie es mit Fassung, Ed. Ich und keiner auf der Welt kann Ihnen mehr helfen.« Hopkins klappte die Akte Edward Burten zu. Es war eine Bewegung der Endgültigkeit. »Sie haben sich in Kalkutta den sicheren Tod gekauft – damit müssen Sie jetzt leben.«

Übrigens: Ed Burten starb nicht an Aids. Bevor der vollkommene Zusammenbruch seines Immunsystems erfolgte, wurde er beim Einsteigen in sein Auto von der Frau eines seiner Direktoren, den er eine Woche vorher wegen Unfähigkeit hinausgeworfen hatte, auf offener Straße erschossen.